L'ATTENTE
DE L'AUBE

WILLIAM BOYD

L'ATTENTE
DE L'AUBE

roman

TRADUIT DE L'ANGLAIS
PAR CHRISTIANE BESSE

ÉDITIONS DU SEUIL
*25, bd Romain-Rolland, Paris XIV*e

Ce livre est édité par Anne Freyer-Mauthner

Titre original : *Waiting for Sunrise*
Editeur original : Bloomsbury Publishing, Londres
© original : William Boyd, 2012
ISBN original : 978-1-4088-1774-2

ISBN : 978-2-02-106500-8

www.seuil.com

Pour Susan

Ce qui est vérité à l'aube est mensonge à midi.

ERNEST HEMINGWAY, *True at First Light*,
Scribner, New York, 1999

… Certes, mentir n'est pas honorable, mais,
quand la vérité doit entraîner un immense
désastre, mentir est un déshonneur pardonnable.

SOPHOCLE

PREMIÈRE PARTIE

Vienne 1913-1914

1. Un homme, jeune,
d'une beauté presque conventionnelle

Un jour d'été éblouissant à Vienne. Debout au milieu d'un pentacle déformé de soleil jaune citron, à l'angle net d'Augustiner Strasse et d'Augustinerbastei, face à l'Opéra, vous regardez d'un air indolent défiler le monde devant vous, dans l'attente que quelqu'un ou quelque chose attire et retienne votre attention, suscite un soupçon d'intérêt. Un curieux frisson anime l'atmosphère de la ville aujourd'hui, un peu printanier bien que le printemps soit depuis longtemps fini, mais vous reconnaissez cette légère agitation vernale chez les passants, cette bouffée de potentiel dans l'air, cette possibilité d'audaces – encore que, de quelles audaces peut-il s'agir ici, à Vienne, qui saurait le dire ? Quoi qu'il en soit, vous avez les yeux ouverts, vous êtes sur le qui-vive, prêt pour, et à n'importe quoi – la miette, la pièce de monnaie – que le monde peut lancer par hasard de votre côté.

C'est alors que vous voyez, à votre droite, un jeune homme sortir du Hofgarten. Pas encore trente ans, d'une beauté presque conventionnelle, il attire votre regard parce qu'il est nu-tête, une anomalie dans cette foule de Viennois, hommes et femmes,

13

tous chapeautés. Et, tandis que ce jeune homme d'une beauté presque conventionnelle passe de sa démarche assurée juste devant vous, vous remarquez ses fins cheveux châtains soulevés par la brise, son costume gris pâle et ses chaussures rouge sang bien cirées. Il est de taille moyenne mais large d'épaules, il a la carrure et le maintien d'un sportif. Il est rasé de près – un fait rare, aussi, dans cette ville, la capitale du poil facial –, et vous notez que sa veste est bien coupée, cintrée. Les plis d'un mouchoir de soie bleu glacier débordent négligemment de sa poche de poitrine. Il témoigne d'un soin méticuleux et réfléchi dans sa manière de s'habiller, et s'il est d'une beauté presque conventionnelle, il tient aussi du dandy. Un peu intrigué, et faute d'avoir mieux à faire, vous décidez de le suivre quelques minutes.

À l'entrée de Michaeler Platz, il fait brusquement halte, marque une pause, regarde attentivement une affichette collée sur un panneau puis reprend son chemin, d'un pas vif, comme s'il était en retard pour un rendez-vous. Vous le suivez sur la place et dans la Herrengasse – les rayons obliques du soleil font ressortir chaque détail des bâtisses imposantes et massives, projettent des ombres vives et noires sur les caryatides et les frises, les socles et les corniches, les balustres et les architraves. Il s'arrête au kiosque de journaux et de magazines étrangers. Il choisit *The Graphic* et le paye avant de le déplier pour jeter un œil sur les gros titres. Ah, c'est un Anglais – aucun intérêt –, votre curiosité s'évanouit. Vous faites demi-tour et repartez vers l'étoile de soleil que vous avez abandonnée au coin, avec l'espoir que des possibilités plus stimulantes se présentent à vous ; et vous laissez le jeune Anglais continuer sa route vers la personne ou le lieu qu'il rejoint avec tant de détermination…

Lysander Rief paya son *Graphic* vieux de trois jours (édition pour l'étranger), jeta un coup d'œil sur un titre – «Signature d'un armistice à Bucarest. La seconde guerre des Balkans prend fin» – et passa machinalement sa main dans ses cheveux fins et raides. Son chapeau! Zut! Où avait-il laissé son chapeau? Sur le banc, bien entendu, dans le Hofgarten, où il était resté dix minutes à contempler un parterre de fleurs, confronté à un terrible dilemme, se demandant avec inquiétude s'il faisait ce qu'il convenait, doutant soudain de lui, de ce voyage à Vienne et de ce qu'il présageait. Et si tout ceci était une erreur, une vaine espérance, s'avérait en fin de compte inutile? Il consulta sa montre. Zut et zut. S'il revenait sur ses pas, il serait en retard pour son rendez-vous. Il aimait bien son chapeau, ce canotier à bords étroits avec un ruban de soie marron, acheté chez Lockett's dans Jermyn Street. Quelqu'un l'aura volé à l'instant, il en était certain – une autre raison pour ne pas revenir sur ses pas – et, de nouveau, il maudit son étourderie, tout en reprenant la Herrengasse. L'incident démontrait simplement combien il était tendu, combien il était préoccupé. Se lever d'un banc de parc et le quitter sans avoir le réflexe d'enfoncer d'un geste ferme votre chapeau sur votre tête… De toute évidence, il était en proie à une appréhension et un trac bien plus profonds que sa nervosité manifeste et parfaitement compréhensible l'indiquait. Calme-toi, se dit-il, écoutant le cliquetis rythmé des fers de ses chaussures sur les pavés – calme-toi. Ce n'est que le premier rendez-vous, tu peux tout laisser tomber, repartir pour Londres, personne ne te menace d'un revolver sur la tempe, personne ne te force.

Il soupira: «C'était une belle journée d'août 1913», dit-il tout haut mais pas trop, juste assez pour changer d'idée et d'humeur. «*Es war ein schöner Augusttag des Jahres…* ah, 1913», répéta-t-il en allemand, ajoutant l'année en anglais. Les chiffres lui posaient problème – les nombres trop longs et les dates. Son allemand progressait à grands pas mais il lui faudrait peut-être demander à Herr Barth, son professeur, de passer une heure ou deux sur les nombres, d'essayer de les lui faire entrer dans la tête : « *Ein schöner Augusttag…* » Il aperçut sur le mur une autre affiche abîmée, comme celle qu'il avait remarquée en arrivant sur Michaeler Platz – c'était la troisième depuis qu'il avait quitté son logement ce matin. Maladroitement arrachée à son panneau, déchirée là où la colle n'avait pas été assez forte pour retenir le papier. À la première affiche, juste à côté de l'arrêt du tram, près de la chambre qu'il louait, son regard avait été retenu par ce qui restait du corps (la tête avait disparu) de la jeune fille à peine vêtue qui y figurait. Elle était presque nue, recroquevillée, les mains pressées sur ses beaux seins, les soutenant dans un geste protecteur, l'imperceptible tourbillon vaporeux d'un voile suspendu au-dessus de la jonction potelée de ses cuisses veillant à sa pudeur. Aussi stylisée que fût la situation dans laquelle la jeune créature se trouvait (ce voile aérien si commode), la réalité du dessin était particulièrement envoûtante, et Lysander s'arrêta pour y regarder de plus près. Il n'avait aucune idée du contexte entourant cette image, puisque tout le reste avait été arraché. Mais, sur la deuxième affiche, le bout de la queue écaillée et en dents de scie d'un reptile justifiait l'expression de terreur sur le visage de la nymphe ou de la déesse, qui fût-elle. Et voilà que sur la troisième affiche subsistaient quelques lettres : « *PERS* » et, dessous « *und* » et dessous encore, « *Eine Oper von Gottlieb Toller* »

Il réfléchit : « Pers »… Perséphone ? Un opéra sur Perséphone ? N'avait-elle pas été traînée aux enfers et Narcisse – oui ? – n'avait-il pas dû aller la chercher et la ramener sans se retourner ? Ou bien était-ce Eurydice ? Ou alors… Orphée ? Une fois de plus, il s'en voulut de son éducation fantaisiste et disparate.

Il en savait long sur un petit nombre de sujets et très peu sur quantité d'autres. Il s'efforçait de remédier à la situation – il lisait autant qu'il le pouvait, écrivait des poèmes – mais, de temps en temps, son ignorance lui sautait aux yeux. Un des hasards de sa profession, il l'admettait. Et les mythes et références classiques représentaient certainement, en ce qui le concernait, un beau méli-mélo, pour ne pas dire un fatras de premier ordre.

Il revint à l'affiche. Sur celle-ci, seul le haut de la tête avait résisté à l'arrachage. Des arabesques de cheveux balayés par le vent et de grands yeux observaient par-dessus la déchirure horizontale comme si, songea Lysander, la femme, horrifiée, regardait par-dessus un drap de lit. En recollant mentalement les fragments des trois affiches pour former le corps imaginaire de la déesse, Lysander se découvrit sexuellement excité. Une femme nue, jeune, belle, vulnérable, confrontée à un monstre à écailles, sans aucun doute phallique, prêt à l'enlever… Et nul doute encore que ce fût le but de ces affiches, provoquant à coup sûr une indignation prude et bourgeoise qui avait décidé un quelconque bon citoyen à les vandaliser. Très très moderne, très très viennois…

Lysander reprit son chemin, analysant son humeur. Pourquoi cette affiche illustrant le possible enlèvement d'une femme mythologique l'excitait-elle ? Était-ce naturel ? Était-ce, pour être plus précis, en rapport avec la pose – les mains en coupe couvrant et soutenant les seins souples –, à la fois coquette et défensive ? Il soupira : qui pouvait répondre à ces questions ? L'esprit humain ne cessait d'être déconcertant, compliqué et pervers. Il s'arrêta : oui, oui, oui. C'était exactement pour cela qu'il était venu à Vienne.

Il traversa le Schottenring et la vaste place face à l'énorme masse gris foncé du bâtiment de l'Université. C'était là qu'il aurait dû aller se renseigner sur Perséphone – interroger un étudiant spécialisé en latin-grec –, mais quelque chose le travaillait, néanmoins : il n'arrivait pas à se souvenir d'un monstre jouant un quelconque rôle dans l'histoire de Perséphone… Il vérifia le nom des rues qu'il traversait – il y était presque. Il fit halte pour laisser passer un tramway électrique et tourna dans Berggasse, puis à gauche dans Wasagasse. Numéro 42.

Il déglutit, la bouche soudain sèche, se disant : peut-être devrais-je simplement tourner les talons, faire mes valises, rentrer à Londres et reprendre ma vie si agréable. Mais il resterait toujours la question de son problème particulier, non résolu… Les larges portes du numéro 42 étaient ouvertes sur la rue et Lysander franchit le porche. Aucun signe de concierge ni de gardien. Un ascenseur grillagé aurait pu le transporter au deuxième étage mais il opta pour l'escalier. Un étage. Deux. Rampes en fer forgé et bois verni, marches d'une sorte de granit moucheté, cimaise, carreaux verts en dessous, peinture blanche à la détrempe au-dessus. Il se concentra sur ces détails, en essayant de ne pas penser aux douzaines – peut-être centaines – de gens qui l'avaient précédé dans cet escalier.

Il atteignit le palier. Côte à côte, deux portes massives avec des imposes semi-circulaires. Sur l'une, était écrit « *Privat* », l'autre arborait une petite plaque de cuivre au-dessus d'une sonnette indépendante, ternie, en mal d'un coup de chiffon. « Dr J. Bensimon ». Il compta jusqu'à trois et sonna, convaincu soudain de faire ce qu'il convenait, confiant dans l'avenir nouveau, meilleur, qu'il s'assurait.

2. Miss Bull

La réceptionniste du Dr Bensimon (mince, lunettes, l'air sévère) l'avait fait entrer dans une petite salle d'attente et mentionné, poliment, qu'il avait quarante minutes d'avance sur son rendez-vous. Par conséquent voulait-il bien attendre ? Ma faute… ridicule. Café ? Non, merci.

Lysander s'assit sur une des quatre chaises basses en cuir noir, disposées en demi-cercle face à une cheminée vide au manteau en plâtre, et, une fois de plus, essaya de se calmer. Comment avait-il pu se tromper ainsi ? Il aurait pensé que l'heure fixée pour cette consultation était gravée dans son esprit. Il regarda autour de lui et avisa dans un coin un chapeau melon noir accroché au portemanteau. Appartenant au patient précédent, sans doute – puis, à la vue de ce chapeau, il se rendit compte qu'il aurait pu, après tout, retourner au parc chercher son canotier. Zut, se dit-il. Et, ravi de lâcher une obscénité : merde ! Il lui avait coûté une guinée, ce chapeau !

Il se leva et examina les tableaux au mur : des gravures de vastes bâtiments en ruines – couverts de mousse, envahis par les mauvaises herbes et les arbrisseaux –, chaperons démantelés, socles démolis, colonnes effondrées, lui rappelant vaguement quelque chose. Aucun nom d'artiste ne lui venait à l'esprit – un autre trou dans son éducation mangée aux mites. Il s'approcha de la fenêtre qui donnait sur la petite cour centrale de l'immeuble. Un arbre y poussait – un sycomore, décida-t-il, au moins pouvait-il identifier certains arbres – dans un carré d'herbe brunâtre piétiné, bordé par une remise à calèches abandonnée et des boxes pour chevaux. Une vieille femme en tablier en surgit, boitillant et traînant avec peine un seau à charbon plein à ras bord. Il s'éloigna et se mit à faire les cent pas, replaçant avec soin, de la pointe de sa chaussure, le coin relevé du tapis persan usé.

Il entendit des éclats de voix, étonnamment insistants, en provenance du bureau de la réceptionniste, puis la porte s'ouvrit sur une jeune femme qui la referma avec fracas.

« *Entschuldigung* », dit-elle, de mauvaise grâce, en lui jetant un coup d'œil. Elle s'assit sur une des chaises et fouilla énergiquement dans son sac avant d'en tirer un petit mouchoir et de se moucher.

Lysander revint calmement à la fenêtre, conscient de la gêne qu'éprouvait cette femme, dont la tension émanait par vagues, comme si une dynamo intérieure générait cette fébrilité, cette – le mot allemand lui vint, plaisamment – cette *Angst*.

Il se retourna et leurs regards se croisèrent. Elle avait les yeux les plus extraordinaires qui soient, d'un noisette très pâle. Grands, immenses – entourant très visiblement le blanc de l'iris –, comme si elle fixait quelque chose avec intensité ou avait été choquée d'une manière ou d'une autre. Joli visage – petit nez pointu, menton volontaire. Teint olive. Étrangère? Ses cheveux étaient attachés sous un large béret rouge sang, et elle portait une veste en velours gris tourterelle sur une jupe longue noire. Au revers de la veste, une grande broche en laque représentait un perroquet stylisé. Artistique, se dit Lysander. Des bottines lacées, des petits pieds. En fait, une jeune femme toute petite, menue. Dans tous ses états.

Il sourit, se détourna et regarda dans la cour. La vieille et grosse servante repartait d'un pas décidé vers les écuries avec son seau vide. Que voulait-elle donc faire de tout ce charbon en plein été? Quand même…

«*Sprechen Sie Englisch?*»

Lysander se retourna: «En fait, je suis anglais, répliqua-t-il, méfiant. Comment le savez-vous?» Il était irrité à l'idée de porter ainsi sa nationalité en bandoulière.

«Vous avez un numéro du *Graphic* dans votre poche, répliqua-t-elle en désignant le journal plié. Ça vous trahit. Mais, de toute façon, la plupart des patients du Dr Bensimon sont anglais, c'était donc facile à deviner.» Elle avait un bon accent, elle-même était à l'évidence anglaise malgré son teint exotique.

20

«Vous n'auriez pas une cigarette sur vous, non? demanda-t-elle. Par un heureux hasard?

– Il se trouve que oui, mais…» Lysander désigna une note imprimée posée sur la cheminée. «*Bitte nicht Rauchen*».

«Oh. Bien sûr. Ça vous va si je vous en fauche une pour plus tard?»

Lysander sortit son étui de sa poche, l'ouvrit et le lui tendit. Elle prit une cigarette, dit: «Puis-je?» et s'empara d'une autre qu'elle fourra dans son sac avant que Lysander ait pu acquiescer.

«Il faut que je voie le Dr Bensimon de toute urgence», lança-t-elle soudain d'un ton impérieux. «Alors j'espère que ça ne vous ennuiera pas que je passe en premier.» Sur quoi elle lui adressa un sourire d'une si lumineuse innocence que Lysander faillit cligner des yeux.

À y réfléchir, songea Lysander, ça l'ennuyait vraiment, mais il répondit: «Bien sûr que non» avec un sourire hésitant. Il se tourna de nouveau vers la fenêtre, tripota son nœud de cravate et s'éclaircit la voix.

«Asseyez-vous, si ça vous chante, dit la jeune femme.

– Je préfère rester debout. Je trouve ces chaises basses plutôt inconfortables.

– Oui, n'est-ce pas?»

Lysander se demanda s'il devait se présenter puis décida qu'une salle d'attente de médecin était la sorte d'endroit où les gens – qui ne se connaissaient pas – pouvaient préférer préserver leur anonymat; après tout, ce n'était pas comme s'ils se rencontraient dans une galerie d'art ou le foyer d'un théâtre.

Il entendit un léger bruit et regarda par-dessus son épaule. La femme s'était levée et s'approchait d'une des gravures (quel était donc le nom de cet artiste?) pour utiliser le sous-verre comme un miroir, glisser des mèches folles sous son béret et tirer quelques bouclettes légères devant ses oreilles. Sa courte veste de velours, nota Lysander, révélait à merveille les courbes de ses hanches et de ses fesses sous la jupe noire. Ses bottines avaient des talons de dix centimètres, mais elle était vraiment très petite…

« Qu'observez-vous ? lança-t-elle brusquement, croisant son regard dans le reflet du sous-verre.

– J'admirais vos bottines, improvisa Lysander très vite et en douceur. Les avez-vous achetées ici à Vienne ? »

Elle ne répondit pas car, à cet instant, la porte du cabinet du Dr Bensimon s'ouvrit et deux hommes en sortirent, bavardant et riant. Lysander devina aussitôt lequel des deux était le Dr Bensimon, la quarantaine, très chauve, barbe châtain soignée et parsemée de gris. Tout, chez son interlocuteur, criait le militaire. Costume croisé bleu marine, cravate rayée sous un col dur, pantalon étroit à revers et chaussures astiquées au point que l'on aurait pu les croire vernies. Grand, d'une minceur ascétique, petite moustache noire bien taillée.

Mais la jeune femme pique aussitôt une sorte de crise, les interrompant, interpellant le Dr Bensimon, s'excusant et en même temps insistant pour le voir, c'était absolument essentiel, une urgence. Le militaire recula, se pencha en arrière tandis que le Dr Bensimon, avec un regard à Lysander, emmenait la pleurnicheuse dans son cabinet. Lysander l'entendit dire à voix basse, d'un ton sévère : « Que cela ne se reproduise pas, Miss Bull », avant de refermer la porte sur eux.

« Nom de Dieu », dit sèchement le type du genre soldat. Lui aussi était anglais. « Que se passe-t-il ?

– Elle paraissait très agitée, je dois dire, répliqua Lysander. Elle m'a délesté de deux cigarettes.

– Mais où va-t-on ? » s'écria l'homme en prenant son chapeau melon au portemanteau. Il le garda à la main et dévisagea Lysander.

22

« Nous sommes-nous déjà rencontrés ? s'enquit-il.

— Non. Je ne crois pas.

— Vous me paraissez étrangement familier, pourtant.

— Je dois ressembler à quelqu'un que vous connaissez.

— Ce doit être ça. » Il tendit sa main. « Je m'appelle Alwyn Munro.

— Lysander Rief.

— Ah, tiens, ça me dit quelque chose. » Il haussa les épaules, pencha la tête, plissa les yeux comme s'il fouillait dans sa mémoire, puis abandonna, sourit et se dirigea vers la porte : « Je ne la ravitaillerais plus en cigarettes, si j'étais vous. Elle m'a l'air un peu dangereuse. »

Il partit et Lysander reprit son examen de la triste petite cour. Il en étudia tous les détails : la disposition en panier tressé des pavés, la moulure en dents de chien sur l'arche au-dessus de la porte de l'écurie, la trace d'humidité sur le mur de brique sous un robinet mal fermé. Il s'occupa ainsi l'esprit. Quelques minutes plus tard, la jeune femme sortit du cabinet du Dr Bensimon, à l'évidence beaucoup plus calme, plus détendue. Elle ramassa son sac à main.

« Merci de m'avoir laissé passer devant, lança-t-elle, désinvolte. Et merci pour les clopes. Vous êtes bien aimable.

— Je vous en prie. »

Elle le salua et s'en alla d'un pas nonchalant, dans un balancement de sa longue jupe. Elle lui lança un regard en fermant la porte derrière elle et Lysander eut une dernière vision de ces étranges yeux noisette, marron très clair. Pareils à ceux d'un lion, se dit-il. Mais elle s'appelait Miss Bull. Mademoiselle Taureau.

3. Le bas-relief africain

Lysander examina le cabinet du Dr Bensimon pendant que le médecin enregistrait ses coordonnées. La pièce était spacieuse, avec trois fenêtres en enfilade, simplement meublée et presque entièrement décorée de blanc. Murs blancs, rideaux de lainage blanc, tapis blanc sur un parquet clair, et un bas-relief de style primitif en métal argenté repoussé suspendu au-dessus de la cheminée. Dans un coin, le bureau en acajou du Dr Bensimon avec, en arrière-plan et du sol au plafond, des bibliothèques vitrées. D'un côté de la cheminée, un fauteuil à haut dossier recouvert d'un lin crème, de l'autre un divan sous une couverture de laine épaisse frangée et deux oreillers brodés. Les deux sièges étaient placés dos au bureau et Lysander, qui avait choisi le fauteuil, découvrit qu'il lui fallait tendre et tourner le cou de manière inconfortable s'il voulait voir le médecin. La pièce était très calme – doubles fenêtres – et il n'entendait pas les bruits de la ville, ni le cliquetis des tramways électriques, ni carrioles ni fourgons, pas d'automobile : un calme idéal.

Lysander examina le bas-relief : personnages africains imaginaires, mi-hommes mi-animaux, avec d'extravagantes coiffures, dont le métal tendre était piqué de petits trous. C'était beau et étrange, et, sans aucun doute, chargé d'une foule de symboles appropriés, songea-t-il.

« Mr L.U. Rief », dit le Dr Bensimon. Dans le silence de la pièce, Lysander percevait le crissement du stylo. Le docteur avait un léger accent, du nord de l'Angleterre, du Yorkshire ou du Lancashire, mais si imperceptible qu'il était impossible d'en deviner l'origine exacte. Lysander se flattait de s'y connaître en accents – il allait déceler celui-ci dans la minute.

« Que signifient les initiales ?

– Lysander Ulrich Rief.

– Merveilleux nom. »

Manchester. Ce ton plat.

« Rief… c'est écossais ?

– Du vieil anglais. Selon certains, cela veut dire "complet".
Et je me suis aussi laissé dire que c'était l'anglo-saxon pour
"loup". On s'y perd.

– Un loup complet. Une complétude lupique. *Quid* du
"Ulrich" ? Êtes-vous un peu allemand ?

– Ma mère est autrichienne.

– De Vienne ?

– De Linz, en fait. À l'origine.

– Date de naissance ?

– La mienne ?

– L'âge de votre mère ne me semble guère pertinent, je dirais.

– Pardon. 7 mars 1886. »

Lysander se tourna de nouveau dans son fauteuil. Bensimon
se renfonçait sur son siège, à l'aise, souriant, les doigts croisés
derrière son crâne luisant.

« Mieux vaut ne pas vous contraindre à vous retourner sans
cesse. Pensez simplement à moi comme à une voix désincarnée. »

4. Wiener Kunstmaterialien

Lysander descendit lentement de chez Bensimon, l'esprit
débordant de réflexions, certaines plaisantes, d'autres contra-
riantes, d'autres encore troublantes. La séance avait été brève,
quinze minutes seulement. Bensimon avait pris note de ses coordonnées personnelles, et discuté mode de paiement (factures
bimensuelles avec règlement en liquide) avant de lui demander
finalement s'il voulait parler de la nature de son « problème ».

Lysander s'arrêta un instant dans la rue pour allumer une cigarette, et s'interroger : l'aventure dans laquelle il s'embarquait allait-elle vraiment l'aider ou n'aurait-il pas mieux fait d'aller à Lourdes, par exemple ? Ou d'avaler la concoction d'un charlatan quelconque ? Ou encore, de devenir végétarien et de porter des dessous de chez Jaeger comme George Bernard Shaw ? Il fronça les sourcils, soudain hésitant – pas d'humeur, guère encourageant. C'était son meilleur ami, Greville Varley, qui lui avait suggéré la psychanalyse, Greville étant le seul à être au courant de son problème (quoique très vaguement) – et Lysander s'était jeté sur cette idée comme un fanatique, il s'en rendait compte maintenant, annulant tous ses projets, retirant toutes ses économies, déménageant à Vienne, à la recherche du bon spécialiste. Avait-il été bêtement impétueux ou était-ce simplement un signe de son désespoir ?...

Tournez à gauche dans Berggasse, avait dit Bensimon, puis allez tout droit jusqu'à la petite place, à la jonction de toutes ces rues au bout. La boutique est juste en face de vous – WKM – vous ne pouvez pas la rater. Lysander se mit en route, l'esprit tout encore à cet instant crucial.

> BENSIMON : Eh bien, que vous semble donc être la nature du problème ?
> LYSANDER : C'est... C'est un problème sexuel.
> BENSIMON : Oui. Ça l'est en général. À l'origine.
> LYSANDER : Quand j'entreprends une activité sensuelle... C'est-à-dire, au cours d'un rapport galant...
> BENSIMON : Je vous en prie, ne cherchez pas d'euphémismes, Mr Rief. Parlez simplement, il n'y a que ça qui vaille. Soyez aussi direct et vulgaire que vous voudrez. Utilisez le langage de la rue – rien ne peut m'offenser.
> LYSANDER : D'accord. Quand je baise, je n'y arrive pas.
> BENSIMON : Vous ne pouvez pas avoir d'érection ?

LYSANDER : Je n'ai pas de problème d'érection. Au contraire, tout est très satisfaisant de ce côté-là. Mon problème c'est... l'émission.
BENSIMON : Ah ! Incroyablement commun. Vous éjaculez trop tôt. *Ejaculatio praecox.*
LYSANDER : Non. Je n'éjacule pas du tout.

Lysander descendit la pente douce de Berggasse. Le cabinet du Dr Freud se trouvait là, quelque part – peut-être aurait-il dû essayer de le voir, lui ? Comment disait-on en français, déjà ? « Pourquoi parler aux saints quand vous pouvez vous adresser à Dieu lui-même ? » Mais il y avait la barrière de la langue : Bensimon était anglais, un énorme avantage, une aubaine même, à ne pas négliger. Lysander se rappela le long silence après qu'il eut informé Bensimon de la curieuse nature de son dysfonctionnement sexuel.

BENSIMON : Donc, vous êtes engagé dans l'acte sexuel mais il n'y a pas d'orgasme ?
LYSANDER : Précisément.
BENSIMON : Que se passe-t-il ?
LYSANDER : Eh bien, je peux continuer pendant pas mal de temps mais l'idée que rien ne se produira me fait, en fin de compte, me relâcher pour ainsi dire.
BENSIMON : Détumescence.
LYSANDER : En fin de compte, oui.
BENSIMON : Il va falloir que je réfléchisse à cela. Très inhabituel. Anorgasmie... vous êtes le premier cas que je rencontre. Fascinant.
LYSANDER : L'anorgasmie ?
BENSIMON : C'est ce dont vous souffrez. C'est le nom de votre problème.

Et on en était resté là sauf pour un dernier conseil. Bensimon lui demanda s'il tenait un journal, rédigeait des fragments de

27

souvenirs, des notes quelconques. Lysander répondit que non. Il écrivait de la poésie, assez régulièrement, et avait même été publié dans des quotidiens et des magazines, mais – il haussa modestement les épaules – il n'était qu'un amateur, il aimait s'essayer à faire des vers et n'avait aucune prétention quant au résultat qui s'ensuivait. Et, non, il ne tenait pas de journal.

« Je veux que vous commenciez à noter certaines choses, avait dit Bensimon. Les rêves que vous faites, des pensées furtives que vous avez, des choses que vous voyez ou entendez et qui vous intriguent. Tout et rien. Stimulations en tout genre – sexuelles ou olfactives, auditives, sensuelles –, absolument tout. Apportez ces notes lors de nos consultations, vous me les lirez à voix haute. Ne supprimez rien, aussi choquant, aussi banal que ce soit. Cela me donnera un regard direct sur votre personnalité et votre nature – sur votre inconscient.

– Mon "ça", vous voulez dire.

– Je vois que vous avez travaillé le sujet, Mr Rief. Je suis impressionné. »

Bensimon lui avait conseillé de noter ces observations et autres impressions aussitôt après qu'elles avaient eu lieu, et de ne pas les corriger ni de les éditer en quelque manière. En outre, il ne fallait pas les rédiger sur des feuilles volantes. Lysander devait acheter un vrai carnet de notes – relié cuir, beau papier –, et en faire un véritable document personnel, quelque chose de maîtrisé et de constant, pas une simple collection de gribouillages incohérents.

« Et, voyez-vous, donnez-lui un titre, avait suggéré Bensimon. "Ma vie intérieure" ou bien "Réflexions personnelles". En d'autres termes, officialisez la chose. Votre journal de rêve, le journal de vous-même – votre *Seelenjournal* –, ce devrait être quelque chose que, avec le temps, vous apprécierez et chérirez. Un compte rendu de votre moi, conscient ou inconscient, durant les semaines à venir. »

Au moins, songea Lysander en traversant la rue pour gagner le magasin de fournitures de beaux-arts recommandé par Bensimon – le Wiener Kunstmaterialien –, au moins ce serait quelque chose de concret, une sorte de chronique de son séjour. Tous ces discours, et tous ceux qu'il tiendrait lui-même, forcément, n'étaient que des mots perdus. Cette idée l'enthousiasma tandis qu'il poussait la porte tambour : Bensimon avait raison, peut-être cela l'aiderait-il, après tout.

Le magasin WKM était vaste et bien éclairé – des grappes d'ampoules électriques pendaient du plafond sous la forme de chandeliers modernes à barres d'aluminium, les couronnes étincelantes se reflétant sur le linoléum brun clair et brillant. L'odeur de térébenthine, de peinture à l'huile, de bois et de toile bruts donna à Lysander un sentiment de bienvenue. Il adorait ce genre de grand magasin – des allées de fournitures de beaux-arts entassées, véritable corne d'abondance culturelle, couraient çà et là : étagères de rames de papier de types divers, pots remplis de crayons, un petit taillis de chevalets grands et moins grands, rangées inclinées de tubes de peinture disposés en ordre chromatique, gros flacons étincelants d'huile de lin et de dissolvant, tabliers en toile, escabeaux pliants, piles de palettes et de boîtes d'aquarelles, godets de peinture à l'eau couvercle ouvert, leurs contenus brillants étalés comme autant de cigarillos multicolores. Chaque fois qu'il entrait dans un magasin pareil, il décidait de se mettre sérieusement au dessin, à l'aquarelle ou à la linogravure – tout ce qui pût lui donner le prétexte d'acheter un peu de ce séduisant matériel.

Au tournant d'une allée, il découvrit un petit rayon de blocs de papier à dessin et de carnets de notes. Après l'avoir examiné, il en prit un de plusieurs centaines de pages, aussi gros qu'un dictionnaire. Non... non, trop intimidant, il fallait quelque chose de plus modeste, que l'on puisse vraiment remplir. Il choisit un carnet à couverture de cuir noir souple, papier fin non réglé, cent cinquante feuilles. Il en aimait le poids, et il le logerait dans la poche de sa veste, à la manière d'un guide – un guide de sa psyché. Parfait. Un titre lui vint à l'esprit : *Investigations autobiographiques*, par Lysander Rief… Tiens, ça résonnait exactement comme ce que Bensimon…

« Encore vous. »

Lysander se retourna sur Miss Bull, plantée devant lui. Une Miss Bull amicale, souriante.

« Vous achetez votre carnet de notes, n'est-ce pas ? dit-elle d'un air entendu. Bensimon devrait toucher une commission ici.

– Vous faites de même ?

– Non, j'ai abandonné le mien au bout de quinze jours. L'ennui, voyez-vous, c'est que je ne suis pas vraiment verbale. Je visualise, je vois les choses en images, pas en mots. Je préfère dessiner plutôt qu'écrire. » Elle montra ce qu'elle venait d'acheter : un petit ensemble de couteaux émoussés aux formes étranges, certains très fuselés, d'autres à bout triangulaire, comme des truelles miniatures.

« Vous ne pouvez pas dessiner avec ça, dit Lysander.

– Je sculpte, expliqua-t-elle. Je suis là pour commander de l'argile et du plâtre. Le WKM est le meilleur endroit de la ville.

– Une sculptrice… comme c'est intéressant.

– Non. Un sculpt*eur*. »

Lysander inclina la tête d'un air contrit : « Bien sûr. »

Miss Bull s'approcha et baissa la voix : « Je voudrais vraiment m'excuser pour ma conduite, ce matin.

– Ça n'avait aucune importance…

– J'étais un peu… sur les nerfs. J'avais terminé mon médicament, vous comprenez. C'est pourquoi il me fallait aller d'urgence chez le Dr Bensimon. Pour ma potion.

– Je vois. Le Dr Bensimon distribue des médicaments aussi ?

– Eh bien, non. Enfin, en quelque sorte. Mais il m'a fait une piqûre. Et m'a donné ce qu'il fallait. » Elle tapota son sac : « C'est un truc merveilleux, vous devriez essayer si vous vous sentez parfois un peu à plat. »

Le médicament du Dr Bensimon semblait en effet l'avoir transformée, se dit Lysander en l'observant : bien plus assurée et confiante. Maîtrisant mieux chaque…

« Vous avez un visage des plus intéressants, lança Miss Bull.

– Merci.

– J'adorerais vous sculpter.

– Eh bien, je suis un peu…

– Rien ne presse. » Elle fouilla dans son sac et en sortit sa carte. "Miss Esther Bull, artiste et sculpteur. Leçons sur demande", lut Lysander. Suivait une adresse dans Bayswater, Londres.

« Elle date, dit-elle. J'habite à Vienne depuis deux ans, maintenant. Mon numéro de téléphone est au revers. Nous venons juste d'installer un téléphone. » Elle le regarda avec un air de défi. Lysander avait bien remarqué le « nous ». « Je vis avec Udo Hoff, ajouta-t-elle.

– Udo Hoff ?

– Le peintre.

– Ah. Je vois… oui. Udo Hoff.

– Avez-vous un téléphone ? Logez-vous à l'hôtel ?

– Non aux deux questions. Je loue une chambre. Je n'ai aucune idée de ce que sera la durée de mon séjour.

– Il faut que vous veniez à l'atelier. Inscrivez-moi votre adresse. Je vous enverrai une invitation à l'une de nos soirées. »

Elle lui tendit un bout de papier sorti de son sac et Lysander y inscrivit son adresse. Non sans réticence, dut-il se l'avouer, dans la mesure où il voulait rester seul à Vienne : pour résoudre son problème – son anorgasmie, maintenant que ça avait un nom – lui-même, tout seul. Il n'avait vraiment pas besoin d'une vie sociale, et n'en désirait pas. Il lui redonna le bout de papier.

« Lysander Rief, lut-elle. Ai-je entendu parler de vous ?

– J'en doute.

– À propos, je m'appelle Hettie, dit-elle. Hettie Bull. » Elle lui tendit soudain une main que Lysander serra. Elle avait la poigne très ferme.

5. Le fleuve du sexe

« Pourquoi suis-je troublé par cette rencontre avec H. B. ? Et pourquoi suis-je excité par elle ? Elle n'est pas "mon type" du tout, pourtant je me sens déjà attiré, de gré ou de force, dans sa vie, son orbite. Pourquoi ? Et si nous nous étions rencontrés à un concert ou chez des amis ? Nous n'aurions rien pensé l'un de l'autre, j'en suis sûr. Mais, parce que nous nous sommes rencontrés dans la salle d'attente du Dr Bensimon, nous partageons déjà un secret. Ceci explique-t-il cela ? Les êtres blessés, imparfaits, déséquilibrés, déréglés, malades, se cherchent entre eux : qui se ressemble s'assemble. Elle ne me laissera pas en paix, je le sais. Mais je refuse de mettre les pieds dans l'atelier d'Udo Hoff, qui que soit cet homme. Je suis venu à Vienne pour éviter les contacts sociaux et je n'ai dit qu'à peu de gens où je me rendais, indiquant simplement "à l'étranger" à ceux qui voulaient en savoir plus. Mère sait, Blanche sait, Greville sait, bien entendu, et une poignée d'autres indispensables. Vienne sera pour moi comme un superbe sanatorium peuplé de parfaits étrangers – comme si, souffrant de consomption, j'avais disparu jusqu'à la fin de la cure. Je ne crois pas que Blanche aimerait H. B. Pas du tout. »

Un coup à peine audible à la porte. Un grattement plutôt. Lysander reposa son stylo et ferma son carnet de notes, ses

Investigations autobiographiques qu'il enfouit dans un tiroir de son bureau.

« Entrez, Herr Barth », dit-il.

Herr Barth entra sur la pointe des pieds et referma la porte aussi doucement qu'il le pût. Pour un homme d'une telle corpulence, il essayait de se déplacer sans se faire remarquer et avec autant de discrétion que possible.

« *Nein, Herr Rief*. Pas "entrez". *Herein.*

– *Verzeihung* », s'excusa Lysander en poussant une autre chaise vers le bureau.

Herr Barth était un professeur de musique descendant en outre d'une longue lignée de professeurs de musique. Son père avait vu Paganini jouer en 1836 et, quand son premier fils était né quelques années plus tard, il l'avait baptisé Nikolas en l'honneur de l'événement. Jeune homme, Herr Barth avait pris cette identification au sérieux : il s'était laissé pousser les cheveux et portait des favoris à la manière de Paganini, un hommage auquel il n'avait jamais renoncé. Même à présent, à l'orée de ses soixante-dix ans, il teignait ses longs cheveux gris et ses favoris en noir, et continuait d'arborer des cols hauts et de longs manteaux démodés à boutons d'argent. Son instrument n'était cependant pas le violon mais la contrebasse, dont il avait joué durant de longues années dans l'orchestre du Lustspiel-Theater à Vienne avant de reprendre le métier familial. Il gardait sa vieille contrebasse dans son étui de cuir craquelé posé contre le mur au pied de son lit, dans sa petite chambre au bout du couloir, la plus exiguë des trois chambres en location de la pension Kriwanek. Il se prétendait capable d'enseigner n'importe quel instrument « pouvant être transporté ou tenu à la main », cordes, bois ou cuivres, à un bon niveau. Lysander ne connaissait pas de candidats à cette offre, mais il avait accepté avec joie la timide suggestion de Herr Barth, faite le lendemain de son arrivée à la pension, de l'aider à améliorer son allemand, pour cinq couronnes de l'heure.

Herr Barth s'assit lentement, rejeta à deux mains les mèches de cheveux retombant sur son col et sourit, tout en agitant un doigt comminatoire.

« En allemand seulement, Herr Rief. Seulement de cette manière avancerez-vous dans notre merveilleuse et superbe langue.

– J'aimerais travailler les nombres aujourd'hui, répliqua Lysander, en allemand.

– Ah, les nombres, les nombres… le grand piège. »

Ils travaillèrent donc les nombres pendant une heure, comptant dates, prix, taux de change, ajoutant et soustrayant jusqu'à ce que la tête de Lysander devienne une tour de Babel de chiffres, et que la cloche du dîner retentisse. Herr Barth ne payant que pour la chambre et le petit déjeuner, il prit congé et Lysander traversa le corridor pour gagner la salle à manger lambrissée où Frau Kriwanek l'attendait.

Frau K, ainsi que l'appelaient ses trois pensionnaires, était une femme à la piété et au décorum sans appel. Veuve dès la quarantaine, elle portait les vêtements autrichiens traditionnels – robes vert mousse, surtout, blouses et tabliers brodés, souliers à large boucle. Son effrayante politesse n'était vraiment supportable que le temps d'un dîner, Lysander l'avait vite compris. Son monde n'admettait et ne contenait que des gens, des faits ou des opinions « bien » ou « agréables » (*nett* ou *angenehm*). C'était là ses adjectifs préférés, déployés à chaque occasion. Le fromage était bien ; le temps agréable. La jeune épouse du prince héritier semblait être une bonne personne ; le nouveau bureau de poste avait un aspect agréable. Et ainsi de suite.

Lysander lui adressa un sourire affable tout en prenant sa place habituelle à table. Il se sentit rajeunir : Frau K lui donnait l'impression de retomber en adolescence – plus loin même, en prépuberté. En sa présence, il perdait toute fermeté, se faisait timide et respectueux, devenait quelqu'un qu'il ne reconnaissait pas : un homme sans opinions.

Il restait une chaise pour une troisième personne, l'autre pensionnaire, le lieutenant Wolfram Rozman, apparemment absent ou en retard. Le dîner était servi à 20 heures précises. Lysander avait l'approbation de Frau K – il était bien, agréable, et anglais (des gens bien) – mais le lieutenant, Lysander le pressentait, ne bénéficiait pas de la totale approbation de Frau K. Il n'était pas agréable, peut-être même pas bien.

Le lieutenant Wolfram Rozman avait commis une faute. Laquelle, précisément, cela n'était pas très clair, mais sa présence à la pension Kriwanek était une forme de disgrâce. Il s'agissait d'une affaire concernant son régiment, Lysander le tenait de Herr Barth. Il n'avait pas été congédié mais temporairement expulsé de la caserne à cause de ce scandale, quel qu'il fût, et forcé de vivre ici jusqu'à son jugement et la décision concernant son avenir militaire. Le lieutenant Rozman ne semblait pas indûment concerné – il était apparemment dans la pension depuis déjà presque six mois, mais, plus son séjour se prolongeait, moins Frau K le trouvait marginalement agréable. Au cours des quinze jours durant lesquels il avait été témoin de leurs échanges, Lysander avait même remarqué qu'ils s'étaient teintés d'une certaine rudesse et devenaient de plus en plus glacials.

En fait, Lysander appréciait Wolfram – ainsi qu'il avait été invité à l'appeler presque aussitôt –, mais il prenait grand soin de ne pas le montrer à Frau K. À présent, celle-ci le gratifiait de son mince sourire tout en sonnant le dîner. La bonne, Traudl, surgit instantanément avec une soupière contenant une soupe aux choux très claire avec croûtons. Hiver comme été, ceci constituait le premier plat du dîner à la pension Kriwanek. Traudl, une fille de dix-huit ans au visage tout rond qui rougissait quand elle parlait et qu'on lui parlait, posa la soupière sur la table avec une telle force que deux grosses éclaboussures de soupe vinrent atterrir sur le tissu blanc immaculé de la nappe.

« Vous paierez pour le nettoyage, Traudl, dit Frau K d'un ton égal.

– Avec plaisir, madame », répliqua Traudl qui rougit, fit la révérence et disparut.

Les yeux fermés, la tête droite – Lysander baissa la sienne –, Frau K récita le bénédicité et servit à ses deux pensionnaires de la soupe aux choux claire avec croûtons.

« Le lieutenant est en retard, remarqua Lysander.

– Il a payé pour son dîner, c'est à lui de voir s'il le prend. » Frau K lui sourit de nouveau. « Avez-vous eu une agréable journée, Herr Rief ?

– Très agréable. »

Après le dîner (ragoût de poulet au paprika), la coutume voulait que Frau K quitte la table et que les hommes aient la permission de fumer. Lysander alluma une cigarette et, Frau K ayant quitté les lieux, retrouva sa personnalité. Il se demanda, comme il était toujours enclin à le faire après une conversation avec elle, s'il ne devrait pas déménager dans un hôtel ou une autre pension mais, en pesant le pour et le contre, il se rendit compte qu'en réalité il était très bien à la pension Kriwanek et que, hormis le repas quotidien avec Frau K, la vie qu'il y menait lui convenait.

La pension consistait en fait en un vaste appartement au troisième étage d'un pâté d'immeubles relativement neufs au sud d'une cour sur Mariahilfer Strasse, à sept cents mètres du Ring. Elle possédait chauffage et électricité ; la grande salle de bains que partageaient les pensionnaires était moderne (toilettes avec chasse d'eau) et propre. Lorsqu'il s'était entretenu avec l'agence de voyages des conditions de son séjour, Lysander avait stipulé que les pensions qu'on lui suggérerait devaient pouvoir fournir une chambre confortable avec une armoire spacieuse, assurer un service professionnel de blanchisserie (il avait des exigences très précises quant à l'utilisation de l'amidon) et se situer près d'une station de tramway. La première adresse où il s'était rendu était la pension Kriwanek, où il avait vu que son logement comprenait un salon, une alcôve pourvue de rideaux et d'un lit double, et une petite annexe carrée qui servait de dressing avec assez d'étagères et d'espace pour suspendre ses vêtements. Il n'avait pas pris la peine d'aller voir plus loin et – c'était sans doute ce qui suscitait ses pensées d'évasion postprandiales – n'aurait-il pas dû regarder ce que Vienne avait à offrir d'autre ? Tout de même, il avait un professeur à domicile, et ce n'était pas négligeable.

En entrant dans la pension par les doubles portes sur le palier du troisième étage, on se retrouvait dans un large hall – assez vaste pour abriter deux bergères au dossier canné et une table ronde avec, au centre, une chouette empaillée sous une cloche de verre. De là, un long couloir menait à la salle à manger et aux trois logements des pensionnaires – Lysander, Wolfram et Herr Barth –, ainsi qu'à la salle de bains commune. Au bout de ce passage, une porte arborant l'inscription « *Privat* » ouvrait sans doute sur l'aire des cuisines et les appartements de Frau K. Mais Lysander ne l'avait jamais franchie, il n'avait jamais osé. Traudl vivait sur place elle aussi et elle devait donc avoir quelque part un coin à elle. Il existait de surcroît, semblait-il, un étroit couloir de service entre la cuisine et la salle à manger (celle-ci avait deux portes) mais, au-delà, Lysander n'avait plus qu'un vague sens de la géographie de la pension – qui savait ce qui se passait derrière ce *Privat* ? L'endroit était confortable, on pouvait rester dans son coin. Le petit déjeuner était servi dans la chambre, il fallait compter un supplément pour le dîner, un panier-repas pouvait être fourni si on en faisait la demande vingt-quatre heures au préalable. Étrangement, il se sentait comme chez lui, il devait l'admettre.

Traudl entra et entreprit de débarrasser les assiettes à dessert.

« Comment allez-vous, Traudl ? » s'enquit Lysander. C'était une fille solide, bien bâtie et maladroite. Elle laissa justement tomber une cuillère sur le tapis.

« Cela ne va pas fort, monsieur », répondit-elle en ramassant la cuillère et en essuyant la tache de crème avec une serviette.

« Pourquoi donc ?

– J'ai tellement d'amendes à payer à Frau Kriwanek que je ne gagnerai rien ce mois-ci.

– Quel dommage. Il vous faut être plus soigneuse.

– Traudl ? Soigneuse ? Totalement impossible ! » lança une voix d'homme.

« Bonsoir, monsieur le lieutenant », dit une Traudl rougissante.

Wolfram Rozman tira une chaise et s'y assit lourdement : « Traudl, ma petite poulette en plumes, apporte-moi du pain et du fromage.

– Tout de suite, monsieur. »

Wolfram se pencha à travers la table et tapota l'épaule de Lysander. Il portait un costume bleu pâle et un nœud papillon lilas. Il était très grand, dépassait de quelques centimètres Lysander, et avait une façon dégingandée et paresseuse de se mouvoir, tout en souplesse, caractéristique des hommes de très haute taille. Il s'étala sur son siège, un bras par-dessus le dossier de la chaise voisine, allongea ses jambes sous la table, et Lysander vit le pantalon et les guêtres bleu pâle émerger de son côté. Wolfram avait les paupières tombantes, le regard endormi et une épaisse moustache blonde aux extrémités cirées et retroussées sur des lèvres pleines et molles.

Lysander lui offrit une cigarette qu'il accepta et, après avoir cherché en vain dans ses poches une boîte d'allumettes, qu'il alluma avec le briquet de Lysander.

« Je suppose qu'elle m'a drôlement dans le collimateur, dit-il en soufflant de magnifiques ronds de fumée. C'est clair comme de l'eau de roche.

– Mettons que vous n'êtes simplement pas très "agréable".

– Je revenais en courant, essayant de ne pas être trop en retard et je me suis dit : Jésus, bon Dieu, non, *Herrgott Sakra*, c'est insupportable. Alors je suis entré dans un café et j'ai bu un schnaps.

– Pourquoi ne laissez-vous pas tomber le dîner, comme Barth ? Vous n'auriez plus à la voir.

– C'est le régiment qui paye pour tout. Pas moi. »

Traudl revint avec une assiette de tranches de pain noir et de fromage crémeux.

« Merci, ma petite mangouste. »

Traudl parut sur le point de dire quelque chose mais y renonça, fit la révérence et sortit par la porte de service.

Wolfram se pencha en avant.

« Lysander, vous savez que vous pouvez monter Traudl si vous lui donnez vingt couronnes. Le saviez-vous ?

– Monter ?

– La posséder.

– Vous êtes sûr ? » Lysander calcula rapidement : vingt couronnes équivalait à moins d'une livre anglaise.

« Je le fais deux fois par semaine. La fille est à court d'argent. Elle est en vérité très agréable. » Wolfram mit sa cigarette dans le cendrier, étala du fromage sur son pain et commença à manger.

« Une bonne grande fille de la campagne, elles connaissent pas mal de trucs spéciaux, ces petites – juste pour que vous sachiez, au cas où vous vous sentiriez d'humeur.

– Merci. J'y penserai », répliqua Lysander un peu étonné par cette révélation. Que dirait Frau K si elle apprenait ce qui se passait ? Il regarderait désormais Traudl d'un autre œil.

« Vous paraissez surpris, remarqua Wolfram en mâchonnant son pain et son fromage.

– Eh bien, c'est que je le suis. Je ne m'en serais jamais douté. Dans ce lieu entre tous, la pension Kriwanek… c'est très trompeur. »

Wolfram pointa son couteau sur lui. « Cet endroit, la pension Kriwanek, est juste comme Vienne. Au-dessus, vous avez l'univers de Frau K : si bien et si agréable, tout le monde sourit poliment, personne ne pète ni ne se cure le nez. Mais sous la surface, le fleuve coule, sombre et puissant.

– Quel fleuve ?

– Le fleuve du sexe. »

6. Le fils de Halifax Rief

« Je suis dans le bar de l'orchestre au Majestic Theatre sur le Strand. Je me promène au milieu d'une foule de dames de la bonne société, jeunes et moins jeunes, toutes élégamment habillées. Elles bavardent et potinent, et, de temps à autre, l'une d'elles me jette un regard. Elles ne prêtent aucune attention à ma personne, bien que je sois complètement nu. »

Lysander se tut. Il lisait *Investigations autobiographiques* à Bensimon.

« Ou… i, dit lentement le Dr Bensimon. C'est intéressant. Vous avez rêvé ça la nuit dernière ?

– Oui. Je l'ai transcrit immédiatement.

– Mais pourquoi un théâtre, je me demande ?

– C'est évident, répliqua Lysander. Ce serait intéressant, si ce n'était pas un théâtre.

– Je ne vous comprends pas.

– Je suis acteur, expliqua Lysander.

– Acteur professionnel ?

– Je gagne ma vie en montant sur les planches, surtout celles du West End de Londres. »

Il entendit Bensimon se lever et traverser la pièce pour s'asseoir au bout du divan en face. Lysander se retourna dans son fauteuil – Bensimon le regardait avec enthousiasme.

« Rief ! s'écria-t-il. Je pensais bien que je connaissais ce nom. Êtes-vous parent de Halifax Rief ?

– C'était mon père.

– Mon Dieu ! » Bensimon semblait sincèrement stupéfait. « J'ai vu son *Roi Lear* à... Où était-ce ?

– L'Apollo.

– C'est ça, oui, l'Apollo... Il est mort, non ? À mi-parcours d'une représentation ou quelque chose...

– En 1899. J'avais treize ans.

– Bon Dieu ! Vous êtes le fils de Halifax Rief. C'est extraordinaire ! » Bensimon dévisageait Lysander comme s'il le voyait pour la première fois. « Je crois pouvoir déceler une certaine ressemblance. Et vous aussi, vous êtes acteur, bonté divine.

– Pas avec autant de succès que mon père, mais je gagne décemment ma vie.

– J'adore le théâtre. Quelle est la dernière pièce dans laquelle vous ayez joué ?

– *L'Ultimatum amoureux.*

– Je ne connais pas.

41

– De Kendrick Balston, du vaudeville. Ça vient de se terminer après quatre mois au Shaftesbury. Juste avant mon arrivée à Vienne.

– Bonté divine!» répéta Bensimon, hochant la tête comme s'il venait d'avoir une révélation. Il retourna à son bureau et Lysander reporta son regard sur le bas-relief en argent qui lui devenait très familier – même si ça n'était que sa seconde séance avec Bensimon.

«Donc… vous êtes nu dans le bar du Majestic. Êtes-vous sexuellement excité?

– Je suis content d'être là, je suppose. Je n'éprouve aucune honte à me retrouver nu devant tout ce monde. Aucune gêne.

– Il n'y a pas de rires, pas de ricanements, pas de moqueries, on ne vous montre pas du doigt.

– Rien. Les gens semblent trouver la situation parfaitement normale. Une vague curiosité tout au plus, en fait d'émotion. Ils me jettent à peine un coup d'œil et ils continuent leur conversation.

– Jettent-ils ce "coup d'œil" à votre pénis?

– Ah. Oui. Oui, certes.»

Un silence s'ensuivit. Lysander ferma les yeux, il entendait la plume de Bensimon gratter le papier. Histoire de se distraire un instant de leur discussion, il s'obligea à se rappeler les plaisirs du dernier week-end. Il avait pris le train pour Puchberg et passé la nuit à l'hôtel de la gare. Puis il avait pris le funiculaire pour le Hochschneeberg et fait à pied (il avait emporté ses chaussures de marche) le trajet jusqu'à l'Alpengipfel et retour. Il avait senti son esprit s'éclaircir et son moral s'améliorer, comme toujours quand il faisait une randonnée en montagne ou une de ses longues promenades. Peut-être, pensa-t-il, était-ce là la meilleure raison de sa venue en Autriche – nouvelles balades, nouveaux paysages. Chaque week-end, il pouvait prendre un train et aller se promener dans la montagne, se vider la tête, oublier ses problèmes. Une cure de marche...

«Est-ce un rêve récurrent? s'enquit Bensimon.

– Oui. Avec des variations. Parfois il y a moins de gens.

– Mais il s'agit essentiellement de vous, nu, parmi des femmes tout habillées?

– Oui. Ça ne se passe pas toujours dans un théâtre.

– Pourquoi croyez-vous que vous rêvez cela?

– J'espérais beaucoup que vous pourriez me le dire.

– Reprenons cette conversation la prochaine fois», dit Bensimon, mettant fin à la séance. Lysander se leva et s'étira; il se sentait fatigué... toute cette concentration. Il glissa son carnet de notes dans sa poche.

«Continuez à tout noter.» Bensimon l'accompagna à la porte. «Nous faisons des progrès.» Ils se serrèrent la main.

«À mercredi, dit Lysander.

– Le fils de Halifax Rief, c'est incroyable!»

Installé au Café Central, Lysander buvait une Kapuziner et songeait à son père. Comme d'habitude, il essayait en vain de se le remémorer. Il ne lui restait que l'image d'un homme corpulent au visage carré, charnu, sous d'épais cheveux grisonnants. Il entendait la célèbre voix, certes, le grondement de basse sonore, mais le souvenir le plus persistant qu'il avait de son père, c'était son odeur, celle de la brillantine qu'il utilisait dans ses cheveux, un mélange personnel préparé par ses coiffeurs. Une vive et âpre bouffée de lavande, doublée de la senteur plus riche d'une lotion capillaire. Un homme très parfumé, ce père. Et puis, il était mort.

Lysander parcourut du regard le grand café avec ses hauts plafonds et son dôme de verre. L'endroit était calme. Quelques clients lisaient le journal, une mère et ses deux petites filles inspectaient le chariot de pâtisseries. Le soleil, à travers les grandes fenêtres, en faisait luire les losanges de verre couleur rubis et ambre. Lysander fit signe à un serveur et, désireux de contribuer à cette atmosphère paisible, commanda un brandy qu'il versa dans sa Kapuziner. Puis il sortit la lettre de Blanche, la première reçue depuis son arrivée à Vienne – il lui avait écrit quatre fois... Il lissa les feuillets. Encre bleu roi, la forte écriture hachurée remplissant la page jusque tout au bord.

> Lysander chéri,
>   Tu dois être fâché, je le sais, mais tu me manques, mon très cher, vraiment, et j'ai constamment l'intention de t'écrire mais tu me connais et tu sais combien tout est « frénétique ». Nous avions les droits de lecture de *Flaming June* mais il y avait erreur apparemment, et nous avons tous dû nous réunir de nouveau deux jours plus tard. C'est un charmant rôle pour moi et je pense qu'il y a celui d'un jeune officier des Gardes pour lequel tu serais « parfait ». Puis-je dire à ce cher vieux Manley que tu pourrais être intéressé ? Il fera tout ce que je lui demande, ce cher idiot d'entiché. Mais il faudrait que tu reviennes bientôt, mon trésor. Ce serait merveilleux de retravailler ensemble. Est-ce que ta « mystérieuse cure » se passe bien ? Durera-t-elle des siècles ? Prends-tu des bains de sel, des douches glacées en buvant du lait d'ânesse ? Je raconte aux gens que tu as « un petit souci de santé » et ils s'exclament « Oh. Ah. Oui. Je vois », avant de filer, l'air grave. Je vais demain à Borehamwood pour un « essai cinématographique ». Dougie dit que j'ai un visage parfait pour le « ciné », alors nous verrons. J'ai reçu un charmant petit mot de ta mère me demandant si nous avions décidé du « grand jour ». Penses-y, mon doudou à moi. Je montre ma bague aux gens et ils me disent « Quand ? » et je ris – mon rire de clochette –, et je réponds que nous ne sommes pas pressés. Mais je me disais qu'un mariage en hiver, ce serait original. Je pourrais porter des fourrures...

Il replia la lettre et la remit dans sa poche, en proie à un vague sentiment de nausée. Comme s'il entendait la voix de Blanche au creux de son oreille, lui rappelant la raison de sa venue à Vienne, le forçant à affronter la réalité de son problème particulier. Il pouvait difficilement épouser Blanche dans ces circonstances. Imaginez la nuit de noces...

Il alluma une cigarette. Blanche avait déjà eu des amants, il le savait. Elle l'avait pratiquement invité dans son lit mais il avait insisté pour conserver un comportement honorable, respectueux – maintenant qu'ils étaient fiancés. Il sortit son carnet de notes et procéda à un rapide calcul. La dernière fois qu'il avait essayé d'avoir un rapport sexuel avec une femme, c'était avec une jeune pute qu'il avait ramassée dans Piccadilly. Il recompta : trois mois, dix jours. Bien après qu'il eut fait sa demande à Blanche, et par pure nécessité expérimentale. Il se rappela la petite chambre glaciale sur Dover Street, l'unique lampe à pétrole, les draps d'une propreté douteuse sur le lit étroit. Avec son maquillage, la fille était assez jolie dans le genre vulgaire, mais on lui voyait une dent noire dès qu'elle souriait. Il avait bien commencé mais l'inévitable s'était produit. Rien. On peut réessayer, avait dit la fille quand il l'avait payée, ça ne compte pas vraiment, non, quand rien ne se passe ? Mais il vous faut me payer : une cartouche à blanc fait quand même du bruit.

Lysander se permit un sourire amer, un client militaire lui avait probablement lancé ça et elle l'avait gardé en tête. Il écrasa sa cigarette. Peut-être devrait-il dire à Bensimon qu'il était fiancé à Miss Blanche Blondel, ça pourrait l'impressionner autant que Halifax Rief.

Il régla sa consommation, se souvint de remettre son chapeau, sortit au soleil de l'après-midi et s'arrêta un instant sur les marches du café, songeant à retourner à pied à la pension Kriwanek – peut-être à sauter le dîner ? –, se demandant aussi où aller ce prochain week-end, Baden, peut-être, ou même Salzbourg, ou faire un petit voyage, le Tyrol...

« Mr Rief ? »

Lysander sursauta malgré lui. Un homme de haute taille, visage mince, sévère, moustache noire soignée.

« Je n'avais pas l'intention de vous surprendre. Comment allez-vous ? Alwyn Munro.

– Désolé... je rêvassais. » Ils se serrèrent la main. « Mais bien sûr. Nous nous sommes vus chez le Dr Bensimon. Une coïncidence, dit Lysander.

– Si vous venez au Café Central, vous finirez par rencontrer tout Vienne, répliqua Munro. Comment se passe votre séjour ? »

Lysander n'avait aucune envie de faire la conversation.

« Êtes-vous un patient du Dr Bensimon ? s'enquit-il.

– John ? Non. C'est un ami. Nous étions à l'université ensemble. Je viens parfois faire appel à ses connaissances. Un type très intelligent. » Il parut deviner la réticence de Lysander à poursuivre. « Vous êtes pressé, je vois. Je vous libère. » Il pêcha dans sa poche une carte et la tendit. « Je suis à l'ambassade, si jamais vous aviez besoin de quelque chose. Ravi de vous avoir revu. »

Il toucha de l'index le rebord de son chapeau melon et entra dans le café.

Lysander remonta vers Mariahilfer Strasse en profitant du soleil. Il ôta sa veste et la jeta sur son épaule. Le Tyrol, songea-t-il, oui – la vraie montagne. Puis, comme il s'apprêtait à traverser l'Opernring, il aperçut une autre de ces affiches déchirées, défigurées. Cette fois, il restait la tête d'un monstre – une sorte d'amalgame dragon-crocodile – et le nom entier du compositeur : Gottlieb Toller. Il pourrait demander à Herr Barth s'il savait quelque chose à son sujet. Il entendit le son d'un orchestre jouant une version militaire d'une valse de Strauss, et il ajusta son allure au martèlement de la grosse caisse. Il songea au magnifique visage de Blanche, à ses poignets fins, osseux, cliquetant de bracelets, sa haute et mince stature. Il l'aimait et il voulait l'épouser, se répéta-t-il – ce n'était ni façade ni convention sociale. Il lui devait d'essayer de se rétablir, un homme normal uni par un mariage heureux à une merveilleuse femme. Il lui fallait mener cette affaire à bonne fin.

Il traversa le Ring avec la prudence requise et, entre-temps, l'orchestre changea son morceau pour un quickstep ou une polka. Il sentit son moral remonter avec le rythme tandis qu'il arpentait Mariahilfer Strasse, la musique s'atténuant derrière lui pour se fondre dans le bruit de la circulation, alors que la fanfare regagnait sa caserne, devoir citoyen accompli, le bon peuple de Vienne distrait pendant une heure ou deux. Lysander sentit le soleil réchauffer ses épaules et un curieux mélange de sentiments l'assaillit : fierté de ce qu'il avait fait pour lui-même en recherchant sa guérison selon ses propres termes, plaisir de se promener dans les rues désormais familières de cette ville étrangère et, comme en demi-teinte, une légère et agréable mélancolie de se trouver si loin de Blanche et de son regard entendu, compréhensif.

7. L'addiction primale

« *Quid* de la masturbation ? demanda Bensimon.

– Eh bien, en général, ça marche. Neuf fois sur dix, disons. Pas de vrai problème, de ce côté-là.

– Ah. L'addiction primale.

– Pardon ?

– L'expression du Dr Freud...» Bensimon tenait son stylo prêt. «Quel est votre stimulus?

– Ça varie.» Lysander s'éclaircit la voix. «J'ai, ah, j'ai tendance à penser à des gens – des femmes – par qui j'ai été attiré dans le passé, et puis à imaginer une...» Il se tut. À présent, il comprenait l'utilité de ne pas faire face à son interlocuteur. «J'imagine une situation dans laquelle tout se passe bien.

– Naturellement, il s'agit d'une hypothèse. L'hypothèse du monde parfait. La réalité est bien plus compliquée.

– Oui, je sais que c'est de l'imagination», dit Lysander en essayant de gommer toute irritation dans sa voix. Bensimon était parfois si terre à terre.

«Mais c'est utile, c'est utile, répliqua Bensimon. Avez-vous entendu parler du "Parallélisme"?

– Non. J'aurais dû?

– Non, non. Pas du tout. C'est une théorie que j'ai développée moi-même et qui vient compléter, en quelque sorte, la théorie de la psychanalyse du Dr Freud. Peut-être y reviendrons-nous plus tard.»

Silence. Lysander entendait le Dr Bensimon faire de petits bruits explosifs avec ses lèvres. *Pop-pop-pop*. Agaçant.

«Votre mère est-elle encore en vie?

– Tout à fait.

– Parlez-moi d'elle. Quel âge a-t-elle?

– Quarante-neuf ans.

– Décrivez-la.

– Elle est autrichienne. Parle l'anglais presque sans accent. Elle est très élégante. Très à la mode.

– Belle?

– Je suppose que oui. Elle a été une très belle jeune femme. J'ai vu des photos.

– Comment s'appelle-t-elle?

48

– Annaliese. La plupart des gens l'appellent Anna.

– Mrs Annaliese Rief.

– Non. Lady Anna Faulkner. Après la mort de mon père elle a épousé un certain Lord Crickmay Faulkner.

– Comment vous entendez-vous avec votre beau-père ?

– Très bien. Il est plus vieux que ma mère, considérablement plus vieux. Dans les soixante-quinze ans.

– Ah. » Lysander entendait le grattement de la plume. « Pensez-vous jamais à votre mère sexuellement ? »

Lysander réussit à étouffer un soupir de lassitude. Il s'était attendu à mieux de la part de Bensimon, franchement.

« Non, dit-il. Pas du tout. Jamais. Au grand jamais. Non. »

8. Un fringant officier de cavalerie

Lysander regarda Wolfram avec stupéfaction. Celui-ci était dans le hall en grand uniforme, sabre traînant sur le sol, shako sous le bras, bottes noires avec éperons et genouillères. Il paraissait immense et magnifique.

« Bonté divine ! s'écria Lysander admiratif. Vous êtes de revue ?

– Non, répliqua Wolfram, un peu morose. Ma séance au tribunal a lieu aujourd'hui. »

Lysander tourna autour de lui. L'uniforme était noir avec, sur le plastron, de grosses soutaches dorées pareilles à des serpents entortillés. Un dolman pendait d'une épaule. Le shako avait une plume rouge assortie aux revers rouges du col de la jaquette et aux bandes sur les côtés du pantalon.

« Dragons ? suggéra Lysander.

– Hussards. Avez-vous de quoi boire, Lysander ? Quelque chose de fort ? Je dois avouer que je suis un peu nerveux.

– J'ai du whisky écossais, si vous voulez.

– *Perfekt.* »

Sabre cliquetant, Wolfram entra et s'assit dans la chambre de Lysander qui lui servit du whisky dans un verre à dents. Wolfram le but d'un trait et en redemanda aussitôt.

« Très bon whisky, je trouve.

– Il ne faudrait pas que vous sentiez le whisky au tribunal.

– Je fumerai un cigare avant. »

Lysander s'assit à son tour, tout en continuant d'admirer cet idéal d'opérette du fringant officier de cavalerie. Avec son chapeau, il devait bien mesurer dans les deux mètres.

« C'est à quel sujet, le tribunal ? » s'enquit-il, s'estimant raisonnablement en droit de connaître la cause de l'exil de Wolfram dans la pension Kriwanek, maintenant que le jour du jugement était arrivé.

« Une question de fonds disparu au mess des officiers », répondit Wolfram, placide, avant d'expliquer : le colonel du régiment allait prendre sa retraite et les officiers s'étaient cotisés pour lui offrir un splendide cadeau. Les dons avaient été faits anonymement, l'argent glissé dans la fente d'une boîte métallique fermée à double tour et posée sur un buffet dans le mess. Au moment d'ouvrir la boîte, on y avait trouvé à peine de quoi acheter au colonel « une boîte de cigares Trabuco de taille moyenne, ou deux bouteilles de champagne hongrois », dit Wolfram. « À l'évidence, soit nous avions donné très peu d'argent pour notre colonel bien-aimé, soit quelqu'un avait fait le ménage.

– Qui avait la clé de la boîte ?

– Quiconque était l'officier de garde au mess chaque semaine. Trois mois font douze semaines, soit douze suspects. Dont n'importe lequel a eu tout le temps de faire une copie de la clé et de prendre l'argent. J'étais un de ces douze officiers.

– Mais pourquoi vous suspecte-t-on vous ? » s'écria Lysander, saisi d'indignation au nom de Wolfram.

« Parce que je suis un Slovène dans un régiment d'Allemands. D'Autrichiens de langue allemande, je veux dire. Il y a aussi deux Tchèques, mais les officiers allemands soupçonneront toujours le Slovène – et j'ai donc passé six mois ici pendant qu'on décidait de mon sort.

– Mais c'est ridicule ! Juste parce que vous êtes slovène ? »

Wolfram sourit d'un air las : « Combien notre grand empire compte-t-il de pays ?

– L'Autriche, la Hongrie et… » Lysander réfléchit : « … la Croatie…

– Vous n'en êtes qu'au début. La Carnolie, la Moravie, la Galicie, la Bosnie, la Dalmatie – c'est une soupe de légumes, une grosse salade infecte. Sans parler des Italiens ou des Ukrainiens. Je prendrai encore un whisky. »

Lysander le lui versa.

« Il y a l'Autriche. » Wolfram poussa la bouteille et posa son verre à côté. « Il y a la Hongrie. Le reste, nous autres, sommes comme le harem de ces deux puissants sultans. Ils nous prennent quand ça leur chante, ils nous violent quand ils en ont envie. Alors… qui a volé l'argent du colonel ? Ah, ah, ce doit être le rusé Slovène. »

On frappa à la porte et Traudl, rougissante, passa la tête : « Lieutenant Rozman, monsieur, votre *Fiaker* est ici. »

Wolfram se leva, reboutonna son col, enfila ses gants, saisit son sabre.

« Bonne chance », dit Lysander, et ils se serrèrent la main. « Vous êtes innocent, vous n'avez rien à craindre. »

Wolfram sourit : « Aucun être humain n'est entièrement innocent…

– Vrai, je suppose. Mais vous comprenez ce que je veux dire.

– Je m'en sortirai, répliqua Wolfram. Le rusé Slovène a plus d'un tour dans son sac.» Il fit une petite courbette, claqua des talons – dans un cliquetis sec d'éperons – et partit.

Lysander retourna à son bureau et ouvrit *Investigations auto-biographiques*, un peu découragé. Qu'il gagne ou perde, le séjour de Wolfram à la pension devait toucher à sa fin – disculpé, il regagnerait sa caserne, disgracié, il serait rejeté sur les flots de la vie civile. Renvoyé en Slovénie, sans doute… Il lui manquerait. Il commença à noter quelques-uns des faits concernant le cas du lieutenant Wolfram Rozman. «Aucun être humain n'est entièrement innocent», écrivit-il, et la pensée lui vint que, si on décidait de voler quelque chose, il serait vraiment astucieux de s'assurer de l'existence d'une douzaine d'autres suspects possibles. Une grappe de suspects cachant le coupable. Il souligna la phrase: «<u>Aucun être humain n'est entièrement innocent.</u>» Peut-être était-il temps de confier à Bensimon son secret le plus noir, le plus honteux…

On frappa de nouveau à la porte. Lysander consulta sa montre – il n'attendait Herr Barth que dans une heure. «Entrez», dit-il. Traudl surgit de nouveau et ferma la porte derrière elle.

«Hello, Traudl. Que puis-je faire pour vous?

– Frau Kriwanek rend visite à sa sœur et Herr Barth dort dans sa chambre.

– Eh bien, merci pour ces informations.

– En partant, le lieutenant Rozman m'a donné vingt couronnes en me disant de venir vous voir.

– Pour quoi faire?

– Pour vous donner du plaisir.»

Sur quoi, elle se pencha, souleva son tablier et sa jupe épaisse et, dans la pénombre, Lysander aperçut les pâles colonnes des cuisses et le sombre triangle des poils pubiens.

«Ce ne sera pas nécessaire, Traudl.

– Et les vingt couronnes?

– Vous les gardez. Je dirai au lieutenant Rozman que nous avons eu du très bon temps.

– Vous êtes un homme gentil et bon, Herr Rief. » Traudl fit la révérence.

Aucun homme n'est entièrement innocent, se dit Lysander en se levant pour aller ouvrir la porte à Traudl. Il fouilla dans ses poches à la recherche de monnaie dans l'idée de lui glisser un pourboire, mais il ne trouva qu'une carte de visite. Elle n'avait pas besoin d'un pourboire, de toute façon – elle venait de gagner vingt couronnes.

« Je peux revenir à un autre moment, suggéra-t-elle.

– Non, non. Tout va bien. »

Il referma derrière elle. Fleuve de sexe, vraiment. Il jeta un coup d'œil à la carte de visite dans sa main. À qui était-elle ? « Capitaine Alwyn Munro DSO, Attaché militaire, Ambassade de Grande-Bretagne, Metternichgasse 6, Vienne III »

Encore un fichu militaire. Lysander posa la carte sur son bureau.

9. Investigations autobiographiques

C'est l'été 1900. J'ai quatorze ans et je vis à Claverleigh Hall, East Sussex, dans le vaste manoir de mon beau-père, Lord Crickmay Faulkner. Mon père est mort l'année dernière. Ma mère s'est remariée avec Lord Faulkner neuf mois après l'enterrement de mon père. Elle est sa seconde épouse, la nouvelle Lady Faulkner. Tout le voisinage est très content pour le vieux Lord Crickmay, un homme franc, aimable, à l'orée de la soixantaine, un veuf avec un fils adulte.

Je ne sais toujours pas ce que je ressens à propos de cette nouvelle situation, cette nouvelle famille, cette nouvelle maison.

Claverleigh et son domaine restent largement *terra incognita* pour moi. Au-delà des deux jardins clos, il y a des bois et des champs, des taillis et des prairies, des paddocks et deux fermes essaimés à travers les collines du Sussex. C'est une grande propriété bien administrée, et je m'y sens comme un étranger permanent, même si les domestiques de la maison, valets de pied, femmes de chambre, cochers et jardiniers se montrent tous très amicaux. Ils sourient en me voyant et m'appellent « *Master* Lysander ».

On m'a retiré de mon école à Londres – Mrs Chalmers Demonstration School for Boys –, et j'ai pour instructeur le vicaire local, le révérend Farmiloe, un vieux célibataire cultivé. Ma mère me dit que, très vraisemblablement, on m'enverra en pension à l'automne.

Nous sommes samedi et je n'ai donc pas de leçons, mais le révérend Farmiloe m'a demandé de lire un poème d'Alexander Pope intitulé « La Boucle dérobée ». Que je trouve très difficile. Après le déjeuner, je prends mon livre et je vais me promener dans le grand jardin clos à la recherche d'un banc à l'écart où je pourrai continuer ma laborieuse lecture. J'aime la poésie, il m'est facile de l'apprendre par cœur, mais je trouve Alexander Pope presque incompréhensible – au contraire de Keats ou de mon préféré, Tennyson. Les jardiniers et leurs aides, en train de désherber les longues bordures, me saluent à mon passage : « Bonne journée, *master* Lysander. » Je réponds hello – je les connais presque tous maintenant. Le vieux Digby, le chef jardinier Davy Bledlow et son fils Tommy. Tommy a deux ans de plus que moi et il m'a demandé si j'aimerais aller chasser le lapin avec lui un jour. Il a un superbe furet nommé Ruby. J'ai dit non, merci. Je ne veux pas chasser et tuer des lapins – je trouve que c'est cruel. Tommy Bledlow est un grand gars avec un nez cassé et aplati qui lui donne un air étrange – celui d'un clown menaçant. Je quitte le jardin clos et traverse la palissade par l'échalier pour entrer dans le bois de Claverleigh.

Le soleil brille sur les jeunes feuilles vertes des chênes et les vieux hêtres. Je découvre un coin de mousse entre les deux racines tordues et arc-boutées d'un grand chêne. Étendu dans une flaque de soleil, j'en savoure la chaleur sur mon corps. Souffle une légère brise. Au loin, j'entends un train teuf-teufer entre Lewes et Pevensey. Des oiseaux chantent – une grive, je pense, un merle. C'est idéalement paisible. Une chaude journée d'été au commencement du siècle nouveau dans le sud de l'Angleterre.

J'ouvre mon livre et commence à lire, en essayant de me concentrer. J'arrête et je me débarrasse de mes chaussures et de mes chaussettes. Tout en faisant jouer mes orteils, je continue à lire.

« Le Soleil perce au travers des rideaux blancs, par de timides rayons et ouvre des yeux qui doivent éclipser le jour. »

Dans le Londres du XVIIIe siècle, une superbe jeune femme, étendue dans son lit, se réveille, s'habille et entame sa journée – ça au moins c'est clair. Je me recule pour avoir la tête à l'ombre et le corps au soleil.

« Cependant Belinda, le sein languissamment étendue sur ses doux oreillers dort encore. »

Non, il n'y a pas « le sein ». Pourquoi ai-je lu « le sein » ? L'association de doux oreillers, d'une fille vêtue d'une chemise de nuit en désordre, suffisamment ouverte peut-être pour révéler... Je tourne la page.

«… *Shock*, qui pensait qu'elle avait dormi trop longtemps,
Sauta et vint réveiller sa maîtresse à coups de langue.»

Qui est ce Shock? Mais je pense à la fille de cuisine – ne
s'appelle-t-elle pas Belinda? Oui, je crois, la grande à l'air
effronté. Elle a de «doux oreillers», pour sûr. La fois où je l'ai
vue à genoux, en train de ranimer un feu, les manches relevées et
son corsage déboutonné… Je sais ce qu'est une «maîtresse»…
mais comment l'a-t-il réveillée avec sa langue?

Je sens mon pénis remuer sous mon pantalon, et c'est agréable.
Le soleil est chaud sur mes cuisses. Je regarde vite autour de
moi – je suis tout à fait seul. Je défais ma ceinture et ma braguette, tire mon pantalon et mon caleçon jusqu'à mes genoux.
Le soleil est chaud. Je me caresse.

Je pense à Belinda, la fille de cuisine. À ses seins, doux comme
des oreillers, à une langue réveillant sa maîtresse. Je saisis mon
sexe. Lentement, je bouge mon poignet de haut en bas…

Ce dont je me souviens ensuite, c'est de ma mère qui m'appelle.
«Lysander? Lysander, mon chéri…»

Je suis en train de rêver. Et puis, je me rends compte que
non. Je me réveille peu à peu, comme si j'avais été drogué.
J'ouvre les yeux, je bats des paupières et je vois ma mère debout,
là, sa silhouette découpée sur le soleil éblouissant. Ma mère,
debout, là, qui me regarde. Dans tous ses états.

«Lysander, chéri, que s'est-il passé?

– Quoi?» À moitié endormi, je suis son regard; mon pantalon et mon caleçon sont toujours retroussés sur mes genoux,
j'aperçois mon pénis flasque et la petite touffe de poils noirs
au-dessus.

Je tire sur mon pantalon, me roule en boule et commence à
pleurer comme une madeleine.

« Que s'est-il passé, chéri ?

– Tommy Bledlow », dis-je, Dieu sait pourquoi, en sanglotant.

« C'est Tommy Bledlow qui m'a fait ça. »

10. Un sentiment particulier d'exclusivité

Lysander interrompit sa lecture. Il sentit une honte rétrospective l'embraser tel du petit bois très sec qui se tord et crépite sous l'effet de la chaleur. Sa bouche était sèche. Allons, reprends-toi, se dit-il, tu as vingt-sept ans, tout ça c'est de l'histoire ancienne.

Il demeura silencieux un moment. Bensimon dut parler le premier.

« Bien, dit-il. Oui. Donc. Vous aviez quatorze ans quand ceci s'est passé.

– Je crois avoir dormi environ deux heures. On ne m'avait pas vu pour le thé. Inquiète, ma mère était venue à ma recherche. Les jardiniers disaient que j'étais parti dans le bois.

– Et vous aviez commencé à vous masturber…

– … et je m'étais endormi. Un sommeil de plomb. Le soleil, la chaleur. Un bon déjeuner… Et ma mère m'a trouvé apparemment inconscient, à moitié nu, le sexe à l'air, le pantalon en tire-bouchon. Pas étonnant qu'elle se soit affolée.

– Qu'est-il arrivé au jeune jardinier ?

– Il a été aussitôt renvoyé par le directeur du domaine, sans paye ni références. C'était ça ou la police. Son père a protesté que son fils n'avait rien fait – encore qu'il ait dû reconnaître qu'il n'avait pas été présent tout l'après-midi dans le jardin – et il a été renvoyé lui aussi.

– Qui aurait pu ne pas croire le jeune *Master* Lysander ?

– Oui, exactement. Je me sens très coupable. Encore aujourd'hui. Je n'ai aucune idée de ce qu'ils sont devenus. Ils ont perdu aussi la jouissance de leur cottage sur la propriété. Je suis tombé malade – je me souviens avoir pleuré des jours durant – et je suis resté couché quinze jours. Après quoi ma mère m'a emmené dans un hôtel de Margate où j'ai été examiné par des médecins. On m'a donné toutes sortes de médicaments pour les "nerfs". Puis on m'a expédié dans mon horrible pension.

– On n'a plus jamais reparlé de l'affaire ?

– Plus jamais. J'étais la victime, vous comprenez. Malade, brisé, pâle. Chaque fois qu'on m'interrogeait sur l'incident, je me mettais à pleurer. Et donc, tout le monde se montrait très prévenant avec moi, très inquiet de ce que j'avais "subi". On marchait sur des œufs, voyez-vous.

– Intéressant que vous ayez accusé le fils du jardinier... » Bensimon nota quelque chose. « Comment s'appelait-il, déjà ?

– Tommy Bledlow.

– Vous vous en souvenez encore.

– Je ne suis pas près de l'oublier.

– Il vous avait demandé d'aller chasser avec lui... avec son furet.

– J'avais refusé.

– Aviez-vous des sentiments homosexuels pour lui ?

– Ah... Non. Ou en tout cas je n'en étais pas conscient. Il était la dernière personne à qui j'avais parlé. Dans mon affolement, l'urgence du moment, j'ai saisi le premier nom qui me passait par la tête. »

Lysander prit un tram pour regagner Mariahilfer Strasse dans un état d'hébétude qui persista tout le long d'un trajet bruyant et tressautant. Bensimon était le seul être à qui il avait dit la vérité à propos de cette journée estivale à l'aube du siècle nouveau, et il devait admettre que le récit de son terrible et sombre secret avait provoqué en lui une espèce de catharsis. Il ressentait une étrange légèreté, une distanciation à l'égard de son passé et, en regardant autour de lui, à l'égard du monde où il évoluait et de ses habitants. À voir ses compagnons de voyage du tram K, lire, bavarder, se perdre dans leurs pensées, porter un regard vide sur la ville en train de défiler, il éprouvait un sentiment d'exclusivité. Tel l'homme avec un billet de loterie gagnant en poche – ou l'assassin non découvert revenant du lieu de son crime –, il se sentait au-dessus d'eux, à part, presque supérieur. Si seulement vous saviez ce que j'ai révélé aujourd'hui, si seulement vous saviez à quel point ma vie va changer maintenant...

C'était un vœu pieux, il le comprit vite. Ce qui s'était passé cet après-midi de juin 1900 représentait l'épisode effacé de sa vie, un long blanc entre parenthèses dans le récit de ses quatorze ans. Il n'y avait jamais repensé ensuite, dressant un impénétrable *cordon sanitaire** mental – devançant tout catalyseur susceptible de réveiller des souvenirs gênants. Il s'était souvent promené dans le bois de Claverleigh ; sa mère et lui étaient très proches ; il avait bavardé avec les jardiniers et les ouvriers du domaine sans que Tommy Bledlow lui revienne à l'esprit une seule fois. L'événement était passé, l'incident banni, perdu dans les limbes du temps, comme si un organe malade ou une tumeur avaient été ôtés de son corps et réduits en cendres.

Il descendit du tram à sa station et se demanda pourquoi il avait inconsciemment choisi cette image. Non, il était content d'avoir tout raconté à Bensimon. Peut-être, au fond, était-ce là le vrai pouvoir de la psychanalyse : vous permettre de parler de choses d'une importance cruciale, essentielle – que vous ne

---

* Les mots en italique suivis d'un astérisque sont en français dans le texte original.

pouviez raconter à personne d'autre – sous la forme d'un discours thérapeutique. Que Bensimon pouvait-il lui dire maintenant, qu'il ne pouvait se dire à lui-même ? La confession était une forme de libération, et il se demanda s'il avait encore besoin de Bensimon. Tout de même, il se sentait presque physiquement différent de l'homme qui avait transcrit les événements de ce jour-là. Et les transcrire était important aussi, il le voyait bien. Quelque chose avait changé – cela avait été une sorte de purge, une ouverture, un nettoyage.

Pensif, il parcourut à pas lents le trajet de la station du tram à la pension, ne s'arrêtant que pour acheter un paquet de cent cigarettes anglaises Virginia au tabac à l'angle de Mariahilfer Strasse. Il se demanda vaguement s'il ne fumait pas trop. Ce qu'il lui fallait, c'était une balade revigorante en montagne. Il pensa alors avec plaisir aux endroits où il pourrait aller ce week-end.

Traudl époussetait la chouette sous cloche quand il ouvrit la porte. Elle ne fit pas de révérence, remarqua-t-il, et son sourire lui parut un peu plus complice. Pas étonnant, songea-t-il, maintenant que nous avons tous deux notre petit secret à partager.

« Le lieutenant aimerait vous voir », dit-elle avant de jeter un coup d'œil autour de la pièce et de chuchoter : « N'oubliez pas pour les vingt couronnes.

– Ne vous inquiétez pas. Il présumera que nous avons… vous comprenez…

– Oui. Bien. Dites vraiment cela, monsieur, s'il vous plaît.

– Je le ferai, Traudl. Soyez-en certaine.

– Et j'ai mis votre courrier dans votre chambre, monsieur.

– Merci. »

Lysander frappa à la porte de Wolfram et, invité à le faire, entra. Au large sourire de Wolfram et à la bouteille de champagne dans un seau à glace, il devina aussitôt que tout s'était bien passé au tribunal. Wolfram s'était rhabillé en civil – costume de tweed caramel et cravate chocolat.

«Acquitté!» s'exclama-t-il, les bras levés dans un grand geste de chef d'orchestre. Les deux hommes se serrèrent la main chaleureusement.

«Félicitations. J'espère que ça n'a pas été trop éprouvant, dit Lysander.

– Eh bien, ils font tout pour vous effrayer, naturellement, répliqua Wolfram en s'affairant à ouvrir et verser le champagne. Tous ces officiers supérieurs en grand uniforme et au regard désapprobateur… des visages solennels, très solennels. Ils vous font attendre des heures.» Il refit le plein du verre de Lysander. «Si vous ne vous énervez pas, si vous restez digne, c'est à moitié gagné.» Il sourit. «Votre excellent whisky a été d'un grand secours de ce côté-là.»

Ils trinquèrent et burent.

«Alors, c'est fini, dit Lysander. Qu'est-ce qui leur a fait entendre raison?

– Un embarrassant manque de preuves. Mais je leur ai donné de quoi réfléchir. Ça les a détournés du rusé Slovène.

– Ah, oui? Quoi donc?

– Il y a ce capitaine dans le régiment, Frankenthal. Il ne m'aime pas. Un type arrogant. J'ai trouvé le moyen de rappeler à mes officiers supérieurs que Frankenthal était un nom juif.» Wolfram haussa les épaules. «Et comme moi, Frankenthal a eu la clé pendant une semaine.

– Quel rapport avec le fait qu'il soit juif?

– Il n'est pas juif, sa famille s'est convertie au catholicisme il y a une génération. Mais quand même…» Wolfram eut un sourire malicieux. «Ils auraient dû changer de nom.

– Je ne vous suis pas.

– Mon cher Lysander, si on ne peut pas attribuer le crime à un

Slovène, un Juif c'est encore mieux. Ça lui apprendra à vivre, à ce type déplaisant. Et on m'offre un mois de permission, en manière d'excuses pour mon "épreuve". Vous me reverrez donc. Puis nous partons en manœuvres fin septembre. » Un nouveau sourire : « Comment ça s'est passé avec la petite campagnarde, hein ?

— Oh, Traudl. Très agréable. Merci beaucoup. » Lysander s'empressa de changer de sujet. « Qu'auriez-vous fait si on ne vous avait pas acquitté ? »

Wolfram réfléchit un instant. « Je me serais tué, très vraisemblablement. » Il fronça les sourcils comme s'il recensait les options, de manière rationnelle. « Une balle dans la tête, sans doute. Ou du poison.

— Tout de même pas ? Bon Dieu !

— Non, non… Il faut que vous compreniez, Lysander, qu'ici, à Vienne, dans cet empire en ruines qui est le nôtre, le suicide est une chose parfaitement raisonnable. Tout le monde comprendra vos véritables sentiments et pourquoi vous n'aviez pas d'autre choix, personne ne vous condamnera ni ne vous blâmera.

— Vraiment ?

— Oui. Une fois que vous aurez compris ça, vous nous aurez compris. » Wolfram sourit : « C'est ancré en nous. *Selbstmord*, la mort du soi : c'est un adieu honorable à ce monde. »

Ils finirent la bouteille et Lysander regagna sa chambre en sentant les effets de l'alcool. Il songea à sauter le dîner, peut-être aller dans un café et continuer à boire. Il se sentait allègre et plein d'entrain, ravi pour Wolfram, bien entendu, et content d'avoir lui-même ouvert le coffret scellé de son passé.

Du courrier l'attendait sur son bureau. Une lettre de Blanche, une autre de sa banque à Londres et une troisième enveloppe avec un timbre autrichien et d'une écriture inconnue. Il l'ouvrit.

C'était une invitation au *vernissage**de l'exposition des «dernières œuvres» de l'artiste Udo Hoff dans une galerie – la Bosendorfer-Renz Galerie für moderne Kunst – du centre de la ville. Rédigée à l'encre verte en grosses lettres rondes, une injonction barrait le bas de l'invitation : «Venez! Hettie Bull».

11. Parallélisme

Suivant le conseil de Bensimon, Lysander avait quitté le fauteuil pour le divan. Il n'était pas encore certain de ce que ce déplacement et ce changement de posture signifiaient mais Bensimon avait beaucoup insisté. La tête appuyée sur des oreillers, Lysander avait toujours une excellente vue sur le bas-relief africain.

«Quel âge avait votre mère à la mort de votre père? demanda Bensimon.

– Trente-cinq... trente-six ans. Oui, c'est ça.

– Encore une très jeune femme.

– Je suppose.

– Comment a-t-elle pris la mort de votre père?»

Lysander réfléchit, repensant au choc terrible que cela avait été pour lui, à sa profonde tristesse quand il avait appris la nouvelle. Au travers des sombres brumes de son pénible souvenir, il se rappelait combien sa mère avait été malheureuse.

«Elle l'a pris vraiment très mal, ce n'est pas surprenant. Elle adorait mon père, elle vivait pour lui. Elle a abandonné sa propre carrière au moment de leur mariage. Elle voyageait avec lui quand il voyageait. Dès ma naissance, je les ai accompagnés. Il avait sa propre compagnie, voyez-vous, en plus de son travail dans les théâtres londoniens. Elle l'aidait à la diriger, se chargeait de l'administration ordinaire. Nous étions sans cesse en tournée en Angleterre, en Écosse, en Irlande. Nous habitions des maisons, des appartements de location, nous n'avons jamais eu d'endroit vraiment à nous. À sa mort, nous vivions dans un appartement de South Kensington. Malgré sa célébrité et son succès, mon père a fini ses jours pratiquement ruiné – il avait englouti tout son argent dans la Halifax Rief Theatre Company. Il n'en restait que très peu pour ma mère. Je me rappelle que nous avons dû déménager dans un meublé, à Paddington. Deux chambres, une cheminée, une cuisine et une salle de bains partagées avec deux autres familles.»

Lysander avait un souvenir très vif de ce logis. Fenêtres crasseuses, toile cirée usée, rapiécée sur le sol. L'odeur de suie venue de la gare voisine, les sifflements du centre de triage, le choc et le fracas des wagons, et nuit et jour, les pleurs étouffés de sa mère. Puis elle avait rencontré Crickmay Faulkner, et tout avait changé.

Lysander réfléchit avant d'ajouter : «Pendant un temps, elle s'était mise à boire. Très discrètement, mais dans les mois qui ont suivi l'enterrement, elle buvait beaucoup. Elle n'était jamais inconvenante mais, quand elle venait se coucher, je le sentais à son haleine.

– Quand elle venait se coucher ?

– Dans ce meublé, nous avions une pièce à vivre et une chambre à coucher, expliqua Lysander. Nous partagions le lit. Jusqu'à ce que Lord Faulkner la demande en mariage et nous installe dans une grande maison à Putney où j'ai eu ma chambre à moi.

– Je vois. Comment votre mère avait-elle rencontré votre père ? Était-il venu à Vienne ?

– Non. Ma mère chantait dans le chœur d'une compagnie d'opéra allemande. Ils faisaient une tournée en Angleterre et en Écosse en 1884. Elle avait – elle a toujours – une très jolie voix de mezzo-soprano. Elle jouait à Glasgow, au King's, dans le *Tristan* de Wagner alors en alternance avec la production de *Macbeth* de la Halifax Rief Theatre Company. Ils se sont rencontrés dans les coulisses. Amour à retardement, disait mon père.

– Pourquoi à retardement ?

– Parce que, affirmait-il, à première vue, ses pensées n'avaient pas été exactement "amoureuses". Si vous voyez ce que je veux dire.

– Je vois, je vois. "L'amour à retardement". Charmant.

– Pourquoi me posez-vous toutes ces questions à propos de ma mère, Dr Bensimon ? Je n'ai rien d'un Œdipe, vous savez.

– Dieu nous préserve, je suis sûr que non. Mais je pense que ce que vous m'avez raconté – ce que vous m'avez lu la dernière fois – contient la clé de votre rétablissement. J'essaye simplement de réunir le maximum d'éléments vous concernant. »

Lysander entendit le bruit d'un fauteuil que l'on recule. La séance était terminée.

« Vous rappelez-vous que je vous ai demandé si vous aviez entendu parler du Parallélisme ? » Bensimon avait traversé la pièce pour entrer dans son champ de vision. Une ombre avec la main tendue. Lysander ôta ses jambes du divan, se leva et se vit offrir un petit livre, à peine plus gros qu'une brochure. Il le prit. Couverture bleu marine avec lettres argentées : *Nos vies parallèles, une introduction*, par le Dr J. Bensimon MB, BS (Oxon).

« Je l'ai fait imprimer à mes frais. Je travaille à la version complète. Mon *opus magnum*. Qui prend beaucoup de temps, j'en ai peur. »

Lysander tournait le livre dans ses mains. « Pouvez-vous m'en donner les grandes lignes ?

– Enfin, c'est un peu compliqué. Disons que le monde est

65

par essence neutre : plat, vide, privé de signification et d'importance. C'est nous, notre imagination qui le rendons vivant, qui le remplissons de couleur, de sentiment, de but et d'émotion. Une fois que nous avons compris cela, nous pouvons façonner notre monde comme nous l'entendons. En théorie.

– Ça paraît très radical.

– Au contraire, c'est du pur bon sens, quand on y regarde de plus près. Lisez un peu, voyez ce que vous en pensez. » Il regarda Lysander d'un air pénétrant : « J'hésite à le dire, et il est rare que je m'avance autant, mais j'ai le sentiment que le Parallélisme vous guérira, Mr Rief, je le crois vraiment. »

12. Andromède

Le jour du vernissage de l'exposition d'Udo Hoff, Lysander se sentit mal à l'aise, peu sûr de lui. Il n'avait pas bien dormi, et en se rasant ce matin-là, il se sentit vaguement bizarre et nerveux – une nervosité inhabituelle – à l'idée de se rendre à la galerie, de revoir Hettie Bull. Il trempa son blaireau dans le savon à barbe qu'il fit mousser sur ses joues, son menton et sa mâchoire, se demandant machinalement, tandis qu'il pinçait les lèvres et passait le blaireau sous son nez, s'il ne devrait pas se laisser pousser une moustache. Non, se répondit-il aussitôt, et comme à chaque fois. Il avait déjà essayé et ça ne lui allait pas ; ça lui donnait l'air négligé, comme s'il avait oublié d'essuyer un peu de soupe de queue de bœuf sur sa lèvre supérieure. Il avait la mauvaise nuance de châtain pour une moustache. Il fallait un contraste appuyé pour justifier une moustache sur un visage jeune – comme celle de ce Munro, à l'ambassade, noire et bien taillée, à croire qu'elle était postiche.

Il s'habilla avec soin, choisissant son costume léger bleu

marine, des chaussures noires et une chemise blanche à col dur avec une cravate rouge à pois. Une tache de couleur vive pour montrer son côté artiste. Son père n'aurait pas approuvé : Halifax Rief, qui s'habillait lui-même avec chic et exigence, soutenait qu'il fallait compter cinq bonnes minutes avant que quiconque remarque votre style ou la minutie et l'attention cachées derrière les vêtements que portait un homme. Toute forme d'ostentation était vulgaire.

Il décida d'aller visiter le Kunsthistorisches Hofmuseum sur le Burgring. C'était un geste, il le savait, et futile de surcroît, mais il s'imaginait à la galerie, pour l'exposition de Hoff, la pièce remplie de gens, tous experts et riches d'opinions arrêtées sur l'art, ancien et moderne. Que pourrait-il dire à pareils intellectuels, critiques d'art, collectionneurs et connaisseurs ? Il était à nouveau renvoyé à ses énormes lacunes en matière de culture générale. Il pouvait citer des pages entières de Shakespeare, Marlowe, Sheridan, Ibsen, Shaw – ou, du moins, les textes de ces auteurs qu'il avait eu à apprendre par cœur dans sa carrière. Il avait lu beaucoup de poésie du XIXe siècle – la poésie, il adorait –, mais il connaissait très peu ce qui était considéré comme « avant-gardiste ». Il achetait des journaux et des magazines et se tenait informé, dans une certaine mesure, des événements planétaires et de la politique européenne mais, s'il avait toutes les apparences d'un homme informé, éduqué, frotté au monde, il savait aussi à quel point le déguisement était léger dès qu'il rencontrait des gens dotés d'un vrai cerveau. Tu es acteur, se réprimandait-il, alors agis intelligemment ! Tu as tout le temps d'acquérir des connaissances, tu n'as rien d'un idiot, il y a beaucoup d'intelligence naturelle là-dedans ! Ce n'est pas ta faute si tu as été mal éduqué, à force de changer d'école. Ta vie d'adulte a été centrée sur ta carrière théâtrale – auditions, répétitions, petits rôles devenant plus importants. Ce n'est que dans la dernière pièce où il avait joué, *L'Ultimatum amoureux*, qu'il avait pu être considéré légitimement comme un premier rôle, ou en tout cas, un deuxième rôle important ; sur l'affiche, son nom figurait dans la même taille de caractères que celui de Mrs Cicely Brightwell, pas moins, et il n'existait pas de meilleure référence pour montrer le chemin qu'il avait parcouru en quelques années. Son père aurait été fier de lui.

Au musée, il erra dans les grandes galeries du premier étage, contemplant les tristes images vernies de saints et de madones, de dieux mythiques et de crucifixions mélancoliques, s'approchant pour lire le nom des artistes au bas du cadre et les cochant mentalement. Le Caravage, Titien, Bonifazio, Tintoret, Tiepolo. Il connaissait ces noms, bien entendu, mais désormais il pourrait dire : « Le *Vénus et Adonis* de Bordone, vous connaissez ? Justement je l'admirais aujourd'hui – oui, c'est drôle – au Hofmuseum. Splendide. Très émouvant. » Il commença à se détendre. Ce n'était qu'un jeu, après tout, et c'était cela son *métier* *, son talent, sa vocation.

Il poursuivit sa promenade. Là, c'étaient des peintres hollandais – Rembrandt, Frans Hals, Hobbema, Memling. Et ça, qu'est-ce que c'était ? *Attaque d'un convoi*, par Philips Wouwerman. Sombre et puissant, des brigands au teint basané armés de coutelas d'argent et de hallebardes pointues. « Vous connaissez l'œuvre de Wouwerman ? Très impressionnant. » Où étaient les Allemands ? Ah, nous y voilà : Cranach, D'Pfenning, Albrecht Dürer… Mais les noms commençaient à se mélanger et à se déformer dans son esprit, et il se sentit soudain très las. Trop d'art, la fatigue-musée. Le bon moment pour une cigarette et une Kapuziner. Il avait assez de noms en tête pour alimenter tout papotage mondain superficiel – zut, ce n'était pas comme si on allait lui faire passer un entretien pour un poste de conservateur !

Il avisa un petit café sur le Ring et s'appuya au comptoir pour fumer sa Virginia et boire sa Kapuziner. C'était vraiment un boulevard splendide et – il n'y avait rien de comparable dans Londres, sauf peut-être le Mall, et encore : ces chaussées cernant la vieille ville, cet alignement parfait de grands bâtiments et de palais, de parcs et jardins. Très beau. Il consulta sa montre – il avait encore une ou deux heures à tuer avant de pouvoir raisonnablement faire son entrée à la galerie. À quoi ressemblerait Udo Hoff ? Très prétentieux, c'était certain, tout à fait le genre d'homme à attirer et impressionner une Hettie Bull.

Il repartit d'un pas nonchalant sur le Ring en direction du clocher du Rathaus. Il entendait, à mesure qu'il approchait, hurler une voix amplifiée et il vit bientôt plusieurs centaines de gens rassemblés dans le petit parc devant l'hôtel de ville. Une scène en bois avait été dressée, de près de deux mètres de haut, sur laquelle un type, armé d'un mégaphone, faisait un discours sur un ton impérieux.

Automobiles et autocars défilaient à toute allure alors que la journée se faisait moins chaude. C'était l'heure de pointe des retours à la maison. Chargées de touristes, des calèches tirées par des chevaux longeaient clopin-clopant les trottoirs, comme des vestiges d'un autre âge. Partout des bicyclettes zigzaguaient entre les voitures. Lysander traversa le boulevard jusqu'au Rathaus, en prenant garde aux véhicules, et rejoignit la foule bruissante.

C'étaient tous des ouvriers, semblait-il, venus à cette manifestation vêtus symboliquement de leur tenue de travail. Les menuisiers en salopette, marteaux accrochés à la ceinture, maçons en tablier de cuir, mécaniciens en bleu de chauffe, chauffeurs en gants à manchette et pardessus à double boutonnage, forestiers avec de longues scies à double manche. Il y avait même plusieurs douzaines de mineurs, noirs de poussière de charbon, les dents jaunes dans leur visage crasseux, le blanc cru de leurs yeux saisissant autant que dérangeant.

Curieux, fasciné par leurs faces et leurs mains noires, Lysander s'approcha d'eux. Il se rendit compte que c'était la première fois qu'il voyait de vrais mineurs de près et non pas dans des livres et des magazines. Ils écoutaient avec la plus grande attention ce que l'orateur était en train d'aboyer à propos de boulots et de salaires, et des travailleurs immigrants slaves qui privaient l'ouvrier autrichien de son gagne-pain légitime. Des cris d'enthousiasme et des applaudissements éclatèrent tandis que le discours devenait plus incendiaire. Un homme heurta Lysander et s'excusa poliment, voire profusément.

Lysander se retourna : « Il n'y a pas de mal », dit-il.

L'homme, très jeune, dans les vingt ans, portait un chapeau de feutre gris, sans ruban, et ses longs cheveux bruns tombaient sur son col de chemise. Sa barbe était éparse et mal taillée. Étrangement, car il faisait très beau, il portait un maillot de cycliste, jaune, en caoutchouc. Lysander vit qu'il n'avait pas de chemise dessous. Un vagabond, un cinglé. Il émanait de lui l'odeur aigre de la pauvreté.

Sur une boutade de l'orateur, des vivats s'élevèrent de la foule.

« Ils ne comprennent rien du tout », lança rageusement Maillot-de-cycliste à Lysander. « C'est des mots vides, du bla-bla.

– Ah, les politiciens », répliqua Lysander, roulant des yeux en signe de sympathie. « Tous les mêmes. Les mots ne coûtent rien. » Il commençait à prendre conscience des regards dont il était l'objet. Qui est cet élégant jeune homme avec sa cravate à pois, et qui parle avec le cinglé ? Il était temps de partir. Il contourna le groupe de mineurs – des troglodytes noirs venus des enfers visiter la cité moderne. Soudain, une idée de poème germa en lui.

La galerie Bosendorfer-Renz se trouvait dans une rue à deux pas du Graben. Lysander attendit d'abord à quelque distance pour s'assurer de l'arrivée des invités – il avait besoin de la sécurité d'autres présences. Il s'approcha de la porte, son invitation à la main, mais comme personne ne semblait vérifier l'identité des arrivants, il la remit dans sa poche puis suivit un couple âgé à l'intérieur de ce qui tenait plus de la boutique d'antiquités que de la galerie d'art. Dans la petite vitrine étaient exposés deux fauteuils richement sculptés et, sur un chevalet, une nature morte hollandaise (pommes, raisin et pêches avec l'inévitable mouche soigneusement perchée). Cette pièce se prolongeait par un couloir – éclairé au bout par d'accueillantes lumières vives, et d'où montait un bourdonnement de conversations. Lysander respira un grand coup et s'avança.

La pièce, vaste et haute d'un plafond d'où pendaient trois chandeliers électriques, ressemblait à un entrepôt reconverti. De longs panneaux de bois montés sur roulettes divisaient l'espace. Il y avait déjà du monde, quarante à cinquante personnes, fut heureux de constater Lysander – il pourrait se perdre dans la foule. Les toiles de Hoff étaient suspendues à de hautes cimaises ; ici et là, de petites sculptures et des maquettes étaient posées sur de minces socles à hauteur d'homme. Il décida de faire un tour rapide des tableaux, de saluer Miss Bull, de féliciter Hoff et, devoir accompli, de disparaître dans la nuit.

À première vue, l'œuvre de Hoff apparaissait conventionnelle, sans rien d'exceptionnel – paysages, campagnards et urbains, un ou deux portraits. Mais en y regardant de plus près, Lysander remarqua d'étranges et subtils effets de lumière. Une prairie, à l'orée d'un bois, semblait baigner dans le reflet de puissantes lampes à arc, les ombres noires et tranchantes rendant sinistre et apocalyptique ce panorama banal, au point que l'on se demandait quelle lumière ardente, dans le ciel, provoquait cette lugubre irisation. Un soleil saharien brillait sur une vallée du nord de l'Europe. Il y avait un autre coucher de soleil, si sanglant qu'il donnait l'impression que le ciel lui-même était malade, en voie de putréfaction. Dans un *Village sous la neige*, Lysander nota que deux des maisons n'avaient ni porte ni fenêtres et qu'il y avait, sur la flèche du clocher de l'église, un O tout rond et non la croix habituelle. Quels secrets se cachaient donc dans cette humble bourgade ?

À mesure qu'il faisait le tour de la pièce en relevant ces bizarreries, Lysander était de plus en plus impressionné par la vision d'une subtilité oblique et troublante du peintre. Le plus grand tableau, *Portrait de Fraulein Gustl Cantor-De Castro*, représentait le portrait en pied d'une femme lourdement maquillée, vêtue d'un caftan brodé et assise dans un fauteuil. Mais un second coup d'œil révélait que le caftan, déboutonné sur les genoux, laissait voir son pubis. C'était comme si la flèche de poils noirs faisait partie du motif de décoration du caftan richement travaillé. Prenant conscience de ce qu'il regardait, Lysander fut véritablement saisi. Le regard fixe de la femme au visage dur semblait lui être destiné, faisant de lui le complice de l'exhibition d'un sexe – c'était pour lui qu'elle avait défait ces boutons – ou un voyeur pris la main dans le sac.

Il se retourna et avisa un serveur qui circulait avec un plateau de verres de vin. Il en prit un – du riesling, un peu trop tiède – et se mit à l'écart pour observer la foule, dont les composants paraissaient en majorité plus enclins à bavarder entre eux qu'à contempler les dernières œuvres d'Udo Hoff. Lequel était Hoff ? On pouvait deviner les artistes – l'un d'eux avait le crâne rasé, un autre, pas de cravate, un troisième, un barbu,

72

portait une blouse couverte de taches de peinture comme s'il sortait juste de son atelier. Absurde de se démarquer de la sorte, songea Lysander, aucune classe. Cela dit, pas le moindre signe de Miss Bull.

Il posa son verre vide sur une table et alla jeter un œil sur ce qui était pendu sur les panneaux mobiles. Faisant le tour pour inspecter ce qui se trouvait au revers d'un panneau couvert de petites esquisses encadrées de jarres et de bouteilles, il découvrit l'illustration, originale, d'une affiche de théâtre. Il s'arrêta net, sursautant de façon presque comique. C'était bien ça : une femme pratiquement nue, les mains pressées sur les seins tandis qu'un dragon, pareil à une anguille à écailles, se dressait d'un air menaçant – un œil orange flamboyant et une langue fourchue de serpent tendue en direction de ses parties intimes. Avec cette inscription : « *ANDROMEDA UND PERSEUS eine Oper in vier Akten von Gottlieb Toller* ». Ainsi donc, c'était Udo Hoff qui avait dessiné l'offensante affiche, dont lui, Lysander, avait vu partout dans Vienne les bouts déchirés... Voilà un mystère résolu. Perseus, et non Perséphone.

Il recula pour mieux voir. C'était sans conteste un tableau provocant et troublant. Le cou et la tête écaillés du monstre avec son œil solitaire infecté. Même le plus innocent des bourgeois pouvait deviner ce qui était symbolisé ici, pas de doute. Et la femme représentée, Andromède, semblait...

« L'aviez-vous déjà vu ? » Une voix anglaise, l'accent de Manchester.

Lysander se retourna pour découvrir le Dr Bensimon, en tenue de soirée – nœud papillon blanc, queue-de-pie –, barbe soignée et taillée de frais. Ils se serrèrent la main, Lysander trouvant incongru de rencontrer son médecin dans ce contexte. Puis il se rappela que Miss Bull comptait aussi parmi ses patientes.

Bensimon avait, à l'évidence, pensé plus ou moins de même.

73

« Jamais je n'aurais cru vous croiser ici, Mr Rief. J'ai été fort surpris en vous apercevant.

– Miss Bull m'a invité.

– Ah. Tout s'explique. » Bensimon regarda de nouveau l'affiche et la désigna d'un geste. « L'opéra n'a été joué que trois fois à Vienne – dans un *Kabarett* nommé "L'Enfer", *die Hölle*. Le seul endroit où on avait accepté de le monter. Puis il a été interdit par les autorités.

– Interdit ? Pourquoi ?

– Outrage à la pudeur. Remarquez, moi je l'aurais interdit à cause de la musique. Une insupportable grinçante atonalité. Du Richard Strauss devenu fou. » Il sourit : « Je ne suis vieux jeu qu'en un seul domaine : la musique. J'aime les belles mélodies.

– Qu'y avait-il d'outrageant dans cette affaire ?

– Miss Bull.

– Elle chantait ?

– Non, non. Elle était Andromède, en quelque sorte. Vous ne voyez pas la ressemblance, dans ce portrait ? Vous connaissez le mythe : Andromède est enchaînée à des rochers sur le rivage en manière d'offrande destinée à apaiser un monstre marin, Cetus. Persée débarque, tue Cetus, sauve Andromède, l'épouse, etc., etc. Or, la soprano jouant Andromède – j'ai oublié son nom – aurait pu facilement passer pour un boxeur poids lourd. Alors Toller a eu l'idée de doubler Andromède pour l'attaque du monstre : notre Miss Bull. Un très impressionnant jeu d'ombres chinoises, sur le mur du fond, représentait le monstre – énorme. Sur le devant de la scène, Persée chantait une interminable aria – vingt bonnes minutes, m'a-t-il semblé – tandis qu'Andromède était menacée. La soprano, en coulisses, gémissait et hurlait. Un seul mot pour résumer : cacophonie.

74

– Qu'avait donc de si indécent l'Andromède de Miss Bull ?

– Elle était entièrement nue.

– Oh. Je vois. Bon, oui…

– Enfin, elle était entourée de quelques mètres d'une sorte de gaze transparente. Qui ne laissait rien à l'imagination, disons.

– Très courageux de sa part.

– Elle ne manque pas d'audace, notre Miss Bull. Quoi qu'il en soit, vous imaginez le scandale. Le brouhaha. Ils ont fermé le théâtre, arraché toutes les affiches qu'ils ont pu trouver. Ce pauvre Toller a été accusé de tout : immoralité, outrage à la pudeur, pornographie. Il a pris le maximum. » Bensimon haussa les épaules : « Alors, il s'est tué.

– Quoi ?

– Oui. Il s'est pendu dans le théâtre même, dans "l'Enfer". Un geste très dramatique. Et triste, bien entendu. »

Ils contemplèrent l'affiche en silence pendant quelques secondes. Maintenant qu'il regardait le visage d'Andromède et non son corps nu, Lysander voyait la nette ressemblance avec Hettie Bull.

« Il faut que je m'en aille, dit Bensimon. J'ai un dîner officiel, d'où ma tenue. Des douzaines de médecins, pour mon malheur. Avez-vous vu Miss Bull ?

– Non. »

Ils balayèrent du regard la pièce bondée et, soudain, Lysander l'aperçut – cette petite silhouette. Il pointa le doigt vers elle : « La voilà.

– Nous devrions aller la saluer », dit Bensimon. Ils se frayèrent un chemin jusqu'à elle.

Hettie Bull était en compagnie de trois hommes. Alors que Bensimon et lui traversaient la pièce dans sa direction, Lysander remarqua qu'elle portait des pantalons bouffants, style harem, de couleur cerise, une courte veste de satin noir avec boutons de strass, col et cravate. Sa chevelure était négligemment relevée et retenue par de multiples peignes en écaille de tortue. Un petit sac en broderie pendait à son épaule au bout d'une corde tressée lui arrivant presque aux genoux. Au moment où elle se retournait pour les accueillir, Lysander entendit un léger cliquetis venu du sol et découvrit qu'elle avait des petites clochettes d'argent cousues sur le devant de ses chaussures. Bensimon prit congé et fila. Hettie Bull fit face à Lysander. Ses grands yeux noisette…

« Que pensez-vous des tableaux d'Udo ? demanda-t-elle.

– Je les aime. Beaucoup. Non, vraiment. »

Elle le fixait d'un regard intense, mais elle paraissait calme et pleine d'assurance. Peut-être avait-elle pris un petit supplément de la potion du Dr Bensimon. Elle avait une vague allure androgyne dans sa petite veste à col et cravate.

« Alors il faut que vous le lui disiez vous-même », répliqua-t-elle en se déplaçant sur ses pieds carillonnants pour aller à quelques mètres de là taper sur le coude d'un homme en pleine conversation avec deux femmes coiffées de larges chapeaux souples. Elle ramena l'homme vers Lysander.

« Udo Hoff, Mr Lysander Rief. »

Lysander serra la main d'Udo. La trentaine, plus petit que Lysander, tête rasée, barbe rousse taillée en pointe, Hoff était un type de forte carrure. Large de poitrine et d'épaules, il semblait trop musclé, tel un hercule de foire, les boutons de son plastron paraissant sur le point de sauter sous la pression, et son cou massif tendait le col de sa chemise.

« Mr Rief est aussi un patient du Dr Bensimon, poursuivit Hettie. C'est ainsi que nous nous sommes rencontrés. »

Lysander regretta aussitôt cette explication, car Hoff parut l'examiner des pieds à la tête avec une hostilité nouvelle et une sorte de ricanement lui traversa le visage.

«Ah, la cure viennoise, s'écria-t-il. Est-ce là la dernière mode à Londres?» Son accent anglais était correct.

«Non, pas du tout», répliqua Lysander, sur la défensive. L'homme semblait tout à coup désireux de le provoquer. Alors... amadouer, charmer. Il serait agréable et se comporterait bien, Frau K serait fière de lui.

«J'admire vraiment vos tableaux... très saisissants. Très curieux.»

Hoff fit un geste désinvolte de la main comme si une mouche l'importunait.

«Est-ce que notre ville vous plaît?» s'enquit-il d'une voix neutre. Lysander se demanda s'il s'agissait là d'une sorte de plaisanterie ou de test. Il décida de prendre la question au premier degré.

«Beaucoup. Je me disais justement ce soir, en marchant le long du Ring pour venir ici, à quel point elle était impressionnante. Fort bien dessinée, avec des proportions d'une générosité que vous ne trouverez pas dans...

– Vous aimez le Ring? s'écria Hoff, incrédule.

– Énormément. Je pense que c'est...

– Vous rendez-vous compte que ce sont des bâtiments récents, datant d'à peine quelques dizaines d'années, au plus?

– J'ai lu mon guide avec la plus grande attention...»

Hoff le poussa d'un doigt dans le bras, ses sourcils en circonflexe formant une étrange grimace d'angoisse.

«J'abomine le Ring, dit-il, la voix secouée d'un léger tremblement. Le Ring est une imposture bourgeoise grotesque. Une insulte au regard, à ce que l'on tient pour juste, aux valeurs fondamentales de l'individu. Je ferme les yeux devant le Ring. Des bâtiments neufs jouant à l'ancien et au vénérable. Honteux. Nous, artistes viennois, vivons avec un sentiment de honte permanent.» Il planta de nouveau son doigt dans le bras de Lysander, comme pour ajouter de l'emphase à son propos, puis partit.

«Dieu du ciel… Désolé, dit Lysander à Hettie. Je n'avais pas idée que ce fût un sujet sensible.

– Non, nous artistes, ne sommes pas censés *aimer* le Ring», expliqua-t-elle, avant d'ajouter en baissant la voix : «Mais je dois dire qu'à moi, il me plaît plutôt.

– À moi aussi. Il n'existe rien de semblable à Londres.»

Elle leva le visage vers lui. Elle est si *gamine**, se dit Lysander, j'ai l'impression que je pourrais la soulever d'une main.

«Quand vais-je vous sculpter ? demanda-t-elle. Vous ne quittez pas la ville, non ?

– Non, ce n'est pas prévu. En fait, les choses se passent plutôt bien avec le Dr Bensimon. Je serai ici pour encore au moins un mois.

– Alors passez à mon atelier un après-midi, je pourrai faire des esquisses préliminaires.» Elle farfouilla dans son petit sac et gribouilla une adresse sur un bout de papier.

«C'est en banlieue. Vous pouvez prendre le train pour Ottakring et venir ensuite à pied de la gare. Prenez peut-être un taxi la première fois, pour plus de sûreté. Disons lundi à 16 heures ?

– Ah, oui.» Lysander regarda l'adresse. Était-ce très sage ? Mais il était étrangement tenté. «Merci.»

Elle posa la main sur son bras : «Merveilleux. Vous avez un visage des plus intéressants.» Elle jeta un coup d'œil autour d'elle. «Il vaut mieux que j'aille retrouver Udo au cas où il serait encore plus furieux. À lundi.» Elle sourit et s'éloigna, le tintement de ses clochettes rapidement perdu dans le brouhaha des conversations.

13. Investigations autobiographiques

Quand Dieu en eut terminé avec la fabrication de l'homme
Et de la femme, d'une matière bien plus fine
Il resta du métal fondu, rouillé, épicé de poussière
Alors il fabriqua le mineur

Mineur – creuseur pas grimpeur
Mineur – du monde souterrain concepteur
Mineur – de mines océaniques le mouilleur
Mineur – languisseur/rouspéteur/dîneur

ASSEZ SATISFAIT DE LA PREMIÈRE STROPHE. Un peu coincé.

Hettie Bull. Hettie Taureau Homme taurin – Udo Hoff. Taureau dans un magasin de porcelaine. Toréador. Matador. Petite veste. Chemise blanche et cravate. Taureau contre taureau.

«Les gens heureux ne sont jamais brillants. L'Art exige la friction.» Qui a dit ça? Sottises. L'art est la recherche d'une forme d'harmonie et de probité. Une vie harmonieuse tissée de probité est artistique. Ergo. C.Q.F.D.

Rêve. Je me rasais et dans le miroir mon visage est devenu celui de mon père. Comment vas-tu, fiston? a-t-il dit. Je vais bien, père, ai-je répondu. Tu me manques. Alors entre dans le miroir et rejoins-moi, a-t-il dit, allons, viens, petit. J'ai touché le miroir et son visage est redevenu le mien.

Je me rappelle m'être disputé avec Blanche parce qu'elle m'avait laissé un mot écrit au crayon. J'ai dit que c'était irrespectueux – elle m'écrivait comme si elle notait une liste

79

d'épicerie –, on n'écrit pas au crayon à quelqu'un que l'on aime. Elle m'a traité d'idiot de conformiste prétentiard. Elle avait raison – parfois, je pense que le conformisme est le pire de mes traits de caractère. Pas tant le conformisme en soi que la capacité à m'inquiéter ou à faire du foin à propos de choses qui ne sont d'aucune importance.

Être un grand acteur, c'est être capable de dire : « Passe-moi le sel, s'il te plaît », sans avoir l'air bizarre, étrange, stupide ou pompeux. Être un grand acteur, c'est être capable de dire : « Horreur ! Horreur ! Horreur ! » sans avoir l'air bizarre, étrange, stupide ou pompeux.

La vie est plus que l'amour. Retournez la phrase. L'amour est plus que la vie. Ça tient aussi debout. C'est moins vrai si vous dites AMOUR = AMOUR SEXUEL. La vie est plus que l'amour du sexe. L'amour sexuel n'est pas plus que la vie. Vrai. Dostoïevski n'a-t-il pas dit quelque chose du même genre ? On ne franchit jamais deux fois le même fleuve, de même qu'il n'y a jamais une pensée simple, unique. La plus simple des pensées peut être requalifiée encore, encore et encore. J'ai mal au crâne, parce que j'ai bu trop de schnaps avec Wolfram qui m'a fait rire. Le simple mal de tête a son histoire, sa pénombre, il est affecté par ma vie prémigraine et (je l'espère) par ma vie postmigraine. Tout est incroyablement compliqué. Tout.

14. La fonction fabulatrice

« J'ai lu votre petit livre, dit Lysander, s'étirant sur le divan. Très intéressant. Je crois l'avoir compris. Enfin, plus ou moins.
– Cela traite, en fait, de l'utilisation de l'imagination, répliqua

le Dr Bensimon. Je vais fermer les rideaux aujourd'hui, si vous n'y voyez pas d'inconvénient. »

Lysander l'entendit tirer les rideaux sur les trois fenêtres, et la pièce devint sombre et ténébreuse, seulement éclairée par la lampe de bureau de Bensimon. Quand celui-ci regagna son fauteuil, son ombre géante se projeta sur le mur à côté de la cheminée.

Pour autant que Lysander l'ait compris, la théorie du « Parallélisme » de Bensimon s'appuyait plus ou moins sur les lignes suivantes. La Réalité est neutre, ainsi qu'il l'avait expliqué – « émaciée » était un mot qu'il avait employé à plusieurs reprises pour la décrire. Ce monde, non perçu par nos sens, demeure là-bas comme un squelette, appauvri et sans passion. Quand nous ouvrons nos yeux, quand nous sentons, entendons, touchons et goûtons, nous ajoutons de la chair à ces os selon notre nature et la manière dont notre imagination fonctionne. Ainsi, l'individu transforme « le monde » – l'esprit d'une personne tisse sa propre et éclatante couverture sur une réalité neutre. Ce monde que nous créons est une « fiction », il est à nous seul, il est unique et non partageable.

« L'idée d'un monde "fictif" me gêne un peu, dit Lysander avec quelque hésitation.

– Pur sens commun, rétorqua Bensimon. Vous savez comment vous vous sentez quand vous vous réveillez de bonne humeur. La première tasse de café a un goût absolument délicieux. Vous sortez vous promener, vous remarquez les couleurs, les sons, l'effet du soleil sur un vieux mur de briques. D'autre part, si vous vous réveillez triste et déprimé, vous n'avez pas d'appétit. Votre cigarette a un goût acide et vous brûle la gorge. Le bruit des tramways dans la rue vous irrite, les passants sont laids et égoïstes. Et ainsi de suite. Ceci se passe sans qu'on y réfléchisse – ce que j'essaye de faire, c'est de transformer ce pouvoir, que nous avons tous en nous, en un pouvoir conscient, de l'amener au premier plan de votre esprit.

– Je vois ce que vous voulez dire. » Il y avait là une certaine logique, reconnut Lysander.

« Et donc, nous, êtres humains, poursuivit Bensimon, apportons au monde ce que le philosophe français Bergson appelle la "*fonction fabulatrice**". Vous connaissez l'œuvre de Bergson ?

– Ah, non.

– Je me suis un peu approprié cette idée et je l'ai retravaillée. Le monde, notre monde, est pour chacun de nous un mélange unique – une union, une fusion – de cette imagination individuelle et de cette réalité. »

Concentré sur le bas-relief au-dessus de la cheminée, Lysander, qui se demandait comment le Parallélisme allait le guérir de son anorgasmie, ne répondit pas.

Bensimon s'était remis à parler : « Vous connaissez ce vieux dicton : "Les dieux de l'Afrique sont toujours africains." C'est la fiction qu'a créée l'esprit africain, son fusionnement d'imagination et de réalité. »

Peut-être cela explique-t-il le bas-relief, songea Lysander.

« Je peux comprendre ça, avança-t-il. Je peux voir comment ça marche. Un dieu africain ne peut que difficilement être chinois. Mais comment cela s'applique-t-il à mon problème particulier ? »

Il entendit Bensimon déplacer son fauteuil du bureau au bout du divan. Il entendit aussi le cuir craquer quand le docteur se rassit.

« De cette manière, précisément, dit Bensimon. Si le monde de chaque jour, la réalité de chaque jour, est une fiction que nous créons, alors on peut dire la même chose de notre passé – le passé est un agrégat de réalités fictives que nous avons déjà expérimentées – et de nos souvenirs. Et moi, je vais tenter de vous faire changer ces anciennes fictions avec lesquelles vous avez vécu. »

Tout ça devenait un rien compliqué, se dit Lysander.

« Je vais employer avec vous l'hypnose sous une forme très douce. Un très léger état d'hypnose. C'est pourquoi la pièce est si sombre. Fermez les yeux, s'il vous plaît. »

Lysander obtempéra.

La voix de Bensimon changea de registre, se faisant plus profonde et monocorde. L'élocution très lente, mesurée.

« Détendez-vous. Essayez de vous détendre totalement. Vous êtes inerte, étendu, immobile. Vos pieds commencent à se détendre. Peu à peu, cette détente gagne vos jambes. À présent vous la sentez dans vos mollets. Et maintenant elle atteint vos genoux... vos cuisses... Respirez aussi lentement que possible. Inspirez... expirez. Inspirez... expirez. Elle escalade votre corps, elle est maintenant dans votre poitrine, elle vous remplit, c'est une détente absolue. »

Lysander se sentit sur le point de défaillir. Il était tout à fait conscient mais en proie à une sorte de demi-paralysie, incapable de lever le petit doigt, flottant à deux centimètres au-dessus de la couverture. De sa voix profonde, monocorde, Bensimon se mit à compter.

« Vingt, dix-neuf, dix-huit... Vous êtes complètement détendu... Quinze, quatorze, treize... »

Les yeux fermés, Lysander sentait la fatigue l'envahir, la voix de Bensimon étrangement distante et étouffée alors qu'il comptait à rebours jusqu'à zéro.

« Repensez à ce jour-là, poursuivit Bensimon. Vous êtes un jeune garçon de quatorze ans. Vous tenez à la main votre livre, *La Boucle dérobée*. Vous traversez le jardin clos. Vous saluez les jardiniers. Vous escaladez l'échalier pour entrer dans le bois. C'est une magnifique journée ensoleillée, chaude et embaumée, les oiseaux chantent. Vous avancez dans le bois et vous vous asseyez au pied d'un vieux chêne. Vous commencez à lire. Le soleil vous réchauffe. Vous piquez du nez. Vous vous endormez. Profondément. Vous dormez deux heures, vous êtes en retard pour le thé. Vous vous réveillez. Vous ramassez votre livre et vous rentrez à la maison où votre mère vous attend. Vous vous excusez d'être en retard et vous allez avec votre mère dans le salon prendre le thé… Ouvrez les yeux !»

Une tape sèche. *Tap, tap.*

Lysander obéit aussitôt, soudain tendu, oubliant un instant où il se trouvait. Il s'était endormi. Avait-il manqué quelque chose de capital ? Bensimon tira les rideaux et le grand jour emplit de nouveau la pièce. «Me suis-je endormi ? Je suis terriblement désolé si je…

– Quelques secondes. C'est naturel. Vous vous rappellerez tout ce que j'ai dit.

– Je me rappelle m'être excusé d'être en retard pour le thé.

– Exactement.» Bensimon traversa la pièce. «Vous n'étiez pas en transe. Vous étiez simplement dans un monde parallèle. Un monde dans lequel vous vous étiez endormi dans un bois par un après-midi ensoleillé, et où vous vous êtes réveillé avant de rentrer chez vous prendre le thé. Concentrez-vous sur cette journée dans votre monde parallèle. Remplissez-le de détails et concentrez-vous sur les émotions que cette journée a générées. Utilisez votre *fonction fabulatrice**. Dans cet univers parallèle, rien n'est arrivé. Réalité et imagination fusionnent pour former la fiction dans laquelle nous vivons. Maintenant, vous avez une alternative.»

Au Café Central, Lysander commanda un cognac. Il réfléchit à ce qui s'était passé au cours de cette séance, se concentrant, comme Bensimon le lui avait intimé, sur les détails du monde parallèle qu'il avait créé – cette journée ensoleillée durant laquelle rien n'était arrivé, si ce n'est qu'il avait piqué du nez sur son bouquin alors qu'il était allongé sous un chêne dans le bois de Claverleigh. Oui, il se voyait se réveillant, se frottant les yeux, se levant, un peu raide et titubant, ramasser son livre et regagner la maison. Par-dessus l'échalier, à travers le jardin clos – les jardiniers tous partis – et dans le Hall par une porte latérale, grimpant bruyamment les escaliers jusqu'au salon vert où sa mère attendait avec le thé servi sur la grande table ronde. Songeant... oui, elle a sonné pour demander un peu plus d'eau chaude parce que j'étais en retard et que le thé avait refroidi. Il y aurait des triangles de toast beurré, de la confiture de fraises et une tranche de gâteau aux graines de carvi, mon préféré. Je m'assieds et j'ôte un brin d'herbe de mon pantalon. Ma mère prend la théière en argent – non, c'est celle en porcelaine vert pâle avec un dessin de lierre torsadé et le couvercle ébréché – et tout en versant du thé dans ma tasse, elle me demande : « Et comment se passe ta lecture, chéri ? »

Lysander s'arrêta, le verre de cognac à mi-chemin de ses lèvres. C'était si réel. Complètement réel et, pour lui, entièrement vrai. Il avait choisi d'entrer dans un monde parallèle et d'emporter avec lui son imagination, par-dessus le marché. Extraordinaire. Sa mère arborait... quoi ? un déshabillé mandarine avec de larges manches gigot. Un bracelet de jade cliquetait contre sa tasse. Stevens, le valet de pied, débarrassait le plateau. C'était si simple. Ça s'appelait comment, déjà ? Sa *fonction fabulatrice**. Il avait conjuré un monde familier dans lequel il avait créé une journée où rien de fâcheux n'arrivait. Il ne ressentait que du bonheur... Peut-être devrait-il lire plus d'ouvrages de ce Bergson. Il sirota son cognac, apprécia sa tiédeur, son moelleux velouté au goût fumé glisser dans sa gorge, et il sourit.

85

15. L'atelier d'Ottakring

Lysander trouva une lettre de Blanche dans le courrier de ce matin-là. Il déchira l'enveloppe avec son pouce et, une demi-seconde, il sentit une vague odeur d'eau de rose, son parfum. Elle avait couvert de sa grande écriture hachée quatre pleines pages de papier à lettres lilas.

> Mon chéri seul et unique,
> *Flaming June* va connaître un énorme succès – je sens au fond de moi qu'il va se jouer pendant des mois. Quand reviens-tu ? Te sens-tu mieux ? Ta petite chatonne voudrait de nouveau se blottir sur tes genoux. J'ai un rôle dans un « film », le croiras-tu ? Des masses de jolis petits sous. Il faut que tu fasses un essai à ton retour. C'est si facile : rien à apprendre par cœur ! Je crois que ton beau visage sera parfait, et cette expérience est tout simplement amusante, facile comme tout comparé à ce que, soir après soir, nous faisons au théâtre…

Il posa la lettre, décidant d'en achever la lecture plus tard et notant avec une certaine irritation que Blanche n'avait pas pris la peine de répondre à ses questions. Une correspondance suppose une forme de dialogue, une conversation, mais Blanche écrivait comme si la circulation était à sens unique, elle déclamait ses sentiments et ce qu'elle faisait sans prêter la moindre attention à ses réponses. Quand il lui écrivait, il avait toujours sa dernière lettre à elle à côté de lui. Une correspondance devrait nourrir ses deux parties, les monologues – aussi vifs et intimes soient-ils – n'étaient pas nécessairement intéressants.

Ce léger agacement persista pendant qu'il se rendait à la Stadtbahn et achetait un billet d'aller-retour pour Ottakring. Il contempla les faubourgs ouest de Vienne par la fenêtre du petit train teuf-teufant vers sa destination. Soudain, il n'avait plus envie de poser pour Miss Bull et d'être dessiné par elle. Pourquoi avait-il accepté ? Mais Miss Bull était persévérante – cela, il le savait déjà.

À Ottakring, il montra l'adresse de l'atelier au cocher d'un *Fiaker* à deux chevaux dans lequel il grimpa. Avec bruit, ils prirent la direction de l'ouest, dépassant des rangées de jardins ouvriers, de vergers de pommiers et un grand cimetière pourvu d'une palissade en bois, avant de tourner dans une allée de terre boueuse. Le fiacre s'arrêta devant un portail peint d'un rouge vif. Lysander descendit et régla le prix modeste de sa course, songeant déjà à son retour : c'était bien beau de prendre un fiacre à la gare à l'aller, mais comment repartait-on en sens inverse ? Il ne resterait qu'une heure, pas plus.

Du portail, un sentier de brique menait à ce qui ressemblait à une vieille grange en pierre à la lisière d'un champ bordé d'arbres dans lequel paissaient deux chevaux de trait. Des pots remplis de marguerites et de zinnias s'entassaient autour de l'entrée de la grange. Il poussa le portail et fit retentir lourdement une cloche en cuivre suspendue au bout d'un tortillon de fil de métal. Miss Bull apparut presque aussitôt à l'entrée. Ils se serrèrent la main. Elle portait un sarrau en toile couvert d'éclaboussures d'argile et de plâtre.

« Mr Lysander Rief, vous êtes vraiment ici ! s'écria-t-elle. Je ne peux pas le croire ! » Sur quoi, elle le conduisit dans son atelier.

La vieille grange avait été convertie en une vaste pièce sans fenêtre et sans plafond. Toute une partie du toit de tuiles avait été ôtée et remplacée par des panneaux de verre. Dans un coin se trouvait un gros fourneau relié au toit par un long tuyau de cheminée en une série de sections en diagonale. Une suite de tréteaux, supportant des plateaux, des pots et des blocs de bois de tailles diverses, courait le long d'un mur. Des armatures en fil de fer tordu s'entassaient à un bout. Dans un autre coin, quatre fauteuils en rotin autour d'une table basse recouverte d'un jeté aux couleurs vives, garni d'un vase d'anémones, formaient une sorte d'aire de réception. Au milieu de la salle, sur une table tournante, on pouvait voir l'ébauche d'une sculpture en argile, d'un mètre de haut, un minotaure accroupi – une tête bovine sommaire avec des cornes tronquées sur un corps massif et musclé. À côté se dressait une petite estrade, recouverte d'un carré de moquette. Lysander regarda autour de lui.

« Merveilleuse lumière », dit-il, pensant que c'était là le genre de remarque à faire en entrant dans l'atelier d'un artiste.

Miss Bull ôta son sarrau, révélant un chemisier de mousseline crème sur une jupe de serge noire lui arrivant à mi-mollet. Aux pieds, elle avait des sabots en bois. De ses cheveux ébouriffés, ramassés et épinglés négligemment sur son crâne, s'échappaient deux longues mèches folles. Pas le moindre tableau en vue.

« Est-ce que Hoff travaille ici ? s'enquit Lysander.

– Non, non. Nous vivons de l'autre côté du champ, à près d'un kilomètre. Dans la maison de famille d'Udo. Nous avons tenté de travailler tous les deux dans son atelier mais ça a été un désastre. On ne faisait que se battre. Alors j'ai loué cette vieille bâtisse et je l'ai plus ou moins transformée. » Elle pointa son doigt vers le toit. « J'ai créé un éclairage convenable. » Elle indiqua une porte au fond de la pièce. « Il y a une chambre à coucher là-dedans, si j'ai envie de faire un somme. Il y a aussi un évier et une arrière-cuisine. Les petits coins sont dehors, sur l'arrière.

– Très agréable. » Il se corrigea : « Parfait.

– Prenez un verre de madère », dit-elle en se dirigeant vers les tréteaux et en versant du vin dans deux petits gobelets. Lysander la rejoignit, ils trinquèrent et burent. Il n'aimait pas vraiment les vins cuits – sherries et autres portos – et il sentit aussitôt une petite douleur lancinante au-dessus d'un œil.

« C'est impressionnant, dit-il, en montrant le minotaure accroupi.

– Je vais le fondre en bronze, répliqua Miss Bull. Si je peux me le payer. C'est Udo qui a posé. Plus jamais ! Il gémissait, se plaignait. Je pose nue tout le temps pour lui. C'est trop injuste. » Elle se débarrassa de son verre et s'empara d'un grand bloc de papier à dessin et d'un bâton de fusain. « À propos, on se met au travail ?

– Dois-je monter sur l'estrade ?

– Oui, mais une fois que vous vous serez déshabillé. » Lysander sourit machinalement, pensant qu'il s'agissait là d'une des plaisanteries « risquées » typiques de Miss Bull.

« Déshabillé ? dit-il. Très amusant.

– Je ne sculpte pas le corps vêtu. Il est donc inutile que je vous croque avec vos vêtements. » Elle sourit et montra la porte au fond de la grande salle. « Vous pouvez aller vous changer là-dedans.

– Bien. D'accord. »

Ce n'était qu'une petite chambre à coucher rudimentaire aux murs chaulés et au parquet rugueux couvert d'un tapis multi-colore. Il y avait un lit de fer à une place avec une couverture marron et une table de toilette munie d'une cuvette et d'un pot à eau. Sur le rebord d'une petite fenêtre donnant sur un jardin potager noyé sous les mauvaises herbes se trouvait un bocal en verre rempli de fleurs séchées, le seul signe un peu personnel.

Planté au milieu de la pièce, Lysander réfléchissait à ce qu'il devait faire. Que se passait-il ici ? Une seconde, il envisagea de rouvrir la porte, de sortir à grands pas en disant à Miss Bull que c'était impossible et qu'il lui fallait partir. Mais il savait qu'elle n'en penserait pas moins. Il ne voulait pas qu'elle le prenne pour un timide col monté ou un prétentiard arrogant. Il se vida l'esprit du mieux qu'il put et commença à se déshabiller.

Au moment d'ôter ses chaussettes et son caleçon, il fut pris d'une certaine excitation devant l'audace de ce qu'il était en passe d'entreprendre. Il regarda ses vêtements étalés avec soin sur le lit. Dernière chance. Il ôta ses chaussettes et tira sur le cordon de son caleçon qui tomba, exposant au froid ses organes génitaux. Il noua autour de sa taille une serviette pendue à la table de toilette et il revint dans l'atelier. Miss Bull était assise dans un fauteuil en osier qu'elle avait approché de l'estrade. Elle tendit à Lysander quelque chose qui ressemblait à une petite fronde en cuir.

« Je viens juste d'y penser. Préféreriez-vous un *cache-sexe**? Ça m'est égal.

– Non, non. *Au naturel**... pour moi c'est du pareil au même. »

Il grimpa sur l'estrade, sentant la moquette rude sous ses pieds et percevant soudain dans ses oreilles les battements redoublés de son cœur.

« Prête quand vous le serez », annonça Miss Bull, calmement.

Il laissa tomber la serviette, se concentra sur le tuyau couvert de suie émergeant du poêle en face de lui, et n'entendit plus que le crissement accéléré du fusain sur le carnet à dessins de Miss Bull. Il se redressa et s'enjoignit une fois de plus de se détendre. Il n'était pas le plus grand des hommes mais il savait qu'il avait un corps convenable, une taille fine, de larges épaules – en tout cas, son tailleur ne cessait de le complimenter sur sa carrure : « Classique, Mr Rief. L'"idéal masculin". Vous devriez voir mes autres clients. Zut alors ! »

« Pourriez-vous vous tourner un peu sur votre gauche ? Parfait. »

Lysander se tourna, essayant de se voir en une sorte de champion olympique grec, un lanceur de disque ou de javelot, à poil pour les Jeux. D'ailleurs, pourquoi tout ce tintouin à propos du corps dévoilé ? Surtout dans le contexte de l'Art – songez à tous ces nus qui ont été peints, les statues dans les jardins publics, le *David* de Michel-Ange, les innombrables Vénus, dieux et autres gladiateurs fesses à l'air ? Il respira un bon coup, permettant à ses doigts d'effleurer ses cuisses. Détends-toi, détends-toi, détends-toi.

« Pourriez-vous mettre vos mains sur vos hanches ? »

Ce qu'il fit, tout en serrant involontairement les fesses, soudain refroidi à l'idée de Udo Hoff traversant le pré, venu de son propre atelier voir ce que faisait sa maîtresse... Non, ne laisse pas tes pensées s'égarer. Songe à un monde parallèle, ton monde parallèle... Il s'interdit de penser.

Il entendit les pieds du fauteuil d'osier reculer en grinçant, puis le claquement des sabots de Miss Bull qui s'éloignait et revenait.

« On fait une pause ? dit-elle. Vous avez gagné un autre madère. »

Maintenant, il pouvait la regarder. Elle était là, souriante, et lui tendait le verre. Il se pencha, prit la serviette, la maintint négligemment devant lui et descendit de l'estrade tout en s'emparant du verre offert. Oui, mais à présent, faute d'une main libre, il ne pouvait pas nouer la serviette autour de sa taille – bon quoi, et puis après ? se dit-il. Il aimait cette sensation, ils auraient aussi bien pu se trouver dans un bar en train de bavarder. Miss Bull ne semblait pas troublée le moins du monde. Pour elle, bien sûr, il ne s'agissait que d'une séance de modèle vivant.

« Vous êtes resté admirablement immobile.

– Merci.

– N'importe qui aurait pensé que vous aviez déjà fait ça.

– C'est vraiment une première.» Il avala une bonne gorgée de madère, puis une autre – trop doux à son goût, mais il avait besoin de l'effet de l'alcool.

«Voulez-vous voir ce que j'ai fait?» Miss Bull lui tendait le carnet de croquis, une étrange expression rieuse sur le visage. Qu'il fût là, dans cette pièce, tout nu avec une simple serviette pour «protéger sa pudeur» selon l'expression, à un mètre d'une jeune femme vêtue d'un chemisier en mousseline, d'une jupe de serge et de sabots, paraissait à la fois absurde et parfaitement naturel. Miss Bull lui prit le verre de sa main et le remplaça par le carnet de croquis.

Lysander examina le dessin. Très détaillé et tridimensionnel, le fusain ombré et estompé du bout des doigts. Un trait solide, assuré, celui d'une dessinatrice très capable. Il sentit sa gorge se serrer et un tremblement nerveux courir entre ses omoplates.

Il s'éclaircit la voix: «Comment appelleriez-vous ça? "Étude d'organes génitaux masculins"?

– J'ai noté que vous aviez un prépuce plutôt court, dit-elle sur le ton de la confidence. Un moment, j'ai cru que vous étiez circoncis, comme Udo.» Elle fit un pas vers lui. «Mais en m'approchant de vous, j'ai vu que vous ne l'étiez pas.

– Non. Je ne suis pas circoncis», réussit-il à dire, sentant une chaude rougeur se répandre sur son cou et sa poitrine, les gorgées de madère produisant maintenant leur effet. Son pénis s'agita et s'épaissit comme si, sachant que l'on parlait de lui, il réagissait.

Miss Bull laissa son regard se promener au-dessous de la taille de Lysander et, d'une main, repoussa la serviette sur le côté.

«Maintenant, dit-elle, voilà ce que j'appelle une étude d'organes génitaux masculins.» Elle fit courir son autre main le long de son dos, ce qui le fit frissonner. Du bout des doigts, elle lui frôla les fesses.

Puis, s'appuyant contre lui, la tête levée, souriante, ses grands yeux noisette amusés. « On va au lit ? » demanda-t-elle.

16. Un plan diabolique

Le Dr Bensimon regarda Lysander, l'air interrogateur.
« Eh bien, voilà qui est extraordinaire, je dois dire.
– Je sais, concéda Lysander en secouant la tête, tout aussi surpris.
– Tout a fonctionné ?
– Absolument sans problème. Tout était normal. En fait, j'ai recommencé... juste pour me prouver qu'il ne s'agissait pas d'une sorte de coup de chance.
– Deux fois ?
– En l'espace de quarante minutes, disons. »
Lysander y repensa – deux jours après les faits, il était encore perplexe et émerveillé. Ils étaient allés dans la petite chambre et là, dans le maelström de ses propres vêtements jetés hors de la couverture et des chemisier, jupe, corsage, combinaison et culotte dont s'était débarrassée Miss Bull, ils s'étaient retrouvés sur le lit en fer, son petit corps mince et lisse à elle, tendu et se tortillant dans ses bras, son érection à lui persistante et exigeante. Certains détails s'imprimèrent dès le début dans son esprit – les cheveux noirs étalés sur l'oreiller, les seins étonnamment pleins avec des petits mamelons parfaitement ronds, le bout des doigts noirci par le fusain –, mais, à partir de là, il semblait être entré dans une sorte de transe sexuelle, toute chose s'estompant tandis qu'il se concentrait. Et quand il avait joui, son orgasme l'avait complètement surpris, à tel

point que, dans son étonnement et son plaisir, il avait hurlé un
«BON DIEU!» qui avait conduit Miss Bull à lui demander
s'il allait bien.

Ils s'étaient séparés, et Lysander avait enfoui son visage
dans le mince oreiller, des larmes plein les yeux tandis que
Hettie – Hettie, désormais, plus jamais Miss Bull – allait chercher
la bouteille de madère et les verres. Ils avaient bu, s'étaient
caressés, avaient bavardé.

«Tout ça était un plan diabolique, n'est-ce pas? l'accusa-t-il.

– Oui, je l'avoue. Je le confesse. Depuis notre rencontre dans
le cabinet du Dr Bensimon. Alors que j'étais dans tous mes
états, tu te rappelles?

– Oui.

– Mais, même ainsi, j'ai découvert que je n'arrivais pas à te
faire sortir de mon esprit, Dieu sait pourquoi. Peut-être parce
que tu m'as laissée te bousculer et que tu t'es montré si compréhensif. Pas horrible, mais gentil. Et joli garçon.

– Et alors, tu as tout comploté et accouché de ce plan
diabolique.

– Mais j'avais peur que ça ne marche pas. Tu aurais pu ficher
le camp, fou de rage, scandalisé. Mais, me suis-je dit, vu que
tu étais acteur…

– Comment savais-tu que je suis acteur?

– J'ai demandé au Dr Bensimon ce que tu faisais… Et j'ai
pensé que, vu que tu étais acteur, tu relèverais peut-être le défi.

– Sans jeu de mots…

– Je peux t'appeler Lysander maintenant, non? dit-elle en
lui embrassant le menton et en lui cherchant le sexe.

– Je crois que tu devrais.»

Puis ils refirent l'amour et Lysander eut son second orgasme,
encore plus satisfaisant que le premier parce qu'il était prévu
et que, si son esprit devait s'interposer de nouveau, il en avait

été pleinement averti. Miraculeusement, il atteignit un second paroxysme de sensations et jouit.

Du bout de son stylo, le Dr Bensimon tapotait le buvard de son bureau. Et réfléchissait.

«Qui était votre partenaire? Une prostituée?

– Ah... non.

– Était-ce quelqu'un de conforme à vos préférences sexuelles, votre "type", je veux dire?

– En fait, non... Pas mon genre du tout.

– Très curieux. Pouvez-vous l'expliquer?»

Lysander réfléchit de nouveau. «Je ne sais pas. Peut-être m'avez-vous aidé, d'une certaine manière. Toutes nos conversations... Peut-être était-ce le Parallélisme...»

17. Investigations autobiographiques

Hettie Bull: qui aurait cru?... Mais comment l'expliquer? Comment décrire et comprendre l'effet qu'elle a sur moi? J'ai été attiré par elle dès le début, je le vois bien maintenant, ce qui défie la logique – ou ma logique sentimentale, en tout cas, alors que je sais que mon regard se porte toujours sur les filles et femmes grandes et élancées, au long cou et aux poignets minces – une fille grande et élancée comme Blanche. Comment et où ces goûts s'engendrent-ils? Pourquoi réagit-on aux cheveux bruns plutôt qu'aux blonds? À la rondeur plutôt qu'à la minceur, dites? Qu'y a-t-il dans la configuration d'un visage – l'emplacement des sourcils par rapport au nez, la hauteur d'un front, la plénitude des lèvres, la géométrie variable d'un sourire – qui m'excite et me fasse réagir, moi en particulier, et personne d'autre? Est-ce la manifestation d'une idée atavique du partenaire idéal, notre nature sexuelle primitive supplantant l'esprit civilisé rationnel – « C'est celle-ci, c'est celle-ci » –, et de ce fait, nous détournant du droit chemin ?

Et donc… Hettie Bull. Je me demande si ça a commencé avec l'association de ce nom simple et solide – fille de John Bull, l'icône de l'Angleterre – à l'être étrange, au teint olive et aux grands yeux, une gamine psychologiquement instable, qui est la réalité physique de la jeune femme que vous voyez. Un nom a-t-il jamais été aussi peu adapté à une personne ? Tant de questions. Mais je dois témoigner ici du catalyseur puissant, indéniable qu'est son petit corps mince et nu – si petit et si souple, si *enthousiaste*… Peut-être est-ce là la clé ? Elle est si effrontée, et sans vergogne. Quand un homme se sait désiré, quand un homme se sent désiré au point d'être la victime d'un piège complexe, un piège si retors que l'homme ôte de son propre gré ses vêtements et reste nu devant la femme qui le poursuit… Présence physique douloureuse, plus désir manifeste, plus absence de honte, plus occasion parfaite. Impossible de résister.

Hettie Bull m'a-t-elle guéri ? Puis-je retourner à Londres, maintenant, et retrouver Blanche avec cette nouvelle assurance sexuelle, enfin ? Elle m'accueillera dans son lit, je le sais, elle l'a pratiquement dit. Alors pourquoi est-ce que je ne rentre tout simplement pas à la maison ?

Sois honnête. Hettie Bull t'a jeté un genre de sort. Sa sorcellerie fonctionne, et tu veux la revoir, tu dois la revoir, tu ne peux pas attendre de la revoir. Mais deux arrière-pensées me tourmentent : le sentiment que ma liaison avec Hettie Bull – où qu'elle m'emmène – m'apportera des ennuis sous une forme ou une autre ; et le fait que, plus je m'engage avec Hettie, plus je trahis Blanche.

À mon retour, cet après-midi-là – le petit train m'ayant ramené à Vienne dans le crépuscule envahissant –, je suis allé droit dans ma chambre, j'ai verrouillé la porte et je me suis déshabillé. Mon corps était marqué d'empreintes de suie, les plus légères de ces meurtrissures dues à la poussière de fusain qui retraçait la course de ses mains sur ma peau. Je les ai lavées avec un gant de toilette et j'ai enfilé des vêtements propres, l'empreinte de ses doigts facilement effacée. Mais alors que j'écris ces lignes, je revois des images excitantes de son corps, vifs souvenirs des moments partagés. Le tombé de ses seins alors qu'elle se penchait vers moi pour prendre son verre de madère. Elle, pendant que je me rhabillais, restant nue à m'observer, entortillée dans le drap et la couverture, la tête appuyée sur une main. Puis, au moment où je partais, sa façon de se glisser hors du lit pour attraper le pot de chambre en dessous. Je l'ai regardée alors qu'elle s'accroupissait et elle m'a chassé de la chambre en riant. Je crois que j'ai un sérieux problème. Je le sais. Mais que faire?

18. Agitations mentales

Lysander commençait à discerner un système dans les questions du Dr Bensimon, à sentir la direction dans laquelle il était doucement conduit.

« Que portait votre mère à votre retour à la maison ce jour-là ?

– Une robe d'intérieur en satin, une de ses préférées, couleur cuivre avec plein de dentelle et un ruban au cou.

– Vous ne vous rappelez rien d'autre ?

– Une bordure de zibeline aux manches et à l'ourlet. Beaucoup de perles sur le corsage. »

Bensimon consulta de nouveau ses notes : « Vous avez mangé des toasts beurrés et de la confiture de fraises.

– Et du gâteau aux graines de carvi.

– Y avait-il d'autres confitures ou condiments ?

– Il y avait de la pâte d'anchois… et du miel. Ma mère prenait toujours du miel au petit déjeuner et au thé.

– Décrivez la pièce où vous vous trouviez.

– Nous l'appelons le "salon vert", au premier étage sur le palier de l'escalier ouest. Les murs sont laqués d'un vert émeraude foncé. Sur un mur, il y a trente miniatures – des paysages autour de la propriété, et les intérieurs de la maison – peintes, je crois, par une tante de Lord Crickmay. D'un bon niveau mais plutôt flattées par leur cadre, si vous voyez ce que je veux dire. C'est une pièce petite mais confortable – le salon principal est immense et donne sur la pelouse au sud –, on peut y asseoir quarante personnes facilement.

– Vous êtes donc allé instinctivement dans le salon vert ?

– C'est là où nous prenions toujours le thé.

– Qu'y a-t-il sur le sol ?

– Un très joli tapis – un shiraz – et du parquet classique. »

Lentement mais sûrement, les questions amenaient des détails de plus en plus précis. Lysander comprenait comment cette journée parallèle, durant laquelle rien ne s'était passé, acquérait peu à peu une réalité tangible, une texture et une richesse qui commençaient à l'emporter sur la désastreuse journée originale avec son amas de souvenirs bruyants et confus. Cet après-midi fatal s'estompa doucement pour disparaître tout à fait, enfoui sous l'accumulation de faits et de détails du nouveau monde parallèle. Au fil des séances, Lysander découvrit qu'il pouvait conjurer avec beaucoup plus d'efficacité ce nouvel univers que l'ancien ; ses souvenirs fictifs, éperonnés par sa *fonction fabulatrice**, devinrent concrets, l'emportant sur ses douloureuses réminiscences, les rendant vagues et imprécises, au point qu'il finit par se demander si elles n'étaient pas simplement les détails à moitié remémorés d'un mauvais rêve.

Bientôt, le thé bu, il inventa sa mère allant au piano – un demi-queue – chanter de sa belle voix de mezzo-soprano un Lied de Schubert. Attiré par la musique, Lord Crickmay se joignait à eux et en l'écoutant, savourait un cigare dont la fumée faisait éternuer Lysander. Lord Crickmay réclamait du thé, exigeant de l'Assam, son préféré. Le fait que tout ceci fût un exercice d'autosuggestion ne dévaluait en rien ces « souvenirs », Lysander le comprenait. Par un simple acte de volonté, de persévérance et de précision, son monde parallèle en vint à dominer sa mémoire, exactement comme Bensimon l'avait prédit, et les fades émotions domestiques de cette nouvelle journée fictive supplantèrent tout ce qui avait suscité l'angoisse et provoqué une honte insupportable.

Alors qu'il partait, et récupérait son panama au portemanteau, la secrétaire lunetteuse et sévère de Bensimon apparut, une lettre à la main. Un reçu, supposa-t-il, pour les honoraires du mois passé.

« Herr Rief, dit-elle sans croiser son regard. On a laissé ceci pour vous. »

Lysander prit la lettre et la lut dans l'escalier menant à la rue. Elle était signée de Hettie. « Viens mercredi prochain à 18 heures. U. part pour Zurich. Prépare un nécessaire de voyage. »

Lysander reconnut l'excitation irrépressible qui l'envahit. Il avait l'impression d'être un écolier avec une excuse légitime pour quitter l'école au milieu du trimestre, un sentiment de liberté imprévue, d'une libération inattendue. Puis des pensées moins plaisantes lui vinrent à l'esprit tandis qu'il rentrait à pied chez lui. C'était une chose d'être reconnaissant à Hettie pour l'avoir « guéri » mais après tout, il avait été piégé et était tombé naïvement dans le panneau – tout avait été combiné pour déclencher l'inévitable. En conscience, il pouvait juste se pardonner – ç'avait été une chute momentanée, son honneur était terni mais pas de façon irrémédiable –, un moment de passion incontrôlable qui pouvait être relégué aux placards de l'histoire et oublié. Personne ne savait, personne n'avait été blessé. Mais s'il passait de nouveau une nuit ou deux avec elle, c'était une autre paire de manches. Au nom de ses fiançailles, de ses relations et de son avenir avec Blanche, il se devait de répondre par un refus – impossible de recommencer, ou il était perdu, il le savait.

Il traversa le Ring à la hauteur du Burgtheater, ce qui lui rappela aussitôt Udo Hoff et ses récriminations. Et déclencha de nouveau cette pétillante montée d'euphorie à l'idée de revoir Hettie. Il se prit à imaginer ce que ce serait, de passer une nuit avec elle dans ce lit étroit, de se réveiller au matin, endormi et chaud, cuisse contre cuisse, de rouler sur elle...

De retour à la pension, il s'assit et écrivit immédiatement à Blanche pour rompre leurs fiançailles. C'était la seule décision honorable à prendre, même si les mensonges abondaient. Il déclara que diverses consultations de médecins et de psychanalystes à Vienne l'avaient convaincu que tout traitement, s'il devait réussir, serait long et compliqué. En outre, il était troublé par la profondeur et la gravité de ses «agitations mentales» et par conséquent, en ces circonstances, il estimait simplement juste à ton égard, très chère Blanche, que de te libérer de tes promesses et vœux. Il la suppliait de lui pardonner et de le comprendre, et la pressait de faire ce qu'elle souhaiterait de la bague qu'il lui avait donnée – jette-la dans la Tamise, vends-la, laisse-la en héritage à une nièce ou à une filleule, ce que bon te semblera. Il se souviendrait toute sa vie de sa gentillesse et de sa beauté, et il était misérablement désolé que son «état particulièrement infortuné» lui défende de devenir son époux dévoué.

Il scella l'enveloppe en proie à un mélange d'émotions – culpabilité, tristesse, exaltation –, mais satisfait, aussi, de mettre promptement un terme à toute duplicité, l'ensemble teinté d'un sentiment de libération jouissif. Il était désormais un homme libre, sa maudite anorgasmie se voyait reléguée au rang d'horrible souvenir, une chose du passé. Qui pouvait dire où mènerait cette liaison avec Miss Hettie Bull ? Mais il se fit la promesse de ne pas interroger l'avenir avant leur prochaine rencontre. Un véritable élément de danger s'ajoutait à l'excitation, bien entendu – un amant cocufié dans les coulisses –, sans parler de la profonde instabilité de Hettie (il en avait observé déjà les manifestations, il ne la négligeait pas) mais, pour l'instant, il ne pouvait penser qu'à ce rendez-vous de mercredi prochain, à 18 heures.

« Vous me paraissez d'excellente humeur ce soir, Lysander », lui dit Wolfram au dîner.

« Je le suis, avoua-t-il. Venir à Vienne est la meilleure chose que j'aie jamais faite dans ma vie.

– Je suis heureuse d'entendre cela, Herr Rief, intervint Frau K. J'ai toujours dit que Vienne était la ville la plus agréable d'Europe.

– Du monde, corrigea Lysander. La ville la plus agréable du monde. »

19. L'arc d'une liaison amoureuse

Vers la fin septembre, Lysander et Hettie s'organisèrent un long week-end à Linz. Ils s'y rendirent séparément et chacun, pour sauver les apparences, réserva sa propre chambre au Goldener Adler Hotel. Hettie raconta à Hoff qu'elle voulait aller voir un bloc de marbre qui venait d'être extrait d'une carrière près d'Urfahr. Il n'avait pas paru le moins du monde soupçonneux, affirma-t-elle.

Le fait d'être loin de Vienne marquerait un changement.

Leurs après-midi volés et leurs rares nuits dans la grange souffraient en permanence d'une anxiété sous-jacente – la peur d'être découverts. Pas seulement la perspective de Hoff les surprenant ensemble : ce pouvait aussi bien être un voisin ou un ami faisant irruption. Passer deux nuits entières comme de vrais amants affecterait certainement leur humeur. Tout serait différent. Lysander était emballé à cette idée mais Hettie, au début, parut étrangement tendue, sur les nerfs. Pour la première fois, Lysander la vit s'injecter le médicament de Bensimon. Elle versa de la poudre blanche sortie d'une enveloppe dans un verre d'eau, et prépara une solution dont elle remplit une seringue et qu'elle s'injecta d'une main expérimentée dans une veine au creux de son coude.

« C'est quoi, ça ?

– De la cocaïne.

– Ça fait mal ?

– Pas du tout. Ça me calme, expliqua-t-elle. Ça me rend plus confiante, et sûre de moi.

– Ce n'est pas de la morphine, non ?

– Tu peux l'acheter chez un pharmacien. Mais il faut donner son nom et son adresse, ce que je refuse, alors je me fournis chez le Dr Bensimon. La sienne est de meilleure qualité, en tout cas c'est ce qu'il prétend. »

L'effet fut rapide. Très vite, Hettie souriait et l'embrassait. Elle avait eu avant de partir, raconta-t-elle, une « violente dispute » avec Hoff, ce qui l'avait déstabilisée. Dans le train pour Linz, elle s'était convaincue que quelqu'un la suivait et, arrivée à la gare, elle avait fait un long détour jusqu'à l'hôtel afin de semer son poursuivant.

« J'étais en loques, au bord de la crise de nerfs, dit-elle, et maintenant plus du tout. Je suis totalement calme. Tu vois ? Tu veux essayer ? »

Lysander la prit dans ses bras : « Si je me sentais plus heureux, j'exploserais ! » Il l'embrassa : « Tu es mon remède, Hettie. Je n'ai pas besoin de drogue.

– Le Dr Freud aussi prend de la cocaïne, reprit-elle, un peu sur la défensive. C'est comme ça que Bensimon est au courant. »

Ils se promenèrent sur les rives du Danube et dégustèrent une *Linzer Torte* dans le Volksgarten où un orchestre jouait des marches militaires. De retour dans la chambre de Lysander – la plus grande des deux –, Hettie le déshabilla, lui ôta sa chemise et sa cravate, lui défit sa ceinture et lui déboutonna sa braguette. Elle adorait faire cela, dit-elle, avant de se déshabiller elle-même. Lysander y voyait un rappel inconscient de ce premier jour, celui où son anorgasmie l'avait quitté pour toujours, et il n'avait donc aucune raison de se plaindre.

Le dimanche, il profita de sa présence à Linz pour rendre visite à une cousine de sa mère, une certaine Frau Hermine Gantz. Sa mère lui avait donné son adresse quand il avait annoncé qu'il aimerait rencontrer des membres de sa famille autrichienne. Il avait l'intention d'aller corner une carte mais, dans la maison de Burger Strass, personne n'avait jamais entendu parler d'une Frau Gantz. Lysander en conclut que sa mère s'était trompée : après tout, elle n'avait pas mis les pieds en Autriche depuis vingt ans.

Le lendemain, alors qu'ils bouclaient leurs bagages avant de rentrer à Vienne, il vit Hettie préparer sa potion à base de cocaïne. Une précaution, expliqua-t-elle, Hoff serait peut-être encore de mauvaise humeur – c'était un homme très coléreux.

Mon Lysander chéri,
Ça ne marchera pas. Je vais ignorer ta lettre. Ne pense pas à moi, pense à toi. Préoccupe-toi de ta santé, retrouve ta nature bonne et aimable et reviens vers ta promise. Je t'aime, mon

très cher et si je n'étais pas capable d'être à tes côtés à l'heure de tes problèmes et de ta détresse, quelle sorte d'épouse ferais-je ? Non, non, mille fois non ! Nous sommes destinés l'un à l'autre et, tandis que j'applaudis à ta gentillesse et ta générosité offrant de me laisser « renoncer à mes vœux », je refuse d'en entendre parler davantage. Prends ton temps, mon amour, tout le temps qu'il te faudra – trois mois, plus, six mois, un an. Je t'attendrai. Tout le monde dit que Vienne a les meilleurs médecins du monde et je suis sûre que tu es au bon endroit pour trouver les bonnes réponses. Je vais déchirer ta lettre et la brûler de ce pas (il fait un froid de gueux à Londres, on allume un feu dès le petit déjeuner). Elle n'a jamais existé, tu ne l'as jamais écrite, je ne l'ai jamais lue, mon amour pour toi est aussi constant et sûr que le « rocher de Gibraltar » (tu vois ce que je veux dire).

Avec mon plus profond amour, mon chéri,

Ta Blanche

Le Café Sorgenfrei devint leur bureau de poste. Un café pas très grand, obscur, du genre bohème et crasseux, situé dans une petite rue voisine du Hoher Markt. Hoff ayant été banni des lieux quand il était étudiant, il avait juré de ne plus jamais y mettre les pieds, affirmait Hettie, et c'était donc parfait. Elle laissait des messages pour Lysander derrière le bar – les dates et endroits où ils pourraient se rencontrer, le moment où, selon elle, il pouvait venir à la grange en toute sécurité. Lysander communiquait de la même façon avec elle. Parfois, il laissait un mot disant simplement : « Il faut que je te voie », lui indiquait le nom d'un hôtel minable près de la gare ou donnant sur le canal du Danube, et l'informait qu'il avait réservé une chambre pour dans deux jours, avec l'espoir qu'elle pourrait se débrouiller pour s'y rendre. Invariablement, elle y parvenait et Lysander commença à s'inquiéter que Hoff ait des soupçons sur ces allées et venues. Non, se rassura-t-il, il ne pense jamais qu'à une seule personne : lui-même. Tant qu'il n'était pas dérangé par les absences de Hettie, il demeurait totalement indifférent à ce qu'elle faisait et à l'endroit où elle se trouvait.

La fille de mes rêves, vous la connaissez ?
Elle sourit sous les diamants de la rosée
Quand le matin déchire les brumes lunaires
Et que les étoiles se fondent dans le bleu de l'air.

Parfois, dans les rayons du soleil, je l'avise
Et j'entends son chant profond dans la brise
Puis j'aperçois dans ses yeux grands ouverts
Le miracle de son sourire et le bleu des mers

Elle est toujours ma merveilleuse amie
Ravissante, sincère et enchantant ma vie
Peut-être si je la nomme la reconnaîtrez-vous,
Elle s'appelle Amour – et c'est vous.

Lysander se concocta un plan de perfectionnement intellectuel pour remplir le vide des jours s'écoulant entre ses rencontres avec Hettie. Comme il ne pouvait tout bonnement pas passer son temps dans des cafés à écrire des poèmes d'amour, il s'établit un programme minutieux d'apprentissage en autodidacte. Il prit davantage de leçons d'allemand avec Herr Barth et entama aussi des cours de conversation en français – son français était d'un niveau raisonnable – avec un instituteur à la retraite, un dénommé Herr Fuchs qui habitait à quelques pâtés de maisons plus haut sur Mariahilfer Strasse.

Il multiplia ses visites quotidiennes aux nombreux musées de Vienne, fréquenta l'Opéra et les concerts, se rendit à des expositions dans des galeries d'art et arpenta la ville armé de son guide, entrant dans toutes les églises conseillées. De temps à autre, il entreprenait une expédition hors de la ville et parcourait durant une journée les chemins du Wiener Wald ou grimpait les sentiers montagneux menant à des sommets éloignés, une carte dans une main, une solide canne en frêne de l'autre.

Wolfram finit par quitter la pension – au vif et manifeste plaisir de Frau K – pour rejoindre son régiment en grandes manœuvres en Galicie. Ce qui donna lieu à des adieux empreints d'émotion, mais les deux hommes résolurent de garder le contact, aussi répétées dussent être les séparations que leurs vies respectives leur infligeraient. Wolfram jura de revenir lors de sa prochaine permission : « Nous irons à Spittenberg nous saouler et nous dégoter deux jeunesses pleines d'entrain. » Le pensionnaire qui le remplaça était un ingénieur d'âge moyen nommé Joseph Plischke. Taciturne, l'air d'avoir avalé un parapluie, et plutôt pompeux, il était le parfait convive pour Frau K et ses dîners. Lysander réduisit le tarif de sa pension au petit déjeuner seulement, invoquant le manque d'argent plutôt qu'un ennui mortel. Il lui fallait compter ses sous, hélas, expliqua-t-il à Frau K, ce qui était vrai : ses fonds s'épuisaient. Sa liaison avec Hettie lui coûtait de l'argent – il payait tout dans la mesure où elle dépendait financièrement de Hoff. Hoff, apprit Lysander, était étonnamment riche, grâce à l'héritage de ses défunts parents, mais aussi au prix de plus en plus élevé de ses tableaux.

Lysander envoya un nouveau télégramme à sa mère pour lui demander de lui virer vingt livres supplémentaires.

L'hiver arriva en trombe en décembre – grosses gelées et rafales de neige – et le poêle dans la vieille grange, malgré sa taille considérable, s'avéra une source insuffisante de chaleur. Quand il dormait là-bas, Lysander sortait le matelas du lit et le traînait jusque dans la grande pièce pour l'installer devant le poêle dont il laissait les deux portes ouvertes de façon à voir les flammes.

Hettie dénicha un livre de gravures japonaises pornographiques dans la bibliothèque de Hoff et l'apporta dans la grange pour expérimentation. Elle mit le pénis de Lysander dans sa bouche. Il essaya de la sodomiser, et échoua. Ils tentèrent d'imiter les positions tordues des illustrations, étudiant chaque page comme des architectes inspectant un plan.

« Ta jambe est supposée être par-dessus mon épaule et sous mon aisselle.

– Je vais me la casser si je fais ça.

– Es-tu en moi ? Je ne te sens pas.

– Je suis à dix centimètres. Je ne peux pas y arriver, c'est impossible ! »

Elle choisissait toujours de le déshabiller, adorant ce moment, disait-elle, quand elle pouvait tirer son pantalon et son caleçon et que son « quiqui » se balançait en liberté.

Un jour, alors qu'ils étaient au lit dans leur hôtel minable sur le canal du Danube, elle lui demanda : « Pourquoi n'embrasses-tu pas mes seins ? Tous les hommes que j'ai connus aimaient ça. »

C'est pour mieux éviter l'anorgasmie, songea Lysander, mais il répondit : « Je ne sais pas pourquoi je ne le fais pas… Peut-être que ça me paraît un peu infantile.

– Il n'y a rien de mal à être infantile. Viens ici. »

Elle se redressa sur le lit et, sur un signe, il se blottit contre elle. Elle prit un sein dans sa main et lui porta avec soin doucement le mamelon – petit et ferme entre deux doigts – à la bouche.

« Tu vois ? C'est agréable. En tout cas, moi, ça me plaît. »

Hettie insista pour qu'il assiste à la soirée du Nouvel An donnée dans l'atelier de Hoff. Lysander se montra d'abord très réticent mais Hettie l'encouragea.

« Ce sera moins suspect si tu viens, tu ne comprends pas ? Il ne soupçonne absolument rien. Il faut que tu viennes – je veux t'embrasser à minuit. » Lysander s'exécuta et ne se sentit pas du tout à sa place dans ce rassemblement d'artistes, de mécènes et de galeristes. Il rasa les murs du vaste atelier, se contentant de garder un œil sur Hettie tandis qu'elle patrouillait dans la pièce dans ses pantalons balinais, sa veste à damiers et ses sandales à clochettes. Udo n'avait pas l'air de savoir qui il était – plusieurs fois, leurs regards se croisèrent, Hoff enregistrant d'un œil vide la présence d'un autre étranger chez lui.

Aussitôt après minuit, Hettie le conduisit dans un couloir sombre encombré de manteaux suspendus, d'écharpes et de chapeaux, et l'embrassa, sa langue profondément enfoncée dans sa bouche, ses mains à lui sur ses seins à elle. L'instant suivant, quelqu'un alluma la lumière et Hoff surgit, de toute évidence très ivre. Hettie s'affaira dans les manteaux.

« Ah, te voilà, *mein Liebling* ! Mr Rief s'en va, il voulait te dire bonjour et au revoir.

– C'est plus facile de repérer un manteau quand on allume la lumière.

– Mr Rief ne trouvait pas l'interrupteur. »

Lysander et Hoff se serrèrent la main, Hoff le scrutant maintenant attentivement, encore qu'avec des yeux pas très en face des trous.

« Merci pour cette merveilleuse soirée, dit Lysander.

– Vous êtes l'Anglais, pas vrai ?

– Oui. C'est moi.

– Je vous souhaite une bonne année. Comment va votre cure ?

– Je suis tout à fait guéri, je dois dire. Oui, je pense que c'est le mot. »

Hoff le félicita puis demanda à Hettie de l'aider à trouver du champagne. Dès qu'il eut le dos tourné, Hettie envoya un baiser à Lysander avant de disparaître elle aussi. Cinq minutes plus tard, Lysander réussit à dénicher son manteau et son chapeau, et quitta la maison, encore tremblant de s'en être tiré de justesse. Une histoire d'amour n'était pas un arc, comme il l'avait entendu décrire, mais une ligne bien plus variable sur un graphique – ondulante ou dentelé. Rien de lisse, quel que fût le plaisir que l'on en tirât au jour le jour. Il descendit l'allée. La neige tombait, de gros flocons doux, la route vers la gare blanchissant devant lui, vierge de toute trace de roues, le monde se faisant calme et sourd tandis que quelques cloches lointaines finissaient d'annoncer 1914.

« Je pense que vous avez raison, dit Bensimon. Nous avons fait le tour de la question. Autant l'admettre et en terminer là.

– Je ne vous remercierai jamais assez, docteur. J'ai tant appris.

– Et vous avez la conviction absolue que le problème est résolu. »

Lysander réfléchit – parfois il se demandait si Bensimon se doutait que Hettie Bull et lui étaient amants. Comment pouvait-il lui dire que Hettie lui avait prouvé des douzaines et des douzaines de fois que son problème avait disparu ? Elle était encore la patiente de Bensimon, bien entendu.

« Disons qu'une expérience récente – des expériences récentes – m'a convaincu que tout fonctionnait normalement. »

Bensimon sourit – d'homme à homme –, laissant tomber un instant son masque impénétrable de professionnel.

« Je suis heureux que Vienne vous ait fourni d'autres compensations, dit-il sèchement en raccompagnant Lysander à la porte. Je vais rédiger une communication sur votre cas si vous n'y voyez pas d'inconvénient – les traitements de l'anorgasmie méritent d'être documentés – et la présenter lors de notre prochaine conférence, peut-être la publier dans quelque journal spécialisé. » Il sourit de nouveau : « Ne vous en faites pas, vous serez caché sous une initiale ou un pseudonyme. Seuls vous et moi saurons de qui il s'agit.

– J'aimerais la lire, répliqua Lysander. Je vais vous donner mon adresse. Celle de ma maison de famille, on peut toujours me joindre, là-bas. »

Ils échangèrent une poignée de main et Lysander remercia de nouveau Bensimon. Il appréciait le médecin, il lui avait confié ses secrets les plus intimes, il sentait qu'il pouvait lui faire totalement confiance, et pourtant, il devait bien avouer qu'en réalité, il ne le connaissait pas du tout.

Il régla les derniers honoraires auprès de l'austère secrétaire, qui le gratifia en retour d'un faible sourire. Il prit congé et s'en alla par son chemin habituel partant de Wasagasse et du cabinet de consultations le long du Franzenring. C'est la dernière fois, se dit-il, un peu triste, mais satisfait d'avoir atteint l'objectif de son séjour à Vienne. Qu'avait dit Wolfram, déjà ? Un « fleuve de sexe » coulant sous la ville. C'est ce qui l'avait sauvé, ça, et le « Parallélisme » du Dr Bensimon. Il allait bien, la vie serait plus simple, la route devant lui toute tracée, et pourtant, depuis son arrivée, tout était devenu cent fois plus compliqué. Il avait Hettie à Vienne, Blanche à Londres, et pas la moindre idée de ce qu'il devait faire.

Il dépassa le grand café – le Landtmann – et, se rendant compte qu'il n'y était jamais entré après tous ces mois passés à Vienne, il revint sur ses pas. C'était un endroit spacieux et sobre, un peu éteint et plus imposant que les cafés qu'il fréquentait – un endroit où venir en été, se dit-il, pour s'asseoir en terrasse. Il s'installa dans un box avec vue sur les voitures défilant à toute allure sur le Ring, alluma une cigarette, commanda un café et un brandy, et ouvrit son carnet. *Investigations autobiographiques* par Lysander Rief. Il feuilleta les pages remplies de notes, descriptions de rêves, dessins et brouillons de poèmes – un autre héritage de son séjour à Vienne. Bensimon l'avait pressé de continuer à écrire, en complément de sa thérapie. « Ça peut paraître banal et insignifiant, avait-il dit, mais vous y reviendrez d'ici quelques mois et vous serez fasciné. »

Le café était tranquille, pris dans cette accalmie entre l'agitation du déjeuner – la grande ponctuation de la journée viennoise, – et les premiers clients de l'après-midi venus déguster un café-gâteaux. Les serveurs astiquaient l'argenterie et pliaient des serviettes, d'autres étalaient bruyamment des nappes de lin propres ou se penchaient derrière les comptoirs pour bavarder. Du fond montait un fracas d'assiettes en faïence que l'on empilait. Le maître d'hôtel se recoiffait discrètement, utilisant en guise de miroir un plateau d'argent appuyé contre le mur. Lysander regarda autour de lui : très peu de clients, mais il repéra tout de suite un homme quelques tables plus loin, portant un costume de tweed et une cravate nouée à l'ancienne, qui lisait le journal en fumant un cigare. Près de la soixantaine, des cheveux fins grisonnants plaqués sur son crâne, la barbe blanche et bien taillée. Lysander posa son carnet et s'avança.

« Dr Freud, dit-il, pardonnez-moi de vous interrompre mais je tenais simplement à vous saluer. J'ai été soigné avec le plus grand succès par un de vos fervents disciples, le Dr Bensimon. »

Freud leva la tête, plia son journal et se redressa. Les deux hommes se serrèrent la main.

« Ah, John Bensimon, s'écria Freud, mon autre Anglais ! Nous avons eu nos désaccords mais c'est un brave garçon.

– Eh bien, quels qu'aient été ces différends, j'ai suivi avec

111

lui une analyse des plus enrichissante. Je sais combien il vous respecte – il ne cesse de vous citer.

– Êtes-vous anglais?

– Oui. Enfin, à moitié. Et à moitié autrichien.

– Ce qui explique votre excellent allemand.

– Merci.» Lysander recula poliment d'un pas, prêt à prendre congé. «C'est un honneur que de vous avoir serré la main. Je n'interromprai pas plus longtemps votre lecture.»

Mais Freud ne semblait pas vouloir en rester là. Il retint Lysander d'un petit geste de son cigare. «Durant combien de temps avez-vous consulté le Dr Bensimon?

– Plusieurs mois.

– Et vous avez terminé?

– Je sens, enfin, disons que j'estime que mon problème psychosomatique appartient au passé.»

Freud tira sur son cigare, pensif. «C'est très rapide, dit-il. Très impressionnant.

– C'est sa théorie du Parallélisme qui a fait finalement la différence. Remarquable.

– Oh, le "Parallélisme"! s'écria Freud d'un ton presque moqueur. Je m'abstiendrai de commentaires. Bonne journée, monsieur. Tous mes vœux.»

Le grand homme en personne, songea Lysander en regagnant son siège, ravi d'avoir eu le courage de l'approcher. Une rencontre à rapporter absolument dans mes mémoires.

Cela faisait quatre jours qu'il n'avait pas vu Hettie et elle lui manquait terriblement. En fait, calcula-t-il, il ne l'avait pas vue depuis une semaine... Ils n'avaient jamais été séparés si longtemps depuis le début de leur liaison. Il griffonna un petit mot à son intention et décida d'aller le porter sur-le-champ au Café Sorgenfrei. Peut-être y trouverait-il un message d'elle.

Dehors, dans les rues, il faisait froid, mais le temps n'était pas glacial, et la neige du jour de l'an se liquéfiait en une bouillasse brune dont les automobiles éclaboussaient les jambes des piétons s'aventurant trop près de la route.

En traversant avec prudence, Lysander se demanda, et ce n'était pas la première fois, s'il ne devrait pas apprendre à conduire. Cela pourrait faire partie de son éducation viennoise – puis il se rendit compte qu'il n'avait pas les moyens de s'offrir des leçons de conduite. Il venait juste de régler à Frau K le prochain mois de loyer et il ne lui restait en poche qu'une centaine de couronnes. Il avait annulé jusqu'à nouvel ordre ses leçons d'allemand et de français, et télégraphié à sa mère de lui envoyer encore de l'argent. Ce qui lui donnait le sentiment d'être un incapable – pourquoi sa mère devrait-elle subventionner sa liaison amoureuse avec Hettie? Il le reconnaissait, il avait vécu ces dernières semaines dans les limbes d'une volonté de non-décision, ravi de dériver dans le présent. Le problème était – et il devait l'affronter étant donné que ses fonds s'amenuisaient et qu'un retour à Londres s'imposait –, le problème, donc, était qu'il trouvait très difficile d'envisager l'avenir sans Hettie. Était-ce là le commencement? Un engouement sexuel se transformant en amour? Et pourtant, durant tout le temps de leur histoire, malgré les mots tendres et les aveux de sentiments très forts de part et d'autre, elle n'avait jamais parlé de quitter Hoff.

Que faire?… Il poussa la porte battante du Café Sorgenfrei et, d'un coup de coude, écarta l'épais rideau de velours protégeant des courants d'air. Des nappes de fumée grises encombraient l'atmosphère et lui irritèrent les yeux tandis qu'il s'approchait du comptoir pour donner son enveloppe au jeune barman au gilet puce – comment s'appelait-il déjà? – et ses ridicules favoris de dragon de la garde impériale.

« Bonjour, Herr Rief, dit le garçon en prenant la lettre de Lysander. Nous avons aussi un petit paquet pour vous. » Il fouilla sous le comptoir et sortit un paquet plat entouré d'une ficelle. Lysander éprouva une joie soudaine. Bénie soit Hettie – ils avaient dû penser l'un à l'autre au même instant. Il commanda un verre de riesling et emporta le paquet vers une table près de la vitre. Il l'ouvrit avec soin et découvrit un livret : *Andromeda und Perseus eine Oper in vier Akten von Gottlieb Toller*. La couverture était une reproduction en couleurs de l'affiche de Hoff – Hettie, dans toute sa nudité... Il le feuilleta rapidement, imaginant qu'un mot allait en tomber et, rien ne se produisant, il revint à la page de titre pour y trouver une dédicace. Qui était bien là : « Pour Lysander, avec tout mon amour, Andromède. » Et dessous, il lut ces quelques lignes :

Il y a des moments où j'ai entièrement confiance dans le destin de H. B.
Mais il y a d'autres moments où je ne me trouve pas complètement honnête
Superficielle
Regardant des deux côtés à la fois
Lâchement.

Lysander se demanda pourquoi, étant donné l'état de ses finances, il avait décidé de dépenser deux couronnes supplémentaires pour dîner ce soir-là avec Frau K et Josef Plischke. Peut-être avait-il envie de compagnie, aussi éprouvante et médiocre fût-elle. Le plat principal, après la soupe aux choux avec croûtons, était un *Tafelspitz*, du bœuf bouilli, un bœuf de très ancien lignage et laissé à mijoter depuis sur un fourneau dans la cuisine invisible. Mais la sauce n'en était pas moins liquide, la viande nerveuse et filandreuse. Plischke mangea avec enthousiasme, complimentant Frau K pour ses talents culinaires sur un ton de basse flagornerie qui tira à Frau K le plus agréable de ses minces sourires.

Alors qu'ils bavardaient à propos de la démonstration d'une douzaine de machines volantes prévue la semaine suivante au Prater, Lysander faisait mentalement ses comptes – il avait téléphoné deux jours plus tôt à sa mère pour lui demander vingt livres supplémentaires. Avec un peu de chance, l'argent parviendrait à sa banque le lendemain et, avec encore un peu plus de chance et une gestion prudente, ce montant devrait le faire vivre un mois ou deux encore. Il décida de ne pas penser à ce qui pourrait se passer au-delà du moment où les fonds lui manqueraient de nouveau. Peut-être devrait-il essayer de trouver du travail – enseigner l'anglais aux Viennois? Mais deux mois de plus à Vienne signifiaient deux mois de plus avec Hettie. Il comprit, dans une soudaine prise de conscience, qu'il commençait à organiser sa vie en fonction d'elle...

On frappa violemment à la porte et il entendit Traudl aller répondre. Un instant, il imagina que Wolfram était revenu, ivre, pour l'emmener dans les bordels de Spittenberg.

Pâle et tremblante, Traudl surgit sur le seuil de la salle à manger.

«Madame, dit-elle, d'une petite voix, c'est la police.»

Devant cette violation de la probité de sa pension, un rictus de dégoût traversa le visage de Frau K qui partit à grands pas vers le hall. Plischke farfouilla dans sa bouche avec un cure-dents, à la recherche de reliefs de *Tafelspitz*. Lysander le regarda – ce calme affecté, soudain. Qu'avez-vous donc fait, Josef Plischke?

Frau K réapparut à la porte.

«Ils veulent vous voir, Herr Rief»

L'estomac noué, Lysander présuma immédiatement du

pire. Sa mère. Morte? Condamnée? Saisi de nausée, il jeta sa serviette.

Il y avait trois policiers dans l'entrée. Uniformes gris, ceinturons de cuir noir, casquettes plates et brillantes, avec visière et insignes. L'un des hommes, qui portait une courte cape salua et se présenta comme l'inspecteur Strolz.

« Vous êtes Herr Lysander Rief?

– Oui. Que se passe-t-il? Y a-t-il un problème?

– J'en ai peur.» Strolz sourit d'un air contrit. « Vous êtes en état d'arrestation.»

Lysander entendit le hoquet horrifié de Frau K, toujours postée derrière lui, sur le seuil de la salle à manger.

« C'est complètement ridicule. Pour quelle raison m'arrêtez-vous?

– Viol.»

Un instant, Lysander crut qu'il allait tomber à la renverse. « C'est absurde. Il y a manifestement une erreur...

– Veuillez nous accompagner, s'il vous plaît. Si vous faites exactement ce que nous vous disons, les menottes ne seront pas utiles.

– Puis-je aller prendre quelques affaires dans ma chambre?

– Bien sûr.»

Lysander monta dans sa chambre, son cerveau empli d'un brouhaha confus de suppositions contradictoires. Planté au milieu – Strolz le surveillant depuis le seuil –, il essaya de penser à ce dont il pouvait avoir besoin. Son pardessus, son chapeau, son portefeuille. Son carnet? Non. Il se sentit soudain très craintif et isolé, et il eut une idée. Il fouilla dans le tiroir de son bureau, et trouva ce qu'il cherchait.

Il retourna dans le hall, en évitant le regard de Frau K, et demanda à Strolz la permission de dire un mot à son ami Herr Barth.

« Ne traînez pas. »

Strolz resta derrière lui tandis que Lysander frappait à la porte de Herr Barth et l'entendait répondre : « Une minute », puis « Entrez ».

Bien qu'ils aient vécu en voisins plusieurs mois, ce n'était que la seconde fois que Lysander pénétrait dans la minuscule chambre de Herr Barth. Il découvrit des tours branlantes de partitions empilées, un pupitre et un fatras de combinaisons de laine humides mises à sécher dessus, l'énorme contrebasse dans son étui dans le coin à côté du lit affaissé sous sa courtepointe brodée.

« Ai-je entendu le mot "police", Herr Rief ? Ils ne sont pas après moi, non ?

– Non, non. C'est moi qu'on arrête – c'est une terrible erreur –, mais je dois les suivre. Pouvez-vous contacter cette personne et lui dire que j'ai été arrêté ? Je vous en serais infiniment reconnaissant. Ils sauront quoi faire. »

Il tendit la carte d'Alwyn Munro. « Il est à l'ambassade de Grande-Bretagne. »

Herr Barth la prit, ravi de cette déclaration.

« Comptez sur moi, Herr Rief. Première chose demain matin. » Il jeta un coup d'œil par-dessus l'épaule de Lysander, avisa Strolz quelques pas en arrière et baissa la voix : « Ce sont des idiots, des idiots ignorants, les policiers. Soyez juste extrêmement poli, c'est tout ce qu'ils comprennent. Ça les impressionnera. Tout ira bien. »

Lysander regagna le hall et constata que la porte d'entrée était ouverte. Frau K se tenait à côté, les mains jointes, un regard de haine dardé vers l'homme responsable de ce déshonneur sur son établissement.

« Il s'agit d'une terrible erreur, lança Lysander en passant devant elle, suivi des trois policiers. Je n'ai rien fait. Je serai de retour demain. »

Mais quelque chose lui disait que ce ne serait pas le cas, et il savait aussi que s'il n'y avait pas eu de témoins, Frau K lui aurait craché au visage.

Les policiers l'emmenèrent vers une camionnette garée à l'angle de Mariahilfer Strasse. Ils en ouvrirent l'arrière et il grimpa dedans. Par la petite fenêtre sans vitre mais pourvue de barres aménagée sur un côté, il regarda défiler les paysages enneigés de Vienne – l'Opéra, le palais et le Burgtheater –, tous les monuments de cette vieille-nouvelle cité, comme dans un stéréoscope, jusqu'à l'arrivée à la *Polizeidirektion* sur le Schottenring.

20. Garçon ou fille ?

La camionnette quitta le Schottenring pour pénétrer par une arche géante dans une cour centrale dont les immenses portes en bois se refermèrent lentement, sans bruit. Lysander fut conduit à l'intérieur du bâtiment et, au bout d'un large couloir, dans une salle d'interrogatoire. Une odeur de désinfectant emplissait l'air, et les couloirs déserts retentissaient bizarrement de l'écho de pas venus de tout le bâtiment, comme si l'endroit était peuplé des fantômes d'anciens prisonniers, entrant et sortant de leurs cellules dans un ballet incessant.

Lysander s'assit sur le siège indiqué et fit face à l'impassible et efficace inspecteur Strolz, de l'autre côté du bureau. Armé d'un porte-plume et d'un encrier dignes d'un employé de l'époque victorienne, Strolz consigna ses coordonnées dans un épais registre. Pardessus sur le dos, chapeau sur les genoux, Lysander attendit, s'efforçant de contrôler son indignation croissante – sous-tendue par des bouffées de panique. Son inculpation lui étant formellement signifiée, il jugea le moment venu de poser quelques questions essentielles.

« Qui, exactement, suis-je censé avoir violé ? »

Strolz consulta son calepin. « Fraulein Esther Bull. Aux environs du 3 septembre, l'année dernière, 1913.

– C'est absolument impossible. » Lysander réfléchissait. Le 3 septembre, ce devait être la première fois, cette première fois où il s'était rendu dans la grange. « C'est impossible parce que... », poursuivit-il, incapable d'effacer de sa voix le tremblement causé par un sentiment d'offense, d'injustice, «... parce que Fraulein Bull et moi étions tous deux... » Il marqua un temps d'arrêt : « Nous sommes amants depuis quatre mois. Dans ces circonstances, je ne vois pas comment elle pourrait m'accuser de viol. Ne comprenez-vous pas, inspecteur ? Vous ne "violez" pas quelqu'un pour entretenir ensuite une liaison amoureuse – une liaison vive, passionnée, et tendre –, avec la victime pendant plusieurs mois. Ça défie le bon sens et la justice. »

Strolz enregistra le propos avec un hochement de tête. « Quoi qu'il en soit, répliqua-t-il, cette information n'a aucune pertinence pour l'instant. Elle pourra avoir plus de poids devant un tribunal.

– Mais pourquoi inventer cette histoire de viol ?

– Fraulein Bull est enceinte de quatre mois. Elle prétend avoir été violée par vous le 3 septembre. Le jour où l'enfant a été conçu, apparemment. »

Lysander resta muet, profondément choqué. « *Conçu ?* » Il avait vu Hettie la semaine précédente et elle n'avait rien dit... Enceinte de quatre mois ? Que se passait-il ?

« Si vous faites venir Miss Bull ici, finit-il par réussir à dire, tout s'éclaircira. Cette farce, ce fatras de...

– Malheureusement, ce ne sera pas possible. En outre, il

s'agit d'une double accusation, portée par Fraulein Bull et son concubin… » Strolz consulta de nouveau son calepin. « Herr Udo Hoff. En fait, c'est Herr Udo Hoff qui a pris contact avec la police. » Il referma le registre et se leva. « Vous serez amené demain devant un juge pour une mise en accusation formelle – et par conséquent, ce soir vous serez notre invité. Avez-vous tout ce qu'il vous faut ? Cigarettes ? Puis-je vous faire descendre du café ? »

Lysander fut escorté dans sa cellule située à une volée de marches plus bas, au sous-sol du bâtiment. La porte fut verrouillée derrière lui. Il y avait une ampoule électrique encastrée dans le plafond, un lit en bois avec un matelas en paille et une couverture, un évier pourvu d'un seul robinet, et un pot de chambre en fer-blanc avec couvercle à charnières. Très haut, sur le mur extérieur, une petite fenêtre à barreaux. Par une fente dans la porte, une voix lui annonça que la lumière serait éteinte dans les dix minutes.

Dix minutes plus tard, allongé sur son lit dans le noir, vêtu de son pardessus et tirant sur sa cigarette, Lysander tentait d'envisager la suite des événements. D'incessantes questions se télescopaient confusément dans sa tête. Quand Hettie avait-elle découvert qu'elle était enceinte ? Pourquoi l'avait-elle dit à Hoff ? Elle devait avoir décidé de le faire – pour une raison personnelle inimaginable – et alors, Hoff, scandalisé, était allé voir la police. Puis Hettie devait avoir menti, en conclut-il, afin de se sauver elle-même, et elle avait concocté cette histoire de visite à l'atelier au cours de laquelle, à un moment donné dans l'après-midi, lui – Lysander –, l'avait sexuellement agressée. Elle n'avait pas pu, manifestement, avouer la liaison qui avait suivi. Mais pourquoi, puisqu'elle savait qu'elle était enceinte ? Et comment pouvait-elle l'être ? Elle lui avait affirmé qu'elle était stérile – elle prétendait avoir ses règles à des mois d'intervalle, quand elle les avait, et elle ne les remarquait qu'à peine. Par conséquent, il n'avait jamais utilisé de préservatif. Lui avait-elle menti ? Avait-elle voulu le piéger ?

Alors, durant quelques minutes, il éprouva une sorte de rage incontrôlée à l'égard de Hettie ; il prit conscience de l'injustice dont il était victime, s'étouffant presque devant tant d'effronterie, tant de méchanceté. Il se redressa, tâcha de reprendre sa respiration, comme s'il avait été privé d'air et s'efforça de se calmer. Il était tout étourdi, au bord du vertige, et il commença à s'inquiéter de sa tension artérielle. Rien ne servait de laisser ses sentiments exploser avec autant de violence. Une pensée claire et logique, voilà ce qui était sa meilleure arme – se rendre malade ne lui rapporterait rien.

Il se calma, mais son inquiétude grandit au fil de la nuit tandis qu'il examinait les différentes argumentations et options. Il lui apparut que sa seule défense était de révéler l'affaire – de faire connaître au monde (et à Hoff) tous les détails de la liaison. Et que pourrait dire Hoff, confronté à ces preuves ? Rien. L'accusation serait rejetée, n'est-ce pas ?

Allongé dans le noir, il se levait parfois pour faire le tour de sa petite cellule. Il termina son paquet de cigarettes, dans l'attente de l'aube, incapable de dormir ou de se reposer, son esprit en proie à la plus grande agitation. Il n'y avait qu'une seule chose à faire : démonter l'histoire ridicule de Hettie et prouver que celle-ci était une menteuse. Il pensa à son cadeau du livret d'Andromède et au message mystérieux sur la page de titre. C'était sa confession préventive, il le comprenait maintenant, et il se demanda aussi si elle avait voulu s'en servir comme d'un avertissement.

Tôt le matin, la camionnette l'emmena avec deux autres malfaiteurs minables devant un tribunal de première instance.

Lysander se retrouva face à un président somnolent qui avait encore un bout de blanc d'œuf logé dans les poils d'une grosse moustache jaunie par le tabac. Il fut officiellement accusé de viol, la liberté sous caution fut refusée – elle n'était pas permise en cas de viol, lui dit le juge – et la date de son procès fixée au 17 mai 1914. Il n'avait pas d'avocat, et il fut donc ramené au commissariat central et remis dans sa petite cellule. À 10 heures, on lui donna un bol de soupe de carottes et un morceau de pain noir. Il demanda à parler à l'inspecteur Strolz mais on lui répondit que l'inspecteur était parti en permission pour quinze jours.

Devant son impuissance, Lysander se sentit saisi d'une sorte de terreur sournoise où il reconnut les premiers signes du désespoir. Comment pouvait-il trouver un avocat ? Le tribunal, supposait-il, lui en attribuerait un d'office en mai. Devait-il écrire à sa mère ? En combien de temps une lettre lui parviendrait-elle ? Le procès aurait lieu dans plus de trois mois. Allait-on le garder dans cette cellule jusque-là ou serait-il transféré dans une prison ? Quelle prison ? Où ? Il se mit à maudire Hettie pour ce mensonge atroce, ridicule. Pourquoi ne pas dire à Hoff la simple vérité ? Que pensait-elle pouvoir accomplir avec ce foutu bordel de cauchemar dans lequel elle l'avait jeté ?

Il tambourina à la porte jusqu'à ce que l'on vienne et il demanda du papier et un crayon. Qu'on lui refusa.

Il urina dans son pot de chambre.

Il se lava les mains et la figure dans l'évier et s'essuya sur la doublure de son pardessus.

Il s'allongea et réussit à somnoler durant une heure.

Il enleva sa veste et sa cravate, et fit quelques simples exercices de gymnastique – pompes, sauts avec extension latérale des membres, courses sur place jusqu'à ce qu'il soit hors d'haleine.

Il urina à nouveau dans son pot de chambre.

Il s'assit sur son lit et s'efforça d'activer son cerveau, essayant de se rappeler la suite et les détails de l'affaire. Dates, heures, lieux. Il se souvenait du nom de tous les hôtels qu'ils avaient fréquentés – tout ce qui rendait l'histoire concrète et irréfutable. Puis ses pensées s'arrêtèrent sur Hettie elle-même et la nouvelle, impossible à ignorer, qu'elle portait son enfant. Il en pleura presque. Il renifla, toussa, respira et se força à se mettre en colère, stimulé par l'idée que le fœtus serait certainement avorté, une autre affreuse conséquence de cette horrible situation qu'elle avait créée. Hoff s'en assurerait, oh oui. Garçon ou fille ? se surprit-il à se demander.

On lui donna une tranche épaisse de saucisse grasse et froide, un bout de fromage avec du pain noir et une tasse de café tiède.

Il consulta sa montre. Il était 14 h 30…

La journée parut durer une semaine en temps subjectif, et s'acheva enfin. Lysander vit le petit rectangle de ciel à travers la fenêtre de sa cellule s'assombrir alors que le soleil se couchait. Une touche de vermillon caressa la base des nuages. Le bruit de fond, dans l'aile des cellules était constant tandis que les heures s'effilochaient. Chocs métalliques, cris, pas, grondement des roues des trolleys, un éclat de rire, le grattement incessant d'une brosse à poils durs dans le couloir.

À la nuit tombée, on alluma la lumière électrique. Lysander fit quelques pompes de plus, se demandant d'où venait ce besoin de forme physique. Du rebord d'un bouton, il grava un tiret dans le plâtre du mur de la cellule. Jour 1. Ce geste mélodramatique parvint à lui arracher un sourire. Pourquoi avait-il fumé toutes ses cigarettes hier soir ?

On déverrouilla la porte et un policier passa la tête.

« Suivez-moi », ordonna-t-il.

Lysander lui emboîta le pas et monta l'escalier menant à un

autre couloir. De là, on l'emmena dans une pièce sans fenêtres meublée d'une table et de deux chaises. Il s'assit, tâcha de garder l'esprit vide. Pouvait-ce être Hettie, décidée à venir le secourir ? Deux minutes après, Alwyn Munro entrait dans la pièce.

Lysander eut envie de l'embrasser. Herr Barth avait fait ce qu'il avait promis – merveilleux, Herr Barth, le sel de la terre, le véritable ami. Ah, qu'il aimait cet homme ! Il serra chaleureusement la main de Munro.

« On s'est mis dans de sales draps, hein ? » lança Munro, facétieux. Il s'assit et offrit une cigarette à Lysander.

« Ce n'est pas vrai, protesta celui-ci. Ce sont des mensonges. J'ai une liaison avec elle depuis des mois. » Il tira si fort sur la cigarette que la tête lui tourna.

Munro glissa une carte sur la table : « Voici votre avocat. Un excellent homme. Il n'a pas réussi à vous faire accorder la caution, j'en ai peur. C'est le problème, avec ces histoires de viol. Heureusement pour vous, il semblerait que Miss Bull ait changé soudain l'accusation en "attentat à la pudeur". Cependant, la caution pour "attentat à la pudeur" est très haute : dix mille couronnes.

– Mais c'est absurde ! se plaignit Lysander. "Attentat à la pudeur" ? Je suis censé avoir "attenté à la pudeur" de Miss Bull ? Je ne suis pas un criminel. Comment est-on supposé mettre la main sur autant d'argent ? Pourquoi le montant de la caution est-il aussi élevé ?

– Le père de Hoff, semble-t-il, était un commissaire divisionnaire très respecté. Des amis haut placés. Ministres, fonctionnaires, juges... Ça paraît en effet un peu sévère.

– Je ne peux pas réunir cette somme. Pour qui me prennent-ils ?

– Ne vous en faites pas. Nous l'avons payée. » Munro sourit. « Considérez-le comme un prêt – mais pas sans intérêt, hélas. »

Lysander fut saisi d'un élan d'allégresse. Il déglutit. Ses

mains tremblaient. « Bon Dieu… je vous suis incroyablement reconnaissant. Cela veut-il dire que je peux partir ?

– Pas exactement. Il y a des conditions particulières. » Munro se renversa sur sa chaise comme pour avoir une vue plus objective : « Vous serez confiné dans l'enceinte de l'ambassade de Grande-Bretagne jusqu'à votre procès. En fait, ce n'est pas l'ambassade mais un consulat temporaire où nous, les attachés, nous travaillons. » Il sourit. « Un petit coin de la *Grossbritannien* à Vienne, tout de même.

– Pourquoi me garder là ?

– À l'évidence, on pense que vous tenterez de vous enfuir plutôt que d'affronter un tribunal. Comme nous avons payé la caution, nous sommes tenus de veiller à ce que vous ne preniez pas la poudre d'escampette. »

L'allégresse de Lysander se dégonfla. « Ainsi, je quitte une cellule autrichienne pour une cellule anglaise ?

– Je pense que vous serez beaucoup plus à votre aise. » Munro haussa les épaules. « C'est le mieux qu'on ait pu faire. Ici, on ne plaisante pas avec les crimes tels que le viol, les meurtres à mobile sexuel, les attentats à la pudeur et le reste.

– Je n'ai violé ni attenté à la pudeur de quiconque.

– Bien entendu. Je vous explique simplement pourquoi ils ont exigé ces conditions. Nous avons un petit endroit pour vous, à l'arrière. Un jardinet. Vous ne serez pas enfermé mais vous ne pourrez pas quitter les lieux. » Munro se leva. « On y va ? »

21. Une petite villa de style classique

Le bâtiment du consulat temporaire était en fait une petite villa de style classique, plutôt délabrée, à trois rues de l'ambassade dans Metternichgasse, face au jardin botanique. La «prison» de Lysander était un pavillon d'été en pierre, octogonal et à deux niveaux, situé au fond d'un jardin clos d'un haut mur érigé à l'arrière de la villa. Lysander disposait d'une chambre à coucher octogonale à l'étage supérieur et, au rez-dechaussée, d'un salon non moins octogonal avec une cheminée. Ni W.-C. ni salle de bains, mais, il devait l'avouer, l'ensemble était assez confortable. Dès qu'il avait besoin d'air ou d'un peu d'exercice, il pouvait aller le long des sentiers de gravier herbeux du jardinet négligé. La nourriture, qui provenait d'un restaurant voisin, lui était apportée sur un plateau trois fois par jour, son feu était allumé, un broc d'eau chaude fourni le matin pour ses ablutions, son linge sale ramassé et rapporté (il avait fait chercher ses vêtements et ses affaires à la pension Kriwanek) et son pot de chambre était discrètement vidé et remplacé par une variété de domestiques de l'ambassade qui semblaient renouvelés tous les jours. Il voyait rarement deux fois le même visage. On lui avait annoncé qu'il devait régler le coût de la nourriture et du blanchissage. Autant de dépenses qui seraient ajoutées aux dix mille couronnes déjà dues au gouvernement de Sa Majesté – sans compter les frais juridiques qui ne cessaient de s'accumuler.

Lysander eut plusieurs entrevues avec son avocat, un certain Herr Feuerstein, un jeune homme sérieux, à peu près de son âge, portant pince-nez, et qui, entre deux exclamations désapprobatrices, fronçait les sourcils et marmonnait dans sa barbe bien taillée tout en passant en revue l'affaire de Lysander comme s'il était résolu à ne pas fournir à son client la moindre lueur d'espoir ou d'optimisme. Il convenait cependant que la meilleure défense était de révéler la liaison. Et il enregistra donc, de sa minuscule écriture moulée, tout ce dont Lysander pouvait se souvenir de ses douzaines de rendez-vous avec Hettie. Il proposa de visiter les hôtels qu'ils avaient fréquentés à Vienne, Linz et

Salzbourg pour faire une copie des registres, et même d'aller photographier clandestinement la grange-atelier de Hettie. Il demanda à Lysander de lui dessiner un plan détaillé de la grange et de lui fournir l'inventaire le plus exhaustif possible de son contenu. C'était peut-être un pessimiste, songea Lysander, mais un pessimiste minutieux.

Lysander recevait aussi les visites quotidiennes d'Alwyn Munro et de l'autre attaché – l'attaché naval – un dénommé Jack Fyfe-Miller. Fyfe-Miller était un jeune homme blond de forte carrure, la trentaine, une épaisse barbe claire – une barbe de marin digne d'un attaché naval, se dit Lysander –, champion de rugby à Cambridge. Après quelques entrevues, Lysander décida de le qualifier de « stupide ». Fyfe-Miller l'avait vu sur scène à Londres (dans *La Mégère apprivoisée*) et ne semblait s'intéresser qu'à la vie théâtrale et aux actrices en particulier. « Vous connaissez Ellen Terry ? ne cessait-il de demander. Avez-vous déjà rencontré Dolly Bird ? À quoi ressemble vraiment Mrs Mabel Troubridge ? » Mais de temps en temps, il faisait une remarque qui révélait un esprit intellectuel plus profond, et Lysander commença à penser que son franc-parler et sa bonne humeur tenaient un peu de la comédie.

Au bout d'une semaine dans le pavillon d'été, il se sentit installé dans une routine et vivant quelque chose s'apparentant à une vie normale. Il résolut de demander à Munro s'il existait un moyen d'organiser une rencontre avec Hettie.

« Pas sûr que ce soit une bonne idée, répliqua Munro.

– Si je pouvais lui parler, ne serait-ce que quelques minutes, je suis certain que l'on pourrait tout éclaircir. »

Ils se promenaient dans les allées d'herbe et de mousse qui entouraient le petit bassin en ciment d'une fontaine sans eau. Sur un tas de roches effondrées et sèches, un chérubin de pierre couvert de lichen tendait à bout de bras un poisson bouche ouverte, qui semblait chercher de l'air plutôt que de servir de conduit à l'eau de la fontaine qui ne jaillirait plus jamais.

« Regardez, dit Lysander en désignant une porte à la peinture cloquée dans le mur au fond du jardin, faites-la entrer par ici et personne n'en saura rien. Donnez-moi juste un moment avec elle, elle abandonnera l'affaire. »

Munro réfléchit, tout en lissant de l'index sa moustache : « Laissez-moi voir ce que je peux faire. »

22. Investigations autobiographiques

Hettie. Cette folie pure – comment as-tu pu me faire ça ? Stop. Non. D'abord, les faits, le dialogue. Elle est venue hier soir, juste avant 11 heures. Jack Fyfe-Miller l'a fait entrer par la porte dans le mur du fond et il a attendu dans le taxi pendant que nous parlions. Elle est restée vingt minutes.

Nous nous sommes embrassés comme de vieux amants expérimentés, avec une réelle passion, à croire que rien de cette aberration ne s'était produit. Elle s'est accrochée à moi, me disant combien je lui manquais avant de me demander comment j'allais. J'ai senti l'absurdité grotesque de la situation – comme si j'avais eu la grippe et qu'elle ne m'ait pas vu pendant ma convalescence. Durant quelques secondes, une rage folle m'a de nouveau envahi et j'ai dû reculer d'un pas et lui tourner le dos.

HETTIE : Est-ce que tout va bien ? Comment vas-tu ?
MOI : Comment je vais ? Comment je vais ? Je vais horriblement mal. Je suis misérable. Je me sens abject. Comment crois-tu que j'aille ?
HETTIE : On dirait que tu as une jolie petite maison, ici. C'est mignon. C'est ton jardin, ça ?

MOI : Hettie, je suis un prisonnier sous caution. Je vais être jugé pour agression. Pour t'avoir « agressé sexuellement », toi.
HETTIE : Je sais. Je suis tellement désolée. Je n'ai pas su quoi dire quand Udo a tout découvert. Alors j'ai juste lâché ce qui me venait à l'esprit. N'importe quoi pour l'empêcher de continuer à me hurler dessus.

Dans l'émotion de nos retrouvailles, j'oubliais qu'elle était enceinte – qu'elle portait notre enfant. Je posai ma main sur son ventre – qui paraissait très plat.

MOI : Tu n'as pas l'air enceinte.
HETTIE : Je n'avais pas la moindre idée que je l'étais. Tu sais que je me croyais stérile. J'en étais convaincue, vraiment. Je ne me suis pas sentie malade ou je ne sais quoi. Pas de prise de poids, rien, pas la moindre indication. Et puis mes bouts de seins ont noirci. Udo l'a vu et m'a emmenée chez le médecin qui m'a examinée et m'a déclarée enceinte de quatre mois.
MOI : Je n'ai jamais remarqué tes mamelons.
HETTIE : Parce que tu les voyais tout le temps. Tu n'as pas remarqué le changement progressif. Franchement, moi non plus. Udo n'avait pas vu mes seins depuis des semaines. Il a été choqué, m'a traînée droit chez le médecin. En apprenant que j'étais enceinte, il est entré dans une colère noire, alors j'ai dit que c'était toi.
MOI : Mais je ne t'ai jamais violée ni agressée, si je me souviens bien. Si je me souviens bien, c'est toi qui m'as déshabillé moi –, très efficacement.
HETTIE : Parce que je savais que tu aimais ça.
MOI : Qu'est-ce que tu racontes ?
HETTIE : J'avais lu ton dossier chez le Dr Bensimon. Il avait dû quitter la pièce alors que j'étais en consultation et il avait laissé tes papiers sur son bureau. Il est resté absent dix minutes, je m'ennuyais, j'ai vu ton dossier. J'étais curieuse…
MOI : C'est complètement scandaleux !

129

HETTIE : Je ne me rappelle pas que tu te sois plaint. Juste parce que je savais tout de tes rêves, de tes phantasmes…
MOI : Non, non. Tout ça fait partie de la thérapie. Service compris…
HETTIE : Ne joue pas au cynique. Mais c'est Udo qui a dit que tu devais m'avoir attaquée et j'ai répondu évasivement, enfin, oui, je suppose, oui, ça doit être ça. Je ne sais pas pourquoi. Il était dans une telle rage. J'ai raconté que tu m'avais maîtrisée et, avant de m'en apercevoir, je convenais de tout avec lui. N'importe quoi pour l'empêcher de hurler. Je suis vraiment navrée, mon chéri. Il faut me pardonner – j'étais si paniquée.

J'ai senti une immense lassitude m'envahir. Une extrême fatigue.

MOI : Pourquoi Udo n'a-t-il pas pensé que c'était son enfant ?
HETTIE : Parce que, eh bien, nous n'avons plus de rapports sexuels normaux. Pas depuis plus d'un an. Il a compris tout de suite qu'il n'était pas le sien.
MOI : Que veux-tu dire par « qu'il » n'était pas le sien ?
HETTIE : Que c'est un garçon, le bébé, je le sais.
MOI : Mais tu te rends compte que devant le tribunal, je vais dire la vérité – à ton sujet, au mien et à celui de notre liaison ?
HETTIE : Non ! Non, tu ne peux pas faire ça. Udo me tuera, moi et l'enfant.
MOI : Foutaises. Il ne peut pas faire ça. Ce n'est pas un monstre.
HETTIE : Tu ne sais pas de quoi il est capable. Il me jettera dehors, il me détruira. Il trouvera un moyen de me punir, et le bébé aussi… notre bébé.
MOI : Alors quitte-le. Pars. Viens à Londres vivre avec moi. Que lui dois-tu ? Rien…
HETTIE : Tout. Quand je l'ai rencontré à Paris, j'étais… j'avais de graves problèmes. Udo m'a sauvée. M'a amenée à Vienne

130

Sans lui je serais morte – ou pire. Je t'en implore, Lysander, je t'en supplie à genoux, qu'il ne sache rien de nous.
MOI : Tu ne vas pas te faire avorter ?
HETTIE : Jamais. Il est à nous. À toi et à moi, mon chéri.

Juste à cet instant, Fyfe-Miller surgit et gratta à la porte-fenêtre. Hettie m'embrassa et chuchota avant de partir : « Je t'en conjure, Lysander. Ne dis rien. Ne me détruis pas. »

Ce matin, j'ai vu Herr Feuerstein. Je lui ai demandé, au cas où je serais déclaré coupable, à quelle condamnation je pouvais m'attendre. « Huit à dix ans, si vous avez de la chance, a-t-il dit avant d'ajouter : Mais vous ne serez pas déclaré coupable, Herr Rief. L'affaire ne tiendra plus dès que vous aurez témoigné. » Il a agité son dossier avec panache : « J'ai tout. Les hôtels à Vienne, Linz, Salzbourg. Témoignages du personnel. Comment vous dites, déjà, en anglais ? Du gâteau. » Il s'est permis un de ses rares sourires. Et j'ai pensé : si Feuerstein est confiant à ce point, alors c'en est fini pour Hettie. « Je suis vraiment impatient, a repris Feuerstein. Il me tarde d'être le 17 mai. »
À présent, j'attends Munro et Fyfe-Miller pour une réunion ici, dans le pavillon d'été. Je vais leur expliquer qu'il n'y a qu'une seule chose en mon pouvoir. Cette affaire ne doit jamais arriver au procès.

23. Une clé neuve en cuivre

Dans son salon octogonal, Lysander faisait face à Alwyn Munro et Jack Fyfe-Miller. Des rafales de neige s'abattaient sur les portes-fenêtres, et le feu dans l'âtre luttait vaillamment contre le froid de la journée. Pour une raison quelconque,

Fyfe-Miller portait son uniforme d'officier de marine – avec une brochette de médailles sur la poitrine –, ce qui le faisait paraître plus sérieux, un professionnel en exercice. Munro était en costume trois-pièces, du tweed épais, comme s'il partait pour un week-end de chasse dans le Perthshire.

« J'ai réfléchi, avança Lysander avec prudence, au cours de ces derniers jours. Et un fait m'est apparu d'une clarté absolue. Je ne peux pas prendre le risque d'aller devant un tribunal.

– Feuerstein me dit que votre défense est inattaquable, répliqua Munro.

– Nous savons tous combien tout cela peut mal tourner.

– Et donc, vous voulez vous faire la belle », dit Fyfe-Miller en allumant une cigarette. Une fois de plus, Lysander constata à quel point son apparence banale cachait un esprit vif.

« Oui. En un mot. »

Les deux visiteurs se regardèrent. Munro sourit : « Nous avions parié entre nous sur le temps qu'il vous faudrait pour en arriver à cette conclusion.

– C'est le seul moyen, en ce qui me concerne.

– Ça pose de vrais problèmes », dit Munro qui commença à les évoquer. L'ambassade d'Angleterre, comme toutes les ambassades à Vienne, était truffée d'informateurs. Un tiers du personnel autrichien était, à son avis, à la solde du ministère de l'Intérieur. Ceci, ajouta-t-il, était parfaitement normal et attendu – la réciproque s'appliquant à Londres. « Par conséquent, poursuivit-il, si vous nous quittiez, on le remarquerait très vite. Vous êtes constamment surveillé même s'il n'en paraît rien. Quelqu'un alerterait la police. »

Fyfe-Miller intervint à son tour : « Et aussi, en notre qualité de geôliers, pour ainsi dire, nous serions contraints pour l'honneur de faire part de votre absence aux autorités. Et bien entendu, votre caution serait perdue. »

Lysander décida d'ignorer ce dernier point. « Mais si je m'échappais au milieu de la nuit ? Il se passerait des heures avant qu'on le remarque.

– Pas du tout. Ce serait le pire moment. Les veilleurs. La police à l'entrée, le personnel de nuit – tout le monde est alors en alerte. Je suis sûr qu'il y a deux policiers en civil à l'extérieur, assis dans une voiture, vingt-quatre heures sur vingt-quatre, attendant, observant. Le milieu d'un jour ouvrable, voilà qui est bien plus discret. » Munro sourit. « Paradoxalement.

– Si vous partiez, imagina Fyfe-Miller, vous auriez au maximum une heure d'avance, je dirais. Si personne ne vous avait alors signalé, ce serait à nous de le faire... au bout d'une heure.

– Mieux vaut compter sur une avance d'un quart d'heure, intervint Munro. Ce ne sont pas des idiots.

– Quelle direction prendriez-vous, Alwyn ? demanda Fyfe-Miller d'un ton qui sonnait faux.

– Trieste. C'est pratiquement italien aujourd'hui – ils haïssent les Austro-Hongrois. Filer sur Trieste, prendre un vapeur pour l'Italie. C'est ce que je ferais. »

Lysander enregistra le message subliminal. Il était à présent parfaitement conscient de ce qui était en train de se passer ici : Munro et Fyfe-Miller lui établissaient une ligne de conduite, presque une série d'instructions à suivre. Faites ce que l'on vous dit, affirmaient-ils, et vous vous en tirerez.

« Quelle est la gare pour Trieste, à propos ? s'enquit Lysander avec le même air de curiosité innocente.

– La Südbahnhof. Correspondance à Graz. Un voyage de dix, douze heures, répliqua Fyfe-Miller.

– J'irais droit aux bureaux de la LLoyds de Trieste et j'achèterais un billet de bateau pour... » Munro, sourcils froncés, réfléchit.

«Pas Venise.

– Non. Trop évident. Bari, peut-être. Bien plus au sud qu'on ne s'y attendrait.»

Lysander n'intervint pas, se contentant d'écouter, conscient de ce qui se dessinait dans ce dialogue.

Munro leva un doigt en manière d'avertissement. «Il vous faut vous attendre à ce que la police se précipite dans toutes les gares.

– Oui. Vous pouvez avoir besoin d'un genre de déguisement. On supposera naturellement que vous vous dirigez vers le nord et l'Angleterre. Donc, aller vers le sud serait la bonne option.

– Vous aurez besoin d'argent, dit Munro en sortant son portefeuille et en comptant deux cents couronnes en billets qu'il étala en éventail sur la table. «Quel jour est-on? Mardi. Demain après-midi, je dirais. Vous serez à Trieste jeudi à l'aube.

– Et le tour est joué.»

Les deux hommes regardèrent Lysander avec un air candide, aucune trace de conspiration ou de connivence dans l'œil. Cette absence notable de ruse contenait son propre message : il s'agit d'une simple conversation. Une conversation à propos d'un voyage hypothétique, n'y voyez rien de plus. Nous ne prenons aucune responsabilité.

«Les risques sont considérables, dit Munro comme pour le souligner.

– Si vous étiez pris, cela passerait pour un aveu de culpabilité, ajouta Fyfe-Miller.

– Il vous faudra être astucieux. Anticiper. Imaginer toutes les éventualités.

– User de votre ingéniosité.»

Munro se leva et se dirigea vers la porte, entraînant Fyfe-Miller dans son sillage. L'argent fut laissé étalé sur la table.

Lysander les suivit pour aller leur ouvrir. Il savait exactement ce que l'on attendait de lui, maintenant.

«Très intéressant, dit-il. Merci.

– À demain», lança Munro. Fyfe-Miller salua avec élégance, et Lysander les regarda regagner d'un pas vif le consulat sous la neige.

En fin d'après-midi, la neige ayant cessé de tomber, laissant sur les petites haies du jardin deux centimètres de givre, Lysander sortit faire un tour, et réfléchit. Il avait l'argent en poche, Munro et Fyfe-Miller avaient tracé le plan de la meilleure route hors de l'Autriche. Une fois à Trieste, il serait en sécurité – les Italiens, là-bas, étaient vingt fois plus nombreux que les Autrichiens. Un caboteur ou un cargo l'emmènerait en Italie pour quelques couronnes. C'est alors que son regard fut attiré par quelque chose d'inhabituel – un reflet, une lueur. Il s'approcha.

Dans la serrure de la petite porte du mur du fond se trouvait une clé de cuivre neuve, luisante et immaculée, brillant sous le faible soleil du crépuscule. Lysander la glissa dans sa poche. Voilà donc, se dit-il, demain après-midi, après le déjeuner. La fuite vers la liberté.

24. Ingéniosité

Lysander laissa délibérément la moitié de son déjeuner – ragoût de porc avec sauce au raifort – dans son assiette. Il raconta au type grincheux aux dents de lapin venu débarrasser le plateau qu'il ne se sentait pas bien et qu'il allait se coucher. Dès qu'il fut de nouveau seul, il enfila son manteau, ramassa quelques affaires essentielles pouvant être réparties entre ses diverses poches, prit son chapeau accroché derrière la porte et sortit.

La journée était venteuse, les nuages filaient dans le ciel

et la neige avait presque entièrement fondu. Il fit le tour du jardin comme il le faisait chaque fois lors de sa promenade postprandiale et, arrivé à la petite porte dans le mur du fond, il l'ouvrit et la franchit en une seconde avant de la refermer derrière lui. Il jeta la clé par-dessus le mur dans le jardin. Il regarda autour de lui : une rue anonyme dans le quartier de Landstrasse, une partie de Vienne qu'il ne connaissait pas vraiment. Il remonta jusqu'à une avenue, vit qu'elle s'appelait Rennweg et de là retrouva ses repères. Il était à cinq minutes de marche de la Südbahnhof où il pourrait prendre son train pour Trieste – mais il savait qu'il lui faudrait user de son ingéniosité d'abord. Il avisa deux taxis en attente devant l'Imprimerie nationale et traversa l'avenue pour en héler un.

Il était à Mariahilfer Strasse dans le quart d'heure, le quart d'heure d'avance dont Munro et Fyfe-Miller avaient dit qu'il devait disposer. Il aurait pu être maintenant dans la Südbahnhof avec en main un billet pour Trieste. Était-il en train de commettre une erreur ? Usez de votre ingéniosité, avait dit Munro. Moins un conseil qu'un avertissement.

Lysander sonna à la porte de la pension Kriwanek en priant le bon Dieu que Frau K soit sortie (elle sortait en général après le déjeuner, faire des courses ou des visites) et que Herr Barth soit là.

La porte s'ouvrit sur Traudl – dont le visage refléta aussitôt la surprise et l'effroi. Elle rougit jusqu'à la racine de ses cheveux.

« Oh mon Dieu ! s'écria-t-elle. Herr Rief ! Non !

– Salut, Traudl. Oui, c'est moi. Frau Kriwanek est-elle là ?

– Non. Je vous en prie, que faites-vous ici, monsieur ?

– Herr Barth est là ?

– Non, il n'est pas là non plus. »

Zut et zut, se dit Lysander en écartant gentiment Traudl pour pénétrer dans le hall. Les deux bergères et la chouette empaillée sous cloche étaient toujours là, les reliques d'un heureux passé, songea Lysander, pris d'un élan de colère à l'idée d'avoir eu à l'abandonner.

« Voulez-vous m'ouvrir la chambre de Herr Barth, s'il vous plaît, Traudl ?

— Je n'ai pas la clé, monsieur.

— Mais bien sûr que vous en avez une. »

Penaude, elle fit demi-tour, s'engagea dans le couloir en direction de la chambre de Herr Barth, prit un trousseau de clés dans la poche de son tablier, et ouvrit la porte.

« Ne racontez à personne que je suis venu ici, Traudl. Compris ? J'expliquerai tout à Herr Barth plus tard, mais vous ne devez pas en souffler mot à quiconque d'autre.

— Frau Kriwanek saura, Herr Rief. Elle sait tout.

— Elle ne sait pas tout. Elle ne sait pas pour vous et le lieutenant Rozman… »

Traudl baissa la tête.

« Je détesterais avoir à raconter à Frau Kriwanek ce que vous et le lieutenant faites tous deux.

— Merci, Herr Rief. Je vous serai extrêmement reconnaissante de votre silence à ce propos.

— Et n'oubliez pas que vous me devez toujours vingt couronnes, Traudl.

— Je ne dirai rien à personne. Pas une âme. Je le jure. »

Lysander fit signe à Traudl d'entrer dans la petite chambre de Herr Barth. « Après vous », dit-il avant de la suivre.

25. Trieste

Par la fenêtre de l'express de Graz, Lysander regardait les premiers rayons de l'aube ricocher et scintiller sur le golfe de Trieste qu'il apercevait entre les multiples tunnels à travers lesquels le train fonçait vers la côte et la ville. Ces vues de l'Adriatique et de sa côte rocheuse représentaient son salut, se dit-il ; il se devait de les engranger dans les archives de sa mémoire. Voilà qu'il était aux confins de l'empire austro-hongrois, et il le quitterait pour toujours d'ici quelques heures. Il avait faim – il n'avait rien mangé depuis son repas abandonné, la veille, et il se promit un petit déjeuner décent au restaurant de la gare dès son arrivée. Il lui restait un peu plus de cent couronnes, c'était bien assez pour prendre un billet sur un vapeur pour Ancône – pas besoin d'aller aussi loin au sud que Bari. Une fois à Ancône, il gagnerait Florence où il se ferait virer de l'argent, puis il rentrerait en Angleterre par la France. À présent qu'il arrivait à Trieste, tous ces plans semblaient parfaitement logiques et réalisables.

Dans les grognements métalliques de freins protestataires, l'express de Graz finit par s'arrêter à la Stazione Meridionale de Trieste, et Lysander descendit sur le quai. Voir des panneaux en italien lui suffisait déjà. Il avait réussi, il était libre…

« Rief ? »

Il se retourna très lentement pour voir Jack Fyfe-Miller descendre d'un wagon de première classe, un petit sac de voyage en cuir à la main.

Lysander sentit ses entrailles se relâcher.

« Bravo, dit Fyfe-Miller en lui tapant sur l'épaule. Je parie que vous êtes affamé. Laissez-moi vous offrir un petit déjeuner. »

Ils allèrent au Caffè Orientale dans l'immeuble de la Lloyds sur la Piazza Grande où Lysander commanda et dévora une omelette de six œufs avec une épaisse tranche de jambon, accompagnés d'une kyrielle de petits pains. Fyfe-Miller but une Spritzer et fuma une cigarette.

« Nous avons été très impressionnés, dit-il.

– Comment ça ?

– Munro et moi nous étions à la Südbahnhof et on vous cherchait. On a pensé que vous n'arriveriez jamais, je dois dire – on a cru que vous étiez parti trop tard. La police était là très vite. On commençait à s'inquiéter. Et puis vous êtes arrivé, jurant en italien et armé de cette contrebasse.

– J'ai usé de mon ingéniosité, comme convenu. »

Lysander avait fourré un oreiller pris sur le lit de Herr Barth sous sa chemise et boutonné son manteau sur cette nouvelle brioche. Il avait fauché et cabossé le vieux haut-de-forme en feutre de Herr Barth. La contrebasse dans son étui en cuir était d'une légèreté surprenante, encore qu'encombrante. Il avait enfermé Traudl dans la chambre de Herr Barth et avait pris un taxi sur Mariahilfer Strasse pour la gare. Là, il avait acheté un billet (troisième classe) pour Trieste, et avec moult «*Mi scusi*», «*Attenzione*» et «*Lasciami passare*», il s'était frayé un bruyant chemin jusqu'au quai. Les gens se retournaient, les enfants souriaient en le montrant du doigt, des policiers lui jetèrent un coup d'œil. Un porteur l'aida à hisser la contrebasse dans le train. Personne n'était à la recherche d'un contrebassiste italien rondouillard avec un haut-de-forme crasseux. Il avait déniché une place près d'une fenêtre et attendu, aussi calmement que possible, le coup de sifflet annonçant le départ.

«Parfois, l'ostentation est le meilleur des déguisements, dit-il.

– C'est ce que nous avons vu, répliqua Fyfe-Miller... Qu'est-il advenu de la contrebasse?

– Je l'ai laissée dans le train lors du changement à Graz. Je me sens un peu coupable à ce propos.

– Nous avons été très impressionnés, Munro et moi. On a beaucoup ri avant que je saute dans le train derrière vous.

– M'avez-vous porté disparu?

– Bien entendu. Au bout d'une heure, mais ils le savaient déjà. Les informateurs dans l'ambassade avaient des kilomètres d'avance sur nous. Nous nous sommes néanmoins montrés convenablement scandalisés et parfaitement contrits. Très penauds. »

Après le petit déjeuner, Fyfe-Miller lui acheta un billet pour Ancône et ils prirent le chemin du nouveau port pour y trouver le quai où le vapeur était accosté.

Au pied de la passerelle, Fyfe-Miller serra la main de Lysander : « Au revoir, Rief. Et encore bravo. Je suis certain que vous avez pris la bonne décision.

– Je suis désolé de partir, dit Lysander. Il y a beaucoup de choses qui ne sont toujours pas réglées à Vienne.

– Eh bien, vous ne pourrez pas y retourner, ça, c'est sûr, répliqua Fyfe-Miller avec son franc-parler habituel. Vous êtes désormais recherché par la justice austro-hongroise. »

L'idée déprima Lysander. Un coup de sifflet à vapeur s'échappa de la cheminée.

« Merci pour votre aide – la vôtre et celle de Munro, dit-il. Je n'oublierai pas.

– Et nous non plus ! répliqua Fyfe-Miller avec un large sourire. Vous devez au gouvernement de sa Majesté une somme d'argent considérable. »

Ils échangèrent une nouvelle poignée de main, Fyfe-Miller lui souhaita *bon voyage** et Lysander monta à bord du vieux caboteur. Les amarres furent larguées, on prit de la vitesse et le petit bateau quitta le port très actif de Trieste. Penché sur la rambarde du pont arrière, Lysander regarda la ville s'éloigner, avec son château sur sa modeste colline, et il admira la splendeur de la côte rocheuse de Dalmatie. Tout cela est très beau sous le soleil hivernal, se dit-il, sentant une paix mélancolique l'envahir, se demandant s'il reverrait jamais ce pays, et songeant avec regret que l'affaire qui l'y rattachait – Hettie et leur enfant – avait toute chance de demeurer à jamais irrésolue.

DEUXIÈME PARTIE

Londres, 1914

1. Mesure pour mesure

Lysander s'éclaircit la voix, se moucha, s'excusa auprès du reste de la compagnie et ramassa une fois de plus son texte. Portes et fenêtres étaient grandes ouvertes, de sorte qu'autant de pollen devait se balader à l'intérieur que dehors, dans le jardin – d'où sa crise d'éternuements. Tout au bout de la longue table, Gilda Butterfield, de la pointe des doigts, éventait son cou moite. Un *Juin brûlant*, pour sûr, se dit-il, et il pensa aussitôt à Blanche. Ses prédictions s'étaient révélées absolument justes – la pièce connaissait un succès durable et inégalé, et Blanche était partie pour une interminable tournée. Où se trouvait-elle en ce moment ? Dublin, ou Édimbourg ? Oui, il devrait vraiment essayer de...

« Quand tu voudras, Lysander », lança Rutherford Davison. Lysander remarqua qu'il avait encore sa veste alors que les autres hommes avaient ôté la leur à cause de la chaleur. Il reprit le texte :

> « qu'il vous faille livrer les trésors de votre corps à cet homme ou laisser exécuter votre frère, que feriez-vous ?* »

* *Mesure pour mesure*, in *Œuvres complètes* de William Shakespeare, traduction par François-Victor Hugo, Pagnerre, 1872.

143

Davison leva la main : « Pourquoi penses-tu qu'il dit ça ?

– Parce qu'il est frustré. Brûlant de désir. Et qu'il est amer, répliqua Lysander sans vraiment réfléchir.

– Amer ?

– C'est un type déçu.

– C'est un aristocrate, il gouverne tout Vienne.

– Vienne ne protège pas contre l'amertume. »

Tout le monde éclata de rire, remarqua Lysander avec plaisir, bien qu'il n'ait pas eu du tout l'intention de faire de l'humour et qu'il ait parlé inconsciemment. Il avait complètement oublié que *Mesure pour mesure* – cette pièce étrange sur la lubricité et la pureté, la corruption morale et la vertu – se déroulait à Vienne, ce qui lui rappela de mauvais souvenirs, de la ville et de ce qu'il y avait récemment vécu. Cependant, Davison n'avait même pas souri à sa boutade involontaire. Il était résolu à se montrer combatif et provocant, ce Davison, Lysander le constatait, c'était la nouvelle mode parmi les directeurs de théâtre. La veille au soir, Greville et lui s'étaient accordés à dire que cette tendance était inutile et assommante.

« On va en rester là », dit Davison, comme s'il sentait à quel point il était étouffant et inconfortable d'être assis là un vendredi, tard dans l'après-midi. « Je vous souhaite un week-end reposant. On se mettra à *Mademoiselle Julie* lundi. »

La répétition se termina dans un brouhaha de conversations joyeuses et de grincements de chaises repoussées. Ils se trouvaient dans une salle paroissiale de Saint John's Wood – un bel espace pour les répétitions, avec un petit jardin à l'arrière où l'on pouvait aller prendre l'air. L'International Players' Company, c'était le nom de la troupe, avait été créée par Rutherford Davison dans une tentative – comme il le disait – de présenter ce qu'il y avait de mieux dans le théâtre étranger à un public londonien rassasié et blasé. Un projet très astucieux, reconnaissait Lysander tout en récupérant sa veste sur le dossier de sa chaise. L'idée était de jouer à la suite deux pièces, l'une classique, respectée, et l'autre étrangère, contemporaine et plus provocatrice. La saison précédente, ils avaient présenté un Galsworthy, *La Boîte en argent*, ainsi que *La Cerisaie* de Tchekhov. Cette saison, ce serait *Mesure pour mesure* avec *Mademoiselle Julie* de Strindberg. Ou plutôt, *Froken Julie*, comme le répétait sans cesse Davison, pensant qu'un titre étranger tromperait la censure. Apparemment, la pièce avait été interdite en 1911. Davison avait acheté les droits d'une nouvelle traduction à une compagnie américaine et il pensait que le titre suédois pourrait détourner l'attention de la réputation salace de la pièce. Lysander n'avait pas lu *Mademoiselle Julie*, mais il se proposait de le faire au cours du week-end s'il en avait le temps. Il avait le rôle de Jean, le valet, un sacré défi car il jouait aussi Angelo dans *Mesure pour mesure*. Gilda Butterfield et lui-même étaient les acteurs les plus expérimentés de la compagnie, il devait donc se sentir flatté, supposait-il. Si les pièces connaissaient le succès, sa carrière et sa réputation s'en trouveraient considérablement avancées. Tout ceci était bien joli, mais si Davison continuait à le harceler, le travail ne serait peut-être pas aussi stimulant qu'il l'avait imaginé.

« Tu as des projets, pour ce week-end ? »

Lysander se retourna sur Gilda Butterfield, Mademoiselle Julie soi-même – et Isabella dans *Mesure pour mesure*. Ils étaient destinés à passer beaucoup de temps ensemble au cours des semaines à venir. Elle était très blonde avec une masse de cheveux bouclés ramenés sur la nuque par un ruban de velours – très scandinave, sans doute. Quelques taches de rousseur, qu'aucune poudre ne masquait, apparaissaient sur l'arête de son nez et ses joues. Une jeune femme à la forte poitrine et aux hanches larges. Solide, aimant la nature. Elle s'intéressait à lui, il le voyait bien, et il se demanda si le job ne pourrait pas s'accompagner d'une petite liaison en manière de bonus.

« Je descends dans le Sussex », répliqua-t-il en sortant son étui à cigarettes avant de l'ouvrir. Elle en prit une et il l'alluma pour elle. « Mon oncle revient de deux ans d'exploration en Afrique. On fête son retour. » Il choisit à son tour une cigarette, l'alluma, et ils se dirigèrent vers la porte.

« Où ça, dans le Sussex ? » s'enquit-elle, cigarette à la bouche, en ajustant des deux mains le nœud dans sa nuque, ce qui eut pour effet de soulever ses seins qui s'écrasèrent contre le plastron plissé de son chemisier. Un instant, Lysander enregistra la sensualité insouciante de la pose avant de se rappeler qu'il n'était pas prêt pour une autre aventure amoureuse. Pas après Hettie.

« Claverleigh, dit-il. Tu connais ? Un peu au-dessus de Lewes. Pas loin de Ripe.

– Mon frère habite à Hove », annonça-t-elle, désormais satisfaite de son nœud. Elle souffla, envoyant sa bouffée de fumée de côté. « Peut-être y serons-nous le même week-end.

– Ce serait épatant. » Franchement, c'était presque du rentrededans, pensa Lysander, elle faisait une mauvaise réputation aux actrices. Attends que je raconte ça à Greville. Il lui ouvrit la porte et Rutherford surgit.

« Ah, Lysander, puis-je te dire deux mots, tout de suite ? »

La sueur lui dégoulinait le long de la colonne vertébrale – il aurait dû prendre un autobus plutôt que le métro pour rentrer chez lui. Il faisait chaud, certes, mais il savait qu'il transpirait plus que d'habitude parce qu'il était irrité. Davison l'avait retenu vingt minutes après le départ des autres acteurs pour lui poser des tas de questions débiles sur son personnage, Angelo. Étaitil fils unique ou avait-il des frères et sœurs ? Si oui, combien, et de quel sexe ? D'après Lysander, qu'avait fait Angelo avant le monologue de l'acte II ? Avait-il beaucoup voyagé ? Dissimulerait-il un problème de santé ? Lysander s'était efforcé de répondre avec sérieux aux questions : il savait que Davison, au cours d'un voyage en Russie l'année précédente, avait rencontré Stanislavski et était depuis lors très influencé par ses nouvelles théories sur le théâtre et le jeu des acteurs ; il était convaincu que tout ce matériau, ces informations inventées, nourrissaient le personnage et étayaient le texte. Lysander aurait volontiers rétorqué que, si Shakespeare avait voulu que l'on sache qu'Angelo avait beaucoup voyagé ou souffrait d'hémorroïdes, il aurait glissé à cet effet un vers ou deux dans la pièce. Mais, pour préserver les bonnes relations et l'ambiance pacifique de la troupe, il avait répondu par des hochements de tête approbateurs et une série de « très juste » ou « intéressante, cette idée » et « laisse-moi réfléchir un peu à cela ». C'était un grand rôle, Angelo, et il était préférable à tous points de vue de mettre le metteur en scène de son côté.

À un moment donné, Davison avait dit : « Il y a un livre qui t'intéresserait peut-être, qui te serait utile pour Angelo : *Die Traumdeutung* de Sigmund Freud. Tu connais ?

– J'ai rencontré l'auteur », avait répliqué Lysander. Ce qui avait fermé son caquet à l'autre.

Au souvenir de cet après-midi au Landtmann, Lysander sourit. Davison l'avait regardé avec un respect nouveau. Peut-être finiraient-ils par s'entendre, après tout.

Le métro s'arrêta à Leicester Square et Lysander descendit, en enfonçant son canotier sur la tête. Il songea à faire halte dans un pub pour étancher sa soif avec une chope rafraîchissante de panaché – et tenter d'apaiser cette sensation de moiteur et d'inconfort. Il sortit au grand air qu'il huma : Londres en juin, un juin très chaud, l'odeur de crottin de cheval cuit par le soleil.

Il louait avec Greville Varley un appartement dans Chandos Place et, au coin de William IV Street, il y avait un pub, le Peace and Plenty, qu'il aimait bien. Petit et quelconque, avec un plancher et du lambrissage en bois brossé, il n'était pas retapé à coups de verre gravé et de papier velours comme tant d'autres à Londres. Greville ne serait pas rentré de toute façon, il jouait en matinée aujourd'hui. Non, impossible, on était vendredi. La matinée, c'était demain.

« 'Jour, Mr Rief. Fait assez chaud pour vous ?

– Oui, merci, Molly, mais pourriez-vous refroidir un peu les choses pour demain, s'il vous plaît ? Je pars à la campagne.

– Y en a qui ont de la veine, Mr Rief. »

Molly, la barmaid, et nièce du propriétaire du pub, venait du Devon – ou était-ce le Somerset ? Une fille rondelette au visage lunaire, qui lui rappelait Traudl.

La serviable et rougissante Traudl de la pension Kriwanek, songea Lysander en emportant sa chope pour aller s'asseoir dans un coin. Dire que c'était ma vie il n'y a pas si longtemps, avec ses détails, sa texture… Quelqu'un avait abandonné un journal, il le ramassa pour en lire les manchettes avant de le reposer presque aussitôt. L'autonomie irlandaise et la menace d'une grève des mineurs ne l'intéressaient pas. Mais alors, qu'est-ce qui t'intéresse, *toi* ? se demanda-t-il, agressif. Ta vie ? Ton boulot ? Tes amis ? Ta famille ?

Bonne question. Il sirota sa bière en passant en revue ses distractions, ses plaisirs… Depuis qu'il était revenu si précipitamment de Vienne, il avait déménagé et trouvé un nouvel appartement avec Greville – ça, c'était bien. Il avait décroché un rôle dans un petit film (trois bobines) et gagné cinquante livres pour deux jours de travail – pas de quoi se plaindre. Il avait passé d'innombrables auditions et dégoté ce double rôle bien rétribué avec l'International Players'

Company – une occasion sur laquelle il ne fallait pas cracher. Ah, et puis oui, Blanche Blondel avait d'elle-même rompu leurs fiançailles.

Il se renversa sur sa chaise et ôta son canotier. Blanche…

Il avait redouté leurs premières retrouvailles, et avec raison, vu le résultat. Il s'était montré nerveux, étrangement muet, maussade et irritable.

« Tu as quelqu'un d'autre à Vienne, n'est-ce pas ? avait dit Blanche au bout de cinq minutes.

– Non. Oui, enfin… Il y avait. C'est fini. Complètement.

– C'est ce que tu dis… mais tu ressembles tout à fait à un idiot en mal d'amour se languissant de sa belle. »

Elle avait enlevé sa bague et la lui avait tendue. Ils dînaient dans un grill sur le Strand, après le spectacle.

« Je resterai ton amie, Lysander, ajouta-t-elle avec gentillesse. Mais pas ta fiancée. » Elle s'était penchée pour lui presser la main. « Ressaisis-toi, chéri. Et si tu en as toujours envie, redemande-moi en mariage et nous verrons ce que je répondrai. »

Lysander alla au bar chercher une autre chope de bière. Quatre heures de l'après-midi, et il en était déjà à sa seconde. Il regarda Molly la verser – deux longues pressions sur le levier et voilà, un faux col. Il poussa sur le comptoir une poignée de pièces de monnaie parmi lesquelles Molly prit son dû. Humides de transpiration, les frisettes artificielles de la barmaid lui collaient aux tempes. Il devait épouser Blanche, se dit-il, au diable le reste – cette femme avait tout ce qu'il lui fallait.

« Greville ? Tu es là ? » cria-t-il en refermant la porte de l'appartement derrière lui. Pas de réponse. Il jeta les clés dans un bol sur la table de l'entrée. Mrs Tozer, la gouvernante, était venue faire le ménage et mettre de l'ordre – l'odeur de cire d'abeille lui monta aux narines. Mrs Tozer avait organisé le courrier de ses «gentlemen» en deux piles distinctes, et Lysander fut un peu vexé que Greville ait reçu deux fois plus de lettres que lui. L'appartement se trouvait au dernier étage d'un immeuble qui n'avait pas dix ans. De la chambre de Greville, on apercevait Nelson, debout sur sa colonne, dans Trafalgar Square. Il y avait un salon, deux vastes chambres, une petite cuisine-office et une salle de bains avec W.-C. Une chambre de service avait été convertie en un dressing-room commun – Greville et lui possédaient tous deux bien trop de vêtements. Toutes les affaires qu'il avait laissées à Vienne avaient été promptement réexpédiées à Londres par Munro – c'était comme s'il n'avait jamais mis les pieds là-bas.

Il examina son courrier – facture, facture, carte postale de Dublin («J'aimerais bien que tu sois là. B»), un télégramme de sa mère («MERCI ALLER PRENDRE ŒUFS DE PLUVIER CHEZ FORTNUM STOP») et – sa bouche en devint sèche – une enveloppe avec un timbre autrichien, l'empereur François-Joseph de profil, réexpédiée de sa précédente adresse, le cachet de la poste vieux de quinze jours.

Il alla dans le salon et ouvrit la lettre avec un coupe-papier. Il savait les nouvelles qu'elle apportait et il demeura assis à son bureau une minute, sans oser sortir la missive. «Allons!» s'encouragea-t-il à voix haute. «Ne sois pas si lamentable.»

Un seul feuillet. L'écriture enfantine, informe, de Hettie.

> Lysander très cher,
> C'est avec une grande joie que je t'écris pour t'annoncer que notre fils est né. Je t'avais dit que ce serait un garçon, n'est-ce pas? Il est venu en ce monde à 22 h 30, le 12 juin. C'est un gros bébé, de presque neuf livres, et il a de puissants poumons. Je voulais l'appeler Lysander, mais c'était évidemment hors de question – alors je me suis décidée pour

Lothar. Si on dit Lysander-Lothar très vite plusieurs fois, les prénoms se mélangent presque – ou c'est ce que j'aime croire.

Tu me manques beaucoup et je te remercie du fond du cœur pour ce que tu as fait. Ton évasion a été un grand scandale ici, à Vienne, très commenté dans les journaux. La police a été vivement condamnée pour son inutilité et son inefficacité. Tu peux imaginer mes sentiments quand j'ai appris que tu étais parti et qu'il n'y aurait pas de procès.

Tu peux toujours m'écrire aux soins du Café Sorgenfrei, Sterngasse, Wien. Mais je suppose que ton cœur est maintenant plein de haine pour moi, après ce que je t'ai fait. Aime notre petit garçon, Lothar, plutôt que moi. Je t'enverrai bientôt une photographie de lui.

Avec notre amour,

Hettie et Lothar

Il ferma les yeux et sentit les larmes affluer puis couler le long de ses joues. Hettie et Lothar. Il sanglota comme un bébé – comme le bébé Lothar – pendant quelques minutes, la tête entre les mains, penché sur son bureau. Il se leva, alla vers le bar et se versa un doigt de brandy, qu'il but en souhaitant bonne santé et longue vie à Lothar Rief. Il entendit la clé de Greville dans la serrure et tenta en vain de s'essuyer les yeux. Greville entra, s'écria : « Bon Dieu, mon vieux, que se passe-t-il ? » et Lysander pleura de plus belle.

2. Soir d'été

À la gare de Lewes, il prit un taxi pour Claverleigh Hall. En franchissant les grilles menant au parc, et en passant devant la loge élisabéthaine avec ses cheminées en briques torses, il eut le sentiment de rentrer chez lui, même si, tout de suite après, il en douta, comme cela se produisait chaque fois. Vrai, pour la moitié de sa vie, cette maison avait été son « chez-lui » – si on définissait par là l'endroit où habitait l'ultime survivant de votre famille. Il avait toujours sa vieille chambre au-dessus de l'aile des cuisines bâtie sur l'arrière quand la maison avait été considérablement remaniée dans le style « italien » à la fin du siècle dernier – la façade avait été passée au stuc, un porche toscan à quatre colonnes ajouté – mais après cette première réaction, cette impression d'être de passage revenait. Ce serait toujours le domaine des Faulkner, et même un beau-fils de longue date nommé Rief resterait un intrus.

Manoir de taille moyenne, construit sur deux niveaux, avec des lucarnes ménagées dans le toit, le trait architectural le plus frappant de Claverleigh Hall était son grand – « imposant » – escalier en colimaçon qui menait, depuis le hall d'entrée, à un petit dôme dans le goût de Soanes. Au premier étage, un salon en galerie courait sur toute la longueur du bâtiment et ses dix hautes fenêtres. Cette galerie possédait deux cheminées, et le plafond – tout en moulures, volutes et guirlandes, armoiries, fruits, fleurs et amours de plâtre dans les coins –, était trop richement décoré, de l'avis de tous. C'était néanmoins une maison confortable, et les Faulkner y avaient vécu plus d'un siècle, depuis que le deuxième baron l'avait achetée, fortune faite grâce à un investissement avisé dans une plantation de canne à sucre aux Caraïbes.

Marlowe, le maître d'hôtel de Lord Faulkner, vint ouvrir à Lysander, prit sa valise et le conduisit à sa chambre.

« Comment ça va, Marlowe ?

– Très bien, monsieur. Sauf que le major a annulé pour ce soir.

– Quel dommage. Que s'est-il passé ? »

Le major était son oncle – major Hamo Rief, Victoria Cross, le modestement célèbre explorateur.

« Il est souffrant, expliqua Marlowe sur le ton de la confidence, mais rien de grave, nous dit-on.

– Alors, qui avons-nous pour le dîner ? »

Simplement la famille, répondit Marlowe – Lord et Lady Faulkner, l'Honorable Hugh Faulkner (le fils de Crickmay), son épouse, May, et les deux « petites filles ». Les dignitaires locaux qui espéraient rencontrer le major Rief avaient vu leur invitation reportée jusqu'à ce que le major aille mieux. Lysander se détendit. Il aimait bien son demi-frère, Hugh. Un grand type chaleureux, la quarantaine, une calvitie naissante, et qui semblait cligner des yeux deux fois plus que quiconque. C'était un dentiste réputé, à Harley Street. La dentisterie était peut-être un drôle de métier pour un homme destiné à devenir le sixième baron Faulkner, mais Hugh gagnait très bien sa vie et, à cause de son rang, était très recherché en matière dentaire par la haute société londonienne. Sa femme, May, était gaie et pleine d'énergie, et leurs deux fillettes, Emily (douze ans) et Charlotte (dix ans), étaient amusantes et peu compliquées.

Un dîner de famille, donc, conclut Lysander – excellent. Peut-être pourrait-il aller à pied jusqu'à Winchelsea le lendemain et rendre visite au major. Trente bons kilomètres par des chemins de campagne – une journée de marche –, mais rien ne pourrait lui faire autant de bien dans son état actuel. Il enverrait un télégramme au major pour le prévenir.

Il sortit de sa valise deux douzaines d'œufs de pluvier emballés avec soin et les tendit à Marlowe.

« Où trouverai-je ma mère ? s'enquit-il.

– Lady Faulkner est dans le petit jardin clos, monsieur. »

Lysander poussa la porte dans le haut mur en brique qui ouvrait sur le petit jardin et découvrit sa mère affairée à étêter les dahlias fanés. Elle portait un tourbillonnant cache-poussière vert chartreuse par-dessus sa robe, et un large chapeau de paille maintenu sur sa tête par une écharpe en soie. Il l'embrassa sur la joue et respira son parfum, violette et lavande, une petite trace fantomatique de son père encore accrochée à elle.

Elle lui prit la main, le mena vers un banc installé à angle droit dans le coin du mur, le fit asseoir et le scruta avec attention. Ils ne s'étaient pas vus depuis plusieurs semaines et Lysander pensa qu'elle paraissait aller fort bien, la simplicité naturelle de sa tenue de jardinage seyant parfaitement aux petites mèches folles de ses cheveux grisonnants voletant dans la brise. Plus tard, au dîner, ce serait une autre femme, il le savait, le visage poudré, les lèvres rougies, grande et belle, les cheveux relevés en un chignon rond, sa robe très cintrée avec une large ceinture soulignant une taille de jeune fille. Dans les soirées, elle arborait un décolleté plongeant, le gonflement généreux de ses seins à demi caché par un tissu diaphane. Elle avait fait du théâtre, se rappelait Lysander dans ces moments-là, et cette glorieuse créature de la nuit en laquelle elle se transformait était le seul rôle qu'elle avait la chance de jouer désormais, d'être secrètement admirée et désirée.

« Tu as l'air fatigué, mon chéri, dit-elle en lui caressant la joue du revers de la main. Tu travailles trop, je parie. Quelle pièce ?

– Deux, c'est le problème. *Mesure pour mesure* et une pièce suédoise, *Mademoiselle Julie*.

– N'est-elle pas terriblement immorale, celle-ci ? C'est merveilleux.

– Je ne l'ai pas encore lue. Je l'ai avec moi.

– Je me souviens, quand ton père a joué Ibsen. *Hedda Gabler*. Tout le monde était très troublé. Qu'ont donc ces Scandinaves ?

– Nous essayons de susciter une réaction, je suppose. En tout cas, ça devrait être intéressant. » Il se tut un instant. « Mère… j'ai une nouvelle très importante à vous annoncer. »

Il n'avait pas dit à sa mère pourquoi ni comment il avait quitté Vienne – elle pensait que ce départ était ainsi prévu. Il avait fait allusion à des complications – un flirt – et elle savait aussi que ses fiançailles avec Blanche étaient rompues. Elle en était navrée, elle aimait beaucoup Blanche.

« Voyez-vous, je vous ai raconté que je m'étais épris d'une jeune femme lors de mon séjour à Vienne.

– Cette Anglaise, Miss Bull. Comment oublier un nom pareil ? Celle qui a mis Blanche tellement en colère… et je suis du côté de Blanche, à propos.

– Oui. Eh bien, j'ai reçu une lettre de Miss Bull. Elle a eu un enfant. »

Sa mère le regarda. Les yeux écarquillés, puis plissés.

« Elle ne dit pas que c'est le tien.

– C'est le mien. Incontestablement. Un garçon, nommé Lothar. Votre premier petit-enfant. »

Sa mère se leva, tira un mouchoir de sa manche et s'éloigna, tapotant, d'une manière assez théâtrale, jugea-t-il, quelques larmes.

« J'ai connu à l'école un garçon nommé Lothar, dit-elle, lançant les mots par-dessus son épaule. Lothar Hinz. » Elle se reprit et revint vers le banc, s'assit et saisit les deux mains de Lysander. « Parlons sans détour, chéri. Rappelle-toi, je suis l'épouse d'un acteur, personne ne saurait être plus large d'esprit. Quel problème menace cette très heureuse occasion ?

– Le garçon est de moi, mais je ne sais pas quand et comment je pourrai le voir.

– Il y a un autre homme, dans le tableau ?

– Oui, le concubin, comme on dit, de Miss Bull. Un type déplaisant, un peintre appelé Udo Hoff.

– Les peintres sont toujours compliqués. Mais au moins, tu es en contact avec Miss Bull. Quel est son prénom ?

– Esther.

– Ça a une connotation religieuse, pour moi. Est-elle croyante ?

– Pas du tout. On l'appelle Hettie.

– Hettie Bull. Nous avons une femme de chambre, ici, qui se nomme Hettie.

– Hettie Bull est une... personne extraordinaire. J'ai été complètement... » Il se tut puis reprit : « Elle m'a beaucoup aidé et j'ai vraiment perdu la tête. Elle m'a conquis. Nous nous sommes réciproquement conquis.

– Ça a donc été très passionné.

– Très.

– Et le petit Lothar en est le résultat. »

Ils demeurèrent silencieux un moment.

« As-tu une photo de cette Hettie Bull ?

– Non, voyez-vous, je n'en ai pas. Je suis parti si vite. Tout ce que j'ai, c'est ceci. »

Lysander sortit de sa poche le livret d'*Andromeda und Perseus* et le lui tendit.

« C'est elle. Elle a posé pour Andromède.

– Très osé. Elle est complètement nue. En tout cas, elle me paraît jolie. Est-elle grande ?

– Minuscule. Une petite chose, une *gamine**. Électrique. »

Lysander songea soudain que le fait de pouvoir parler de sexe avec sa mère était un très bon signe, et prouvait une fois de plus le succès du traitement suivi à Vienne. Elle se pencha vers lui pour ôter un brin de chardon sur son revers.

« Je croyais que tu aimais les filles longues et élancées, comme Blanche.

– Oui. Jusqu'à ce que je rencontre Hettie. »

Elle regarda de nouveau la couverture du livret : « Je peux te l'emprunter ? Ça semble intéressant. As-tu entendu la partition ? Je ne connais pas le compositeur.

156

– C'est très moderne, apparemment. Mais, non, je ne l'ai pas entendue. Prenez-la. »

« Lysander ! Pourquoi personne ne nous a dit que tu étais là ? »

Ils levèrent la tête pour voir la silhouette dégingandée de l'Honorable Hugh Faulkner surgir à la porte du grand jardin. Hugh se tourna aussitôt et lança par-dessus son épaule : « Les filles ! L'oncle Lysander est ici ! »

Des piaillements de joie suivirent cette annonce et, un instant plus tard, Emily et Charlotte traversaient en courant la pelouse pour venir vers eux.

« Pour le moment, nous cacherons la nouvelle au reste de la famille, dit doucement sa mère à Lysander avant de crier : Attention, les filles, ne tombez pas, vous allez abîmer vos jolies robes ! »

Crickmay Faulkner offrit un cigare à Lysander :

« Ta mère me dit que tu vas jouer dans une pièce indécente.

– Je prendrai une cigarette, merci. Oui, c'est suédois, ça s'appelle *Mademoiselle Julie*.

– Ça me plaît déjà. Je veux des billets pour la première, et au premier rang. » Crickmay sourit. « Je tiens à me dépraver avant de mourir.

– Moi aussi, renchérit Hugh en choisissant son cigare. Moi aussi je veux mourir dépravé, mais vous Papa, vous avez encore quelques bonnes années devant vous. » Il passa la carafe de porto à Lysander : « Quel en est le sujet ?

– Il s'agit d'une femme riche, de bonne famille, qui a une liaison avec un valet de chambre.

– Merveilleux. Mais on ne vous autorisera jamais à la monter. »

Ils éclatèrent de rire. Crickmay alluma son cigare, toussa et se tapa la poitrine.

« Ne le dis pas à ta mère, elle se fâcherait. »

Il avait vraiment vieilli, songea Lysander. Les traits de son visage s'affaissaient, il avait de grosses poches sous des yeux chassieux, et des joues flasques. Son épaisse moustache blanche avait besoin d'être taillée.

Installés dans la salle à manger, les trois hommes, en smoking, fumaient et buvaient du porto, tandis que les femmes s'étaient retirées dans le salon. Lysander, qui commençait à sentir les effets de l'alcool, remplit de nouveau son verre. Parler à sa mère de Hettie et de Lothar l'avait amené à boire plus qu'il n'en avait l'intention. Brandy et soda avant le dîner, trop de bordeaux avec le rôti d'agneau, et maintenant, du porto. Mieux valait s'arrêter là s'il voulait se rendre à pied le lendemain à Winchelsea. « On rejoint ces dames ? » dit Crickmay en se relevant avec difficulté avant de quitter la pièce en boitant.

« Prends le porto, Lysander, lança Hugh. Penses-tu aller à l'église, demain ? Si tu n'y vas pas, je n'y vais pas. »

Lysander s'empara de la carafe de porto.

« Non. Demain, j'irai à pied à Winchelsea, prendre des nouvelles du major.

– Quel type étonnant. D'où revient-il ? »

Ils prirent le grand couloir en direction du salon vert.

« D'Afrique occidentale, je crois. Il a exploré les sources du Benue, aux dernières nouvelles. Il a été absent deux ans. »

Ils entrèrent dans le salon où May jouait du piano pendant que sa mère cherchait une chanson parmi des partitions. C'était son numéro habituel, un clin d'œil à son passé, que tout le monde aimait et appréciait. Lysander alla se poster près de la cheminée et la regarda avec admiration : debout dans la courbe en ogive du piano, une main sur le pupitre, elle levait le menton d'un air décidé, prête à chanter. Dehors, il faisait encore jour – le bleu profond des courtes nuits d'été commençant juste à vaincre les ultimes irisations du soleil dans le ciel. Lysander fut envahi d'un sentiment de paix. Il avait un fils – à croire qu'il venait seulement d'absorber la nouvelle. Il avait un fils appelé Lothar. L'amènerait-il jamais un jour à Claverleigh Hall rencontrer sa grand-mère? Cela paraissait un rêve impossible. Sa mère commença à chanter, emplissant l'air de sa voix vibrante et chaude :

> « Arm und Nacken, weiss und lieblich,
> Schimmern in dem Mondenscheine. »

Brahms, reconnut-il, un de ses préférés. « Soir d'été ». « Blancs et ravissants, ses bras et son cou scintillent à la lueur de la lune. » Il était submergé par l'émotion – un poème d'une telle simplicité. Hettie, pensa-t-il aussitôt – ce n'était pas fini, clairement. Il se leva et alla à la fenêtre tandis que sa mère continuait à chanter. À travers son propre reflet, il contemplait le parc qui s'obscurcissait, le soleil maintenant disparu derrière l'horizon, tandis que sa lumière imprégnait et illuminait encore l'air bleu-gris. C'était comme si les vieux tilleuls, chênes et ormeaux se figeaient, perdaient leur caractère d'arbre pour devenir de grands monolithes opaques et chevelus. Et, alors que les dernières lueurs du soleil s'en séparaient, ils révélaient mieux encore la géographie artistique du jardinier paysagiste qui, un siècle plus tôt, avait planté les jeunes arbrisseaux ici et là – sur les buttes, au bord du petit lac, sur de tendres vallons – pour réaliser un paysage presque parfait que lui-même ne verrait jamais.

3. La promenade à Winchelsea

Lysander se leva à 6 heures et descendit à la cuisine où il avala une tasse de thé et se fit préparer deux sandwiches au fromage et aux cornichons. Il avait déniché dans son armoire un pantalon en velours côtelé et une paire de chaussures de montagne. Avec une veste en lin et un panama, il était prêt pour la journée. Il devait y avoir, d'après lui, environ trente kilomètres jusqu'à Winchelsea, plus ou moins en ligne droite, des pistes et sentiers traversant la campagne et les villages de Herstmonceux et Battle, avant de rejoindre la grand-route menant à la côte et Winchelsea.

La journée était chaude mais, selon Marlowe, des averses menaçaient, aussi Lysander fourra-t-il dans son sac à dos, en plus de ses sandwiches, une cape de cycliste imperméable et le texte de *Mademoiselle Julie*, puis il parcourut le parc à la recherche du premier chemin de terre qui le conduirait à l'est, vers Herstmonceux.

Il fit bonne route dans la fraîcheur du petit matin, parmi les collines, apercevant de temps à autre, sur sa droite, dès qu'il se trouvait sur les hauteurs et que les vallées lui offraient une vue au sud des bribes d'une mer argentée. Il se sentait bien, comme chaque fois qu'il marchait vers un objectif, l'esprit uniquement concentré sur ce qu'il percevait et voyait autour de lui, tandis qu'il longeait les taillis de chênes et de hêtres, suivait des chemins encaissés bordés de charmes et de prunelliers, entendait un coucou attardé lancer sa chanson à deux notes, contemplait les petites fermes du haut de la crête, traversant les grandes routes aussi vite que possible, fuyant la circulation et les rappels bruyants du XXe siècle.

On commençait à faire les foins dans les champs, les faneurs fauchant les prés et emplissant l'air de l'odeur douceâtre et prononcée de l'herbe coupée. Au milieu de la matinée, il se rendit compte qu'il s'était perdu. Cela faisait une heure qu'il ne voyait plus la mer et, bien qu'il sût la direction de l'est – ce que lui confirmait la position du soleil –, il n'avait pas rencontré de panneau indicateur depuis deux ou trois kilomètres.

Il croisa une charrette tirée par quatre chevaux qui montait en cliquetant un chemin de terre, et il demanda au petit charretier qui menait l'équipage où trouver la route pour Herstmonceux. Le garçon lui répondit qu'il avait dépassé Herstmonceux et qu'il lui fallait revenir sur ses pas. Mais s'il continuait tout droit, il atteindrait une église en rase campagne et un panneau qui lui donnerait toutes les directions.

Il fit halte à l'église, ancienne et massive, à la façade d'ardoise bleu-gris, avec une tour crénelée et un cimetière à demi noyé sous les ronces et les herbes hautes. Des pommiers au tronc tordu flanquaient le mur du cimetière. Il mangea son premier sandwich, et, le fromage et les cornichons lui ayant donné soif, il reprit sa route vers Battle, après avoir découvert sur les bas-côtés une vieille borne annonçant que cette ville se situait à quatre kilomètres. Battle et ses pubs. Il avançait à bonne allure – une chope de bière, une cigarette et il serait fin prêt à repartir.

À Battle, il découvrit un pub paisible – il n'était encore que midi – aux abords de l'abbaye, The Windmill. Il s'offrit une chope de bière mousseuse pour six pence, s'assit sur un banc près de la fenêtre et observa trois faneurs en blouse sale jouer aux dominos. Il sortit *Mademoiselle Julie* de son sac à dos, il tâcherait de le lire avant la première répétition le lendemain à Saint John's Wood. Il parcourut quelques pages puis referma le livre, songeant qu'August Strindberg n'appartenait pas à cet univers et que c'était plus ou moins faire affront à la fois à Strindberg et au Windmill que de les présenter l'un à l'autre.

Installé dans ce petit pub au sol pavé et froid, écoutant les murmures des faneurs et le claquement des dominos, buvant de la bière au cœur de l'été 1914, en Angleterre, il se figea soudain, comme s'il souffrait d'une sorte de paralysie mentale, comme si le temps s'était arrêté et que le monde avait cessé de tourner. C'était une sensation étrange – celle qu'il serait pris pour toujours dans ce dernier jour de juin 1914, telle une mouche dans de l'ambre – aussi peu concerné par le passé que par l'avenir. Une parfaite stasis ; la plus séduisante des inerties.

Puis ce fut terminé, cette sensation s'effaça au moment où un camion passait à grands coups de Klaxon, et le monde se remit en marche. Lysander ramassa son sac, en ajusta les sangles sur son dos et rapporta sa chope vide au comptoir.

À la sortie de Battle, malgré la bruine, il décida de continuer ; il quitta, dès qu'il le put, la route animée de Hastings pour suivre un chemin de terre dont un groupe de forestiers – qui taillaient des aulnes – lui affirma qu'il le mènerait tout droit à Gustling Thorn. Une fois là, il lui faudrait affronter le bas-côté de la grand-route de Rye, et ses automobiles, sur un kilomètre ou deux, mais il était sûr, ainsi, d'arriver à Winchelsea et chez le major.

Winchelsea lui plut dès qu'il y entra et emprunta l'une des larges rues menant au cottage de Hamo. Toutes les rues de village devraient être aussi larges, se dit-il. Ouvert au soleil sur sa haute falaise, Winchelsea regorgeait de lumière. Le cottage aux bardeaux blancs de Hamo se situait à l'ouest, et offrait une jolie vue sur la baie de Rye Camber Sands, et au-delà, les étendues de Romney March. Lysander frappa à la porte.

4. Un très gentil garçon

« Eh bien, j'ai pensé que tu devais être mis au courant de la situation, dit le major. Tu sais ce que je ne cesse de répéter, Lysander : la franchise, il n'y a que ça dans la vie. Le fondement de toute relation. Je ne m'en cache pas, et je suis certain que tu seras d'accord. Je ne l'ai jamais fait, je ne le ferai pas. »

Debout, tournant le dos à la grille de la petite cheminée du salon, le major arborait une vieille veste d'intérieur en velours molletonné rouge, un foulard, et, sur son crâne chauve, une petite calotte perlée blanche. Encore très bronzé, il paraissait maigre et buriné, de profondes rides creusant ses joues comme s'il avait passé des mois à grincer des dents. Dans son visage sombre, ses yeux étaient d'un bleu pâle déconcertant.

« Je comprends, Hamo, répliqua Lysander. Tu le sais. Rien ne pourrait avoir moins d'importance pour moi. »

Un jeune Africain entra dans la pièce avec un plateau chargé d'une bouteille de whisky, de deux verres et d'un siphon d'eau de Seltz.

« Merci, Femi », dit le major.

Le garçon, âgé de dix-sept ou dix-huit ans, sourit et posa le plateau.

« Femi, voici mon neveu, Lysander Rief.

– Enchanté de faire votre connaissance, *sar* », dit Femi en serrant la main tendue de Lysander. Il portait un treillis kaki et une cravate en tricot noire. Il était grand, avait un large front. Une belle tête africaine, songea Lysander.

« Comme tu peux l'imaginer, ça provoque un peu d'agitation quand nous allons faire nos courses à Rye, déclara le major avec une certaine jubilation. Je leur dis que c'est un prince africain, et ils se calment tous très vite. »

Femi fit une petite courbette et regagna la cuisine.

« Laisse-moi aller vérifier où en est la préparation de notre dîner », dit Hamo en emboîtant le pas à Femi. Lysander erra dans la pièce encombrée d'objets que Hamo avait rapportés de ses voyages en Afrique occidentale et centrale : sculptures, poteries, calebasses, peaux de bêtes sur le sol, y compris une peau de zèbre entière devant la cheminée. Contre un mur, une vitrine pleine d'armes – haches et dagues de cérémonie, lances aux lames longues et finement aiguisées, ainsi que le fusil à éléphants de Hamo et son Martini-Henri Mark II datant de la guerre sud-africaine. « Le fusil le plus précis jusqu'à cinq cents mètres, lui avait affirmé un jour Hamo. La balle en plomb mou provoque de sacrés dégâts ! » À côté se trouvait une fresque d'ébène richement sculptée de créatures fantastiques – lutins aux énormes oreilles et aux membres multiples, et, semblait-il, des hermaphrodites –, qui rappela à Lysander le bas-relief de Bensimon. Les rendez-vous avec Bensimon lui manquaient, se dit-il.

Il se retourna en entendant Hamo revenir.

« Femi était mon guide sur le Niger, expliqua Hamo. Il m'a sauvé la vie au moins trois fois », ajouta-t-il en passant. Il jeta un regard affectueux en direction de la cuisine : « C'est un très gentil garçon. Son anglais s'améliore remarquablement vite. »

Il versa à Lysander un autre whisky auquel il ajouta du soda.

« Alors, tu as fait tout le chemin depuis Claverleigh à pied ? Il faudra que je t'emmène lors de ma prochaine expédition. »

Hamo Rief avait gagné sa Victoria Cross en 1901 au cours de la guerre sud-africaine. Aux premières heures de la levée du siège de Ladysmith, il avait vu une troupe de cavaliers boers s'emparer de deux pièces d'artillerie, et à lui tout seul, il était parvenu à chasser le commando, à récupérer les armes, tuant quatre hommes et en blessant cinq, non sans avoir été atteint lui-même trois fois. Mis à la retraite avec les honneurs à cause de ses blessures, il découvrit que son envie de voyager qui, à l'origine, l'avait mené dans l'armée, était toujours là, et il avait décidé de devenir explorateur. Membre de la Royal Geographical Society, il avait organisé en 1907 une expédition en Afrique occidentale, et tenté de traverser le continent depuis le fleuve Niger jusqu'au Nil. En fait, il n'avait réussi à atteindre que le Tchad – où il avait attrapé la dengue. Il y avait passé plusieurs mois de convalescence, qu'il avait mis à profit pour rassembler des spécimens et faire une étude anthropologique des tribus locales. Le livre qu'il avait écrit à son retour, *Le Lac perdu d'Afrique*, avait connu un succès inattendu et lui avait permis de financer sa dernière expédition, dont le but était d'explorer non pas les sources du Benue, ainsi que l'avait cru Lysander, mais diverses îles dans la grande baie du Bénin.

Lysander était très heureux de revoir son oncle après deux ans de séparation. Bien qu'il ait été un personnage un peu distant pour lui durant son enfance – Hamo avait passé plusieurs années avec son régiment en Inde –, Lysander s'était beaucoup attaché à son oncle en apprenant à mieux le connaître après la mort de son père. Il était plein d'admiration pour son intrépidité extrême tant militaire que sociale. Hamo ne ressemblait pas à son frère aîné – il était chauve et maigre, avec une petite tête – mais, pour Lysander, il demeurait le seul lien de sang avec son défunt père dont il parlait sans qu'on l'y encourage et répétait volontiers que la seule personne qu'il ait vraiment aimée était son frère, Halifax.

« Halifax m'a totalement compris, vois-tu, dès mon très jeune âge, avait-il confié un jour à Lysander. Quand je lui ai raconté – je devais avoir dans les quatorze ans – que je pensais ne pas être intéressé par les filles, il m'a répondu qu'Alexandre le Grand ne l'était pas non plus. Puis il m'a lu quelques sonnets de Shakespeare… et je n'ai plus jamais eu d'arrière-pensée. »

Ils soupèrent d'un reste de viande froide et de pommes de terre bouillies, Femi les rejoignant à table. Puis Hamo apporta un demi-stilton et une assiette de biscuits rassis avant de décanter une seconde bouteille de bordeaux devant la flamme d'une bougie, montrant à Femi comment la lumière, sur le goulot, empêchait la lie de couler dans la carafe.

« Je suis navré d'avoir eu à annuler mon dîner de "Retour à Claverleigh", dit-il. J'écrirai d'ici un jour ou deux à ta mère pour lui expliquer. Je n'avais simplement pas le courage d'y faire face – tu vois ce que je veux dire?

– Je comprends parfaitement.

– Je n'avais tout bonnement pas envie de rencontrer le maire de Lewes ou Sir Humphrey Bumfrey et sa dame, etc., etc. Et je ne pense pas que le jeune Femi était tout à fait prêt à cette épreuve du feu, non plus.

– Pour être franc, je ne crois pas que le vieux Crickmay en ait été très affecté. Il se fatigue très vite ces temps-ci. Pas plus que ma mère. Ils pensaient, à mon avis, que ça pourrait te faire plaisir, tu comprends, qu'on tue le veau gras, qu'on déploie pour toi un peu de luxe après tes années de vache maigre en Afrique.»

Hamo resservit du vin.

«C'est une femme adorable, sensible. J'ai apprécié le geste. De toute façon, j'ai une conférence à donner à Londres – j'y inviterai tout le monde.» Il se tourna vers Femi et posa sa main sur son bras. «Est-ce que tu vas bien, mon cher garçon?

– Oui, *sar*. Très bien.»

Hamo reporta son regard sur Lysander.

«Alors, que se passe-t-il dans ce scandaleux monde du théâtre? Sais-tu qu'Ellen Terry possédait un cottage ici, à Winchelsea? Où elle vivait dans le péché avec Henry Irving. Elle dansait pieds nus et en chemise de nuit sur sa pelouse. Nous sommes un petit village très tolérant. Rues larges, esprits larges.»

Dès que les assiettes furent débarrassées, Femi alla se coucher, et Hamo et Lysander s'installèrent devant la petite cheminée pour fumer et bavarder. Ainsi que Lysander l'avait espéré, la conversation finit par porter sur Halifax Rief.

«C'est une source de regret immense. Ça le sera toujours. Spontanément, j'ai dit à Femi: il faut que tu rencontres mon frère, Halifax. Et puis je me suis souvenu qu'il était mort et enterré depuis longtemps. Je dis souvent : il faut que je raconte ça à Halifax, comme il va rire. Rien à faire.

– Tu sais, j'étais trop jeune, dit Lysander. Je ne l'ai pas assez connu pour en garder une image précise. C'était simplement "Père", tu comprends. Toujours en partance, pour le théâtre ou en tournée. »

Hamo pointa le tuyau de sa pipe sur Lysander. « Il a un grand respect pour les acteurs, le peuple de Femi. Dans toute l'Afrique, en fait – pour les acteurs, danseurs, musiciens, comédiens. Tu devrais voir certains de ces types, dans sa tribu, leur façon d'imiter les animaux : aigrettes, léopards, singes. Incroyable. Un peu de peinture, trois plumes et un bâton. Et quelques gestes, leur manière de se tenir. C'est troublant. Tu croirais voir un héron, disons, se frayant un chemin à travers un marais, perçant les poissons de son bec. Halifax en serait resté baba.

– Quelle est la dernière pièce dans laquelle tu l'as vu ? » Lysander connaissait la réponse à cette question, mais il voulait réveiller des souvenirs.

– C'était son *Lear*. Oui… Une semaine environ avant sa mort. J'étais en permission à Londres, sur le point de retourner en Inde dans mon régiment. Une représentation absolument terrifiante. C'était un homme imposant, ton père, tu sais, mais dans cette pièce on le voyait rétrécir, diminuer physiquement sous nos propres yeux. Tu connais la tirade : "Vents, soufflez à crever vos joues !"

– La scène de la tempête. » Lysander étendit les bras et déclama : « "Faites rage ! Soufflez ! Vous, cataractes et ouragans, jaillissez jusqu'à submerger nos églises et noyer leurs clochers !"

– Exactement. À ceci près qu'il l'a dit d'une voix calme. Debout, immobile, bougeant à peine. Pas de grandiloquence. À vous donner des frissons dans le dos. Tu veux un autre whisky, mon vieux ?

– À vrai dire, oui. J'ai une nouvelle importante à t'annoncer. Et je voudrais te demander conseil.»

Vidant deux autres verres, Lysander raconta à Hamo toute l'histoire de Hettie, l'accusation de viol et d'agression, son arrestation et sa fuite de Vienne à Trieste. Et la naissance de Lothar.

«Comment s'appelle-t-il? Répète?

– Lothar. Lothar Rief.

– Mais maintenant, tu ne peux pas retourner en Autriche, je présume. Pas même déguisé?

– Je ne crois pas pouvoir prendre ce risque.

– Alors, pourquoi n'irais-je pas à ta place? Retrouver la fille, Hettie, et entrer discrètement en contact avec elle. Personne ne soupçonnera un vieux type comme moi.

– Tu ferais ça?

– Sans hésiter!» Lysander voyait l'excitation briller dans ses yeux bleu pâle. «Je retrouverai l'enfant. Sous le prétexte d'acheter un tableau, je découvrirai à quoi ressemble cet artiste, ce Hoff. Je verrai comment se présente l'affaire et je te ferai un rapport.

– Ça pourrait marcher...», Lysander se mit à réfléchir, à son tour excité. «Et j'ai un ami là-bas, ajouta-t-il. Un lieutenant de dragons. Ça peut servir.

– Je ne parle pas la langue, naturellement.

– Wolfram Rozman, son anglais est excellent.

– On va établir un plan, Lysander, on réussira. On ramènera le petit Lothar là où il doit être. Peut-être le kidnapperai-je...» Il jeta à Lysander un de ses rares sourires en coin et cligna de l'œil.

Le lendemain matin, Lysander se leva très tôt pour prendre le train de Rye pour Claverleigh. Femi était dans la cuisine, pieds nus, vêtu d'une longue robe de coton à gros motifs. Là, dans la petite cuisine du cottage, avec la bouilloire sur le feu, les assiettes empilées sur la planche à égoutter, il paraissait très africain. Il serra la main de Lysander.

« Le major, il parle de toi, beaucoup, beaucoup », dit-il.

Ému, Lysander quitta la maison avec une détermination nouvelle et, pour la première fois depuis l'annonce de la naissance de Lothar, quelques bouffées d'espoir. Un plan se dessinait. Il prit un fiacre devant l'auberge de Winchelsea et fut à la gare de Rye à temps pour le 7 h 45 à destination de Brighton, faisant arrêt à Hastings et Lewes, en compagnie des banlieusards du lundi matin, des hommes aux visages vides, dans leurs costumes gris, cols durs et chapeaux melon, lisant le journal, comptant les heures qui les séparaient de leur voyage de retour à la maison. Parmi eux, silhouette incongrue, avec son large pantalon de velours côtelé et son panama, son sac à dos pendu à une épaule, Lysander, songeant le cœur joyeux au plan de Hamo, souriait spontanément.

5. Une insulte grotesque au barde

La tête de Lysander continuait à bourdonner. Il ressentait une immense fatigue mentale doublée d'un état d'exaltation nourri de l'adrénaline qui affluait en lui chaque fois qu'il quittait la scène après une première – surtout s'il s'agissait d'un rôle important. Ça pouvait durer une heure ou plus, il le savait, il sentait ses paupières papilloter et s'alourdir irrésistiblement. Gilda lui parlait mais il ne trouvait pas l'énergie de l'écouter. Il repensait à sa performance dans le rôle d'Angelo, inquiet d'avoir bredouillé son monologue de l'acte II. Nul doute que Rutherford lui en reparlerait demain matin…

Les vibrations du fiacre sur le pavé le réveillèrent. Gilda vacilla et s'accrocha à son bras pour se redresser.

« Oups ! Pardon, dit-elle. Tu n'es pas de cet avis ?

– Sur quoi ?

– Tu ne m'écoutes pas, espèce de monstre.

– Crois-tu que je sois allé trop vite pour "Est-ce sa faute ou la mienne ? Le tentateur ou la tentatrice, qui pèche le plus ?" j'ai l'impression de m'être précipité.

– Pas pour moi. Non, je disais… ne sommes-nous pas fous ?

– Dans quel sens ?

– De jouer aussi *Mademoiselle Julie*. La première est dans quinze jours, je ne peux pas y croire.

– Ça ne dure que quatre-vingt-dix minutes et il n'y a pas d'entracte.

– Je suppose… Mais c'est très intense. Je pense qu'on sera épuisés. Dans quoi s'est-on embarqués ? »

L'arrière du fiacre était empli de son parfum – une odeur entêtante, farineuse, de lys et de cannelle, « Matins de Paris » avait-elle dit quand il lui en avait demandé le nom. Il avait accepté de l'attendre après le spectacle, mais elle avait mis quarante minutes à revêtir ses atours. À présent, elle se regardait dans son poudrier, vérifiait sa coiffure, son rouge à lèvres – un rose très pâle. Qui lui allait bien.

« On va arriver les derniers, dit Lysander.

– Eh bien, on fera une entrée remarquée. C'est notre soirée à nous.

– Ne dis pas ça devant Rutherford. »

Elle rit – de son vrai rire, nota Lysander, très rauque et profond, très différent de son faux rire, une sorte de trille de gamine. Il pouvait aisément les distinguer, maintenant qu'ils avaient passé tout ce temps ensemble à répéter *Mesure pour mesure* et *Mademoiselle Julie*, tout comme il pouvait distinguer la vraie Gilda Butterfield de « Miss Gilda Butterfield », cette dernière enfouie sous de multiples couches de fausses bonnes manières, prétention, condescendance et autres affectations, le rire étant la moindre de toutes. Elle avait repris : « Rutherford m'a posé à propos de *Mademoiselle Julie* une de ses questions à laquelle je n'ai vraiment pas su quoi répondre.

– Ah oui, une de ses questions à la Stanislavski. » Il était réveillé maintenant, l'exaltation ayant vaincu la fatigue. « C'était quoi ?

– Il a dit : "Que se passe-t-il, à ton avis, quand Julie et Jean sortent, juste avant la séquence de la danse ?"

– Et qu'as-tu répondu ?

– Que je supposais qu'ils s'embrassaient.

– Allons, Gilda ! Tu es une femme qui connaît le monde !

– Que font-ils, alors ? »

Lysander décida de prendre le risque. Quelque chose en Gilda le défiait de le faire. C'était une actrice, nom d'un chien. Il baissa la voix.

« Ils bai… ils forniquent, bien sûr.

– *Lysander !* On peut dire que tu appelles un chat un chat ! » Néanmoins, elle éclata de rire.

« Pardonne mon franc-parler. Mais c'est évident. Il est très important, aussi, qu'à leur retour sur scène, le public s'en rende compte. À *notre* retour à nous deux.

– Maintenant que tu l'exprimes ainsi, je vois ce que tu veux dire… » Elle s'affaira de nouveau avec le miroir de son poudrier, embarrassée, supposa-t-il en se demandant s'il n'était pas allé trop loin.

« Quand Jean et Julie reviennent après la danse, tout a changé, reprit-il. Ils n'ont pas simplement roucoulé dans la roseraie. Ils se sont… tu comprends, passionnément, irrésistiblement… » Il se tut un instant. « Ça change toute la pièce. C'est à cause de cela que tu te suicides.

– On croirait entendre Rutherford, répliqua-t-elle. Ou bien aurais-tu trop lu D.H. Lawrence ? »

Ils roulaient sur Regent Street en direction du Café Royal. La nuit était claire et chaude, ni trop lourde ni trop humide pour un mois de juillet. Le fiacre s'arrêta, Lysander régla le conducteur et, non sans précaution, aida Gilda à descendre. Elle portait une jupe entravée très étroite qui ne lui permettait que des pas de quarante centimètres, un chemisier sans manches, en soie, chargé de fronces et de rubans, un collier de chien en perles et de longs gants blancs montant presque aux aisselles. Ses cheveux blonds et frisés succombaient sous de multiples ornements. Lysander lui tendit son étole de mousseline qu'elle glissa sur ses épaules nues.

« Tu es très belle, Gilda, dit-il. Et tu as été superbe en Isabella, ajouta-t-il, sincère.

– Arrête ! Tu vas me faire pleurer. »

Il lui offrit le bras et ils entrèrent dans le café par la porte tambour pour se heurter à un impossible brouhaha de parlottes et d'hilarité, et un épais nuage de fumée.

« Nous sommes invités à la soirée de Rutherford Davison, annonça Lysander au maître d'hôtel.

– En haut, au premier étage, indiqua l'homme. Le plus petit des salons privés. »

Ils gravirent les marches. Sur le palier, ils perçurent le bavardage et les rires du reste de la compagnie à travers la porte du salon privé laissée entrouverte comme pour leur souhaiter la bienvenue. Un bouchon de champagne sauta, suivi d'applaudissements. Dans la pénombre du couloir, Gilda retint Lysander par le coude. Elle regarda autour d'elle, prit sa main et l'attira vers elle. Leurs visages étaient très proches.

« Qu'y a-t-il ? » dit Lysander.

Elle l'embrassa avec fougue sur les lèvres et se pressa contre lui. Il sentit sa langue insister, remuer, et il ouvrit la bouche. Puis elle recula, vérifia les copieux ruchés de son corsage et rajusta son étole de mousseline. Lysander sortit son mouchoir et s'en tapota les lèvres au cas où il y aurait une trace de rouge. Gilda le regarda droit dans les yeux – le regard de la vraie Gilda Butterfield.

« Mieux vaut y aller, dit-elle, sinon ils vont se demander où nous sommes passés… »

Elle lui prit de nouveau le bras et ils firent ensemble leur entrée. Les gens se levèrent et applaudirent.

Lysander laissa un serveur lui reverser du champagne, tandis qu'il essayait de se concentrer sur ce que disait Rutherford Davison. Il avait tout à fait conscience de la présence de Gilda à l'autre bout de la pièce, et des regards qu'elle lui adressait. Confronté à une sorte de dilemme, il décida d'attendre de voir où la soirée le mènerait. Une nuit dédiée à l'instinct, pas à la raison.

« Non, déclarait Rutherford, je pense qu'on fera deux semaines pleines de *Mesure* et puis, très vite, on annoncera *Mademoiselle Julie*. J'ai l'horrible sentiment qu'ils fermeront le théâtre dès la publication des premières critiques, et je veux par conséquent que nous donnions avant le plus de représentations possible.

– Mais ça a été joué à Birmingham cette année, vous disiez. Il y a donc un précédent.

– Un précédent pour une production très ennuyeuse, collet monté, sans prise de risque. Attendez de voir ce que nous allons faire, ce que j'ai organisé.

– C'est votre troupe. »

Lysander avait fini par bien aimer Rutherford – « aimer » n'était peut-être pas le mot juste –, il avait fini par faire confiance à son intuition et à son intelligence. Ce n'était pas une nature très ouverte ni très chaleureuse, mais il semblait savoir ce qu'il faisait et ne s'écartait pas de son but. Il avait déclaré que *Mesure pour mesure* et *Mademoiselle Julie* formaient une excellente double affiche car les deux pièces, bien qu'écrites à trois siècles d'intervalle, avaient pour sujet le sexe. Certes, les accents et les sous-entendus qui avaient transparu ce soir avaient à plusieurs reprises provoqué d'audibles murmures dans le public. Il se demandait ce que seraient les critiques. Non qu'il les lût. Rutherford affirmait ne s'intéresser qu'aux adjectifs et aux adverbes – il espérait de l'«osé» et du «choquant» – même un simple «honteux» lui conviendrait. Nous sommes là pour faire bouger les choses, avait-il dit à la troupe. Montrons-leur un Shakespeare aussi troublé et matérialiste que les sonnets. Ce cygne de l'Avon a pataugé dans un égout.

Lysander s'écarta et erra dans la salle. Il dégusta deux canapés, bavarda avec les autres acteurs et leurs amis, conscient que Gilda circulait dans le sens contraire au sien. Il était minuit passé. Il alla au bar et commanda un brandy-soda.

«S'il vous plaît, allumeriez-vous ma cigarette, mon bon monsieur?» L'accent cockney. Lysander se retourna.

Gilda était devant lui, fume-cigarette offert. Un peu pompette, se dit-il. Il sortit son briquet, et en fit jaillir la flamme. Gilda inhala, ajusta le fume-cigarette et souffla la fumée d'un côté de la bouche. Puis, réduisant sa voix à un chuchotement intime, elle approcha ses lèvres de l'oreille de Lysander. Qui sentit le souffle chaud sur son cou. Chair de poule.

«Ne crois-tu pas, cher Lysander, que, purement dans l'intérêt de l'authenticité théâtrale, nous devrions pratiquer la fornication de *Mademoiselle Julie*? Non?

– Tant que ça reste purement dans l'intérêt de la pièce… Quel mal y aurait-il à cela?

– Rien. Même Rutherford approuverait.

– Alors je crois que c'est une excellente idée. Je n'habite pas loin. Je suis seul ce soir. Nous pouvons pratiquer chez moi sans être dérangés.» Greville était à Manchester, en tournée avec Virginia Farringford pour *Nance Oldfield.*

Le tentateur ou le tenté, qui pèche le plus? se dit Lysander, très tenté. Il la regarda droit dans les yeux, elle ne cilla pas.

«Pourquoi ne descends-tu pas? suggéra-t-elle en souriant. Trouve un fiacre et je serai là dans cinq minutes.»

Elle lui souffla un baiser en avançant les lèvres et s'éloigna avec grâce. Il sentit ce halètement dans sa poitrine, cette chaleur dans la nuque et les oreilles qui lui signalaient son excitation. C'était probablement une très, très mauvaise idée et, sans doute, il s'en maudirait tant que durerait la pièce, mais, pour la première fois depuis Vienne et Hettie, il avait envie d'une femme – de Gilda Butterfield, pour être précis.

Il prit congé et descendit. Le maître d'hôtel envoya un groom lui chercher un fiacre et il attendit, fredonnant une chanson – *My Melancholy Baby* –, à la fois impatient et repoussant la pensée que ce soir serait aussi l'occasion de mettre à l'épreuve le traitement Bensimon. Il n'avait eu aucun problème avec Hettie, mais il n'avait eu personne depuis Hettie... Il aperçut une silhouette familière prendre son chapeau et son manteau au vestiaire. Leurs regards se croisèrent et ils se reconnurent aussitôt.

Alwyn Munro s'approcha nonchalamment de Lysander: «Lysander Rief, le grand virtuose de l'évasion, je n'en crois pas mes yeux!»

Ils échangèrent une poignée de main. Dieu sait pourquoi, songea Lysander, il était content de voir Munro. Celui-ci indiqua d'un geste le smoking et la boutonnière: «Et que fête-t-on?

– Une première. *Mesure pour mesure.*

– Félicitations. C'est drôle, nous parlions justement de vous aujourd'hui, dit Munro en le dévisageant. Où habitez-vous, maintenant? J'ai quelque chose à vous envoyer.»

175

Lysander lui donna son adresse de Chandos Place.

«Toujours à Vienne? demanda-t-il à Munro.

– Non, non. On est presque tous partis maintenant. Désormais, la guerre paraît inévitable.

– La guerre? Je pensais qu'il s'agissait seulement de gesticulations. Autriche et Serbie, vous voyez ce que je veux dire.

– Les Russes, les Allemands et les Français ferraillent aussi. Dans quelques jours, ce sera nous. Attendez voir.»

Lysander se sentit tout bête: «J'ai été pris par les répétitions, dit-il, timidement.

– Tout va terriblement vite, répliqua Munro. Même moi, je n'arrive pas à me tenir au courant.

– Le fiacre est ici, monsieur», annonça le groom, et Lysander fouilla dans ses poches à la recherche de quelques pence de pourboire. Du coin de l'œil, il voyait Gilda descendre lentement les marches. Il valait mieux qu'il saute sans tarder dans le fiacre – il ne fallait pas, aussi bien pour l'un que pour l'autre, qu'on les vît partir ensemble.

«Je dois filer», lança-t-il à Munro en lui touchant le coude en manière d'excuse. Bonne chance, pour votre guerre.

Le corps de Gilda était tout à fait extraordinaire. Rien de ce que Lysander avait déjà vu ou connu – non qu'il fût un expert en corps féminins, n'en ayant étudié jusqu'alors qu'une demi-douzaine. Mais Gilda lui semblait presque appartenir à une autre espèce de femme, tant elle était incroyablement pâle, avec toutes ces taches de rousseur sur sa poitrine et, sur ses petits seins dressés, les mamelons d'un rose très pâle, presque invisibles. Des taches de rousseur parsemaient son dos et ses épaules, tandis qu'ici et là – sur ses côtes, le haut de ses bras, ses cuisses – pullulaient des petits grains de beauté plats, des têtes d'épingle, en constellations, telles des éclaboussures de peinture marron. Une pigmentation ayant mal tourné, supposait-il, les taches de rousseur semblables à de minuscules tatouages estompés. Il s'était demandé, quand elle avait commencé à se déshabiller, comment il réagirait à cette pâleur presque transparente, mais il trouva sa blancheur et ses mouchetures marron clair très séduisantes.

Il avait insisté pour utiliser un préservatif et elle avait insisté pour le lui mettre. Ce qui avait ajouté une touche de gaieté fort sympathique au restant de la nuit – «Ça vous va comme le doigt d'un gant, monsieur», avait-elle dit avec son accent cockney – et ils avaient continué ainsi à plaisanter.

«J'adore tes taches de rousseur, déclara Lysander alors qu'elle écartait les jambes pour le recevoir. Tu ressembles à une banane restée trop longtemps dans la coupe de fruits, tu vois… une sorte de créature marine.

– Merci bien. Ce n'est pas vrai.

– J'ai l'impression que je pourrais te lire comme des feuilles de thé.

– Ah, ah! Je songe à les faire enlever.

– Pas question! Tu es unique. Pareille à un œuf de caille.

– Quels ravissants compliments. Créature marine, œuf de caille. Un vrai charmeur, Mr Rief, ça oui… »

Il jouit en temps voulu – à son intense plaisir – mais ils ne firent pas de seconde tentative. Il était tard et tous deux étaient fatigués, s'avouèrent-ils, après cette première et cette soirée de célébration. Peut-être qu'au matin…

Et maintenant, tandis qu'il s'habillait, elle dormait dans son lit, une longue hanche blanche dévoilée, le drap froissé manquant juste de couvrir le bord net de son triangle de poils dorés. Mademoiselle Julie… Tiens, tiens, tiens. Il noua une écharpe à son cou et enfila une veste. Il n'y avait dans l'appartement ni lait, ni thé, ni café, ni sucre, pas plus que du pain ou du beurre – un simple pot de marmelade. Il allait vite faire quelques courses. Ils pourraient prendre le petit déjeuner au lit et voir ce qui en découlerait. Rutherford n'avait pas besoin d'eux au théâtre avant l'après-midi.

Il enjamba le tas de vêtements de Gilda – jupe, blouse, combinaison, corset, camisole, culottes, bas, chaussures – et sortit sans bruit de la chambre. Il descendit l'escalier de fort bonne humeur. Après tout, ce ne serait peut-être pas si désastreux que cela, d'avoir une aventure avec Gilda. Que les gens commencent à bavarder et chuchoter à ce propos, et Blanche pourrait bien s'en rendre un peu jalouse.

Il sortit sur Chandos Place. Il se précipiterait à Covent Garden, c'était le plus rapide, pour lui acheter un bouquet de fleurs.

Jack Fyfe-Miller, en uniforme, traversait la rue dans sa direction.

«Rief! Bonjour! Je m'apprêtais à glisser ceci dans votre boîte à lettres. Munro tient à ce que vous l'ayez dès que possible.» Il lui tendit une épaisse enveloppe marron.

«Qu'est-ce que c'est?

– Une surprise… Vous avez une excellente mine. Votre pièce a une très mauvaise critique dans le *Mail* de ce matin. "Choquant. Une insulte grotesque au Barde."

– C'est tout à fait ce qu'on espérait.»

Fyfe-Miller semblait le dévisager avec beaucoup d'attention.

«Est-ce que tout va bien? s'enquit Lysander.

– Je me disais… la dernière fois que je vous ai rencontré, c'était sur le quai, à Trieste. Je savais plus ou moins que nous nous reverrions.

– Et voilà, c'est fait. Vous et Munro, en moins de douze heures. Une drôle de coïncidence, n'est-ce pas?

– N'est-ce pas?

– Vous allez reprendre votre vie sur les océans?

178

– Non, non. Toutes les flottes britanniques ont été rappelées à leur base. Je pars pour Portsmouth.

– À leur base ? Vraiment ? Cela signifie-t-il...

– Oui. Ça paraît très sérieux. » Fyfe-Miller sourit et fit le salut militaire. « À bientôt, sans aucun doute », lança-t-il avant de s'en repartir vers Trafalgar Square.

Lysander fourra l'enveloppe dans sa poche et se hâta en direction de Covent Garden pour faire ses courses. Il ne voulait pas que Gilda se réveille avant son retour.

6. Investigations autobiographiques

Je n'ai pas pu croire à ce que contenait l'enveloppe que m'a remise Fyfe-Miller. Je l'ai ouverte après le départ de Gilda (aux environs de 10 heures, deuxième fois, très satisfaisante) pour y trouver une facture officielle du ministère de la Guerre, détaillant le montant de ce que je dois au gouvernement de Sa Majesté. Les 10 000 couronnes de la caution perdue font 475 livres. Les honoraires et frais de Herr Feuerstein s'élèvent à la somme exorbitante de 350 livres, et les frais de nourriture, boisson et blanchisserie sont estimés à la somme tout aussi ridicule de 35 livres. Pas de loyer pour le pavillon d'été, ai-je noté avec reconnaissance. Total : 860 livres. J'ai éclaté de rire. « Un règlement dans les meilleurs délais sera apprécié. » Je gagne 8,10 livres shillings par semaine au sein de The International Players' Company. Grâce à mon long séjour à Vienne, mes économies sont virtuellement épuisées. Je dois 100 livres à ma mère. Mes dépenses ordinaires (loyer, vêtements, nourriture, etc.) sont considérables. En faisant un calcul grossier, je reconnais que si je travaillais les cinquante-deux semaines de l'année (et citez-moi un acteur qui peut le faire, ou le fait), je pourrais peut-être rembourser cette dette dans cinq ans – en 1919. De surcroît, il faut aussi compter les 5 % d'intérêts composés qui viennent s'ajouter à cela. J'ai déchiré la facture.

J'ai une profonde gratitude envers Munro et Fyfe-Miller, qui ont joué un rôle capital dans mon évasion de Vienne, mais d'un point de vue bilieux – le mien, je l'avoue –, toute cette affaire apparaît comme une astucieuse combine à faire des gros sous pour le Foreign Office. Je pourrais passer le plus clair de ma vie à rembourser cet argent.

Répétition de *Mademoiselle Julie* ce matin. Je dois dire que, au contraire de Gilda, je n'ai aucun mal à apprendre mes répliques. Je trouve les deux styles – Shakespeare et Strindberg – très distincts, les répliques semblent occuper différentes cases dans mon cerveau. Il n'en va pas de même pour Gilda, qui continue à jouer avec le script en main, à la grande fureur de Rutherford. Son exaspération, ce matin, l'a pratiquement fait pleurer. Je l'ai consolée, nous avons volé un baiser – c'est tout ce que nous avons réussi à accomplir depuis ce premier soir (et matin) de la fameuse Grande Première. Elle est devenue un peu distante, comme si elle regrettait de s'être donnée à moi. Elle se montre parfaitement amicale, mais est toujours très prise après la représentation. Mère malade, amis en ville : elle a sans cesse de bonnes excuses.

Rutherford veut qu'après la danse, nous fassions notre retour sur scène les habits en désordre et des bouts de paille dans les cheveux. En fait, il a suggéré que j'entre en scène en boutonnant ma braguette. Gilda réclame plus de décorum mais Rutherford est intraitable. Il y a de la bagarre en perspective. Il est résolu à nous faire interdire de jouer dans les vingt-quatre heures.

Rêve étrange à propos de Hettie. Je la dessinais – nue – dans la grange. On frappait à la porte et nous faisions tous deux le dos rond, pensant qu'il s'agissait de Hoff. Au lieu de quoi, c'était mon père qui entrait.

J'ai surpris cette conversation à la station de Leicester Square en attendant le métro. Entre deux femmes (classe ouvrière, pauvres), l'une d'une vingtaine d'années, l'autre plus jeune, seize ans environ.

> FEMME : Je l'ai vue dans Haymarket et à Burlington Arcade.
> FILLE : Elle m'a raconté qu'elle avait un travail de modiste.
> FEMME : Elle n'est pas modiste, peinturlurée comme elle est !
> FILLE : Elle a dit qu'elle était triste. C'est pour ça qu'elle boit.
> FEMME : Moi aussi, je suis triste. On est toutes tristes, mais on se comporte pas comme ça.
> FILLE : Elle aurait pu être femme de chambre, qu'elle dit. Cinq livres l'année avec la bouffe. Et là, elle se fait cinq livres par semaine, à ce qu'elle raconte.
> FEMME : Elle finira dans un bordel. J'en donne ma main à couper. À se vendre pour trois pence à un cireur de chaussures.
> FILLE : C'est une brave fille, Lizzie.
> FEMME : Elle est à moitié folle et aux trois-quarts ivrogne.

Un sujet pour Mr Strindberg, peut-être, s'il était encore de ce monde. Le fleuve du sexe coule autant à Londres qu'à Vienne.

5 août. La guerre a été déclarée à l'Allemagne hier soir à 11 heures, m'a dit Greville en rentrant. Je suis sorti ce matin à la recherche d'un journal, mais il n'y en avait plus. Ce soir, nous avons eu à peine vingt personnes dans la salle, mais nous avons joué avec autant d'entrain que devant une salle pleine. Rutherford est complètement démoralisé : il dit qu'on est sûrs

de fermer à la fin de la semaine. Le monde sera donc privé de Lysander Rief et de Gilda Butterfield dans la *Mademoiselle Julie* d'August Strindberg. Gilda en était bouleversée. J'ai avancé que les troupes allemandes étaient entrées en Belgique et avaient attaqué Liège, ce qui rendait nos petits problèmes de théâtreux plutôt insignifiants. « Pas pour moi ! » a-t-elle violemment rétorqué. Un instant, j'ai cru qu'elle allait me gifler.

7 août. Je lis dans le journal que HMS *Amphion* a été coulé par une mine au large de Yarmouth. Dieu sait pourquoi, je me suis demandé s'il s'agissait du navire de Fyfe-Miller – et cette idée a soudain rendu la guerre très réelle à mes yeux, comme ne l'avaient pas fait des jours et des jours de manchettes hurlantes. Elle se personnalisait en un Fyfe-Miller imaginaire perdu en mer au large de Yarmouth. J'ai eu froid et peur.

Hier, Jobling, mon tailleur, prenait mes mesures pour un nouveau costume, et je lui ai dit que j'avais envie d'un manteau cintré. « Très américain, monsieur », a-t-il répliqué comme si cela mettait fin à l'affaire. J'ai insisté sur le fait que c'était une coupe flatteuse. « Vous allez bientôt me demander des poches en biais ! » s'est-il écrié en gloussant. « Pas une mauvaise idée », ai-je rétorqué. « Votre père se retournerait dans sa tombe, monsieur », et il a continué à parler de manchettes détachées et de doubles cols. Fin de la discussion. Le fantôme de mon père persiste à dicter ce que je dois porter.

Une lettre de Hettie est arrivée au courrier de cet après-midi. Avec un timbre suisse.

Mon cher Lysander,
N'est-ce pas la plus terrible des histoires ? Je pleure toute

la journée devant cette abominable folie. Pourquoi l'Angleterre nous déclarerait-elle la guerre ? Que Vienne a-t-elle fait à Londres ou à Paris ? Udo affirme qu'il s'agit d'une affaire purement balkanique mais que d'autres pays prennent cela comme prétexte. Est-ce vrai ?

J'ai très très peur et je voulais t'envoyer cette lettre en toute hâte pour te dire ce que j'ai décidé de faire dans ces horribles circonstances. Ma position est difficile, comme tu le sais très bien. Je suis une citoyenne britannique résidant dans un pays contre lequel l'Angleterre est en guerre. Udo a proposé d'adopter Lothar, afin de mieux le protéger et lui donner une nationalité sûre. Je pourrais être internée mais Lothar, lui, serait hors de danger – et j'ai donc accepté. Une fois les papiers faits, il prendra le nom d'Udo et deviendra « Lothar Hoff ». C'est pour le mieux, mon très cher. Je ne peux et ne dois penser qu'à Lothar, je ne dois pas penser à moi ni à tes sentiments, bien que je puisse facilement les imaginer.

Lothar va très bien, c'est un petit garçon heureux et en bonne santé. Je nous souhaite des temps plus doux et plus sûrs.

Avec notre tendresse à tous deux, Hettie.

Hamo a essayé de me consoler – il s'est montré très affectueux et très chaleureux. Pense au petit gars, a-t-il dit, c'est pour le mieux. Je suis arrivé hier soir (dimanche) à Winchelsea pour un court séjour avec Hamo et Femi. Hamo songe lui-même à adopter Femi, car, affirme-t-il, des combats entre les colonies anglaises et allemandes en Afrique occidentale ont déjà eu lieu. Le Togo a été envahi par les forces impériales anglaises.

Dans la soirée, nous avons longuement bavardé. Je supposais, ai-je dit à Hamo, qu'il avait désormais abandonné tout projet de voyage à Vienne.

« Certes rien à faire, mon cher garçon ! Mais dès la fin de

cette sacrée guerre, j'irai là-bas. Avec un peu de chance, ça ne devrait pas durer trop longtemps. »

J'écris ceci dans la chambre d'amis, sous le toit de ce petit cottage, me demandant que faire dans la mesure où tout paraît se liguer contre moi. Une forte tempête souffle cette nuit, qui arrache les premières feuilles des arbres. Je devrais tenter, je présume, de trouver un autre rôle puisque les théâtres ne semblent pas fermer, mais l'idée de passer des auditions me donne des boutons. Quelque part dans la ruelle, une poubelle a perdu son couvercle qui tourbillonne avec fracas, produisant un son métallique discordant, persistant sous l'effet des rafales géantes du vent venu de la mer.

7. Étrangers illégaux et ennemis

Une pluie fine commençait à tomber alors que le camion s'arrêtait en cahotant devant le camp. Lysander et le nouveau détachement de gardes sautèrent de l'arrière du véhicule.

« Merde alors ! s'écria le caporal-chef Merrilees. Putain de pluie !

– C'est censé s'éclaircir cet après-midi », annonça Lysander en ôtant sa casquette, le nez levé vers la masse de nuages gris au-dessus de sa tête. Des gouttes glacées frappèrent son visage offert.

« Ça te botte, hein, l'Acteur ? Bien planqué au chaud et pépère ! »

Tandis que Merrilees emmenait sa section le long des barbelés, Lysander fit tomber la boue de ses godillots puis gravit les marches du pavillon du club.

Avant la guerre, le camp d'internement avait été le club de golf de Bishop's Bay, réquisitionné ensuite par le ministère de l'Intérieur pour devenir un lieu de détention pour « étrangers illégaux et ennemis ». Situé à quelques kilomètres à l'ouest sur la côte de Swansea, après le cap des Mumbles, il avait été transformé en une zone clôturée contenant une quarantaine de cabanes en bois, de vingt lits chacune, édifiées le long du dix-huitième fairway. Le pavillon du golf était devenu le centre administratif, et le salon des membres une cantine pouvant assurer trois services pour deux cents prisonniers chacun, si nécessaire. La population du camp oscillait entre quatre et six cents internés, hommes, femmes et enfants. D'autres parties du terrain de golf avaient été délimitées pour jouer au hockey ou au rugby, mais il y avait peu de demandes, le sentiment dominant, parmi les internés, étant celui d'une sombre injustice ; une léthargie grincheuse et irascible leur passe-temps principal.

Lysander frappa à la porte du commandant du camp. « Capt. J. St. J. Teesdale » annonçait un écriteau provisoire. Lysander obtempéra au « Entrez ! » tonitruant et se força à sourire en se fendant d'un « Bonjour, sir ! ». Teesdale, qui n'était là que depuis quinze jours, avait du mal à assumer sa nouvelle autorité. Il avait dix-neuf ans, et quelques difficultés à se laisser pousser sa première moustache.

« Salut, Rief, dit-il. Sale temps pour la mi-mai.

– En mai, ne fais pas toujours ce qui te plaît.

– Répétez ?

– Un vieux dicton, sir. L'été ne commence pas avant la fin mai.

– Juste. » Teesdale examina des papiers sur son bureau. « Je crains qu'il faille commencer par Frau Schumacher. Elle insiste pour revoir un médecin. »

Lysander ramassa son registre, une pile de dossiers et de formulaires, et suivit Teesdale depuis le secrétariat du club jusqu'au bar du dix-neuvième trou. Là, assises derrière deux bureaux au fond de la longue pièce, deux dactylos d'âge mûr, venues de Swansea, assuraient l'administration du camp, équipées pour ce faire d'un seul malheureux téléphone. À l'autre extrémité, devant une grande baie vitrée, se trouvait une table sur tréteaux autour de laquelle se tenaient les réunions et les entretiens de la journée. Au-delà des links et des premiers trous, la baie offrait le spectacle d'un canal de Bristol agité avec ses continents de nuages gris souris, denses et menaçants. Les murs étaient couverts des photos de gloires du passé – équipes et individus vainqueurs de la médaille du mois, champions amateurs du cercle de golf de South Wales brandissant des trophées en argent. Le bar avait été débarrassé de ses verres et bouteilles, les étagères remplies de rangées de dossiers en carton, un par interné. C'était, pour Lysander, le plus déprimant des lieux.

Assise derrière la table, dos à la fenêtre, bras croisés dans une posture agressive, ses traits poupins figés en une sombre et implacable grimace, Frau Schumacher attendait. Elle se mit à tousser dès l'entrée des deux hommes. Lysander s'installa en face d'elle ; Teesdale tira sa chaise hors du champ des quintes de toux sèches de Frau Schumacher.

Lysander ouvrit le dossier :

« *Guten Morgen, Frau Schumacher, wie geht es Ihnen heute ?* »

Il fallut une heure pour persuader Frau Schumacher de regagner sa cabane avec la promesse, par écrit, qu'elle verrait un médecin dans les vingt-quatre heures, voire plus tôt si on pouvait en trouver un à Swansea. Lysander ne la détestait pas, bien qu'il la rencontrât presque tous les deux jours, car chaque détenu avait une longue liste de plaintes fondées, leur incarcération n'étant pas la moindre. Il y avait des marins de la marine marchande – parmi lesquels une demi-douzaine de Turcs moroses – dont les charbonniers allemands avaient été confisqués dans les docks de Swansea dès la déclaration de la guerre ; une vingtaine d'écoliers de Munich (attendant leur rapatriement) qui avaient visité le Pays de Galles à bicyclette pendant la fin des vacances d'été ; plusieurs propriétaires de commerces locaux – bouchers, pâtissiers, un entrepreneur de pompes funèbres, des professeurs de musique – portant des noms ou ayant des ancêtres allemands. Frau Schumacher elle-même était à Llanelli, en visite chez sa cousine mariée à un Gallois nommé Jones. Le matin du 5 août, la maisonnée avait été réveillée et Frau Schumacher arrêtée – alors qu'elle devait rentrer à Brême le lendemain.

Pas de veine, pas de veine du tout, songea Lysander, sortant pour respirer un peu d'air frais, déjà fatigué après une heure de traduction des plaintes et autres doléances de la Schumacher. Il releva le col de sa tunique, enfonça sa casquette sur sa tête et fouilla dans ses poches à la recherche de ses cigarettes. Il les trouva, en alluma une et descendit un fairway en direction de la ligne des dunes et de l'étroite plage. Depuis une des tours de garde, quelqu'un cria un : « Hé ! l'Acteur ! » auquel il répliqua gaiement par un pouce levé.

Il continuait de pluviner mais il s'en moquait, content d'être seul sur la plage et de regarder le vent fouetter l'écume des vagues d'une mer d'acier agitée. Ilfracombe se trouvait juste en face, calcula-t-il, caché à des kilomètres hors de vue, sur la rive opposée du large canal. Il y avait passé des vacances, autrefois, en 1895, l'année de ses neuf ans. Il se rappelait avoir essayé de convaincre en vain son père de l'accompagner à la pêche aux crevettes. « Non, mon chéri, la pêche aux crevettes, ce n'est pas mon truc. »

Il finit sa cigarette, jeta le mégot en direction des vagues et repartit vers le pavillon du club. Une petite file d'internés s'était formée, qui regarda passer Lysander avec des yeux vides.

« Journée chargée, dit Teesdale alors que le premier homme

entrait en traînant les pieds. Comment se fait-il que vous parliez si bien l'allemand, Rief ?

– J'ai vécu à Vienne avant la guerre », répliqua Lysander en songeant : une seule phrase, sept mots, et une multitude de significations ! Il devrait les faire graver sur sa tombe. « Allons, commençons, ajouta-t-il en pressentant que Teesdale avait envie de bavarder.

– Dans quelle école étiez-vous, à propos ?

– J'ai fréquenté beaucoup d'écoles, sir. Une enfance itinérante. »

De toutes les décisions idiotes qu'il avait prises dans sa vie, se dit Lysander, la plus stupide était peut-être celle de ce matin où il avait quitté le cottage de Hamo et Winchelsea pour se rendre à Rye et prendre un train à destination de Londres. Il avait une demi-heure à tuer et avait erré en ville, la tête pleine de pensées amères à l'égard de Hettie et de son bébé inconnu, Lothar, bientôt le fils d'Udo Hoff, de nom en tout cas. Dans la vitrine d'une épicerie vide, il avait avisé une immense banderole : « E.S.L.I. "LES HIRONDELLES". FAITES VOTRE DEVOIR POUR L'ANGLETERRE, LES GARS ! » Un gros sergent traînait sur le seuil, son regard avait croisé celui de Lysander.

« Z'êtes un type superbe. Costaud et vif, j'en suis sûr. Juste le genre dont on a besoin. »

Et Lysander, cédant à cette improbable sirène, était entré dans la boutique et s'était engagé. Devenu le soldat n° 10099 dans la 2e compagnie du 5e bataillon du régiment d'infanterie légère de l'East Sussex – l'East Sussex Light Infantry–, il avait, deux jours plus tard, rejoint le dépôt à Eastbourne pour six semaines de formation. Un acte de contrition plus que de devoir, se dit-il. Au moins, il était occupé, et tout ce à quoi il aspirait, c'était une routine idiote et une discipline stupide.

Il irait en France combattre l'ennemi commun et, quelque part dans la région romantique de son cerveau, il se voyait entrant triomphalement dans Vienne afin de célébrer joyeusement la première rencontre avec son petit garçon.

« 'Soir, Mr Rief », lança une des dactylos en sortant. Lysander, dans le hall du pavillon, attendait le camion qui le ramènerait au cantonnement de la compagnie à Swansea. La vision romantique s'était vite effacée. Swansea était ce qu'il avait vu de plus près en fait de France et de ligne de front. Le 5e bataillon avait été affecté à la défense des côtes de la Galles du Sud. Après quelques mois passés à arpenter les quais de Swansea et Port Talbot, à déployer des enchevêtrements de barbelés ou à attendre dans des tranchées glaciales creusées à côté de batteries surplombant le canal de Bristol, il avait été soulagé quand la compagnie « C », la sienne, avait reçu l'ordre de constituer des équipes de sentinelles et d'escortes de prisonniers pour le nouveau camp d'internement de Bishop's Bay. Lysander, qui s'était porté volontaire comme interprète pour le suivi des difficultés que connaissaient les internés, était devenu indispensable et avait commencé à passer ses journées assis derrière la table sur tréteaux dans le bar du club. C'était le mois de mai, en 1915. Lieutenant dans le régiment du Dorsetshire, Greville Varley se trouvait en Mésopotamie. Le *Lusitania* avait été coulé. Le débarquement à Gallipoli ne semblait pas s'être très bien passé. L'Italie avait déclaré la guerre à l'empire austro-hongrois. Ce monstrueux conflit global en était à son dixième mois et Lysander n'avait même jamais…

« Z'avez deux minutes, Rief ? » Teesdale passait la tête dans l'embrasure de la porte. Lysander revint dans le bureau où Teesdale lui offrit un siège et une cigarette. Assis face au jeune officier à l'imperceptible moustache, Lysander se sentit très vieux. Vieux et fatigué.

«Avez-vous jamais songé à vous porter candidat pour un poste d'officier? demanda Teesdale.

– Je ne veux pas être officier, sir. Je suis très heureux comme simple soldat.

– Vous auriez une vie plus confortable. Vous auriez une ordonnance. Un lit convenable. Vous mangeriez dans une assiette.

– Je suis parfaitement satisfait, sir.

– Ce n'est pas juste, Rief. Vous êtes un poisson hors de l'eau ici, vous, un homme instruit parlant une langue étrangère avec une remarquable facilité.

– Croyez-le ou pas, je suis vraiment très heureux, mentit Lysander.

– Que faisiez-vous avant la guerre?

– J'étais acteur.»

Teesdale se redressa sur sa chaise: «Lysander Rief... Bien sûr. Oui! Savez-vous, je crois vous avoir vu dans une pièce.» Teesdale fronça les sourcils et claqua des doigts, s'efforçant de se souvenir. «1912. La société théâtrale du collège de Horsham, classe de première. On a fait un voyage à Londres... Qu'est-ce qu'on a vu, déjà?»

Lysander passa en revue les pièces qu'il avait jouées en 1912. «*Evangeline, Ce n'était la faute de personne, Cueillez les boutons de rose...*

– C'est ça! *Cueillez les boutons de rose*. Blanche Blondel. Ravissante femme. Étonnante créature.

– Très jolie, oui.

– Lysander Rief... c'est extraordinaire. Dites-moi, vous ne voudriez pas me signer un autographe?

– Avec plaisir, sir.

– Mettez: "Pour James".»

Lysander s'assit sur son lit, ôta ses bottes et entreprit de dérouler ses bandes molletières. La compagnie « C » était cantonnée dans le dépôt d'une ancienne scierie. Sec et étanche, meublé de quatre rangs de lits en bois avec sommiers de grillage, doté de grandes latrines communes à l'extérieur, l'endroit sentait la sève, le bois récemment débité et la sciure. Les hommes étaient nourris régulièrement et copieusement, et il y avait quantité de pubs dans le voisinage. La plupart des membres de la compagnie « C » passaient leurs heures de loisir à se saouler. Il y en avait toujours une douzaine en corvée de quelque chose. La cour du dépôt avait été balayée des centaines de fois, ses murs et bâtiments avaient bénéficié d'au moins sept couches de chaux. Les ivrognes oisifs étaient mis au travail forcé par les sous-officiers. Lysander, lui, se tenait à carreau.

Il s'allongea, entendit le grillage de sa paillasse craquer et couiner sous son poids, et ferma les yeux. Encore deux jours, et il aurait une semaine de permission. Londres.

« Holà, l'Acteur ! »

Il leva la tête. Le caporal-chef Merrilees était devant lui. Très brun, menton fuyant, vingt ans à peine, un esprit vif et malicieux.

« Tu viens au pub ? »

Ils aimaient bien boire avec Lysander, il le savait, parce qu'il disposait de plus d'argent et leur payait de multiples tournées. Il était très content de satisfaire à leurs attentes et d'acheter non la popularité mais la paix. Les autres le laissaient tranquille ; il n'avait pas à participer aux moqueries, persécutions et chamailleries idiotes qui les occupaient.

« Bonne idée », répliqua-t-il en se rasseyant pour attraper ses bottes.

Le pub préféré de Merrilees s'appelait The Anchor. Lysander se demandait s'il se situait près du port – il n'avait pas la moindre idée, même après des semaines passées à la scierie, de la partie de Swansea dans laquelle ils vivaient. On le menait du cantonnement au camp et retour à l'arrière d'un camion, et il n'apercevait les rues modestes d'un Swansea brillant de pluie que par la toile battante du hayon – telle était l'étendue géographique de sa guerre.

The Anchor n'était qu'à quelques rues de la scierie – ce qui ne nécessitait aucun transport public et expliquait peut-être pourquoi l'endroit était si prisé. Il y avait un bar-salon et une petite arrière-salle dont l'entrée était interdite aux soldats du régiment. Merrilees était venu accompagné de quatre de ses copains, tous bien connus de Lysander, ses compagnons de beuverie – Alfie « Fingers » Doig, Nelson Waller, Mick Eltherington et Horace Lefroy. Quand ils payaient une tournée, Lysander offrait les verres d'alcool – whisky, brandy, rhum, gin – qui accompagnaient les chopes d'une bière aqueuse. C'est pourquoi ils le toléraient. Le vocabulaire de leurs échanges était toujours richement profane – foutu de ceci et con de ça – et, comme celle des internés, leur conversation consistait en une litanie grossière de ressentiments soufferts et d'offenses subies, de promesses d'actes de revanche violents ou de hauts faits sexuels imaginaires.

« On ferme les robinets, les gars ! » cria la barmaid.

« La dernière est pour moi, suggéra Lysander.

– T'es un officier et un gentleman, l'Acteur », dit Merrilees, l'œil vacillant. Les autres approuvèrent bruyamment.

Lysander emporta au bar le plateau de six chopes et cinq gobelets vides, et passa commande à la barmaid, qu'il examina de plus près tandis qu'elle tirait les pressions. Il la reconnut, bien que ses cheveux aient changé de couleur depuis la dernière fois – ils étaient maintenant d'un étrange ton carotte-auburn. Il croyait se rappeler qu'elle avait été blonde. Elle était menue, mais son corset faisait pigeonner une poitrine à moitié dévoilée par le col en V de son chemisier. Aussi menue que Hettie, se surprit-il à songer. Son nez était un peu de travers et elle avait une fossette au menton qui faisait écho au creux visible entre ses seins. Et d'épais sourcils noirs.

« Et trois gins et deux whiskies, ajouta-t-il, tandis qu'elle finissait de remplir les chopes. J'aime bien vos cheveux. Ils ont changé.

– Merci, répliqua-t-elle. Je suis rousse, en vérité, je reviens au naturel. » Elle avait un fort accent gallois.

Lysander prit sa chope sur le plateau qu'il fit signe à Waller de venir récupérer. Le pub se vidait lentement, mais il préférait parler avec cette fille plutôt que jurer et blasphémer avec ses compagnons.

« On vous voit pas mal par ici, vous les petits soldats.

– C'est notre pub favori, dit-il. Nous sommes cantonnés à l'ancienne scierie, au bout de la route.

– Mais vous, vous n'êtes pas comme les autres, non ? dit-elle en lui jetant un regard perçant. Je l'entends à votre voix.

– Comment vous appelez-vous ? demanda-t-il.

– Cerridwyn, répondit-elle. Un vieux nom celte... ça veut dire "belle poétesse".

– Cerridwyn, répéta-t-il. Joli nom pour une poétesse. J'écris un peu de poésie moi-même. » Il ne savait pas ce qui l'avait poussé à dire ça.

« Ah oui ? Est-ce qu'on n'en fait pas tous ? » Scepticisme marqué. « Récitez donc un vers ou deux, pour voir. »

Presque sans réfléchir, Lysander commença :

> Toujours la plus belle, elle est et a été
> Une vraie et enchanteresse beauté,
> Peut-être si je la nomme, la reconnaîtrez-vous,
> Elle s'appelle Amour – et c'est vous.

Cerridwyn, il le vit, fut impressionnée, émue même. Peut-être personne ne lui avait-il jamais encore récité de poème.

«Vous n'avez pas écrit ça, dit-elle. Vous l'avez appris.

– Je ne peux pas le prouver, mais c'est entièrement de moi, j'en ai peur.

– Eh bien, je trouve ça très joli. Quel est ce dernier vers déjà ?

–"Elle s'appelle Amour – et c'est vous."»

Soudain, il eut envie d'elle, de défaire cette blouse de satin et de libérer ces cheveux criards. En une seconde, il comprit qu'elle avait remarqué ce changement dans le regard qu'il lui avait lancé. Comment ces choses arrivaient-elles ? Quels signaux ataviques expédions-nous sans en être conscients ?

«Je suis de congé le lundi, dit-elle d'un ton riche en sous-entendus.

– Je pars lundi en permission à Londres, répliqua-t-il.

– J'ai jamais mis les pieds à Londres.

– Pourquoi ne viendriez-vous pas avec moi ?

– Vous pourriez me servir de guide, hein ?

– J'adorerais.» Ceci était de la folie, Lysander le savait. «Je vous attendrai à la gare de Swansea. 9 heures. Devant le guichet des billets.

– Bof. Vous n'y serez pas.

– Si, j'y serai.

– Quel est votre nom ? lança-t-elle comme un défi, un test de sa sincérité.

– Lysander Rief.

– Drôle de nom.

– Pas plus drôle que Cerridwyn.»

Merrilees surgit en titubant et déclara qu'il fallait rentrer.

«9 heures, lundi matin», jeta Lysander par-dessus son épaule tout en prenant Merrilees par le coude pour l'aider à sortir.

Le retour à la scierie fut émaillé de plaisanteries grossières,

194

voire obscènes, sur la barmaid, et Lysander décida de penser à autre chose et de laisser aller bon train les spéculations autour de lui. Il songea, avec plaisir : le train pour Londres, un chic lunch dans un grill ou un bar à huîtres. Un petit hôtel de sa connaissance à Paddington. Retour de Cerridwyn à Swansea à bord du premier train. Une aventure pour tous les deux.

Bâton virevoltant à la main, le sergent Mott les attendait aux portes de la scierie. Ils étaient tous ivres morts, excepté Lysander. Merrilees salua puis s'écroula.

« Va te faire foutre, espèce d'ordure, dit Mott. C'est l'Acteur qui m'intéresse. »

Les autres disparurent dans la seconde.

« Je ne suis pas saoul, sergent, plaida Lysander. Vrai. Je n'ai pris que deux chopines. » Il craignait Mott.

« J'm'en tape, répliqua celui-ci. Quelqu'un veut te voir au bureau. »

Le capitaine Dayson, le commandant de la compagnie, était cantonné dans le bâtiment administratif de la scierie, de l'autre côté de la cour. Lysander boutonna sa tunique, rajusta sa casquette et frappa à la porte.

« Ah, Rief, vous voilà ! » dit Dayson de sa voix traînante. C'était un type paresseux, plus que ravi de son boulot dans le camp d'internement, et animé de l'espoir qu'il y passerait toute la guerre. « Z'avez un visiteur. »

Lysander entra dans le bureau.

Alwyn Munro se leva. Il était en uniforme, avec des galons de lieutenant-colonel sur les épaulettes. Promu. Lysander n'oublia pas de faire le salut de rigueur.

« Difficile de vous dénicher, Rief », dit Munro. Ils se serrèrent la main.

« Que puis-je pour vous ? s'enquit Lysander, l'esprit bouillonnant d'autres questions.

– Je vous raconterai cela en rentrant de Londres, répliqua Munro. Une voiture nous attend dehors. Vous voulez bien rassembler votre paquetage ? »

8. Investigations autobiographiques

Le trajet de retour s'est avéré étrangement paisible. J'étais installé à côté de Munro à l'arrière d'une grande automobile de l'état-major qui avait une sorte de fanion voltigeant sur le garde-boue avant, filant sur Londres. Alors que nous quittions les abords de Swansea, Munro m'a offert une cigarette et je lui ai demandé ce qui se passait.

« Vous savez quoi ? a-t-il dit, comme si l'idée venait juste de lui venir à l'esprit. Pourquoi ne pas profiter de votre permission bien méritée ? Détendez-vous, faites-vous plaisir. Et lundi prochain, présentez-vous le matin à cette adresse. En civil. » Il a sorti un petit carnet et inscrit un numéro et une rue.

« Et que se passera-t-il ?

– On vous donnera de nouveaux ordres », a-t-il répondu d'un ton un peu froid, impliquant par là, ai-je pensé, qu'en l'occurrence je n'aurais pas le choix. « Vous êtes un soldat en service actif, Rief, ne l'oubliez pas. »

Et il s'est refusé à divulguer quoi que ce soit d'autre. Nous avons parlé à bâtons rompus du déroulement de la guerre – la grande bataille de la crête d'Aubers, mon expérience du E.S.L.I., et mon travail dans le camp de Bishop's Bay.

« Je pense que vous pouvez considérer ce chapitre de votre vie comme clos », a-t-il déclaré, sans plus.

Et me voilà donc dans un petit hôtel de Bayswater (Greville et moi avons sous-loué l'appartement de Chandos Place) avec une semaine de permission devant moi. J'ai l'esprit vide – je n'ai

196

aucune attente et toute conjecture serait vaine. Dieu sait ce que Munro a organisé pour moi, mais ce devrait être plus intéressant que les sempiternels problèmes de santé de Frau Schumacher.

Chose curieuse, mon petit noyau de regret quant à ma vie à Swansea concerne Cerridwyn. Je l'imagine, habillée sur son trente-et-un pour aller à Londres, m'attendant debout devant le guichet des billets. Puis le train de 9 heures partira. Bien entendu, elle attendra le suivant, au cas où, mais ses espoirs fondront avec les minutes, et, au bout d'une heure, constatant mon absence, elle rentrera chez elle, maudissant la tribu des hommes, leur infinie traîtrise et leur égoïsme.

9. Le Fonds de guerre de Claverleigh Hall

« C'est un énorme succès. Je n'aurais jamais pu le prévoir. On a déjà fait plus de deux cents livres et ce n'est même pas encore l'heure du déjeuner. Nous avons récolté cinq cents livres, hier », dit la mère de Lysander à celui-ci, sur un ton à la fois humble et incrédule, alors que, dans l'allée principale, ils contemplaient les rangées de voitures et d'autocars garés sur les bas-côtés, et une file de cent mètres de long de visiteurs attendant de payer leur billet d'entrée d'un shilling pour la « GRANDE FÊTE DE CLAVERLEIGH HALL » – ainsi que le proclamait la banderole accrochée au portail du parc.

« Bravo, applaudit Lysander. Veinards de réfugiés belges.

– Oh non, répliqua sa mère. Nous sommes beaucoup plus importants que ça, maintenant. Nous venons d'envoyer six autres ambulances en France. »

L'œuvre caritative de Claverleigh Hall, une initiative locale pour fournir vêtements chauds, couvertures et tentes aux réfugiés belges, avait été créée peu après le commencement de la guerre.

Anna Faulkner avait été galvanisée par des débuts promet-
teurs et le Fonds de guerre de Claverleigh Hall, ainsi qu'il
se nommait, lui permettait de concentrer une énergie et de
mettre en pratique des capacités d'organisation dont elle n'avait
pas fait montre depuis des années, au souvenir de Lysander –
pas depuis, en tout cas, qu'elle avait assuré l'administration
de The Halifax Rief Theatre Company. Soudain, elle avait une
cause, et grâce aux sommes d'argent considérables qu'elle
obtenait, sa voix était entendue. Elle se rendait maintenant à
Londres une à deux fois par semaine pour des réunions avec
des fonctionnaires du ministère de l'Intérieur puis, quand les
Ambulances de Claverleigh Hall étaient nées, avec des militaires de haut rang au ministère de la Guerre. Son nouvel objectif
était d'ouvrir une école d'infirmières qui seraient formées pour
traiter spécifiquement les blessures et les maux dont souffraient
les soldats sur le front de l'Ouest. «Avez-vous besoin d'une
sage-femme quand vous souffrez de pieds gelés?» était l'un
de ses slogans les plus célèbres, et elle était maintenant invitée
à rejoindre les comités et à ajouter son nom à des pétitions et
autres bonnes causes. Elle avait rajeuni, si tant est que cela fût
possible, se disait Lysander. Voilà ce qu'avoir un but dans la
vie vous apportait.

«Comment va Crickmay aujourd'hui? demanda-t-il. Il n'avait
pas vu son beau-père depuis son arrivée.

– Aucun changement. Très mal. Il respire bruyamment, il
tousse. Il ne peut presque pas quitter son lit, le pauvre chéri.

– Je dois repartir pour Londres après le déjeuner, dit Lysander.

– Il ne se joindra pas à nous, répliqua-t-elle. Je lui trans-
mettrai tes bons vœux. Il te verra à ta prochaine visite.»

Sur quoi, elle se hâta d'aller remplacer la caisse débordant
d'argent à la porte d'entrée et Lysander s'en fut faire un petit
tour du parc, passant devant les stands des confitures et des

gâteaux, le jeu de massacre, la grande buvette, l'exposition canine, les différentes courses – en sac, à trois jambes, à l'œuf et la cuillère –, les expositions de bétail et le gymkhana, tout en guettant Hamo arrivé une heure plus tôt et parti à la recherche de pommes de terre de semence pour son potager.

Il le retrouva aux guichets du cricket où, pour six pence, on avait la chance de pouvoir lancer contre deux des meilleurs batteurs du County Cricket Club du Sussex – Vallance Jupp et Joseph Vine.

Hamo contemplait le spectacle avec étonnement.

« Certains de ces gosses sont époustouflants, dit-il. Ce môme, là-bas, vient de mettre Jupp hors jeu deux fois d'un seul coup. Très embarrassant pour lui, une balle à deux pieds de distance.

– Des nouvelles de Femi ? » demanda Lysander. Il savait que Femi, en proie au mal du pays et malheureux à Winchelsea, était retourné en Afrique occidentale.

« Il est arrivé à Lagos. Mais je ne pense pas en recevoir d'autres. Il a de l'argent et il parle bien l'anglais maintenant – il s'en sortira… » Hamo regarda vers le sud et la Manche, symboliquement vers l'Afrique. « C'est l'hiver dernier qui l'a achevé – ça, et le fait d'être regardé en permanence comme une bête de cirque. C'est incroyable à quel point les Anglais peuvent être grossiers devant quelque chose d'inhabituel. Dès que cette guerre sera terminée, j'irai le rejoindre. Monter une affaire avec lui, faire un peu de commerce. » Hamo tourna son regard bleu pâle vers Lysander. « Je l'aime très fort, vois-tu. Il me manque à chaque seconde. Un être gentil, totalement honnête. Direct et vrai.

– Tu as beaucoup de chance », dit Lysander avant de changer de sujet : « J'ai appris que Crickmay n'allait pas bien du tout.

– Il respire à peine. Une terrible congestion pulmonaire. Il fait dix pas, et il est obligé de se reposer cinq minutes. C'est tout aussi bien, que ta mère ait cette importante œuvre de charité dont s'occuper. Autrement, elle serait simplement en train d'attendre qu'il meure.»

Ils flânèrent dans la fête. Une foule s'était réunie autour d'une pièce d'artillerie – un howitzer – et d'un solide petit avion avec un nez épointé, entièrement tendu de toile et de fils de fer. Lysander vit que le régiment d'infanterie légère de l'East Sussex avait dressé une tente de recrutement, et qu'une considérable file de jeunes gens s'était formée devant. Swansea, attends-nous... on arrive.

«Je n'ai pas eu la plus excitante des guerres, je m'en rends compte, dit Lysander alors qu'ils passaient devant la file d'attente.

– Je ne m'en plaindrais pas si j'étais toi, répliqua Hamo. C'est une sale affaire.

– Mais j'ai l'impression que ça va changer.»

Il raconta à son oncle la visite de Munro à Swansea et ses nouvelles instructions.

«Ça me paraît très bizarre, commenta Hamo. Des vêtements civils? N'accepte pas de faire n'importe quoi.

– Je ne crois pas avoir beaucoup le choix, répliqua Lysander. On m'a fait comprendre clairement que ces ordres devaient être obéis.

– N'importe quel imbécile peut "obéir" à un ordre, dit Hamo sur un ton sinistre. Le truc intelligent, c'est de savoir l'interpréter.

– Je m'en souviendrai.»

Hamo s'arrêta et lui toucha le bras. «Si tu as besoin d'aide, mon garçon, n'hésite pas. J'ai encore quelques amis chez les militaires. Et rappelle-toi, je me suis trouvé moi-même dans deux ou trois sales coups. J'ai tué des douzaines d'hommes, tu sais. Je n'en suis pas fier... pas du tout. C'est juste un fait.

– Je ne pense pas qu'on en arrive là, mais merci quand même.»

Ils quittèrent le parc surpeuplé, des cris et des vivats s'élevant dans l'air tandis que quelqu'un franchissait la ligne d'arrivée de la course en sac, et ils prirent l'allée menant au château où le déjeuner les attendait.

10. Le code Un-à-Un

Le numéro et la rue révélèrent une maison attenante aux autres à Islington, quatre niveaux avec un sous-sol sous une balustrade en fer forgé à fleurons, un rez-de-chaussée décoré de stuc avec une fenêtre en encorbellement et les deux derniers étages tout de briques noircies de suie. Parfaitement normal et ordinaire, jugea Lysander tout en appuyant sur la sonnette. Un matelot en uniforme le fit entrer dans la pièce de devant, pratiquement vide – une chaise au milieu faisant face à une table à abattant avec trois autres chaises autour. Lysander ôta son imperméable et son chapeau et s'assit. Il portait un costume trois-pièces en flanelle grise à carreaux discrets, une chemise à col dur et la cravate de son régiment. L'E.S.L.I. aurait été fier de lui.

Munro surgit, en civil lui aussi, et lui serra la main. Il fut suivi par un homme plus âgé en jaquette – à l'ancienne mode – qui fut présenté comme le colonel Massinger. Un visage jaunâtre, creusé de rides, et une voix rauque semblant se remettre à peine d'une laryngite. Les cheveux bruns clairsemés avaient été plaqués sur le crâne au moyen d'une copieuse dose de brillantine, et les dents étaient notablement brunes, comme si l'homme avait eu pour habitude de chiquer du tabac. Puis Fyfe-Miller apparut, jovial, plein d'énergie, et le cerveau de Lysander se mit à tourner plus vite. Du thé lui fut offert, qu'il refusa poliment. En fait, il se rendit compte qu'il se sentait un peu malade – cette rencontre avait des allures de tribunal –, il doutait de pouvoir avaler une tasse de thé sans avoir un haut-le-cœur.

Après quelques banalités (« Vous profitez bien de votre permission ? ») Massinger lui tendit une feuille de papier sur laquelle étaient inscrites des colonnes de chiffres. Il les étudia – ça n'avait aucun sens.

3 14 11 2
11 21 2 3
24 15 7 10
3 2 2 7

Et ainsi de suite.

« Que pensez-vous de ça ? dit Munro.

– Un code ?

– Précisément. Nous avons un agent qui travaille pour nous à Genève et qui, ces derniers mois, a intercepté six lettres contenant des feuillets semblables. »

Un « agent » ? « Intercepté » ? C'était quoi cette histoire ? se demanda Lysander. Une réunion du service des renseignements du ministère de la Guerre ?

« Ce type de code est classique, poursuivit Munro. Ça s'appelle un Un-à-Un parce qu'il est impossible à déchiffrer étant donné que sa clé n'est connue que de la personne qui l'envoie et de celle qui le reçoit.

– Je vois.

– Ce qu'il vous faut faire pour nous, Rief, intervint Massinger comme s'il était pressé de filer à un autre rendez-vous, c'est d'aller à Genève, rencontrer notre agent là-bas qui vous conduira alors à l'homme qui reçoit ces messages.

– Puis-je savoir qui est cet homme ?

– Un membre du consulat allemand. »

Lysander fut pris d'une irrépressible envie de rire. Il se

demanda s'il n'aurait pas mieux fait d'accepter une tasse de thé. Il aurait aimé siroter quelque chose.

« Et que ferai-je, alors ?

– Vous persuaderez cet homme de nous donner la clé qui nous permettra de déchiffrer ce code. »

Lysander, sans mot dire, hocha la tête plusieurs fois comme s'il s'agissait de la mission la plus raisonnable du monde. Puis :

« Et comment imaginez-vous que je puisse le "persuader" ?

– Faites preuve de votre ingéniosité, coupa Fyfe-Miller.

– Un gros pot-de-vin serait sans doute la méthode la plus efficace, dit Munro.

– Pourquoi moi ?

– Parce que vous êtes complètement inconnu, expliqua le colonel Massinger. Genève ressemble à un cloaque d'espions, d'informateurs, d'agents, et autres émissaires. Buzz, buzz, buzz. Tout Anglais, quelle que soit son histoire, est enregistré dans les minutes qui suivent son arrivée. Noté, étudié, examiné et, tôt ou tard, exposé.

– Je suis anglais », rétorqua en toute logique Lysander, s'efforçant de garder un visage impassible. « Il est donc évident que cela se produira aussi pour moi.

– Non, déclara le colonel avec un léger sourire qui découvrit ses dents jaunies. Parce que vous aurez cessé d'exister.

– En fait, j'aimerais bien une tasse de thé, après tout. »

Fyfe-Miller alla à la porte, du thé fut commandé, apporté, et chacun se servit.

« Peut-être me suis-je exprimé de manière un peu trop dramatique », reprit Massinger en tournant sans fin sa cuillère dans sa tasse. *Clic-clic-clic*. « Vous serez simplement déclaré "disparu au combat". Et pendant ce temps, vous vous rendrez à Genève sous une autre identité. Clandestinement.

– Une nouvelle identité qui sera celle d'un ingénieur des

chemins de fer suisses, poursuivit Munro. Votre arrivée en Suisse, votre "retour à la maison", pour ainsi dire, n'attirera aucune attention. Vous contacterez notre agent et recevrez d'autres instructions.

– Suis-je autorisé à savoir de quoi il retourne ? »

Munro regarda Massinger. Lequel cessa de remuer la cuillère dans son thé.

« C'est très compliqué, Rief, dit-il. Je ne sais pas si vous avez suivi les dernières nouvelles de la guerre, mais cette année, nous nous sommes embarqués dans plusieurs "poussées" – de grosses attaques – à Neuve-Chapelle, Aubers et récemment Festubert. Si elles n'ont pas été complètement désastreuses, disons que nous avons à l'évidence échoué dans la plupart de nos objectifs. » Il reposa sa tasse. « À croire que nous étions attendus, si vous voyez ce que je veux dire. Les tranchées ennemies avaient été renforcées, de nouvelles redoutes construites, des réserves mises en place en vue de contre-attaques, de l'artillerie supplémentaire amenée derrière les lignes de soutien. Presque étrange… Nous avons subi de lourdes, très lourdes pertes. »

Sa voix s'éteignit et, un instant, il eut l'air d'un homme inquiet, au bord du désespoir.

Munro prit le relais : « Nous pensons, pour être francs, qu'il y a dans notre haut commandement… », il se tut, comme si le terme lui échappait. « Non, impossible de l'exprimer autrement… il y a un traître. Qui passe à l'ennemi des renseignements sur nos attaques à venir.

– Et vous pensez que ces messages codés en sont la preuve, dit Lysander.

– Exactement. » Fyfe-Miller se pencha en avant : « La beauté de l'affaire, c'est que dès que nous aurons déchiffré ces codes, nous saurons qui c'est. On le tiendra. »

Fyfe-Miller le regardait avec cette intensité mi-hostile

mi-amicale qui lui était propre. Lysander avait la bouche sèche, son mollet gauche commença à trembler. Fyfe-Miller lui sourit.

« Nous savons ce dont vous êtes capable, Rief... vous vous rappelez ? Nous avons été témoins de vos compétences à Vienne, nous vous avons vu en action. C'est pourquoi nous avons songé à vous. Vous parlez un excellent allemand, votre visage est inconnu et on ne sait rien de vous. Vous êtes intelligent, vous pensez avec votre tête.

– Je ne crois pas pouvoir faire autre chose que me porter volontaire. »

Munro écarta les mains dans un geste d'excuse : « Refuser de se porter volontaire ne fait pas partie des options, j'en ai peur. »

Lysander expira un bon coup. Dans un sens, se trouver ainsi acculé valait mieux qu'être obligé de faire son devoir.

« Quoi qu'il en soit, dit Massinger, il y a le problème de votre dette à l'égard du gouvernement de sa Majesté depuis l'affaire de Vienne. Un peu plus de mille livres à présent, je crois.

– Nous considérerions cette mission comme un remboursement total, expliqua Munro. Une reconnaissance de la nature pas très orthodoxe de la tâche que nous vous demandons d'accomplir.

– Un bon troc n'a rien d'un vol », ajouta Fyfe-Miller.

Lysander hocha la tête comme s'il comprenait ses propos. Il ne cessait d'entendre les paroles de Hamo : n'importe quel imbécile peut obéir à un ordre – c'est la manière de l'interpréter qui compte.

« Eh bien, voilà en tout cas une bonne motivation, dit-il avec ce qu'il pensa être un calme admirable. Je suis prêt. »

Tout le monde sourit. On fit apporter une autre théière.

11. Investigations autobiographiques

Fyfe-Miller m'a conduit dans une chambre à l'étage. Sur le lit se trouvait une valise dont il a soulevé le couvercle d'une pichenette.

« Voici votre nouvel uniforme, a-t-il annoncé. Vous êtes désormais un lieutenant – avec la solde d'un lieutenant – attaché à l'état-major. On vous emmènera au front, nous pensons avoir calculé le meilleur endroit, et vous pourriez partir en patrouille un soir… » Il s'est tu et a souri. « Ne prenez pas cet air si inquiet, Rief. Vous aurez des masses de briefings avant d'y aller. Vous connaîtrez le plan mieux que l'histoire de votre propre famille. Vous ne voulez pas essayer cet uniforme ? »

Il est sorti sur le palier tandis que je me déshabillais et enfilais mon nouvel uniforme, complet avec ses écussons rouges d'officier d'état-major sur les revers. Il m'allait à la perfection, ce dont j'ai fait part à Fyfe-Miller.

« Jobling, votre tailleur, nous a été d'un grand secours. » Il m'a regardé et m'a adressé un de ses sourires un peu fou. « Il est fait pour vous, Rief. Très élégant. »

Une fois de plus, je me demande ce qui se trame en coulisses. Comment savaient-ils, pour Jobling ? Peut-être pas si difficile à trouver, je suppose. Je pense à ces trois hommes et à leur influence nouvelle sur moi et mon sort : Munro, Fyfe-Miller et Massinger. Un duo que je connais – un peu – et un parfait inconnu. Qui est en charge de cette affaire ? Massinger ? Et si oui, à qui rend-il compte ? Fyfe-Miller est-il un subordonné des deux autres ? Les questions s'accumulent. Ma vie semble suivre une voie qui ne me correspond pas – je suis le passager d'un train, mais je n'ai aucune idée du chemin qu'il prend ni de sa destination finale.

J'ai changé d'hôtel, quittant Bayswater pour South Kensington. J'ai une chambre et un petit salon avec une cheminée – au cas où j'aurais besoin d'un feu. Les jours s'adoucissent considérablement et l'été commence à se faire sentir.

Soudain, pour moi – qui suis à la veille d'y monter –, les nouvelles du front revêtent un très vif intérêt. Je me surprends à suivre l'issue sanglante et tardive de la bataille de Festubert avec une attention inhabituelle. Je lis le compte rendu de ce grand triomphe pour les troupes anglaises et impériales (Indiens et Canadiens y ont participé aussi), mais, même pour les non-initiés, ergotages et qualificatifs dans les récits de la bataille sautent aux yeux. « Courageux sacrifice », « vaillant combat », « face à l'incessant feu de l'ennemi » : ces phrases éculées trahissent la réalité. Y compris certaines critiques : « nombre insuffisant de nos canons ». Les pertes reconnues se chiffrent par dizaines de milliers. Peut-être plus.

Mère m'a fait suivre mon courrier. J'ai la surprise d'y trouver une lettre du Dr Bensimon que je retranscris ici :

> Mon cher Rief,
> J'espère que tout va bien, dans tous les sens du terme. Je voulais vous faire savoir que ma famille et moi-même avions quitté Vienne dès que la perspective d'une guerre avait paru inévitable. Je me suis établi à Londres – si jamais vous aviez besoin de mes services professionnels. En tout cas, je serais ravi de vous voir. Mon cabinet est au 117 Highgate Hill. Téléphone : HD 7634.
> Sincères salutations,
> John Bensimon
>
> P. S. : Les résultats de nos séances viennoises de 1913 ont été publiés cette année dans le numéro de printemps du *Bulletin*

für psychoanalytische Forschung. Vous figurez sous le pseudonyme de «Monsieur Loyal».

Cette missive m'a fait chaud au cœur. J'ai toujours aimé et
respecté Bensimon, mais je n'ai jamais été très sûr de ce qu'il
pensait de moi. «En tout cas, je serais ravi de vous voir.» Je
considère ceci comme un encouragement clair, voire amical;
une invitation ouverte à reprendre contact.

Chaque jour, du lundi au vendredi, je me rends dans la
maison d'Islington pour recevoir les instructions de Munro,
Fyfe-Miller et, de plus en plus, de Massinger. J'étudie des cartes
et, au sous-sol, je me familiarise avec une maquette en terre,
très détaillée, d'une section de notre ligne de front. Je pensais
qu'il s'agissait d'une opération d'espionnage organisée par le
ministère de la Guerre mais je commence à soupçonner qu'elle
émane d'un autre département secret gouvernemental. Un jour,
Massinger a fait à deux reprises, par inadvertance, allusion
à une personne connue comme «C». Je l'ai entendu dire à
Fyfe-Miller, avec une sorte de colère rentrée: «Je m'occupe
de la Suisse mais "C" pense que c'est une perte de temps. Il
pense que nous devrions concentrer nos efforts sur la Hollande.
Nous comptons sur Rief pour lui prouver qu'il a tort.» Que
diable cela signifie-t-il? Comment suis-je censé relever ce
défi? À la première occasion, j'ai demandé à Fyfe-Miller qui
était ce «C» mais il a simplement répondu: «Je ne sais pas de
quoi vous parlez. Des balivernes.»
    Mon personnage d'ingénieur des chemins de fer suisses prend
rapidement tournure. Il est inspiré d'un véritable ingénieur – un
homme qui soigne un ulcère duodénal chronique dans un
sanatorium belge. On lui a tranquillement emprunté l'essentiel de son identité tandis qu'il gît dans sa salle d'hôpital,

à moitié conscient, sans grand espoir de guérison. Je m'appelle Abelard Schwimmer. Je suis célibataire, mes parents sont décédés, j'habite un petit village près de Zurich. J'ai vu mon passeport aujourd'hui – un document a l'air très authentique, couvert de timbres et des tampons des frontières que j'ai traversées : France, Belgique, Hollande et Italie. Je dois arriver à Genève par le ferry de Thonon du côté français du lac et me rendre dans un hôtel de moyenne catégorie. L'agent que je dois contacter est connu sous le nom de «Feudejoie». Monsieur Loyal rencontre Feudejoie. Voilà qui ferait doucement rire Bensimon, s'il l'apprenait.

Ce matin, Munro m'a emmené dans un champ de tir à l'est de Beckyon et m'a appris à me servir du Webley Mark VI. J'ai tiré plusieurs douzaines de volées sur des cibles avec une belle précision. C'est une arme puissante et mon avant-bras a souffert.

«J'espère que je n'aurai pas à utiliser cet engin, ai-je dit.

– Il faut parer à toute éventualité, Rief, m'a-t-il simplement rétorqué en guise de réponse. Avez-vous déjà lancé une grenade ?

– Non.

– Faisons un essai, d'accord ? La grenade Mills. Très simple : il suffit de savoir compter jusqu'à cinq.»

De retour à Islington, il m'a confié certaines informations essentielles. L'adresse d'une planque, à Genève. Le numéro de téléphone secret de l'attaché militaire à l'ambassade – «à n'utiliser qu'en cas d'extrême urgence». Le numéro du compte à la Federal Bank de Genève où je pourrai retirer les fonds nécessaires pour le pot-de-vin. Et un double mot de passe compliqué, qui me permettra d'identifier l'agent Feudejoie – et réciproquement, bien entendu.

«Je vous suggère de prendre votre temps et de bien vous en souvenir, a ajouté Munro. Mais si vous ne pouvez pas vous fier à votre mémoire, faites-les-vous tatouer sur une partie intime de votre anatomie. »

Je peux certifier, je crois, que c'est la première fois que Munro s'essaie à une plaisanterie.

J'ai dîné hier soir avec Blanche dans Soho, chez Pinoli, un de ses endroits préférés. Elle était à la veille d'entamer les représentations du *Héros malgré lui* à l'Alhambra, et elle m'a dit que les théâtres étaient aussi remplis qu'en temps de paix. Je me suis senti jaloux, saisi d'une brusque envie de retrouver ma vie d'autrefois, de remonter sur scène, de jouer, de faire semblant. Puis j'ai pris conscience que c'était précisément ce que je m'apprêtais à faire. Même le titre de sa pièce convenait, tout à coup. Ce qui m'a plutôt refroidi.

« Je t'aime bien en uniforme, a-t-elle déclaré. Mais je croyais que tu n'étais qu'un simple soldat.

– J'ai été promu, ai-je répliqué. Je pars bientôt pour la France. En fait… »

Elle m'a contemplé en silence, soudain au bord des larmes.

« Oh, mon Dieu, non », a-t-elle dit avant d'ajouter, se reprenant : « Je suis tellement désolée… » Elle a regardé ses mains – l'absence de sa bague de fiançailles je suppose –, puis a lâché, tout de go : « Pourquoi les choses ont-elles si mal tourné pour nous, Lysander ?

– Elles n'ont pas mal tourné. C'est la vie qui s'est mise en travers.

– Et maintenant, c'est une guerre qui se met en travers.

– Nous pouvons encore être…

– Ne dis pas ça ! Je déteste cette expression. »

Je me suis donc tu et j'ai coupé un gros morceau de mon steak. En mordant dedans, j'ai senti ma couronne sauter.

«Je peux t'en faire une autre, m'a affirmé l'Honorable Hugh Faulkner. Mais dans les circonstances actuelles, ça va prendre un peu de temps.

– Recolle-la simplement, si tu peux. Je suis en partance pour la France, lui ai-je annoncé.

– Cinq de mes copains d'université sont déjà morts, a-t-il répliqué sombrement. Je n'ose pas penser combien, de mon école, y sont passés.»

Faute de trouver une réponse convenable, je suis demeuré silencieux. Hugh a fait de même, tout en tapant du bout de sa chaussure sur la base chromée du fauteuil. J'étais installé sur ledit fauteuil inclinable, dans sa clinique de Harley Street. «On a tous besoin d'un peu de veine», ai-je dit, histoire de le sortir de sa rêverie lugubre et d'arrêter le tapotement de la pointe de son pied.

«Eh bien, tu en as une sacrée veine, de ne pas l'avoir avalée!» s'est-il exclamé en brandissant la couronne sous la puissante lampe au-dessus de sa tête. «Étonnant de penser qu'on les faisait autrefois en ivoire!» Il a déboutonné les manchettes de sa blouse et les a relevées. «Ouvre grand la bouche et voyons ça.»

J'ai obéi, Hugh a approché la grosse lampe. Il portait un costume noir et une cravate que j'ai reconnue sans pouvoir la situer. Il a commencé à explorer ma bouche avec sa sonde métallique pointue.

«En fait, je dois dire que tes dents me paraissent en assez bon état...

– *Ouille!!!*

– Pardon, pardon!»

Il avait touché un nerf ou enfoncé sa pique dans une carie. J'étais pâle et en sueur. Rigide.

«Bon Dieu, Hugh... Doux Jésus! C'était le martyre!

– Désolé. J'ai simplement touché ce gros plombage à l'arrière – la seconde molaire supérieure droite.

– Elle est gâtée ?

– Non, non. La dent n'a rien, a dit Hugh en rigolant. Ce que tu as senti, c'est un choc électrique. Deux bouts de métal se touchent et la salive fait office d'électrolyte. Ouch ! C'est comme un bout de papier aluminium quand tu casses une barre de chocolat. Tu sais, le bout qui reste collé. Tu commences à mordre et hop, un petit choc électrique. Pas de problème avec tes dents. » Il a reculé et a passé ses mains dans ses cheveux avec un sourire d'excuse. « En tout cas, cessons de tourner autour du pot et recollons l'objet. »

L'ÉLECTROLYTE
Quand j'ai vu ton visage à la porte
Dans un rêve de derviches tourneurs
J'ai eu l'impression d'une sonde
touchant une molaire
(Électrolyte de l'amour)
Et puis je t'ai vue vraiment.

Les brumes du soir se rassemblent dans la vallée
Je remue mes mains
Et les aplatis
En un petit paquet carré bien net
Que je te dédie.

Je suis dans ma vieille chambre, à Clavereigh. Je viens de dire au revoir à Crickmay. Je pars demain. Pour la France. La respiration de Crickmay me fait penser au bruit d'une vieille pompe sifflante essayant de vider une mine inondée. Air et eau mélangés.

Il a réussi à hoqueter un adieu et à me presser la main.

Dehors, dans le couloir, Mère m'a paru un peu secouée, mais sous contrôle.

« Combien de temps seras-tu absent ? a-t-elle demandé.

– Je n'en suis pas sûr. Un mois ou deux, peut-être un peu plus. » Massinger n'avait pas été très précis. La durée serait déterminée par les impératifs de l'opération et l'agent Feudejoie.

« Il ne sera pas là quand tu reviendras, a-t-elle dit d'un ton neutre.

– Que ferez-vous ?

– Ne t'inquiète pas pour moi. Je pourrai passer vingt-quatre heures par jour à travailler pour le Fonds, si besoin est. Je ne sais pas ce que j'aurais fait sans cela. Nous avons six employés maintenant au bureau, à Lewes.

– C'est magnifique. »

Je l'ai embrassée sur la joue et elle a pris mes mains, reculant d'un pas pour m'inspecter de haut en bas.

« Tu es très élégant dans ton uniforme, a-t-elle dit. Ton père aurait été très fier. »

À cette idée, j'ai senti des larmes brûlantes me monter aux yeux.

12. L'officier anglais

Munro et Lysander déjeunèrent à Aire, à une vingtaine de kilomètres du front. Hormis le fait que tous les clients étaient des hommes, et en uniforme, ils auraient pu se croire en 1912. Ils dégustèrent un excellent *coq au vin**, burent une carafe de brouilly, se virent proposer une douzaine de fromages et terminèrent le repas sur une *tarte Tatin** et un calvados.

« Le condamné eut droit à un repas réconfortant, lança Lysander.

– J'admire votre humour macabre, Rief, mais je dois dire qu'il n'est pas de mise. Vous ne courrez aucun risque – ou en tout cas très peu. Nous allons dans un secteur calme, seulement trois victimes le mois dernier. »

Lysander ne fut pas particulièrement rassuré : une victime est une victime. Il pourrait n'y en avoir qu'une seule ce mois-ci, et ce pourrait être lui. Et pourtant, on se réjouirait tout autant que ce secteur fût encore plus calme.

Une voiture de l'état-major les conduisit dans la zone arrière de l'extrémité sud des lignes britanniques, où la 1re armée des forces expéditionnaires anglaises côtoyait la 10e armée française. Ils traversèrent Béthune et quittèrent la route principale pour des chemins de campagne jusqu'au cantonnement du 2/10e bataillon des Loyal Manchester Fusiliers. Un chemin de rondins et de fascines les mena à une prairie frangée de pommiers, occupée par des rangées de tentes coniques. Une cambuse de bonne taille occupait tout un coin et, du pâturage voisin, montaient les cris, les bravos et le son mat du cuir que l'on frappe, indiquant qu'il s'y déroulait un match de football.

Lysander descendit de la voiture avec le sentiment d'être un écolier faisant sa rentrée des classes – excité, inquiet et vaguement nauséeux. Munro et lui furent dirigés vers le Q. G. du bataillon situé dans une ferme récemment réquisitionnée. Là, Munro tendit les papiers officiels à un commandant taciturne et visiblement mécontent, qui prit son temps pour les lire en produisant de petits halètements rauques en place, semblait-il, des jurons qu'il aurait préféré proférer.

« Signés de Haig lui-même », dit-il en regardant Lysander avec une certaine hostilité. « Habilité à recevoir *toute l'assistance requise*, lieutenant Rief. Vous devez être un homme très important.

– Il l'est, intervint Munro. Tout doit être fait pour aider le lieutenant de toutes les manières possibles. Vous comprenez, commandant ?

– Je comprends sans comprendre, répliqua, laconique, le commandant en se levant. Suivez-moi, je vous prie. »

Bon, ça y est, se dit Lysander. C'est fait : Munro y est allé trop fort, c'est comme être blackboulé dans un club – le visage du commandant n'exprimait que dédain. L'officier les conduisit le long d'un sentier de briques jusqu'à une étable où étaient dressés plusieurs lits de camp. Il en indiqua un à Lysander.

« Laissez votre équipement ici. Je vais vous désigner une ordonnance. Dîner à 18 heures dans la tente du mess. »

« Je m'en charge, assura Munro alors que le commandant s'éloignait. Je m'en vais avoir un gentil petit entretien avec notre charmant camarade. » Il sourit. « Et lui flanquer une trouille mortelle ! »

Parfois, songea Lysander, avoir un type tel que Munro de son côté était un avantage. Il dîna malgré tout au mess dans un silence total. Aucun officier ne fit l'effort d'engager la conversation avec lui, mais plus, à son sens, par prudence que par mépris. Dieu sait ce que Munro avait raconté ! Il avala donc son repas, un ragoût de bœuf, des quenelles et un steam pudding arrosé de crème anglaise, rassasié et mal à l'aise, mais conscient que ne pas achever son assiette ne susciterait que plus d'opprobre.

Dès que la politesse l'y autorisa, il regagna son lit de camp dans l'étable et alluma une cigarette.

« Mr Rief ? Sir ? »

Il se redressa. Un sergent se tenait à l'entrée.

« Je suis le sergent Foley, sir. »

Ils se saluèrent. Lysander ne s'était pas encore habitué à ce « sir ». Petit, trapu, nez retroussé, allant sur la trentaine, Foley avait un fort accent du Lancashire qui, d'une certaine manière, convenait à sa stature musclée.

« Une équipe de barbelés va monter. Nous pouvons les suivre. »

Ils n'ont pas perdu de temps pour se débarrasser de moi, songea Lysander tout en rassemblant à la hâte quelques possessions de première importance : une bouteille de whisky, des cigarettes, une torche, une boussole, une carte, son sac avec deux grenades, une écharpe et des chaussettes de rechange. Il laissa son imperméable – la nuit était chaude et claire – et suivit Foley dehors, l'appréhension lui coupant les jambes et la respiration. Reste calme, reste calme, se dit-il, rappelle-toi qu'il s'agit d'un secteur tranquille – la bagarre est ailleurs – c'est pourquoi tu es ici. Tu as été briefé et entraîné, tu as étudié les cartes, tu as reçu des ordres concis – suis-les, point final.

Foley et lui restèrent à l'arrière de la corvée de barbelés tandis qu'ils gravissaient un chemin de boue avant de le quitter pour une tranchée de communication, à hauteur de poitrine d'abord, puis se creusant jusqu'à ce que les parapets, de chaque côté, réduisent le ciel vespéral à une bande gris orangé au-dessus de leur tête.

À leur arrivée aux lignes de soutien, Lysander commençait à accuser la fatigue. Foley l'emmena dans l'abri des officiers et, là, Lysander se présenta à un certain capitaine Dodd, le commandant de la compagnie – un homme plus âgé, trente-cinq ans environ, avec une moustache tombante, humide, en rideau – et deux très jeunes lieutenants – Wiley et Gorlice-Law – vingt ans au plus, se dit Lysander, l'allure de délégués de terminale dans un pensionnat. Ils savaient qui il était, l'information avait déjà dû circuler, et ils se montrèrent très polis et accueillants, mais il les surprit en train de lorgner avec suspicion sur ses insignes d'officier d'état-major, comme s'il était contagieux. On lui attribua une des couchettes et il sortit sa bouteille de whisky pour en faire don à l'abri. Chacun en but une rasade, et l'atmosphère se réchauffa pour devenir moins formelle.

Lysander débita la prétendue raison de sa présence : il était envoyé par « Corps » pour reconnaître le terrain à l'avant des tranchées anglaises et françaises, et tenter d'identifier, si possible, les troupes allemandes en face.

« Ils ont brûlé presque toute la végétation devant les barbelés, dit Dodd, d'un air pessimiste. Difficile de s'approcher. »

Lysander prit son plan des tranchées et lui demanda d'identifier la délimitation précise entre le front britannique et le front français. Dood désigna une saillie en V qui s'avançait dans le no man's land.

« Là-bas, dit-il. Mais c'est plein de barbelés. On ne peut pas passer.

– Jamais les deux ne se rencontreront, lança gaiement Wiley.

– Foley est le type qui doit vous emmener, dit Gorlice-Law. Apparemment, il adore les patrouilles. » Il étalait de la pâte d'anchois sur un biscuit et il y mordit avec le ravissement d'un écolier lâché dans une confiserie : « Délicieux, expliqua-t-il comme pour s'excuser. Je meurs constamment de faim, je ne sais pas pourquoi. »

Dodd expédia Wiley arpenter la tranchée du front et vérifier la position des sentinelles. Lysander resservit du whisky.

« On dit que ça porte malheur, quand Corps envoie un officier au front », remarqua Dodd, sinistre. Ce type n'était pas vraiment un rayon de soleil, se dit Lysander.

« Eh bien, je serai parti après-demain, répliqua-t-il. Vous ne vous souviendrez plus de moi.

– C'est bien beau, mais vous serez tout de même venu, voyez-vous. Ici même, chez nous, insista Dodd. Alors, quelle sorte d'attaque envisagez-vous ?

– Écoutez, il ne s'agit que d'une simple reconnaissance, dit Lysander, désireux de lui faire comprendre qu'il n'était pas, après tout, un véritable officier d'état-major, et que, par conséquent, il ne serait pas question de mauvais sort. Elle ne servira peut-être à rien.

— De toute façon, vous ne nous le diriez pas, hein ? rétorqua Gorlice-Law en attrapant un autre biscuit. Top secret et tout le tintouin. Chut… chut.

— Reprenez une goutte de whisky », suggéra Lysander.

Il dormit par à-coups sur sa mince et rude couchette, tenu éveillé par son esprit toujours en ébullition et les ronflements longs et sonores de Dodd. Il entendit les sifflets distants du « À vos postes ! » matinal et prit un petit déjeuner composé de thé et de sandwiches à la confiture apportés par l'ordonnance de Dodd. Foley arriva et proposa de lui montrer la tranchée du front, de « jeter un œil » sur le no man's land.

À cet endroit, l'aile la plus à droite des forces expéditionnaires britanniques, les tranchées étaient étroites, profondes et bien entretenues, constata Lysander. Sèches, aussi, avec un plancher en caillebotis, une solide banquette de tir et une berme épaisse couronnée de sacs de sable. Hormis les sentinelles postées sur la banquette de tir, les autres soldats se blottissaient dans des encoignures ou des demi-caves creusées dans la paroi opposée, pour manger, se raser, ou nettoyer leur équipement. Tout en suivant Foley dans les galeries transversales jusqu'à une meurtrière recouverte d'un filet, Lysander fut amusé de voir que la plupart d'entre eux portaient des shorts qui révélaient des genoux bruns – comme s'ils étaient venus passer des vacances estivales pour le moins étranges. On lui tendit une paire de jumelles.

« Vous êtes à l'abri des francs-tireurs, dit Foley. Vous pouvez les voir à travers le filet, mais pas eux. »

Lysander porta les jumelles à ses yeux et scruta le no man's land : de l'herbe haute et du blé sauvage parsemé de patiences couleur rouille. À mi-distance, droit devant eux, se trouvait une petite ruine – un éboulis de pierres – et, à quelques pas de là, trois ormeaux feuillus, de guingois, leurs plus grosses branches arrachées. Un paysage tranquille, bucolique. Une brise tiède agitait la prairie devenue le no man's land, les longues herbes et les patiences se courbant, dociles, sous la caresse tendre du vent.

« À quelle distance sont leurs tranchées ? demanda-t-il.

– D'ici, à cent cinquante mètres. Vous ne pouvez pas les voir, il y a une petite élévation de terrain au milieu. »

Lysander le savait, de même qu'il savait que ces pierres étaient les restes d'un caveau de famille, qui devait précisément lui servir de point de repère ce soir.

« Et cette ruine ?

– Ils en ont fait une sape pour l'utiliser comme poste d'écoute mais on les en a éjectés il y a un mois. Ils ne sont pas revenus.

– Je tiens à l'inspecter ce soir, sergent. Y a-t-il des fossés de drainage ?

– Quelques-uns. Très envahis et obstrués par la végétation. Vous voyez ce bouquet de saules, à droite ? »

Lysander fit pivoter ses jumelles : « Oui.

– C'est là où se trouve le fossé le plus profond. Il court le long de nos lignes puis fait un trou coudé dans les barbelés français. »

Pour la forme, Lysander prit quelques notes sur son plan – il s'orientait beaucoup mieux maintenant, et il avait de surcroît sa petite lampe électrique et sa boussole. Tout devrait bien se passer.

« À quelle heure voulez-vous faire votre sortie ? » demanda Foley. Lysander nota l'absence du « sir ».

« À la nuit noire. Vers 2 ou 3 heures.

– C'est une nuit très courte. On vient juste de passer le solstice d'été.

– Ce ne sera pas très long. Je veux juste avoir confirmation de certains détails. Vous serez de retour dans la demi-heure. *Nous* serons de retour, corrigea-t-il aussitôt.

– Mr Gorlice-Law vient avec nous, semble-t-il, dit Foley. Il n'a encore jamais fait de patrouilles. Le capitaine Dodd a pensé que ce serait un bon exercice pour lui.

– Non, répliqua Lysander. Simplement vous et moi, Foley.

– Je veillerai sur le gamin, ne vous en faites pas, sir.» Il sourit : «Vaut mieux faire plaisir au capitaine.»

Dans l'après-midi, deux avions de reconnaissance du Royal Flying Corps survolèrent les tranchées et, pour la première fois, Lysander entendit des tirs allemands en provenance des lignes ennemies. Puis un hurlement montant du no man's land. Une voix solitaire. Les hommes éclatèrent de rire.

«Que crie-t-il? Qui est-ce? demanda Lysander à Foley.

– Il sort en rampant presque tous les après-midi quand c'est calme, et il nous insulte. On peut régler sa montre sur ses sorties.»

Lysander se redressa sur la banquette de tir et tendit l'oreille. Une voix faible, mais distincte, cria depuis l'herbe haute : «Hé, tas de connards anglais! Rentrez chez vous, putains de cons d'Anglais!»

Lysander crut entendre aussi des rires du côté allemand.

Après le «À vos postes» du soir, il se sentit à nouveau un peu nerveux. Une fois de plus, il récapitula mentalement les ordres reçus, cochant chacune des choses qu'il aurait à faire. Il vérifia discrètement la présence dans son sac des deux grenades à fragmentation et, pour la vingtième fois, celle des détonateurs. Gorlice-Law, tout excité à la perspective de cette sortie, s'était noirci le visage et ne cessait de charger et de recharger son revolver.

« C'est une simple reconnaissance de terrain, se sentit obligé de préciser Lysander. Je ne pense pas que ça vaille la peine de vous donner tout ce mal.

– Je ne suis là que depuis deux jours, répliqua Gorlice-Law. Je ne peux pas attendre !

– En tout cas, au premier signe inquiétant, on file. »

Dodd obligea le jeune officier à se laver la figure puis à dresser « la table » – la moitié d'une porte posée sur deux caisses de munitions, en lui disant : « Je n'ai pas l'intention de m'asseoir pour dîner avec un noiraud, lieutenant », et on leur servit un souper composé d'un ragoût en boîte et de biscuits de mer suivis d'un plum-pudding également en conserve, le tout arrosé des dernières gouttes du whisky de Lysander.

Alors que la nuit tombait, Foley surgit avec les rations de rhum, un alcool très fort avec une puissante odeur de mélasse et aussi épais qu'un sirop pour la toux. Gorlice-Law, qui avait déjà bu du whisky, en ressentit visiblement les effets – ses efforts de concentration rendaient son regard encore plus vitreux, il avait les sourcils froncés, les lèvres pincées, l'élocution lente et mesurée.

Vers 2 h 30, Lysander le guida hors de la tranchée pour rejoindre Foley au point de rendez-vous. Une courte échelle en bois fut installée contre la paroi face au trou dans les barbelés. Foley portait un passe-montagne, un blouson de cuir crasseux avec une ceinture de toile, des shorts, des sandales et une paire de chaussettes supplémentaires nouées autour de ses genoux. Il avait un revolver dans sa poche et un sifflet au bout d'un cordon autour du cou.

« Trois coups et on revient, dit-il en jetant un regard désapprobateur à Lysander.

– Qu'y a-t-il, Foley ?

– Vous êtes en grande tenue, sir. Comme si vous étiez de revue.

– Je n'ai rien d'autre avec moi. »

Foley avait sur lui une boîte d'une graisse noire dont il se servit pour peindre quelques traits sur le visage de Lysander. Il se tourna vers Gorlice-Law, qui s'était débarrassé de sa veste et de ses molletières et avait glissé son revolver dans sa ceinture.

« À partir de maintenant, vous obéissez à mes ordres, Mr Gorlice-Law. Compris ?

– Oui, sergent. »

Foley lança une fusée rose pour faire savoir au bataillon du front qu'une patrouille s'apprêtait à sortir, et ils grimpèrent l'échelle, franchirent les sacs de sable, et avancèrent à croupetons à travers les barbelés dans l'obscurité dévorante du no man's land.

C'était une nuit sans lune mais Lysander s'étonna malgré tout de perdre aussi vite son sens de l'orientation tandis qu'il rampait dans l'herbe haute. Au bout de quelques minutes, il n'avait plus la moindre idée de la direction dans laquelle il allait, suivant Foley, Gorlice-Law sur ses pas. Une fusée blanche s'éleva au-dessus des lignes allemandes et, durant quelques secondes, le monde se fit brillamment monochrome. Lysander fut tenté de se lever pour voir où ils se trouvaient. Ils se figèrent sur place.

« Où est la ruine ? siffla-t-il à Foley tandis que l'éblouissante lumière faiblissait puis sombrait.

– À près de cinquante mètres, en diagonale, sur la droite.

– Menez-nous-y. »

Foley changea de direction et ils se remirent à ramper. À quelques kilomètres au nord, prenait place une sorte de « démonstration » – obus éclairants et tirs d'artillerie, crachotements des mitrailleuses. Lysander jeta un coup d'œil en arrière : il ne se passait pourtant rien du côté des tranchées de la 2e section du 10e bataillon des Loyal Manchester Fusiliers. Campagne noire et endormie. Même les fusées éclairantes de repérage semblaient avoir cessé de s'activer. Tout le monde n'avait qu'une envie : connaître une bonne nuit de sommeil.

Lysander tapota la cheville de Foley : « À quelle distance sommes-nous, maintenant ?

— Encore cette petite montée et nous y sommes. »

Il était temps.

« Restez ici, dit-il à Foley. Ne le quittez pas.

— Non, sir. N'y allez pas seul. Laissez-moi venir avec vous.

— C'est un ordre, Foley. Veillez sur le lieutenant. »

Lysander s'éloigna en rampant vers la pente – une minuscule ondulation de terrain mais suffisamment haute pour lui permettre d'apercevoir les pierres éboulées du caveau en ruines. Il chercha du regard les ormeaux ravagés, sur la droite, et crut voir leur silhouette se découper sur le ciel nocturne. Ruines, ormeaux, fossé d'écoulement – au moins, il avait quelques points de repère physiques vers où se diriger dans cette obscurité fluide et l'herbe chuchotante tout autour de lui.

Il se laissa glisser le long de la pente vers la tombe. Ce devait être autrefois un monument important, se dit-il en s'approchant, érigé pour un dignitaire local soucieux d'assurer la pérennité du nom de sa famille. Eh bien, il n'avait pas prévu...

Lysander se figea. Il entendait un grincement. Des rats ? Mais c'était trop continu. Des gouttes d'eau ? Puis plus rien. Il sortit la lampe de son sac ainsi que les deux grenades. Tirer la goupille, compter jusqu'à trois, lancer et filer promptement. Ces explosions offriraient la diversion requise, elles causeraient sa « mort » et lui permettraient d'atteindre les lignes françaises.

Le grincement reprit. Très faible. Lysander était contre les premiers blocs de pierre. Il braqua sa lampe sur l'endroit d'où provenait peut-être le bruit et l'alluma. Dans le bref éclat de lumière, il vit deux visages se tourner et le regarder depuis une sape creusée profond sous la base de la tombe. Il aperçut un homme avec une moustache noire, un très jeune homme blond, et l'axe tournant d'un rouleau de fil téléphonique en train d'être déroulé – dans un léger grincement.

Il éteignit la lampe, dégoupilla la grenade et la jeta dans la sape. Fracas. Jurons. Il fit de même avec l'autre grenade et se précipita ventre à terre dans la direction de ce qu'il pensait être les ormeaux.

Après ce qui lui parut une éternité, il entendit les grenades exploser – à quelques secondes d'intervalle – le *blap! blap!* mat des explosions dans l'espace confiné sous la tombe. Quelqu'un hurla.

Lysander tomba à genoux. Les cris continuèrent, aigus et irréguliers. Presque aussitôt des tirs désordonnés partirent depuis les deux lignes de tranchées – ceux des sentinelles réveillées en sursaut par les détonations. Des fusées s'élevèrent avec grâce dans le ciel – vertes, rouges, blanches. Il fut tout à coup plongé dans un univers de brillantes couleurs primaires. Puis vinrent les sifflements et les bruits sourds des grenades à fusil. Une mitrailleuse riposta. À présent, Lysander rampait sans oser lever la tête. Il pensait être à quarante ou cinquante mètres au sud de la ruine. Où étaient donc ces foutus ormeaux? Puis, dans un silence, il entendit un hurlement angoissé : «*Foley! Foley? Où êtes-vous?*» La puissante lumière blanche d'une fusée lui apprit qu'il avait dépassé les ormeaux. Il était allé trop loin – maintenant, il lui fallait changer de direction pour retrouver les saules et le fossé d'écoulement. Il se roula en boule et éclaira son plan avec sa torche. Il allait tout droit sur les lignes allemandes, à l'est. Il devait prendre la direction du sud. Il vira de quatre-vingt-dix degrés et se remit en chemin. Une cacophonie de tirs retentissait derrière lui et il pouvait maintenant entendre l'éclatement rauque de gros mortiers. Sa petite diversion avait échappé à tout contrôle – il espérait que Foley et Gorlice-Law étaient rentrés sains et saufs.

Il tomba dans le fossé et fut trempé par les dix centimètres d'eau qui s'y trouvaient. Il s'accroupit et s'appuya contre la paroi pour reprendre calmement sa respiration. Quelques fusées filaient encore dans le ciel, mais les tirs semblaient se calmer. Fausse alerte. Rien d'important. Juste une petite frayeur.

Il sortit de nouveau son plan, protégeant sa lampe de sa main en coupe, et tenta de se repérer. Si ce fossé était celui dont parlait Foley, alors il lui suffisait de le suivre sur une centaine de mètres, puis un virage à droite le conduirait aux barbelés français. Il n'aurait alors qu'à localiser les fusées vertes des lignes françaises qui lui indiqueraient son chemin. En supposant que tout se passerait selon les plans de Munro... Il consulta sa montre. 3 h 30. Il ferait jour dans moins de deux heures. Il était temps de se bouger.

Il pataugea un moment dans le fossé qui, en effet, commença à s'incurver vers la droite, mais s'arrêta brusquement, barré par un vieux caniveau. Lysander scruta l'obscurité. En théorie, il aurait dû tomber sur les barbelés de la ligne de front de la 10e armée française. Mais aucun signe des fusées vertes promises par Munro. Une toutes les dix minutes, avait-il dit. Tout de même, ils devaient bien avoir entendu le raffut provoqué par l'explosion de ses grenades ?

Il repensa alors aux deux grenades qu'il avait expédiées dans la sape, sous la tombe. Il revit les deux visages levés vers lui – l'homme à la moustache et le blondinet – choqués, stupéfaits. Deux signaleurs posant une ligne téléphonique, pour réinstaller, sans doute, le poste d'écoute. Sans aucun doute non plus, ses grenades avaient dû les tuer tous les deux, en tout cas les blesser. Il y avait eu ce hurlement. Angoissé, animal. L'affolement dans le noir tandis que les grenades rebondissaient sur la pierre. Les doigts cherchant à tâtons. Les jurons frénétiques, et puis *BOUM !*

Il frissonna et serra ses genoux contre sa poitrine – inutile de repenser à ce qui était arrivé à ces deux signaleurs. Comment pouvait-il savoir qu'ils seraient là ? Non, la meilleure des décisions était de rester tranquille en attendant l'aube. Alors, peut-être saurait-il quoi faire ensuite.

Inquiétant et superbe, ce ciel qui s'éclaircissait derrière les lignes allemandes et, alors que l'aube s'avançait, Lysander put commencer à distinguer le paysage : sur sa droite les trois ormeaux, et, devant lui, les sombres hachures des barbelés français. L'embouchure du caniveau était une grossière arche de pierre entourée de gros joncs qui avaient prospéré grâce à l'humidité du fossé. Une brise se leva et il sentit la fumée qui dérivait à travers le no man's land tandis que les brasiers s'allumaient dans les tranchées. Il avait faim – des tranches de bacon craquantes et un morceau de pain dégoulinant de graisse chaude, voilà qui aurait bien fait l'affaire, merci.

Prudemment, il écarta les joncs au-dessus du caniveau et aperçut les barbelés denses des lignes françaises à vingt mètres environ. Épais et installés par des mains expertes. Impossible de se glisser là-dedans. Emportée par la brise, une colonne de fumée grise montait des tranchées derrière, mais il n'y avait ni parapet de sacs de sable ni meurtrière.

Les mains en coupe autour de sa bouche, il cria : «*Allô, Allô ! Je suis un officier anglais* !*»

Au bout de cinq secondes, il hurla de nouveau un *Allô !* qui fut accueilli par le claquement d'un coup de fusil.

« *Je suis un officier anglais ! Je ne suis pas allemand* !* »
D'autres coups de fusil suivirent sans l'atteindre. Puis il
entendit un hurlement émanant des lignes françaises : « *Tu
nous prends pour des crétins, monsieur le Boche ? Va te faire
enculer* !* »

Lysander éprouva un sentiment d'impuissance totale. Peut-
être avait-il commis une erreur en parlant français.

« Je suis anglais ! cria-t-il. Un officier anglais ! Je suis perdu !
PERDU* ! »

Il y eut d'autres coups de fusil tirés au hasard. Il regarda
par-dessus son épaule vers les lignes ennemies, espérant que
les Allemands ne seraient pas amenés à canarder à leur tour,
auquel cas il risquait d'être pris entre deux feux.

« *Parlez-vous anglais* ?* hurla-t-il de nouveau. Je suis un
officier anglais. Je suis perdu. »

On lui lança d'autres insultes – des expressions hautes en
couleur qu'il ne connaissait pas ou qu'il comprit vaguement,
et qui se référaient à des actes sexuels variés impliquant des
animaux et des membres de sa famille.

Il se rassit, désespéré. Que faire ? Peut-être valait-il mieux
attendre la tombée du jour et repartir vers les Manchester. Et
alors, ce serait bien une sacrée déveine que d'être descendu par
une sentinelle nerveuse, sur les dents depuis l'alerte de la nuit
précédente. Mais en supposant qu'il réussisse à rentrer sans
encombre, quelles explications donnerait-il ? Toute l'opération
de Genève pouvait être mise en danger… Un plan stupide, d'ailleurs. Pourquoi avait-il à se volatiliser, à être « porté disparu
au combat » ? Pourquoi ne pas aller tout bonnement à Genève
en tant qu'Abelard Schwimmer ?

« *L'officier anglais* ?* » L'appel venait des lignes françaises.
Suivi d'un « Êtes-vous là ? » en anglais.

« Oui, je suis ici ! Dans le fossé. *La fossée* !*

– Allez sur votre gauche. Quand vous verrez… » La voix s'interrompit.

« Verrez quoi ?

– *Un poteau rouge**.

– Un poteau rouge ! *Je comprends**.

– C'est l'entrée par laquelle passer le… Ah, *notre barbelé**.

– J'arrive ! Ne tirez pas ! *Ne tirez pas !**

– Approchez très lentement ! »

Lysander se hissa hors du fossé et rampa sur sa gauche, au plus près du sol, se sentant soudain très exposé. Il se tortilla pendant quelques instants et aperçut un poteau rouge planté à côté d'une ouverture dans le labyrinthe des barbelés. Vers lequel il se dirigea – maintenant, il pouvait voir qu'il marquait l'orée d'un sentier en zig-zag à travers le labyrinthe.

« *Je suis là** *!* » beugla-t-il.

Il rampa lentement entre les barbelés et aperçut le parapet de sacs de sable devant lui.

« J'arrive ! » cria-t-il, terrifié, convaincu qu'on l'attirait assez près pour le piéger. Il brandit sa casquette, sa casquette de l'armée anglaise, au-dessus de sa tête. Des bras solides se tendirent vers lui tandis qu'il atteignait le parapet, et le hissèrent avant de le déposer doucement dans la tranchée.

Il demeura allongé sur le sol un bon moment, reprenant son souffle, et contemplant les géants qui l'entouraient – des barbus sales en uniforme bleu crasseux, fumant la pipe. Et qui le dévisageaient avec curiosité.

« *Pour sûr*, dit l'un d'entre eux. *C'est un officier anglais vrai de vrai**. »

Il était assis dans un abri des tranchées de soutien, un quart émaillé de café noir dans la main, épuisé comme jamais il ne l'avait été. Il pouvait à peine porter son quart à ses lèvres, comme s'il s'agissait d'un gros rocher ou d'un boulet de canon. Il le reposa et ferma les yeux. Dormir. Dormir toute une semaine. Il avait remis la lettre scellée de son paquetage à l'officier dont c'était l'abri – cet abri où l'avaient emmené les géants bleus barbus. Une cigarette, voilà ce qu'il lui fallait. Il tapota ses poches, puis se souvint qu'il avait laissé son paquet dans l'abri de Dodd. Abri Dodd. Wiley et Gorlice-Law. C'était quoi, ce cri de Gorlice-Law à l'adresse de Foley ? Il espérait simplement que tout…

« Tiens, la voilà. Notre fausse pièce. »

Il se retourna, cligna des yeux. Fyfe-Miller était debout sur le seuil. Très chic dans sa veste ceinturée de cuir, ses jodhpurs et bottes de cheval bien cirées. L'officier français se tenait derrière lui.

« *Notre fausse pièce de monnaie, notre mauvais centime* * », répéta en français Fyfe-Miller à l'intention de l'officier sans la moindre tentative d'un accent convenable. Il aida Lysander à se remettre sur pied, tout en souriant de son sourire dément. Lysander eut envie de l'embrasser.

« Phase 1 terminée, lança Fyfe-Miller. Ça, c'était la partie facile. »

TROISIÈME PARTIE

Genève, 1915

1. Les lettres à Glockner

Manœuvrant pour se mettre à quai dans le port de Genève, le ferry de Thonon mit ses moteurs en marche arrière afin de virer de bord, et fit ainsi trembler le petit bateau tout entier. Lysander – Abelard Schwimmer – faillit perdre l'équilibre et se raccrocha à la balustrade en bois sur le pont supérieur tandis que d'épaisses aussières grises étaient lancées à terre et que des marins les passaient autour de bittes afin de stabiliser le ferry. On abaissa la passerelle, Lysander ramassa sa valise à imprimé écossais, et prit place dans la file désordonnée des gens pressés de débarquer. Puis ce fut à son tour de descendre la rampe de bois et de faire ses premiers pas sur le sol suisse. Installé sur sa plaine d'alluvions, Genève s'étendait devant ses yeux sous le soleil matinal – de grands immeubles, massifs et prospères, le long du lac, et sa cathédrale se dressant, solitaire, au-dessus du niveau des toits ocre et gris, ce qui lui rappela Vienne, Dieu sait pourquoi. Au loin, des collines basses, et les neiges éblouissantes des montagnes. Lysander prit une grande goulée d'air suisse, enfonça son feutre sur sa tête, et Abelard Schwimmer partit à la recherche de son hôtel.

233

Après avoir quitté le front et regagné l'arrière, Lysander, accompagné de Fyfe-Miller, avait été conduit à Amiens où une chambre avait été retenue pour lui à l'Hôtel Riche et du Sport. Il se mit aussitôt au lit et dormit toute la journée jusqu'à ce que Fyfe-Miller le réveille en le secouant et l'informe qu'il devait prendre un train pour Paris puis Lyon. Il se changea en Abelard Schwimmer – un costume de serge bleu marine mal coupé (et déjà trop chaud), une chemise beige à col mou, un nœud papillon tout fait et de grosses chaussures marron. Si Fyfe-Miller avait eu l'intention d'offenser son sens de l'élégance, eh bien c'était réussi, songea Lysander. On lui avait donné une valise en carton à imprimé écossais, contenant chemises et caleçons supplémentaires et, cachée dans la doublure, une liasse de francs suisses, de quoi tenir au moins deux semaines, affirma Fyfe-Miller, plus de temps qu'il ne lui en faudrait pour accomplir sa mission. Un imperméable vert vif et un chapeau mou complétaient l'ensemble.

«*L'homme moyen sensuel** des pieds à la tête, commenta Fyfe-Miller. Quelle transformation!

– Votre accent français est abominable, Fyfe-Miller, dit Lysander. *Le hhhaume mayenne senzouyel*. Choquant.» Il répéta l'expression à la manière de Fyfe-Miller, puis avec la prononciation correcte. «Le "h" est muet, en français.»

Fyfe-Miller sourit, désinvolte. «*Quelle hhhorreur**! Je peux me faire comprendre, ajouta-t-il sans vergogne. C'est tout ce dont j'ai besoin.»

Ils se serrèrent la main sur le quai d'Amiens.

«Bonne chance, dit Fyfe-Miller. Jusqu'ici, tout va bien. Ne traînez pas à Paris. Vous avez quarante minutes pour attraper votre correspondance. Massinger vous accueillera à Lyon.

– Où est Munro?

– Bonne question… À Londres, je pense. »

Lysander prit le train pour Paris, puis celui de nuit pour Lyon, en première classe – un avantage d'ingénieur des chemins de fer, supposa-t-il. Il partagea son compartiment avec deux colonels français qui le regardèrent avec un mépris évident et ne lui adressèrent pas la parole. Ce qui ne le troubla nullement. Il somnola et rêva qu'il jetait ses grenades dans la sape – revoyant les deux visages stupéfaits des signaleurs levés vers lui avant qu'il éteigne sa lampe électrique. Quand il se réveilla, à l'aube, les colonels avaient disparu.

À Lyon, la gare pullulait de soldats français sur le point d'embarquer pour le front, ce qui rappela à Lysander que ledit front n'était plus très loin, s'étendant à travers la Champagne et les Ardennes dans un gribouillis de méandres de la mer du Nord à la frontière suisse sur près de sept cent cinquante kilomètres dont soixante-quinze sous la responsabilité des Anglais. Massinger l'attendait au buffet, en buvant une bière, remarqua Lysander. Ils prirent l'omnibus jusqu'à Thonon, sur la rive gauche du lac de Genève, et descendirent à l'Hôtel de Thonon et du Terminus, commodément situé près de la gare de la ville basse.

Massinger était d'humeur revêche, mal à l'aise. Lysander entreprit de lui raconter sa pénible nuit dans le no man's land, mais il parut ne l'écouter qu'à moitié, l'esprit occupé par des affaires plus urgentes, semblait-il. « Oui, oui. Certes. Très inquiétant. » Lysander renonça alors à s'expliquer davantage : il n'évoqua pas l'échange de tirs, ni son attente accroupi dans les joncs du fossé d'écoulement, ni le lever du soleil au-dessus des lignes allemandes.

Ils dînèrent ensemble, mais dans une ambiance manquant de naturel, pareils à deux vagues connaissances qui, par malchance, se seraient retrouvés les seuls Anglais dans une petite ville française. Polis, feignant la convivialité, mais qui, visiblement, s'ils avaient eu le choix, auraient de loin préféré dîner chacun de son côté.

Au moins, Massinger avait quelques renseignements et ordres supplémentaires à donner à Lysander au sujet de sa mission. Une fois à Genève, et installé dans son hôtel, il devrait se rendre dans un certain café tous les jours à 10 h 30 et à 16 h 30. Il y resterait une heure. À un moment donné, il serait approché par l'agent Feudejoie, avec qui il échangerait le double mot de passe avant de recevoir de nouvelles instructions, si Feudejoie jugeait l'occasion opportune.

« Feudejoie me semble mener la danse, lâcha Lysander.

– Pour l'heure, Feudejoie est probablement notre principal atout, dans cette guerre d'espionnage », répliqua Massinger avec une hostilité non dissimulée, sa voix rauque encore plus dure. « Feudejoie lit toute la correspondance qui entre et sort du consulat allemand à Genève, quelle valeur pensez-vous que cela ait ? Hein ?

– Beaucoup, j'imagine.

– Assurez-vous simplement d'être à la Taverne des Anglais aux heures indiquées, matin et après-midi.

– Taverne des Anglais ? Vous ne trouvez pas que ça manque un peu de subtilité ?

– C'est une brasserie tout ce qu'il y a de plus banal. Qu'est-ce que son nom a à faire là-dedans ? »

Ils poursuivirent leur repas en silence. Lysander commanda un poisson sous un nom local qu'il ne reconnut pas et le trouva trop cuit et fade. Massinger prit une côte de veau qui, à en juger par les efforts qu'il eut à déployer pour la découper, devait être extrêmement coriace.

« Il y a une chose qui m'inquiète, Massinger.

– Quoi donc ?

– Quand j'en serai à corrompre ce fonctionnaire... Que se passera-t-il s'il n'accepte pas mon pot-de-vin ?
– Il l'acceptera. Je vous le garantis.
– Faites-moi le plaisir de bien vouloir considérer mon hypothèse, voulez-vous ?
– Alors coupez-lui les doigts un par un. Il crachera le morceau.
– Très amusant. »
Massinger posa son couteau et sa fourchette, et le regarda fixement, presque avec aversion, pensa Lysander, au point que c'en était inquiétant.
« Je suis fichtrement sérieux, Rief. Il faut que vous reveniez à Genève avec la clé de ce code. Ne vous donnez pas la peine de revenir si vous ne l'avez pas.
– Écoutez...
– Avez-vous une idée de ce qui se joue ici ?
– Oui, bien entendu. Traître, haut commandement, etc. Je sais.
– Alors faites votre devoir de soldat britannique. »
Après le dîner, Lysander fit quelques pas sur le quai pour se détendre et fuma une cigarette en contemplant, au-delà du vaste lac – le Léman, comme on l'appelait de ce côté-ci – les silhouettes imprécises des montagnes suisses qu'il pouvait à peine distinguer dans le crépuscule. Une étrange lumière emplissait le ciel, un bleu des plus pâle se fondant dans le gris – ce que l'on appelait, il le savait, l'*Alpenglühen*, une combinaison unique du pourpre des vallées plongées dans la pénombre avec les sommets encore dorés par le soleil. Il sentit l'excitation monter en lui – il irait à Genève par le premier vapeur, le lendemain, plus qu'enchanté de dire adieu à Massinger, son irritabilité et son anxiété. Ainsi que Fyfe-Miller le lui aurait rappelé avec empressement, la phase 2 l'attendait de l'autre côté des eaux noires et dormantes. Il était prêt.

En reprenant le chemin de l'hôtel, il se surprit à repenser aux Manchester et à sa brève expérience de la guerre des tranchées. Et aux amitiés tout aussi brèves mais intenses qu'il avait nouées – Foley, Dodd, Wiley et Gorlice-Law. Tout en arpentant les rues de Thonon, il pensait à eux comme à de vieux amis, et il en gardait des souvenirs aussi vifs que ceux de membres de sa famille. Les reverrait-il jamais? Il y avait peu de chances. C'était inévitable, il le savait, cette séparation et cette soudaine rupture en temps de guerre, mais cela ne le consolait pas pour autant. À son retour à l'hôtel, une note de Massinger lui fut remise, en même temps que la clé de sa chambre, lui rappelant que son bateau partait à 6 h 30 du matin mais que lui, Massinger, n'assisterait pas à son embarquement car il ne se sentait pas bien.

L'Hôtel Touring de Genève fut une déception. Presque deux années de guerre dans le reste de l'Europe avaient eu raison du flot des visiteurs réguliers – touristes, alpinistes, invalides venus en cure –, autant de clients dont dépendait ce genre d'établissement. Une atmosphère défaitiste régnait dans le foyer, qui paraissait sale, poussiéreux, les corbeilles à papier non vidées. Alors que l'on était en plein été les géraniums, dans les bacs installés sur la petite terrasse, dépérissaient faute d'arrosage. L'hôtel comptait quatre-vingts chambres dont cinq seulement étaient occupées. Et l'arrivée imprévue d'un nouveau client pour un séjour à durée indéterminée ne suscita pas même un joyeux sourire de bienvenue.

Le premier soir, Lysander se retrouva seul à dîner dans la salle à manger. Lorsque le serveur s'adressa à lui dans un allemand maladroit (lui posant une question à propos de Zurich, que Lysander éluda), il comprit la logique du choix de Munro pour son identité : en ingénieur germanophone des chemins de fer suisses en Suisse francophone, et dans un établissement de classe moyenne tel que le Touring, Abelard Schwimmer devenait quelconque, ordinaire – presque invisible.

L'Hôtel Touring était situé sur la rive gauche, à deux pâtés de maisons du bord du lac, dans une rue pourvue d'une ligne de tramway et de quelques boutiques de taille appréciable. Le lendemain matin, Lysander s'acheta une paire de chaussures noires, des chemises blanches, deux cravates en soie, et remplaça son feutre mou par un panama. Il se changea et se sentit redevenu lui-même – un Anglais bien habillé à l'étranger – avant de se souvenir que c'était exactement ce qu'il était censé ne pas être. Il remit les chaussures marron et le feutre mou, mais se refusa catégoriquement à porter un nœud papillon déjà noué.

Il se rendit à la Taverne des Anglais à 10 h 30 et but deux chopes de bière munichoise pour tuer le temps. Personne ne vint, pas plus d'ailleurs qu'à 16 h 30. Le soir, il alla au cinéma et regarda une comédie narrant le cambriolage raté d'une banque, comédie qui ne le fit pas sourire. Quand il serait temps pour lui de retourner à son ancien métier, se dit-il, il lui faudrait vraiment profiter des occasions de faire du cinéma – ça paraissait ridiculement facile.

À l'heure du déjeuner, le lendemain, (le rendez-vous de 10 h 30 ne fut pas davantage honoré), il s'acheta un sandwich, loua une barque à la promenade du Lac et rama sur environ un mile le long de la rive droite. La journée était ensoleillée, et les façades en stuc blanc et rose des immeubles d'habitation, avec leurs toits en pente, leurs coupoles et leurs dômes, leurs curieux tuyaux de cheminée espacés les uns des autres, les promenades le long des quais, le théâtre du Kursaal, ses cafés et ses restaurants, ne parlaient que d'un monde de paix et de prospérité. Tout en ramant, il pouvait voir, au-delà de la ville et des petites falaises qui l'entouraient, jusqu'aux sommets d'un blanc presque éclatant du mont Blanc et de sa chaîne de montagnes à l'ouest. Il s'arrêta quelques minutes devant la haute façade du Grand Hôtel du Beau-Rivage – ou du Bel-Espionnage, comme disait Massinger. «Tenez-vous en à l'écart à tout prix. Ça pullule de femmes douteuses de toutes nationalités, d'agents et d'informateurs, chacun, du directeur aux lingères, avec une histoire qu'ils essaieront de vous refiler pour quelques francs. C'est un cloaque.»

Des enfants criaient et s'éclaboussaient dans le grand bassin à côté de la jetée des Pâquis et, un instant, Lysander fut tenté de s'acheter un maillot de bain et de se joindre à eux – le soleil lui tapait dans le dos, et il avait très envie de se rafraîchir. Il songea à ramer jusqu'au parc de Mon Repos – dont il voyait les arbres et les pelouses au-delà de la jetée –, mais il consulta sa montre et constata qu'il n'était pas loin de 16 h 30. Mieux valait retourner à la Taverne des Anglais et se contenter d'une bière glacée.

Une fois encore, il ne rencontra personne. Il déjeuna donc tôt dans un grill et s'en fut assister à un concert d'orgue à la cathédrale, des pièces de Joseph Stalder et de Hans Huber, deux compositeurs dont il n'avait jamais entendu parler. Au Touring, il changea de chambre, demandant à être sur l'arrière du bâtiment, plus calme, où il ne serait pas réveillé à l'aube par les tramways. Il avait le sommeil agité : il rêvait sans cesse de cet instant où il avait jeté ses grenades dans la sape, sous la tombe. Parfois, il revoyait les visages crûment éclairés du blondinet et du moustachu – parfois, il s'agissait de Foley et de Gorlice-Law. C'était moins l'insomnie qu'il redoutait que les rêves – l'idée de dormir, et donc, de rêver, était perturbante et peu engageante. Il décida de retarder l'heure du coucher, arpenta les rues jusque très tard le soir, s'arrêtant dans des cafés pour prendre une boisson chaude ou un cognac, en attendant que l'ennui le ramène dans sa chambre. Peut-être dormirait-il mieux alors.

Le lendemain matin, après une nouvelle heure passée à poireauter en vain à la Taverne (où le personnel l'accueillait désormais comme un habitué), il se rendit dans une pharmacie pour acheter un somnifère. Tout en glissant la poudre d'hydrate de chloral dans une enveloppe, le pharmacien lui recommanda de séjourner dans un centre spécialisé, situé toutefois au-dessus de deux mille mètres d'altitude. L'insomnie ne pouvait être guérie qu'à cette altitude, insista-t-il. Il suggéra l'Hôtel Jungfrau-Eggishorn, sur le glacier du Rhône, très populaire chez les Anglais avant la guerre, ajouta-t-il avec un sourire entendu. Lysander se rendit compte qu'il laissait étourdiment tomber son rôle : il lui fallait se concentrer sur son personnage d'Abelard Schwimmer et parler le français avec un accent allemand.

En quittant la pharmacie, son regard fut attiré par l'enseigne d'une boutique voisine : G.N. LOTHAR & CIE. Et, en lisant ce nom, le prénom de son fils, il ressentit la morsure amère de ce manque étrange, ce mal d'amour pour un être qu'il n'avait jamais vu, jamais connu, qui n'était présent dans sa vie qu'en vertu du rôle familial attribué : son « fils » – ce fils abstrait – auquel seraient toujours accolés des guillemets pour marquer sa présence purement théorique dans ses sentiments. Bien entendu, il sentit aussi renaître sa colère à l'égard de Hettie – de son immaturité, de son manque absolu de considération –, mais il s'avoua vite que c'était tout aussi stérile. Une perte de temps.

Cependant, assis dans la Taverne, cet après-midi-là, attendant qu'une autre heure passe, sans que rien vienne l'interrompre, et songeant avec frustration à cet enfant qu'il avait et n'avait pas, ses pensées dérivèrent sur la bêtise et l'absurdité du procédé, de ce jeu d'espionnage puéril auquel il devait se prêter. Il avait fait le tour du lac à la rame, vu un film au cinéma, assisté à un concert dans la cathédrale. Peut-être pourrait-il aussi visiter un musée ou aller boire un verre au bar du Beau-Rivage en évitant les «créatures douteuses».

En fait, deux jeunes femmes, plutôt jolies, assises près de la vitre, prenaient le thé. L'une d'elles, pensa-t-il, ne cessait de le regarder siroter sa bière. Mais non, c'eût été trop risqué, même pour ce jeu puéril...

Quelqu'un s'installa à la table voisine, et lui boucha la vue. Une veuve en crêpe noir, canotier et voilette. Lysander fit signe au serveur. Une dernière bière et il s'en irait.

La veuve se tourna vers lui.

«Pardonnez-moi, êtes-vous monsieur Dupetit? demanda-t-elle en français.

— Ah... non. Désolé.

— Alors je pense que vous devez connaître monsieur Dupetit.

— Je connais un monsieur Lepetit.»

Elle vint s'asseoir à sa table et releva sa voilette. Lysander découvrit une femme d'une trentaine d'années et un visage qui avait dû être beau, mais qui était désormais figé en un masque de résignation. Des paupières tombantes et un nez busqué, deux rides profondes de chaque côté d'une bouche aux lèvres minces, telles deux parenthèses. Il se demanda s'il lui arrivait jamais de sourire.

«Comment allez-vous?» dit-elle en lui tendant une main gantée de dentelle noire. Lysander la serra. La poignée était ferme.

«Êtes-vous venue me chercher pour me conduire à lui? demanda-t-il.

— Qui?»

Il baissa la voix: «Feudejoie».

«Je suis Feudejoie.

— D'accord.

— Massinger ne vous l'a pas dit?

– Il n'avait pas spécifié votre sexe. »

Apparemment exaspérée, elle regarda autour d'elle, offrant ainsi à Lysander une vue de son profil. Un nez petit mais parfaitement busqué, tel celui d'un empereur romain sur une pièce de monnaie, ou comme sur des photos qu'il avait vues d'un chef indien en captivité.

« Je suis madame Duchesne, dit-elle. Votre français est très bon.

– Merci. Puis-je vous offrir quelque chose à boire ?

– Un petit Dubonnet. Nous pouvons parler ici sans crainte. »

Elle ne perdit pas de temps. Elle le retrouverait le lendemain matin à 10 heures à son hôtel, et lui montrerait ensuite l'appartement, habité par l'officier consulaire. Un célibataire, un certain Manfred Glockner. Qui partait généralement pour le consulat vers midi et revenait tard le soir. Elle n'avait aucune idée de son rôle diplomatique, mais il avait tout l'air d'un « type du genre gentleman bourgeois, intelligent, un peu intellectuel. » Quand il avait commencé à recevoir des lettres d'Angleterre, elle avait éprouvé une certaine curiosité et décidé de les ouvrir. Elle avait manqué les trois premières mais ouvert les six suivantes. Neuf lettres en tout, sur une période de huit mois, d'octobre 1914 à juin 1915.

« Les ouvrir ? s'étonna Lysander. Vous travaillez au consulat, vous aussi ?

– Non, répliqua-t-elle. Mon frère est postier en chef ici à Genève, au centre de tri postal. Il m'apporte toutes les lettres que je lui demande. Je les ouvre, je les lis, j'en fais des copies si je les juge intéressantes, puis je les referme et elles repartent vers leur destinataire. Des lettres arrivent, des lettres s'en vont. »

Pas étonnant qu'elle soit l'agent préféré de Massinger, songea Lysander.

« Comment les ouvrez-vous sans que les gens s'en aperçoivent ?

– C'est mon secret », dit-elle. Toute autre personne se serait fendue d'un petit sourire satisfait, mais Mme Duchesne se contenta de lever le menton avec un rien de défi. «Disons que cela a à voir avec l'application de températures extrêmes. Chaleur sèche, froid sec. Elles s'ouvrent toutes seules au bout de quelques minutes. Pas de vapeur. Une fois que je les ai lues, je les recolle. Impossible de déceler quoi que ce soit. »

Elle fouilla dans son sac et sortit quelques papiers.

«Voici les six lettres destinées à Glockner. »

Lysander les prit et les parcourut – six pages couvertes de colonnes de chiffres comme celle qu'il avait vue à Londres. Il les replia et les glissa dans sa poche, en proie à une excitation inhabituelle – le jeu puéril était devenu réel.

«Demain, je vous montrerai où Glockner habite. Je suggère que vous veniez au milieu de la nuit, ou un dimanche – quand l'immeuble est tranquille. »

Demain, c'est vendredi, pensa Lysander. Bon Dieu…

«Il faut que j'aille à la banque, dit-il.

– C'est à vous de voir, répliqua-t-elle avec indifférence. Je vais simplement vous montrer où il habite. Ce que vous ferez ensuite ne concerne que vous. » Elle termina son Dubonnet et se leva. Elle était grande, et Lysander remarqua que le tissu de sa robe, bien coupée, était de bonne qualité. Elle baissa sa voilette pour cacher ses yeux.

«Vous êtes en deuil, manifestement.

– Mon mari était officier – capitaine – dans l'armée française. Nous vivions à Lyon. Il a été tué dans la deuxième semaine de la guerre, au cours de la retraite de Mulhouse. Août 1914. Il a été grièvement blessé, mais quand ils l'ont capturé, ils l'ont laissé mourir. Sans s'occuper de lui. Je suis d'origine genevoise, je suis revenue ici pour être près de mon frère.

– Je suis vraiment désolé. Mes condoléances », dit maladroitement Lysander, se demandant quelles sincères condoléances on pouvait offrir à une étrangère, presque deux ans après une telle épreuve.

Mme Duchesne agita la main comme pour écarter la remarque.

« C'est pourquoi je suis heureuse de vous aider dans cette guerre, reprit-elle. D'aider nos Alliés. Je suis sûre que c'est la question que vous ne m'avez pas posée. »

En effet, mais Lysander avait songé aussi à autre chose : « Ces lettres à Glockner, avaient-elles un cachet de la poste ?

– Oui, toutes provenaient de l'ouest de Londres – des timbres anglais, bien entendu, ce qui m'a alertée. J'ai les noms de tous les employés du consulat allemand. Mon frère m'apporte leurs lettres en priorité. À demain, Herr Schwimmer. »

Elle lui fit un petit salut – une infime inclinaison de la tête – tourna les talons et partit. Elle avait une démarche assurée, ferme, celle d'une femme de convictions. Ce visage grave et amer, cette tristesse inébranlable, cette profonde mélancolie avaient quelque chose de séduisant, il devait l'admettre. Comment serait-elle dans un lit, nue, riant aux éclats, grisée de champagne… Il commanda une autre chope de Lager munichoise. Il commençait à prendre goût à cette bière.

2. La Brasserie des Bastions

Lysander et Mme Duchesne étaient installés dans un café, presque en face de l'entrée de l'immeuble de Glockner. Midi sonnait. Inévitablement vêtue de noir, Mme Duchesne s'était tout de même dispensée de sa voilette. Lysander se demanda quel était son prénom mais songea qu'il était impossible de s'en enquérir sur la base d'une si brève fréquentation. Mme Duchesne n'invitait pas à la familiarité. À bien y réfléchir, une fois Glockner identifié, ils n'auraient plus de contact – elle aurait fait son devoir.

« Il est en retard, aujourd'hui », dit-elle.

Elle avait, remarqua Lysander, au bout d'une chaîne de cou, un médaillon en or – renfermant sans nul doute une photo de feu le capitaine Duchesne.

« Le voilà », lança-t-elle.

Lysander vit un homme de taille moyenne élégamment vêtu sortir de l'immeuble. Il portait un pardessus léger de couleur fauve et un feutre. Lysander nota aussi les guêtres, la serviette et la canne. Impossible de voir s'il avait une moustache : il venait de tourner à l'angle de la rue.

« Y a-t-il une concierge ? demanda-t-il.

– J'imagine.

– Hum. Il faudra que je passe devant elle, non ?

– Je crains que ce soit votre problème, Herr Schwimmer. » Elle se leva. « Bonne chance », dit-elle en anglais, puis : « *Bon courage.* * »

Lysander se leva à son tour : il ne voulait pas que ce soit là leur dernière rencontre. « Puis-je vous inviter à dîner ce soir, madame Duchesne ? Je suis ici depuis quatre jours et je m'ennuie de plus en plus en ma propre compagnie. »

Elle le regarda droit dans les yeux, son dur visage impassible. Elle avait des yeux marron foncé. Idiot, se dit-il, tu n'es pas en vacances...

« Merci, répliqua-t-elle. Ce serait très agréable. »

Il éprouva une joie tout enfantine : « Épatant. Où aimeriez-vous aller ?

– Il y a un endroit, près du musée, avec une très jolie terrasse, ouverte seulement l'été. La Brasserie des Bastions. Voulez-vous que nous nous y voyions vers 19 h 30 ?

– Parfait. Je trouverai. À ce soir. »

L'après-midi, Lysander alla à la banque retirer vingt-cinq mille francs (environ mille livres) en billets de cinq cents. On lui avait proposé des billets de mille, mais il soupçonnait qu'en matière de pot-de-vin, plus la liasse de billets était épaisse, plus grande était la tentation. Il se demanda ce qui rendait Massinger si sûr que Glockner fût achetable – un de ses pré-jugés à propos des fonctionnaires d'ambassade mal payés. Mais Glockner ne paraissait ni fauché ni épuisé. Il semblait intelligent et alerte – il ne portait ni manchettes en Celluloïd ni plastron en carton lavable – rien qui, à première vue du moins, suggérât qu'il fût corruptible.

Lysander s'assura d'arriver tôt à la brasserie, un bâtiment en bois et fer forgé avec deux vastes vérandas qui donnaient sur un jardin d'hiver, derrière la place Neuve, situé parmi la verdure d'autres jardins autour du musée, mais assez loin des omnibus et automobiles de la place très fréquentée pour ne pas être importuné par le bruit ou la poussière soulevée par leurs pneus. Il avait changé ses abominables chaussures marron pour des noires, troqué son feutre contre un panama, et il portait une de ses nouvelles cravates en soie sur une chemise blanche à col souple. Davantage dans la peau du nonchalant Lysander Rief, l'acteur, que de l'impassible Abelard Schwimmer, l'in-génieur des chemins de fer. Mme Duchesne remarquerait-elle la subtile…

« Herr Schwimmer ? Vous êtes en avance. »

Il se retourna : Mme Duchesne venait vers lui, s'avançant sur une allée de graviers blancs bordée de jeunes tilleuls. Elle était toujours dans sa tenue de deuil, mais elle y avait ajouté une ombrelle à franges contre le soleil vespéral, et sa robe de taffetas était ourlée de dentelle à la gorge et aux poignets, tombant, comme la mode l'exigeait, aux chevilles pour révéler des bottines gris fusil avec de jolis talons à la française. Elle continuait peut-être à pleurer son époux, mais elle le pleurait avec classe. Ils se saluèrent, se serrèrent la main et Lysander se surprit à s'interroger sur son corset – elle était très mince – et la sorte de chemise et de culottes que pouvait bien cacher cette robe moulante et froufroutante. Il se ressaisit, à la fois honteux et étonné que Mme Duchesne suscite une telle lubricité en lui. Elle ne portait ni rouge à lèvres ni poudre, mais le parfum était un signe – peut-être l'avait-elle mis à son intention? Il l'imagina, vérifiant son apparence dans le miroir avant de sortir et tendant la main vers son vaporisateur – une touche sur le cou et à l'intérieur des poignets... Assez. Stop.

« Commanderons-nous une bouteille de champagne? Je ne pense pas que Massinger serait contre.

– Je ne bois pas de champagne, répliqua-t-elle. Un peu de vin rouge avec le dîner, cela m'ira très bien. »

Ils choisirent tous deux le *menu du jour** : consommé, *blanquette de veau**, fromage et tarte aux pommes. Le vin était toutefois un peu râpeux et verjuté, et ils en laissèrent la moitié. Lysander était de plus en plus tendu, nerveux, et la conversation ne dépassa pas le stade des banalités peu révélatrices.

Alors qu'ils en étaient au café, Mme Duchesne voulut savoir si Lysander était un militaire.

« Oui, dit-il. Je me suis engagé peu après le début de la guerre. » Il ne s'étendit pas sur la sorte de soldat qu'il avait été, se contentant de lui apprendre qu'il appartenait au régiment d'infanterie légère de l'East Sussex, mais cette seule information, semble-t-il, suffit à faire une différence. Il crut noter que Mme Duchesne le regardait d'un autre œil.

« Et que faisiez-vous avant de devenir soldat? demanda-t-elle.

– J'étais acteur. »

Pour la première fois, son impassibilité parut vaciller et, l'espace d'une seconde, son visage marqua une certaine surprise.

«Acteur de profession?

– Oui. Sur les scènes de Londres. Emboîtant de mon mieux le pas à mon père. Qui a été un véritable géant du théâtre. Très célèbre.

– Comme c'est intéressant!» dit-elle, et il eut l'impression qu'il ne s'agissait pas d'une remarque de pure forme. Il devenait plus intéressant à ses yeux, il en était certain, et il en était ravi. Il demanda l'addition en songeant qu'il irait volontiers dans un autre endroit fumer une cigarette et boire deux bons cognacs. Au moins, la soirée s'était achevée sur une meilleure note – meilleure que ce à quoi il s'était attendu. Et à quoi t'attendais-tu? se demanda-t-il, agressif. Idiot. On avait tué le temps, c'était là le principal. Demain, il irait reconnaître l'immeuble de Glockner et ses abords, et déciderait du meilleur moment pour agir dimanche. Alors qu'il finissait de régler, Mme Duchesne posa une petite boîte en carton sur la table. «Un cadeau de Massinger», dit-elle.

Il le prit: c'était lourd et ça cliquetait.

«Peut-être devriez-vous attendre d'être de retour à votre hôtel pour l'ouvrir», suggéra-t-elle.

Mais il était trop curieux: il plaça la boîte sur son genou sous la table et souleva le couvercle. Il aperçut le reflet du canon court d'un petit revolver. Le cliquètement provenait des quelques balles qui se promenaient librement dans la boîte.

«Pourquoi ai-je besoin de ça? demanda-t-il.

– Cela peut être utile. Qui sait? Massinger m'en a également donné un.»

Lysander glissa la boîte dans la poche de sa veste, et ils sortirent dans les jardins à la française: haies de buis, tilleuls et platanes parfaitement alignés, sentiers de graviers ratissés.

Il y avait encore un peu de lumière dans le ciel et l'air était frais.

«Merci pour ce dîner, reprit-elle. J'ai été ravie de faire votre connaissance.»

Ils se serrèrent la main et il sentit la fermeté de sa poigne. De nouveau, il éprouva ce curieux désir pour elle – pour cette femme qui, apparemment, n'avait aucun désir dans la vie.

«À propos, mon vrai nom est Lysander Rief.

– Vous n'auriez sans doute pas dû me le dire.

– Puis-je savoir votre prénom? Pardonnez-moi, mais je suis curieux. Je n'arrive pas à me faire une idée d'une personne sans connaître son prénom.

– Florence.» Avec l'accent français, bien entendu, tellement plus joli que l'anglais.

«Florence Duchesne. Charmant prénom.

– Bonne nuit, Herr Schwimmer. Et je vous souhaite bonne chance pour dimanche.»

3. Vingt-cinq mille francs, premier versement

Le dimanche matin, à 9 h 45, Lysander vit la concierge et son mari quitter l'immeuble de Glockner pour aller à l'église. Il y était entré la veille avec un faux colis pour un M. Glondin, et s'était vu assuré par la concierge qu'il n'y avait personne de ce nom dans la maison – un M. Glockner au dernier étage, mais pas de Glondin. Il s'agissait absolument de M. Glondin, affirma-t-il – ce doit être une erreur, toutes mes excuses. Il s'était fait une idée du rez-de-chaussée et de l'escalier menant aux appartements et, à en juger par la grosse croix que la concierge portait autour du cou et celle, plus grande encore, accrochée au mur de la loge, on pouvait envisager la possibilité d'une pieuse absence tandis que les cloches de l'église se mettraient à sonner le dimanche matin.

Il attendit un peu, poussa la petite porte donnant sur la rue et marcha d'un pas décidé vers l'escalier sans être remarqué du petit garçon assis sur le siège de la concierge, la tête penchée sur un cahier de coloriage. Lysander grimpa les marches jusqu'à l'appartement de Glockner, au quatrième étage.

Au moment de presser la sonnette, il suspendit son geste, récapitulant mentalement son plan, et vérifiant le contenu de son petit sac – il espérait avoir paré à toute éventualité. Il sortit le revolver de sa poche et sonna. Après un moment, il entendit une voix derrière la porte :

« *Oui ? Qui est là* *? »

– Je suis le plombier c'est la loge qui m'envoie. Il y a une fuite dans votre appartement. »

Une clé tourna dans la serrure et la porte s'ouvrit. Glockner apparut sur le seuil dans une robe de chambre en soie.

« Une fuite ? Êtes-vous… ? »

Avant que Glockner ait pu se rendre compte que Lysander ne ressemblait pas du tout à un plombier, Lysander lui fourra son revolver sous le nez.

« Reculez à l'intérieur, s'il vous plaît. »

Visiblement alarmé, Glockner obéit et Lysander referma la porte derrière lui. De son arme, il lui fit signe d'aller dans le salon. Glockner s'était ressaisi. Il mit ses mains dans les poches de sa robe de chambre et se tourna vers Lysander.

« Si vous êtes un voleur instruit, vous trouverez bien quelques bouquins valant la peine. Autrement, vous perdez votre temps. »

La pièce était tapissée d'étagères de livres, dont certaines sous vitrine. Un parquet de bois blond et un tapis bleu marine uni. Un gros fauteuil en cuir, installé sous un lampadaire à l'abat-jour réglable pour assurer une bonne lumière au lecteur. Une table à écrire avec une chaise et, sur le seul mur libre, une série de gravures encadrées : des paysages urbains. Un refuge d'intellectuel – le portrait de Florence Duchesne était juste. Glockner parlait un bon français avec un léger accent allemand. Dans les trente-cinq ans, des traits réguliers, rasé de près, il avait une coquetterie dans l'œil droit qui lui donnait un regard curieusement oblique, comme s'il ne vous prêtait pas vraiment attention ou avait la tête ailleurs.

Lysander tira la chaise du bureau et la plaça au milieu de la pièce.

« Asseyez-vous, je vous prie.

– Êtes-vous allemand ? *Wir können Deutsch sprechen, wenn Sie das bevorzugen.* »

Lysander s'en tint au français : « Asseyez-vous, je vous prie. Mettez les mains dans le dos.

– Ah ! anglais », dit Glockner tout en s'asseyant avec un air entendu, un hochement de tête et un large sourire qui révéla un bridge en or.

Lysander se mit derrière lui et sortit un bout de corde de son sac de voyage, qu'il lui passa autour des poignets et serra fort. Il put alors poser son revolver et, avec plusieurs autres bouts de corde, attacher ensemble les bras de l'homme et les fixer au dos de la chaise. Il recula, mit le revolver dans sa poche et son sac sur le bureau, fouilla dedans et en tira la liasse de billets de cinq cents francs. Qu'il posa sur les genoux de Glockner.

« Vingt-cinq mille francs. Premier versement.

– Écoutez, espèce d'abruti d'Anglais, espèce de débile…

– Non. C'est vous qui écoutez. J'ai juste besoin d'une réponse à une simple question. Et puis je vous laisserai tranquille pour profiter de votre argent. Personne ne saura que vous avez parlé. »

Glockner lui envoya une bordée d'injures en allemand.

«Et si vous vous tenez bien», poursuivit Lysander, impassible, «d'ici un mois vous recevrez vingt-cinq mille autres francs.»

Glockner semblait avoir perdu un peu de sa maîtrise et de son assurance. Il cracha sur Lysander et le manqua. Une mèche de ses cheveux clairsemés lui retomba sur le front, presque joliment. Tandis qu'il continuait de jurer atrocement, l'or de ses dents resplendissait dans sa bouche.

Lysander le gifla – pas trop fort, juste histoire de le faire taire. Glockner eut l'air choqué, offensé.

«C'est très simple, dit Lysander en passant à l'allemand. Nous savons tout : les lettres venues de Londres, le code. Nous avons copie de toutes ces lettres. J'ai simplement besoin de connaître le code.»

Glockner encaissa. Lysander eut l'impression que la nouvelle l'avait sincèrement secoué, comme si le sérieux de sa position lui apparaissait soudain clairement.

«Je ne l'ai pas, répliqua-t-il, renfrogné.

– C'est un code Un-à-Un, bien sûr que vous l'avez. Tout comme la personne qui vous envoie ces lettres. Ce n'est pas vous qui nous intéressez, c'est elle qui nous intéresse. Donnez nous le code et je vous laisse à votre dimanche.»

Comme pour souligner son propos, les grandes cloches de la cathédrale, à quelques rues de là, se mirent à sonner, lourdes et retentissantes.

«Vous venez de signer votre arrêt de mort, répliqua Glockner, fanfaron. Je n'ai pas le code, je ne fais que transmettre les lettres à Berlin.

– Oui, oui, oui. Pourquoi donc est-ce que je ne vous crois pas?»

Lysander ôta la liasse de billets des genoux de Glockner, fouilla dans son sac et en retira un rouleau de corde à linge qu'il déroula pour attacher solidement Glockner à sa chaise – poitrine et bras, cuisses et mollets – comme une araignée tissant les fils de sa toile collante autour d'une mouche coincée. Puis il renversa la chaise en arrière jusqu'à ce que Glockner touche le sol.

Là, Lysander le contempla de toute sa hauteur. En réalité, il n'avait pas une idée très nette de ce qu'il allait faire – bien qu'il fût évident que l'option pot-de-vin avait échoué. Néanmoins, de voir Glockner dans cette position lui permit d'envisager une autre tentative de «persuasion» dans les plus brefs délais.

«Tout cela pourrait être moins difficile, Herr Glockner, dit-il en tâchant de se montrer convaincant. Inutile que vous souffriez. Vous ne devriez pas souffrir.»

Il fit quelques pas dans l'appartement et regarda les gravures sur le mur – des scènes de la rue munichoise.

«*Münchner?*

– Vous serez mort avant la fin de la journée, lança Glockner. Ils vous trouveront et vous tueront, ils savent tout ce qui se passe dans cette ville. J'ai un rendez-vous à 11 h 00. Si je n'y suis pas, ils viendront directement ici.

– Eh bien, alors ça nous donne moins d'une heure pour vous faire entendre raison.»

Lysander fit le tour de la pièce. Il tira les rideaux et alluma les lampes, ne sachant trop que faire. Qu'avait donc dit Massinger? Coupez-lui les doigts un par un... Ah oui, très simple. Bon, par où commence-t-on? À l'évidence, il ne serait pas capable de mutiler l'homme et il sentit monter en lui une vaine colère à l'égard de Massinger et de sa brutale suffisance. C'était là *exactement* la situation qu'il avait évoquée – et si le pot-de-vin n'était pas accepté? –, et Massinger s'était fichu de lui et de son scepticisme. Gagné par la frustration, il quitta le salon pour explorer la cuisine.

L'appartement était petit – hormis le salon, il comportait une chambre, une salle de bains et une petite cuisine bien propre dotée d'un réchaud, d'un évier en pierre et d'un garde-manger. Il ouvrit les tiroirs, à la recherche de couteaux ou de ciseaux – ces ciseaux à découper la volaille –, il couperait un doigt à la jointure. Il menacerait Glockner, peut-être lui serrerait-il un bout de doigt entre deux lames ; peut-être cela marcherait-il, il serait terrorisé. Imaginer la coupure serait peut-être plus effrayant que la réalité.

Le premier tiroir ne contenait que des articles de nettoyage : Javel, tampons de laine de fer, brosses à récurer de tailles diverses. Dans le second tiroir, il ne découvrit pas de ciseaux, mais des couteaux, suffisamment tranchants. Sous l'évier, il dégota un seau – un seau serait un bon objet de décor, suggérant qu'il y aurait peut-être du sang à nettoyer, ce qui pourrait ajouter du crédit à toute cette mascarade. Il se redressa.

Il réfléchissait. Une idée lui était venue – de nulle part. Il rouvrit le premier tiroir et sortit les deux tampons à récurer les casseroles, en prit un dans chaque main – un fil d'acier grossier ramassé en une boule molle. Il réfléchit : nul besoin de verser de sang, après tout... Il passa les tampons sous le robinet, les secoua, les glissa dans ses poches et retourna dans le salon.

« Dernière chance, Herr Glockner. Donnez-moi la clé du code.

– Je vous dis que je ne l'ai pas. Je passe les lettres à Berlin une fois qu'elles sont décodées.

– Dernière chance.

– Comment dites-vous, en anglais ? Va enculer ta mère, va enculer ta sœur, va enculer ta femme et ton enfant. »

Lysander se pencha sur lui.

« Vous venez de commettre une terrible erreur. Terrible. »

Il pinça le nez de Glockner entre deux doigts et, comme l'homme ouvrait machinalement la bouche pour respirer, il lui enfonça profondément un tampon dans la gorge, puis l'autre.

Glockner s'étouffa et eut un haut-le-cœur. Gonflant ses joues, le volume des deux tampons forçait ses mâchoires à demeurer grandes ouvertes. Il essaya de s'en débarrasser avec sa langue mais ils étaient trop fermement coincés derrière ses dents.

Lysander alla vers le fauteuil et débrancha le lampadaire, en arrachant de sa base le mince câble, un double fil enroulé recouvert d'une fine gaine dorée. De ses ongles, il dégagea les extrémités, exposa les fils et les tordit en forme de Y.

Il rapprocha de lui Glockner et sa chaise. Puis il rebrancha le câble et brandit l'Y désormais sous tension devant les yeux de Glockner.

Soudain, la pensée lui vint qu'il ne serait peut-être pas capable d'aller jusqu'au bout. Mais il se raisonna – c'était juste l'affaire d'une légère pression, rien à trancher ni à couper, rien d'inconvenant, pas de lames creusant la chair, simplement l'un de ces malheureux incidents sans doute quotidiens qui se produisaient dans tous les cabinets de dentiste. Glockner allait se rendre chez le dentiste – personne n'aimait beaucoup ça, on ne savait jamais la sorte de douleur qu'il en résulterait. C'était un risque.

« Vous avez l'air d'un homme qui a toujours pris soin de ses dents. Admirable. Hélas, tout ce travail coûteux va vous causer à présent une douleur intense, indicible. Chacune de vos dents est en contact avec la paille de fer du tampon à récurer. Votre abondante salive – regardez, elle coule déjà sur le côté de votre bouche – constitue un électrolyte très efficace. Quand je toucherai les tampons avec ce fil sous tension… » Il marqua un temps d'arrêt et reprit : « Eh bien, disons que vous vous rappellerez ce martyre le restant de votre vie. Donnez-moi simplement la clé de votre code et je serai parti dans les cinq minutes qui suivent. Hochez la tête si vous êtes d'accord. »

Glockner produisit une sorte de son rauque, mais il était clair, à en juger par le plissement de son front et la lueur de folie dans ses yeux, qu'il essayait à nouveau d'injurier Lysander.

Sans plus attendre, Lysander toucha le bord du tampon visible entre les dents de Glockner avec le fil électrique à nu. Juste une seconde.

Affreusement bouleversant, le rugissement inhumain de douleur qui surgit de la gorge de Glockner, fit reculer Lysander et lui arracha une grimace de compassion. Il écarta vivement le fil et, en proie lui-même à un certain désarroi, regarda Glockner se tortiller dans ses liens, et se frapper la tête contre le sol, les yeux débordant de larmes. Bon Dieu! Doux Jésus!

Lysander s'empara du coussin d'une chaise et le glissa sous la tête de Glockner. Il ne voulait surtout pas que quiconque monte voir d'où provenait le bruit. Il garda un autre coussin à la main pour étouffer les éventuels cris de Glockner.

«Herr Glockner, ceci n'a duré qu'une demi-seconde. Imaginez que j'applique les fils et que je compte jusqu'à dix?»

Il ne lui donna pas le temps de répondre – finissons-en avec cette affaire –, enfonça le fil dans l'éponge métallique et flanqua le coussin sur le visage de Glockner. Une seconde, deux secondes – non, il ne pouvait pas continuer. Il écarta le fil et laissa le coussin en place. Les cris de Glockner se réduisirent à des sanglots réguliers, ceux d'un animal haletant. Lysander lui-même tremblait en ôtant le coussin. Le visage de Glockner était affaissé comme si les muscles s'étaient définitivement relâchés. Ses paupières à demi closes battaient follement.

«Hochez la tête si vous êtes d'accord.»

Glockner hocha la tête.

Rapidement, Lysander sortit avec ses doigts les tampons à récurer de la bouche ouverte. Glockner eut un haut-le-cœur, tourna la tête et cracha sur le parquet. Lysander se leva, installa avec soin le fil électrique sous tension sur le bureau, et le fixa avec un presse-papier.

«Vous voyez? dit-il d'un air accusateur, si vous me l'aviez

donné sans faire d'histoires dès que je vous l'ai demandé, rien de tout ceci ne serait arrivé – et vous seriez riche. Où est la clé ?

– Bibliothèque du milieu… » Glockner toussa et gémit.

Lysander alla ouvrir la bibliothèque du milieu. Elle regorgeait de littérature allemande – Goethe, Schiller, Lessing, Schopenhauer, Liliencron…

« Deuxième étagère à partir du haut. Cinquième livre de la rangée. »

Lysander fit courir son doigt le long du dos des ouvrages. Le livre-code classique. Le PLML, ainsi qu'on l'appelait au dire de Munro – Page, Ligne, Mot, Lettre. Indéchiffrable, à moins d'avoir le livre.

Cinquième de la rangée. Il le tira.

Andromeda und Perseus.

Andromeda und Perseus. Eine Oper in vier Akten von Gottlieb Toller.

Il eut tout à coup très froid, comme si ses organes avaient été soudain enveloppés de glace. Ses intestins se retournèrent et se relâchèrent, accompagnés d'un urgent besoin de déféquer.

Il arrêta le flot de questions hurlantes qui l'assaillaient. Pas maintenant. Pas maintenant. Plus tard.

Il se tourna vers Glockner. Qui, yeux fermés et souffle court, semblait inconscient. Au prix d'un énorme effort, Lysander redressa la chaise. La tête de Glockner ballotta, un filet de salive s'échappa de sa bouche et y resta suspendu, oscillant comme un pendule transparent.

Lysander lui ôta rapidement les liens et le traîna de nouveau sur le tapis où il l'étendit de tout son long. Il débrancha le fil et l'enroula autour de sa main avant de le fourrer dans sa poche. Il aperçut la serviette de Glockner par terre à côté du bureau et l'ouvrit pour y glisser la liasse de vingt-cinq mille francs dans une poche intérieure. Il la referma et la reposa sur le sol.

Il ramassa les divers bouts de corde et les tampons à récurer, et les jeta dans son sac avec le livret d'*Andromeda und Perseus*. Il fit une dernière fois le tour du salon et de la cuisine. Il lissa quelques plis dans le tapis et redressa les livres sur la deuxième étagère en partant du haut, de manière à ne laisser aucun vide. Il referma la porte vitrée. Un type inconscient allongé sur le dos, aucune trace sur lui. Vingt-cinq mille francs dans sa serviette. Un lampadaire sans fil. Résolvez ce mystère.

Il demeura un instant dans le hall, se repassant toute la scène. Merci, l'Honorable Hugh Faulkner, merci. Il commença à frissonner. Terrifiant, comme cela avait été facile – pas de sang, aucun effort, juste un peu de logique et une décharge de courant électrique. Stop. Concentre-toi. Il sortit de son sac un imperméable léger, une casquette de golf et les enfila. L'homme qui quittait l'immeuble ne ressemblerait pas à celui qui y était entré. Il ferma la porte derrière lui, laissant la clé sur la serrure, à l'intérieur. Il descendit calmement l'escalier, ne rencontra personne, et il fut heureux de constater que la concierge était encore à l'église, et que le petit garçon avait quitté son poste. Il sortit dans la rue et s'éloigna à grands pas. Il consulta sa montre – 10 h 40 –, il n'était même pas resté une heure dans l'appartement de Herr Glockner.

4. Le monstre

Il passa l'après-midi à tenter de déchiffrer les lettres à Glockner, concentré sur sa tâche. Tandis que le contenu se révélait peu à peu – travail laborieux –, il lui apparut que ce qui était livré là en détail, c'était le mouvement des munitions et du *matériel** entre l'Angleterre et les divers secteurs du front.

Sur une page : « Quinze cents tonnes HE six pouces à Saint-Omer et Béthune ».

Sur une autre : « Vingt-cinq mil cercueils pour Allouagne ».

Et encore : « Un million cinq mil trois o trois secteur Aubers Ridge » ; « Six postes secours camp. village derrière Lens » ; « Munitions têtes de ligne Saint-Venant Lapugnoy première armée Strazeele cavalerie » ; « Seize postes de secours Grenay Vermelles Cambrin Givenchy Beuvry » ; « quatorze mortiers tranchées canal La Bassée ».

La liste s'allongeait de manière incroyable, avec force détails, à mesure qu'il découvrait les colonnes serrées de chiffres dans les six lettres. En supposant que les dates avaient été enregistrées au moment où ces lettres avaient été interceptées, raisonna-t-il, alors ces informations donnaient une bonne idée de la cible d'une attaque imminente. Obus, munitions pour armes légères, nourriture et rations, équipement signalétique, hôpitaux de campagne, bêtes de somme, transferts : tout cela paraissait presque trop aléatoire, mais quiconque sachant ce qu'impliquait une « poussée » serait capable de déchiffrer ces signes et de délimiter le secteur avec une remarquable précision.

Une autre certitude : ces informations avaient été produites bien en retrait des lignes de front – l'échelle et les quantités s'appliquaient à des armées et des brigades, et non à des régiments et des bataillons. Les bataillons tiraient leurs réserves de dépôts qu'alimentaient ces ordres de mouvement. Voire de plus loin : il était question de dix batteries de pièces de dix-huit livres envoyées de Folkestone au Havre puis mises sur un train pour Abbeville ; un atelier de réparation de locomotives était établi à Borre ; un nouveau dépôt de fourrage à Mautort ; récapitulation des manœuvres au Bureau de la circulation, Abbeville ; total des remontes envoyées d'Angleterre à la 1re armée en mai. Certains de ces faits et chiffres devaient être connus des officiers supérieurs chargés des approvisionnements en France, mais l'étendue et le champ des connaissances déployés dans les lettres à Glockner parlaient – dans la mesure où pouvait en juger un Lysander mal instruit dans ce domaine – d'une vue d'ensemble bien plus vaste de toute l'opération de transport de matériel pour le corps expéditionnaire britannique sur le front de l'Ouest. L'auteur de ces lettres codées ne faisait pas partie, à son sens, du haut commandement du général sir John French à Saint-Omer, mais se trouvait en toute sécurité au ministère de la Guerre ou au ministère des Munitions, à Londres.

Il posa sa plume et, avec un certain malaise, s'empara du texte source, *Andromeda und Perseus*. Il revint à la page-titre, notant, non sans soulagement, qu'il ne s'agissait pas de la même édition que la sienne. Elle avait été publiée à Dresde en 1912, un an avant son voyage à Vienne, et sa couverture ne donnait que le titre et le nom de l'auteur, sans aucune illustration. Il savait que les fatidiques représentations viennoises de l'opéra de Toller n'étaient pas les premières, et il en conclut que celles-ci avaient dû avoir lieu à Dresde, d'où venait cet exemplaire.

Diabolique coïncidence? Non, impossible. On ne pouvait guère trouver texte plus obscur qu'*Andromeda und Perseus*. Mais plus il se posait de questions sur la provenance de ce livret, le texte-source du code PLML, plus Lysander sombrait dans la confusion et le trouble. Pourquoi cet opéra en particulier, pratiquement oublié? Et comment se faisait-il que ce soit lui qui le découvre? Une pensée désagréable lui vint à l'esprit: l'unique personne qui, à sa connaissance, possédait un exemplaire de ce livret était un dénommé Lysander Rief. Et qu'est-ce que cela impliquait?…

Il décida qu'il était inutile de s'interroger davantage. Il lui fallait retourner en Angleterre et, en compagnie de Munro et Fyfe-Miller, analyser avec soin toutes les ramifications de cette découverte. Il n'y avait pas grand-chose qu'il puisse faire un dimanche après-midi à Genève ; l'Hôtel des Postes fermait à midi, il devrait donc attendre le lendemain pour télégraphier à Massinger à Thonon. Les bureaux ouvraient à 7 heures. Il y serait. Il glissa les copies des six lettres dans une enveloppe sur laquelle il inscrivit son nom et l'adresse de Claverleigh Hall. Mieux valait que les détails soient pour l'instant ignorés de tous, du moins jusqu'à ce qu'il ait décidé quoi révéler – ou pas – au sujet de la clé du code.

En fin d'après-midi, il alla se promener, songeant qu'il aurait peut-être aimé discuter, discrètement, de l'affaire avec Florence Duchesne, mais il ignorait où elle habitait. Et puis, au fond, peut-être valait-il mieux qu'elle aussi en sache le moins possible.

Il prit un tram pour traverser l'Arve et en descendit devant l'une des entrées du bois de la Bâtie, sur la rive opposée. Il pénétra dans l'épaisse forêt et abandonna le sentier pour trouver un coin à l'écart des pique-niqueurs et des familles en balade, où, patiemment, il brûla une à une chacune des pages de l'*Andromeda und Perseus* de Glockner. Il dispersa d'un coup de pied le fragile tas de cendres, les enfouissant ici et là dans l'herbe, comme si on avait pu les reconstituer et retrouver le texte. Il commençait à se dire que le plus important, c'était de garder secret le texte décodé – pour quelle raison, il l'ignorait, mais c'était ce qui émergeait du brouhaha de questions et de réponses qui faisait rage dans sa tête : rester le seul gardien du secret : qui sait ce que d'autres pourraient révéler par inadvertance ? À la minute où il le verrait, Massinger le lui demanderait, il en était pleinement conscient, mais d'ici là, il avait tout le loisir de concocter une histoire plausible.

Il mangea une omelette dans une brasserie près des quais et vérifia l'heure de départ des vapeurs express qui faisaient le tour du lac en une journée. Il but trop de vin, si bien que son esprit commençait à se brouiller tandis qu'il arpentait les rues, comme s'il prenait soudain conscience que, ce dimanche matin à Genève, il avait torturé un homme pour lui arracher des informations. Que lui arrivait-il ? Quel genre de monstre devenait-il ? Puis il se posa cette question : « torture » était-il le mot juste ? Il n'avait pas réduit la tête de Glockner en une bouillie sanglante ; il ne lui avait pas écrasé les parties génitales ni arraché les ongles. Il n'avait pas cessé de l'avertir, ni de lui donner la possibilité de parler... Pour autant, il était troublé, il devait l'avouer, troublé par sa vive ingéniosité, son inventivité. Peut-être était-ce l'absence même de sang – et de mucosité, de pisse et de merde –, qui rendait son propre – il chercha le mot –, son propre dispositif si distancié et, par conséquent, plus tolérable. Ce qu'il avait fait ressemblait plus à une expérience dans un laboratoire de chimie qu'à une volonté réelle d'infliger des souffrances à un frère humain... Et puis, une autre voix lui disait de ne pas se montrer aussi stupide et sensible ; il était aux ordres, en mission, et le savoir qu'il avait acquis par son action intelligente, solide et, certes, brutale, était vital pour l'effort de guerre, et pouvait sauver d'innombrables vies. Le pouvait sans aucun doute. On le lui avait dit, en termes clairs : faites votre devoir de soldat, et il l'avait fait.

À l'Hôtel Touring, après minuit, le veilleur de nuit, somnolent, lui ouvrit la porte en grommelant. Lysander gagna sa chambre très fatigué mais persuadé qu'il ne trouverait pas le sommeil, tant ses pensées ne cessaient de tourbillonner dans sa tête. Et continuèrent de plus belle leur sarabande quand il découvrit qu'une note avait été glissée sous sa porte. Elle ne portait pas d'adresse, mais il la déplia promptement, sachant de qui elle venait :

« Votre frère Manfred est gravement malade. Rentrez immédiatement à la maison. Tout le monde est très inquiet. »

Ce ne pouvait être que Florence Duchesne. Manfred… comment savait-elle pour Glockner ? Et quelle était la signification de cet « inquiet » souligné ?… Tout habillé, il demeura allongé sur son lit, passant en revue chaque option pour le jour suivant, ce qu'il devait tenter de faire et ce qu'il devait absolument faire dans son propre intérêt. Il était encore éveillé, attendant et réfléchissant, quand l'aube commença d'éclairer les rideaux de sa fenêtre.

À 7 heures, Lysander était la troisième personne dans la file d'attente devant la poste centrale, rue du Mont-Blanc. Une vaste bâtisse majestueuse et richement ornée – qui tenait plus du musée ou du ministère que du bureau de poste. Dès l'ouverture, il se précipita vers un *guichet** dans le grand vestibule et expédia aussitôt un long télégramme à Massinger à Thonon :

AI LA PIÈCE ESSENTIELLE STOP CONFIRMATION SOUPÇON FONCTIONNEMENT DÉFECTUEUX DANS MACHINERIE PRINCIPALE STOP CONSEILLE VIVEMENT ARRÊT DES EXCURSIONS DANS FUTUR IMMÉDIAT STOP ARRIVERAI ÉVIAN LES BAINS À 4.40. STOP

La dernière lettre à Glockner avait été interceptée un peu plus de deux semaines auparavant. Il était raisonnable de supposer que sa liste de renseignements vaudrait pour toute attaque prévue pour la fin de l'été. L'offensive d'automne, quelle qu'elle soit et où qu'elle ait lieu, était maintenant clairement annoncée du côté de l'ennemi.

Il envoya ensuite à son intention, à Claverleigh, les copies des six lettres et quitta la poste à 7 h 20. Le premier vapeur express passant par Nyon, Ouchy, Montreux et Évian partait à 9 h 15. La note de Mme Duchesne, la veille, laissait entendre une probable surveillance des embarcadères et des gares – il disposait de deux heures, environ, pour s'assurer qu'il ne serait pas arrêté.

5. Tom O'Bedlam

Il ferma la porte des toilettes messieurs situées sous le pont et posa son sac et sa chaise sans fond. Il s'assit sur le siège des W.-C. et, avec un soupir de soulagement, se déchaussa et extirpa les cailloux de ses souliers. Puis il ôta la Vaseline de sa lèvre supérieure et passa les doigts dans ses cheveux coupés pour tenter de les aplatir et de leur redonner une allure plus normale. En se regardant dans la glace, il se rendit compte qu'il y avait été un peu fort avec les ciseaux.

Après avoir quitté la poste, et dès l'ouverture des boutiques de la rue du Mont-Blanc, il avait procédé à d'autres achats indispensables. D'abord, un grand sac à linge sale en grosse toile, dans lequel il fourra son imperméable et sa casquette de golf – il avait abandonné sa valise en carton et ses autres vêtements dans sa chambre d'hôtel –, Abelard Schwimmer n'en avait plus l'utilité. Puis il avait acheté un flacon de Vaseline et des ciseaux de coiffeur dans une pharmacie avant d'aller dans un magasin d'ameublement où, après quelques recherches, il avait déniché une chaise de cuisine bon marché avec un fond rempaillé. N'importe quelle chaise aurait fait l'affaire, c'était le fond en paille qui comptait. À 8 h 30, il avait retraversé la rivière pour gagner le jardin anglais où, dans un coin tranquille, assis sur un banc, il avait défait toute la paille du siège de la chaise. Puis il l'avait enroulée en une sorte de huit qu'il avait accroché au dossier. Il tenait son accessoire – il ne lui manquait plus que son costume.

Son idée, son inspiration, lui était venue du souvenir de son père jouant Poor Tom, Tom O'Bedlam, Edgar déguisé, le fou que le roi Lear rencontre durant la tempête. Pour feindre la folie de Tom, Halifax Rief avait mis de la graisse dans ses cheveux, qu'il avait dressés en épis, mais aussi sous son nez, sur sa lèvre, et avait rempli ses chaussures de graviers. La transformation avait été extraordinaire – incapable d'avancer de manière normale ou confortable, il avait dû adopter une démarche titubante et saccadée, tandis que la traînée de gras ressemblait à de la morve coulant d'un nez incontrôlable. Cette étrange chevelure graissée et mal peignée lui donnait une allure sale et négligée. Un blouson en loques, et la métamorphose était complète.

Lysander ne pouvait aller si loin, mais il avait travaillé dans cette direction. Il ramassa quelques graviers dans les sentiers et les glissa dans ses chaussures marron mal lacées. Après quoi, il remonta jusqu'aux coudes les manches de sa veste de serge, laissant pendouiller celles de sa chemise. Il boutonna de travers sa veste de sorte qu'elle baillait au col. Il fourra sa cravate dans sa poche. Puis il cisailla au hasard des touffes de ses cheveux, y ajoutant de la Vaseline – sans oublier un épais semblant de morve sous son nez. Il prit alors sa chaise sans fond, son écheveau de paille, les jeta par-dessus une épaule et sur l'autre, son sac de toile, et partit en boitant vers la jetée où se trouvait le vapeur, ayant tout l'air d'un pauvre gitan un peu simple d'esprit, rempaillant des chaises contre une poignée de centimes.

Aucun policier – en uniforme ou en civil – ne surveillait la petite file de passagers qui attendait d'embarquer. Dont il laissa la plupart passer devant lui avant de grimper avec peine la passerelle, de montrer son billet et d'aller s'installer sur un des sièges à l'arrière, tête baissée et marmonnant dans sa barbe. Comme prévu, personne ne voulut venir s'asseoir trop près de lui. Aucun passeport n'était requis puisque le vapeur serait de retour à Genève dans la soirée. Massinger aurait reçu son télégramme et aurait tout loisir de gagner Évian à temps pour l'arrivée du bateau. Lysander pourrait alors l'informer du contenu des lettres à Glockner. Il ne faudrait pas longtemps, imaginait-il, pour découvrir qui était la source des informations au ministère de la Guerre : seuls un très petit nombre de gens pouvaient être en possession de tous ces renseignements. En entendant les moteurs vrombir et vibrer sous ses pieds, il se permit un petit frisson de joie. Il l'avait fait – ça n'avait pas été facile, loin de là –, mais il avait rempli sa mission. Que pouvait-on lui demander de plus ?

Le vapeur se détacha de la jetée et mit le cap sur le large. La matinée était brumeuse avec, de-ci de-là, quelques trouées de ciel bleu, mais, quand le soleil perça, la réverbération sur la surface du lac lui piqua tellement les yeux que Lysander alla se réfugier à l'ombre des tauds. Bientôt, alors que le bateau prenait de la vitesse et fonçait sur Nyon, il pensa qu'il pouvait, sans trop de risques, se débarrasser de son déguisement.

Dans les toilettes, après s'être débarbouillé au mieux, il réduisit la chaise en morceaux et entassa les bouts de bois et la paille dans le placard vide aménagé sous les deux lavabos. Il enfila son imperméable, coiffa sa casquette de golf et, se regardant dans la glace, ajusta ses manchettes et reboutonna sa veste correctement. Bien : un autre touriste s'offrant le tour du lac. Il jeta aussi son sac de toile vide dans le placard, tout ce dont il avait besoin se trouvait dans ses poches. Il tira la chasse pour la forme et déverrouilla la porte.

Après Nyon, le vapeur s'éloigna de la côte et entreprit de traverser le lac directement sur Ouchy, le port de Lausanne. À partir d'Ouchy, le trajet se poursuivait vers Vevey avant d'opérer un demi-cercle à l'ouest, avec vue sur Montreux et ses collines boisées, la vaste embouchure du Rhône ayant pour décor les sommets irréguliers des Dents du Midi.

Il regagna l'arrière et s'appuya sur la rambarde pour observer le sillage du bateau et Genève s'éloignant au milieu de son cercle de petites collines et de montagnes distantes. Quelques-unes des célèbres *barques** genevoises étaient de sortie sur le lac, avec leur franc-bord très bas, leurs deux mâts et des voiles triangulaires ventrues qui semblaient opérer indépendamment. Sous certains angles, elles ressemblaient à des papillons géants qui se seraient posés sur le lac, les ailes immobiles, pour se désaltérer. Il observa leur lente avance, attendit qu'il n'y ait plus de passager près de lui, et jeta vivement son petit revolver dans l'eau. Il se retourna, personne n'avait rien remarqué. Il s'éloigna de l'arrière.

Un autre jour, il aurait profité des vues spectaculaires alors qu'en cet instant, l'esprit préoccupé et agité, il ne cessait d'arpenter les ponts. Derrière la haute et mince cheminée se trouvait un petit salon vitré où l'on servait des repas légers et des rafraîchissements, mais il n'avait pas faim ; en fait, il se sentait très las, épuisé par la tension des dernières vingt-quatre heures. Il grimpa quelques marches menant à un petit pont-promenade où il loua un transat à un steward pour deux francs. Il s'assit et tira la visière de sa casquette sur ses yeux. À défaut de dormir, il pourrait au moins somnoler – un peu de repos, un petit somme, c'était tout ce qu'il lui fallait, et tout ce qu'il demandait.

Il rêvait de Hettie courant à travers un vaste jardin mal entretenu et tenant à la main un petit garçon aux cheveux bruns. Fuyaient-ils quelque chose, ou jouaient-ils, tout simplement ? Il se réveilla, troublé, et tenta de se souvenir des traits du petit garçon. Avait-il ainsi rencontré Lothar dans son rêve, le fils qu'il n'avait jamais vu, pas même en photographie ? Mais Lothar n'avait qu'un an, et ce petit garçon était plus âgé – cinq ou six ans. Ça ne pouvait pas être...

« Vous avez dormi presque deux heures. »

Il tourna la tête en sursautant.

Toujours de noir vêtue, coiffée d'un ample béret de velours

retenu par une écharpe de mousseline, Florence Duchesne était installée sur un transat à un mètre de lui.

«Bon Dieu, s'écria-t-il. Vous m'avez fait une peur bleue. Je rêvais.»

Il se redressa, reprit ses repères. Le soleil était plus bas dans le ciel, les collines sur sa gauche moins imposantes. La France?

«Où est-on?

– Nous serons à Évian-les-Bains d'ici une heure.» Elle le regarda… était-ce là l'ombre d'un sourire?

«J'ai failli vous rater, dit-elle. J'ai cru que vous n'aviez pas embarqué. Je vous avais vu : la chaise, le sac, la manière curieuse dont vous boitiez. Et puis, à la seconde où le vapeur allait partir, j'ai compris. C'est lui, sûrement? Je me suis souvenu de Massinger, me prévenant : faites attention, il n'aura pas l'air de l'homme que vous vous attendez à voir.

– Comment Massinger aurait-il su cela?»

Elle haussa les épaules : «Je n'en sais rien. Il m'a simplement avertie que vous pourriez être déguisé. En tout cas, bravo, personne n'aurait deviné que c'était vous.

– On n'est jamais trop prudent…» Il réfléchit un instant. «Mais vous, que faites-vous ici?

– Massinger voulait s'assurer que vous vous étiez échappé sans difficulté. Il m'a demandé de vous chaperonner, discrètement. J'ai passé une agréable journée au grand air, je vais simplement reprendre le vapeur pour Genève.

– Que vouliez-vous dire, dans votre note, par "tout le monde est inquiet"?

– Manfred Glockner est mort.

– *Quoi?*

– Il est mort d'une crise cardiaque. On l'a retrouvé inconscient chez lui et on l'a aussitôt emmené aux urgences, mais c'était trop tard.»

Lysander déglutit. Bon Dieu !

« Avez-vous une idée de la raison pour laquelle il est mort ? demanda-t-elle d'un air désinvolte.

– Il allait bien, quand je l'ai quitté », improvisa Lysander, songeant au fil métallique du tampon à récurer, à la décharge électrique… « Je lui ai remis l'argent, il l'a compté, puis il m'a donné la clé du code et je suis parti. »

Elle le regardait de très près.

« On a trouvé l'argent dans sa serviette, dit-elle.

– Comment le savez-vous ? rétorqua-t-il.

– J'ai un contact au consulat allemand.

– Quelle sorte de contact ?

– Un homme dont j'ai ouvert le courrier. Qui contenait des photos dont il préférait qu'elles restent privées. J'en ai gardé quelques-unes au cas où j'aurais eu à le lui rappeler. Et donc, quand j'ai besoin de savoir quelque chose, il est très content de m'obliger. »

Lysander se leva et alla s'appuyer contre la rambarde. Il devait, il ne l'ignorait pas, se montrer très, très prudent – pourtant il ne savait pas exactement pourquoi il lui avait menti avec autant d'aplomb. Il scruta la rive française au-delà des eaux placides, les collines s'élevaient de nouveau et il aperçut un ravissant petit château situé juste au bord du lac.

Mme Duchesne vint le rejoindre. Il put détailler son profil tandis qu'elle regardait la rive approcher. La courbe parfaite de son petit nez, pareil à un bec. Elle inspira profondément, ses narines se gonflèrent et sa poitrine se souleva. Quelque chose en elle l'émouvait, elle…

« Superbe château, dit-elle, on l'appelle le château de Blonay. J'aimerais vivre dans ce genre de bâtisse.

– Ce serait peut-être un rien solitaire.

– Je n'imaginais pas y habiter seule. » Elle se tourna vers

lui : « Quelle est la clé du code ? Glockner vous a-t-il donné le texte ?

— Non. Je l'ai en tête. Il m'a expliqué comment ça marchait, c'est très simple.

— Qu'est-ce que c'est ?

— La Bible… en allemand », dit Lysander. Il ne s'était absolument pas attendu à ce qu'elle lui pose la question ainsi, à brûle-pourpoint. « Mais l'astuce, c'est que le premier nombre ne correspond pas. Il s'agit d'un double code. Il vous faut soustraire ou ajouter un chiffre pour trouver la bonne page.

— C'est quoi, ce chiffre ? Ça paraît très compliqué. » Le front plissé, elle ne semblait pas convaincue. « À quoi correspond-il ?

— Il vaut probablement mieux que je ne vous le dise pas.

— Massinger voudra le connaître.

— Je le lui dirai quand je le verrai.

— Mais à moi, vous ne le direz pas.

— Les informations contenues dans ces lettres sont extrêmement importantes.

— Vous ne me faites pas confiance, dit-elle, toujours impassible. C'est évident.

— Bien sûr que si. Mais il y a des moments où moins on en sait, mieux on se porte. Simplement au cas où.

— J'ai quelque chose à vous montrer, annonça-t-elle. Peut-être qu'en le voyant, vous me ferez confiance. »

Elle le mena au bas de l'escalier, franchit une porte puis descendit d'autres marches. Le grincement rapide des moteurs du bateau alla croissant tandis qu'ils passaient sur un autre pont.

« Où va-t-on ? s'enquit-il, forcé d'élever la voix.

— J'ai loué une petite cabine, juste en dessous. »

Ils se retrouvèrent dans une étroite coursive. Lysander dut pratiquement hurler pour se faire entendre : « Il n'y a pas de cabine, ici en bas !

271

– Si, dans le coin, vous allez voir ! »

Dans le coin, une porte disait : «*Défense d'entrer* * » et un escalier de métal raide montait de nouveau vers les ponts supérieurs. La salle des moteurs semblait être juste sous leurs pieds.

«Attendez une seconde ! » cria-t-elle en fouillant dans son sac à main. Dont elle sortit un petit revolver qu'elle pointa sur Lysander.

«Hé ! Non ! » hurla-t-il, totalement choqué et comprenant qu'elle allait lui tirer dessus. D'instinct, il leva la paume de sa main gauche dans un inutile geste de protection.

La première balle, mal visée, l'atteignit à la cuisse gauche, le faisant tituber sous l'impact, bien qu'il n'ait rien senti. Il vit la deuxième, immédiatement après, traverser sa main levée et la sentit atterrir comme un coup de poing sur son épaule gauche, l'obligeant à se retourner juste à temps pour que la troisième balle vienne s'enfoncer en haut, sur le côté droit de sa poitrine.

Il s'écroula lourdement sur le sol de métal boulonné et entendit le claquement des talons de Mme Duchesne grimpant les marches de l'escalier. Il se souleva sur les coudes et fut confronté au spectacle horriblement affligeant de son propre sang, rouge vif, commençant à se répandre sous lui, avant de s'effondrer, le corps paralysé, au son joyeux et haletant de la sirène du bateau annonçant son arrivée imminente sur le quai animé d'un Évian-les-Bains ensoleillé.

QUATRIÈME PARTIE

Londres, 1915

1. Investigations autobiographiques

Ainsi, le seul bénéfice agréable de tout ceci, c'est que j'ai finalement trouvé un moyen d'entrer à l'université d'Oxford. Me voici à Sommerville College, sur Woodstock Road, expérimentant un simulacre de la vie universitaire. J'ai une chambre au bout d'un escalier débouchant sur la cour d'un collège de femmes, mais il n'y a pas de femmes (hormis des infirmières et des domestiques), les élèves ayant été expédiées à Oriel College pour la durée de la guerre. Il n'y a que des hommes ici, des officiers blessés en France et sur d'autres champs de bataille, souffrant tous de handicaps divers, certains impressionnants (amputés, grands brûlés), d'autres invisibles : les victimes catatoniques d'une démence résultant des violentes secousses des canons et de visions d'une brutalité et d'une horreur sans nom. Sommerville fait maintenant partie du 3e Southern General Hospital, ainsi que le John Radcliffe Hospital, un peu plus haut sur Woodstock Road, a été rebaptisé.

Florence Duchesne m'a tiré trois fois dessus, causant sept blessures. Commençons par la dernière : son troisième et ultime maniement de la gâchette m'a envoyé une balle qui est entrée sur

le côté droit de ma poitrine, en haut, à cinq centimètres de la cla-
vicule, pour ressortir au-dessus de mon omoplate. La deuxième
a traversé ma main gauche (que j'avais levée en un futile geste
de protection) et a poursuivi sa trajectoire à toute vitesse, sans
rencontrer d'obstacle, dans le muscle de mon épaule gauche.
Je me souviens d'avoir vu, l'espace d'une demi-seconde, une
fleur de sang sur le revers de ma main tandis que la balle filait
au travers. La blessure a bien cicatrisé mais j'en conserverai
des stigmates, un au creux de la paume, l'autre au dos de la
main – des médaillons de la taille d'une pièce de six pence, striés
de brun et de rose. Le premier tir a été un genre de ratage – un
ratage de cible, certainement : Florence n'a pas levé suffisamment
le revolver quand elle a visé et j'ai été touché sur le haut de
ma cuisse gauche : la balle s'est alors écrasée sur un petit tas de
monnaie dans ma poche, enfonçant quelques-unes des pièces
dans le muscle droit fémoral. Le chirurgien m'a raconté plus
tard qu'il en avait extrait quatre francs et soixante-sept centimes – il me les a remis dans une petite enveloppe.

La balle dans la poitrine a provoqué un collapsus pulmonaire
ainsi que, je pense, le flot de sang que j'ai vu avant de m'évanouir. Ma bonne fortune – si tant est que l'on puisse parler de
bonne fortune dans le cas de multiples blessures par balle –,
c'est que six sur sept desdites blessures ont consisté en une
entrée et sortie. Seule la poignée de pièces a empêché une des
sorties et – maintenant, je me sens beaucoup mieux – il n'y a
que ma cuisse pour m'incommoder encore un peu et m'obliger,
pour l'instant, à utiliser une canne.

J'ai aussi de la chance dans la mesure où, après que Florence
Duchesne m'eut tiré dessus puis eut disparu, un mécanicien, ou
un préposé aux chaudières, a émergé de la salle des machines
et m'a trouvé gisant dans la mare grandissante de mon sang.
On m'a rapidement emmené dans une petite clinique d'Évian

et Massinger, qui avait enfin retrouvé ma trace, m'a aussitôt fait transférer par ambulance spéciale à la base britannique de Rouen.

Ma convalescence, là-bas, a duré quatre semaines, car mon poumon blessé ne cessait de se remplir de sang et devait être aspiré régulièrement. Ma main gauche était plâtrée – de petits os avaient été brisés par le passage de la balle –, mais il restait encore à régler le problème de ma cuisse gauche. Bien que balle et pièces de monnaie aient été extraites, la blessure s'infectait constamment et exigeait d'être drainée, nettoyée et pansée sans arrêt. J'ai été obligé de marcher en m'aidant de béquilles durant la plus grande partie de mon séjour.

On m'a rembarqué pour l'Angleterre et Oxford vers la fin août. Ma mère est venue me rendre visite presque aussitôt après mon installation à Sommerville. Elle est entrée précipitamment dans ma chambre, toute vêtue de noir et, un instant d'angoisse, j'ai cru que Florence Duchesne était revenue m'achever. En fait, Crickmay Faulkner était mort le mois précédent, pendant mon séjour à Genève, et ma mère portait encore le deuil.

Elle avait passé la pire nuit de sa vie, m'a-t-elle dit, après avoir reçu le télégramme lui annonçant que j'étais « porté disparu au combat ». Crickmay était au plus mal et elle avait cru que son fils aussi lui avait été arraché. Cependant, le lendemain matin, elle avait eu la visite d'un « officier de la marine », avec « une barbe et un sourire sinistre des plus curieux », venu jusqu'à Claverleigh pour lui annoncer qu'on me pensait prisonnier, et en bonne santé. Elle comprenait difficilement comment je pouvais me retrouver dans un hôpital, en Angleterre, « criblé de balles ». Je lui ai expliqué que l'officier de marine (ce ne pouvait être que Fyfe-Miller) était plein de bonnes intentions, mais pas en possession de tous les faits.

En dépit de son nouveau statut de veuve, elle paraissait

277

en excellente forme, je dus me l'avouer, et elle avait su tirer profit de sa tenue de deuil en la rehaussant d'une abondance de dentelle noire et de plumes d'autruche. La mort de Crickmay était une bénédiction, a-t-elle dit, pour autant qu'elle l'aimait, ce pauvre chéri, et Hugh était en train de lui aménager un cottage parfaitement adorable, qui serait pour elle une sorte de retraite de douairière. Son œuvre de charité prenait de l'ampleur et elle-même devait être présentée à la reine Mary. Après nous avoir vus traverser la cour, jusqu'au taxi où elle est montée, un de mes compagnons d'hôpital – au courant de ma vie d'autrefois – m'a demandé si c'était une actrice. Comme je lui répondais non, il a insisté : « Est-ce que c'est ta petite amie ? » La guerre affecte les gens de mille manières, je suppose – dans le cas de ma mère, elle la faisait s'épanouir, voire rajeunir.

J'ai reçu un télégramme de Munro aujourd'hui, tout à la fois compatissant et flatteur, disant qu'il nous fallait évaluer le contenu des lettres à Glockner. Ensuite, il aurait une proposition à me faire. J'en ai déduit que, Glockner mort, on nous mettrait moins la pression pour découvrir la source au ministère de l'Intérieur – qui que soit notre traître, il aurait à trouver une nouvelle personne pour communiquer, ce qui prendrait de toute évidence un certain temps.

Hamo part à l'instant. Il a été très ému par mon état : j'étais au lit, mon poumon venait d'être aspiré, et son inquiétude a pris la forme de questions très précises au sujet de mes blessures : quelles avaient été mes sensations physiques au moment de l'impact ? La douleur avait-elle été immédiate, ou était-elle survenue plus tard ? Avais-je eu l'impression d'être anesthésié, en quelque façon, par le choc ? L'engourdissement avait-il persisté tout le temps que j'avais passé étendu sur le champ de bataille ? et ainsi de suite. Je lui ai répondu le plus franchement possible, mais je suis délibérément resté vague quant à l'identité de la personne qui m'avait tiré dessus et l'endroit où cela s'était produit. « J'ai eu les sensations les plus étranges lorsque j'ai moi-même été blessé, c'est pour cela que je te pose ces questions, m'a expliqué Hamo. J'ai vu des hommes hurler de souffrance avec un seul doigt cassé, et pourtant, moi j'étais là, tout ensanglanté, et tout ce que je sentais, c'était une sorte de picotement, comme des fourmis dans les membres. » En partant, il m'a pris la main et l'a serrée très fort. « Content de te voir de retour, cher garçon. Cher brave petit. »

Ce soir, je suis allé à pied à Saint Giles, jusqu'au monument des Martyrs – ma plus longue marche depuis Genève. Au retour, je me suis arrêté dans un pub où je me suis offert une demi-chope de cidre. Les gens me regardaient bizarrement, ma pâleur et ma canne indiquant le « prix » que je venais de payer, je suppose. J'oublie constamment que je suis un officier en uniforme (Munro s'est chargé de me fournir en vêtements de rechange). Lieutenant Lysander Rief, East Sussex Light Infantry, se remettant de ses blessures. C'était une chaude soirée d'été, et Saint Giles, avec son antique collège noir de suie d'un côté et l'Ashmolean Museum de l'autre, avait une allure intemporelle et séduisante – automobiles et camions de livraison exceptés, bien entendu – et j'ai envié les gens qui avaient eu la chance de vivre et d'étudier là. Trop tard pour moi, hélas.

J'étais assis sur un banc dans la cour, cet après-midi, près de la loge du portier, lisant un journal au soleil, quand a surgi une infirmière. « Ah, vous voilà, Mr Rief. Vous avez une visite. Nous ne savions pas où vous étiez. » Est alors apparu, un peu hésitant, Massinger en civil.

Il s'est assis à côté de moi, tendu, gêné, et, semblait-il, pas très désireux de me regarder droit dans les yeux.

«Je ne vous ai jamais remercié convenablement, ai-je dit dans l'intention d'alléger l'atmosphère. Mon transfert rapide à Rouen. L'ambulance spéciale et tout le reste. Les meilleurs soins, en vérité.

– Je vous dois des excuses, Rief, a-t-il répondu en examinant ses mains sur ses genoux, les doigts entrecroisés comme pour une prière. Je ne saurais vous dire à quel point j'ai été heureux de vous voir vivant à Évian. Et à quel point je le suis aujourd'hui.

– Merci.» Puis, curieux, j'ai demandé : «Mais pourquoi, exactement ?

– Parce que je crois… j'ai cet horrible sentiment d'avoir ordonné votre mort. Terrible erreur, je l'avoue. Je me suis complètement trompé.»

Il s'est expliqué. Le lundi matin, après la découverte de la mort de Glockner, il y avait eu un rapide échange de télégrammes entre Mme Duchesne et lui. Celle-ci s'était montrée très soupçonneuse, convaincue que cette mort avait un rapport avec moi et ma visite chez Glockner. Elle en avait même parlé au téléphone avec Massinger une heure avant le départ de mon vapeur. Massinger avait déjà reçu mon télégramme et savait, grâce aux horaires des bateaux, l'heure à laquelle je partirais. Il avait alors demandé à Mme Duchesne de m'accompagner à bord, de m'interroger et, si elle avait la moindre raison de penser que j'étais un traître, de prendre toute mesure pour me faire traduire en justice.

J'écoutais tout ceci, plutôt choqué.

«Puis, quand je l'ai vue à Évian, elle m'a dit qu'elle vous avait tiré dessus, a poursuivi Massinger. Vous pouvez imaginer ma réaction.

– Vue ?

– Nous nous sommes rencontrés sur le quai. Elle m'a raconté que vous lui aviez menti au sujet de la clé du code – le texte-source. Que vous cachiez quelque chose. Elle était persuadée que vous aviez assassiné Glockner. Elle y croyait dur comme fer. Votre déguisement était pour elle une preuve suffisante, je pense.

– Oui, mais comment saviez-vous que je me déguiserais ? » Massinger a paru déconcerté par ma question. Troublé.

« Munro m'a raconté. Ou était-ce Fyfe-Miller ? Ce qui est s'est passé à Vienne, quand je les ai vus là-bas.

– Vous étiez à Vienne ?

– De temps à autre. Surtout durant l'année qui a précédé la guerre, pendant que j'établissais le réseau en Suisse. Tout le monde parlait de votre évasion.

– Je vois… » D'être ainsi instruit de ma notoriété ne cessait de m'étonner. J'y repenserais. « De toute façon, je ne me suis pas cru obligé de tout raconter à madame Duchesne. Pourquoi l'aurais-je fait ? Bon Dieu, j'allais vous revoir et vous rendre des comptes en détail, sur le sol français. Et pendant ce temps-là, vous ordonniez ma mort ! »

Massinger, l'air nauséeux, a grimacé.

« En réalité, ce n'est pas exactement comme cela que ça s'est passé. Madame Duchesne n'arrêtait pas d'émettre des soupçons à votre égard. Je lui ai donc dit… » Il a marqué une pause. « Mon français est un peu rouillé, voyez-vous. Je ne sais pas si j'ai été très clair avec elle. J'ai tenté de la rassurer en lui expliquant que nous ne pouvions être certains qu'il… que vous n'étiez pas un traître. C'était peu vraisemblable mais, dans le cas où ce serait vrai, vous deviez être traité sans pitié.

– Plutôt difficile à dire en français, même si vous le parlez couramment, ai-je commenté.

– Ça dépassait mes capacités, vous avez raison. Je me suis

emmêlé entre *"traître*"* et *"traiter*"*, je crois. » Il m'a regardé, chagriné : « J'ai l'horrible sentiment de lui avoir dit que vous étiez un *"traître sans pitié*"*.

– Ça, c'est sans équivoque.

– Alors que j'essayais de dire : à *traiter sans pitié*.

– Je vois où la confusion a pu s'établir.

– D'y repenser m'a empêché de dormir pendant des nuits. On était tous déboussolés par la mort de Glockner. Panique générale, vous comprenez.

– C'est bien beau, mais cette femme m'a tiré trois fois dessus. À bout portant. Tout ça à cause de votre français de collégien !

– Comment Glockner est-il mort ? a-t-il demandé, visiblement impatient de changer de sujet.

– Une crise cardiaque, d'après ce que madame Duchesne m'a dit.

– Et il allait bien quand vous l'avez quitté ?

– Oui, il comptait ses sous. »

Pourquoi est-ce que je continue ainsi à mentir ? Quelque chose me dit que moins j'en raconte, mieux c'est. Nous avons poursuivi la discussion, et il m'a confirmé que Munro viendrait me voir au sujet du décodage des lettres. Il s'est enfin levé et m'a serré la main.

« Je vous présente toutes mes excuses, Rief.

– J'ai peu de choses à dire en la circonstance. Qu'est-il arrivé à madame Duchesne ?

– Elle a pris un train pour Genève. Elle est rentrée là-bas, pour travailler sans relâche en qualité d'agent Feudejoie. Elle vaut son pesant d'or.

– Sait-elle que j'ai survécu ?

– Je suis à peu près certain qu'elle vous croit mort. J'ai pensé qu'il valait mieux ne pas évoquer le sujet. Je ne tenais pas à la troubler inutilement, vous comprenez. Elle pensait avoir agi sur mes ordres, après tout. Impossible de la blâmer en fait.

– C'est très attentionné de votre part. »

Ma mère m'avait apporté mon courrier de Claverleigh, y compris la lettre que je m'étais envoyée de Genève, contenant le déchiffrage des lettres à Glockner. J'ai fait une nouvelle copie de chacune des six lettres et les ai données à Munro quand il est venu me voir hier.

Nous étions dans l'ancienne salle des professeurs. Quatre personnes jouaient au bridge, mais hormis cela, le calme régnait. Une journée fraîche, pluvieuse, les premiers signes de l'automne.

J'ai étalé les transcriptions sur la table, devant nous. Munro avait l'air grave.

« Ce qui me dérange dans cette affaire, a-t-il dit, c'est que l'homme paraît tout savoir. Regardez : construction de deux embranchements pour canons sur la ligne de chemins de fer Hazebrouck-Ypres… » Il a désigné une autre lettre : « Ici, le nombre de trains sanitaires en France où les têtes de ligne pour les seules munitions sont…

– Quelque chose en lien avec l'organisation des chemins de fer ?

– On le penserait, mais regardez tout ce bazar, au sujet du fourrage.

– Oui, ai-je fait. Je n'y comprends rien.

– En France, il y a un cheval pour trois hommes, a expliqué Munro. Des centaines de milliers. Et il faut tous les nourrir.

– Ah. Par conséquent, suivez la piste fourrage et vous trouverez les rassemblements de troupes.

– Oui, a repris Munro, songeur. Où est-il ? Ministère des Munitions ? Direction des transports ferroviaires ? Secrétariat du directeur de l'Intendance ? Grand Quartier Général ? Ministère de la Guerre? Mais regardez-moi ça.» Il a pris la lettre numéro cinq: «"Deux mil camio refrig commandées au Canada." Des camionnettes réfrigérées. Comment peut-il savoir cela?

– En effet. Quelle peut en être l'utilité?

– Vous voulez de la viande fraîche au front, pas vrai, soldat?»

Du bout de l'index, Munro a lissé sa petite moustache, plongé dans ses réflexions. Puis il s'est tourné vers moi avec son regard inquisiteur.

«Que projetez-vous de faire, Rief?

– Que voulez-vous dire?

– Désirez-vous rejoindre votre bataillon? Il est encore à Swansea… mais vous ne pourrez pas conserver votre grade. Ou bien souhaitez-vous être rendu à la vie civile et être démobilisé? Vous avez fait plus que votre devoir, nous en sommes conscients et nous vous en sommes très reconnaissants.»

Il ne me fallut pas beaucoup de temps pour répondre: «Je prendrai le retour à la vie civile, merci bien», ai-je dit, sachant que je ne pouvais pas réintégrer le 2/5e de l'infanterie légère. «Je devrais sortir d'ici dans une quinzaine de jours.»

Mais alors, comme s'il venait d'avoir une idée, Munro s'est raidi: «Peut-être pourriez-vous faire un autre petit travail pour nous, ici, à Londres. Qu'en dites-vous?

– Je crois vraiment que j'ai plus que…

– J'en ai fait une question, Rief, pour vous permettre de répondre par l'affirmative.» Il a souri, mais son sourire n'avait rien de chaleureux. «Vous resterez lieutenant, même solde.

– Eh bien, si vous formulez la chose ainsi… d'accord. Si je ne me fais plus tirer dessus.»

Au même instant, des membres du personnel de restauration ont fait leur apparition pour dresser la longue table pour le déjeuner, à grand renfort d'assiettes entrechoquées et de cliquetis d'argenterie.

«Que diriez-vous de manger un morceau? ai-je proposé à Munro.

– Je n'aime pas la tambouille d'hôpital, a-t-il répliqué. Peut-on aller dans un pub?»

Nous avons traversé le bâtiment pour sortir par la porte arrière dans Walton Street.

«Je ne suis jamais entré dans ce collège, a dit Munro. Quoique j'ai dû passer devant des centaines de fois.

– Où étiez-vous? lui ai-je demandé, pas surpris de ne pas l'être par le fait qu'il avait fait ses études ici.

– Magdalen. À l'autre bout de la ville.

– Et ensuite, vous êtes entré dans le service diplomatique.

– Exact. Après mon séjour dans l'armée.» Il m'a jeté un regard: «Dans quel collège étiez-vous?

– Je ne suis pas allé à l'université. J'ai commencé à jouer dès ma sortie de l'école.

– Ah! L'Université de la vie!»

Le pub s'appelait The Temeraire et son enseigne arborait une copie épouvantable du chef-d'œuvre de Turner. L'endroit était exigu, lambrissé, orné de gravures de vieux bateaux, et meublé de tables basses et de tabourets à trois pieds. Munro est allé chercher deux chopes de bière puis a commandé un pâté de veau au jambon avec de la purée et des petits oignons au vinaigre. J'ai décrété que je n'avais pas faim.

«Il va y avoir une grande attaque, a dit Munro en saupoudrant son pâté et sa purée de sel et de poivre. C'est une question de jours, en fait. En soutien d'une offensive française. Dans le secteur de Loos.»

J'ai écarté les mains, le regardant avec incrédulité: «Pour l'amour du ciel! Il me semble avoir suggéré que nous arrêtions toutes les opérations. J'ai supplié qu'on le fasse. Ils vont nous attendre, regardez les deux dernières lettres à

285

Glockner. Vous pouvez situer très précisément l'endroit vous-même.

– Si seulement c'était aussi facile ! Les Français se montrent très insistants. » Il a eu un petit sourire malheureux, partageant mon avis, à l'évidence. « Espérons que tout se passera bien.

– Oh, on peut toujours. Espérer, ça ne coûte rien. »

Munro a eu une moue de tristesse et, sans un mot, s'est attaqué à son pâté. J'ai allumé une cigarette.

« Notre correspondant est passé à côté de quelque chose, a-t-il dit soudain. C'est curieux. Nous allons utiliser les gaz à Loos, bien que nous y faisions allusion comme à l'"accessoire".

– Eh bien, ils l'ont utilisé contre nous à Ypres, ai-je avancé prudemment. En amour comme à la guerre, tous les coups sont permis. » Pourquoi me racontait-il ça ? Était-ce une sorte de test ?

« Je me demande pourquoi il est passé à côté, a repris Munro. Peut-être cela nous aidera-t-il à le situer. » Il a avalé une gorgée de sa bière. « Prenez une semaine de permission, à votre sortie de l'hôpital. Après quoi je veux que vous rencontriez quelqu'un à Londres. Il nous faut organiser notre plan d'action.

– Ainsi donc, je reste lieutenant.

– Absolument. » Puis il a lancé, l'air de rien : « Vous ne m'avez jamais dit ce qu'était le texte-source.

– Je l'ai dit à Massinger et à madame Duchesne.

– Ah, oui. Une Bible allemande. Mais manifestement, ce n'était pas la vérité. »

Il est toujours dangereux d'oublier combien Munro est intelligent, je m'en rends compte maintenant que j'écris ce récit. Parfois, il semble si bien élevé et si ennuyeux – le soldat de carrière, le diplomate accompli, un homme net, ordonné, sûr de son statut et très légèrement content de lui, bien qu'il s'efforce de n'en rien laisser paraître. Mais pas du tout – c'est ce qu'il veut que vous pensiez. Je ne sais pas vraiment pourquoi – peut-être parce qu'il avait essayé de me tester avec la nouvelle de l'«accessoire» –, mais j'ai décidé de le mettre à l'épreuve à mon tour.

« J'ai résolu de ne pas le leur dire, ai-je avoué. En fait, c'était le livret d'un obscur opéra allemand.

– Ah oui ? Qui s'intitule ? »

J'observai son visage : «*Andromeda und Perseus*».

Il fronça les sourcils : «Je ne pense pas le connaître, a-t-il fait avec un petit sourire.

– Il n'y a aucune raison pour que vous le connaissiez, je suppose. Il est de Gottfried Toller. Donné pour la première fois à Dresde, en 1912.

– Ah, du moderne. Ça s'explique. Je pensais au *Persée* de Lully. »

J'ai senti un frisson glacé me parcourir l'échine et j'ai décidé sur-le-champ de ne plus faire confiance à Munro, si tant est que je sois naturellement enclin à le trouver sympathique. Quiconque ayant vécu à Vienne en 1913 aura entendu parler de l'*Andromeda* de Toller. N'importe qui – et encore plus quelqu'un connaissant le *Persée* de Lully. Pourquoi mentait-il ? Pourquoi nous mentions-nous l'un à l'autre, avec le sourire ? Nous étions du même côté.

«Glockner vous a-t-il donné son livret ?

– Oui. En échange de l'argent.

– Qu'est-il devenu ?

– Je l'ai perdu. Avec cette histoire de fusillade. Il est resté dans la clinique d'Évian, je suppose. Je ne l'ai pas revu depuis. »

Munro a posé sa fourchette et son couteau, et repoussé son assiette.

«Dommage. Peut-être pourriez-vous, grâce à vos contacts dans le monde du théâtre, mettre la main sur un autre exemplaire ?

– Je peux essayer.

– Prenons une autre bière, voulez-vous ? Histoire de célébrer votre prompt rétablissement. »

2. Une Turner deux places décapotable

Lysander sortit de l'hôpital de Sommerville College une semaine plus tard et décida de passer sa semaine de permission dans le Sussex, à Winchelsea, chez Hamo. Celui-ci venait d'acquérir une automobile, une deux places Turner décapotable, et oncle et neveu entreprirent ensemble des excursions dans les Downs et le Kent, à Dungeness, Bexhill, Sandgate, Beachy Head, sans compter un voyage épique jusqu'à Canterbury où ils passèrent la nuit. Lysander ponctua les balades motorisées par des marches de plus en plus longues, dans la mesure où il commençait à se sentir plus solide, et où sa jambe gauche blessée montrait des signes de récupération. La cicatrice, sur sa cuisse, était encore vilaine, ridée et rougeâtre – il avait fallu inciser les muscles pour récupérer les pièces de monnaie en vadrouille – et, après chaque promenade, progressant régulièrement d'un kilomètre à deux, puis trois, sa jambe était encore raide et douloureuse. Mais c'était quand même le meilleur des traitements, il le reconnaissait. Il sentait renaître son amour pour la marche et, dès qu'il eut repris pleinement confiance, il se débarrassa de sa canne avec soulagement.

Le dernier samedi avant son retour à Londres, ils se rendirent à Rye en voiture puis firent une promenade à pied sur Camber Sands. Ils se frayèrent un chemin jusqu'à la plage en empruntant un sentier à travers les barbelés et les grossières défenses anti-invasion. La marée était basse et l'immense étendue de sable semblait être le vestige d'un antique et parfait désert, incroyablement plat et lisse, échoué là, sur la côte sud de l'Angleterre. Hormis une personne qui faisait voler un cerf-volant à un kilomètre de distance, ils avaient la vaste plage à eux seuls. Lysander fit soudain halte : il pensait entendre le grondement d'explosions lointaines.

« Ça ne vient pas de la France, non ? dit-il en sachant que l'offensive devait avoir lieu incessamment.

– Non, répondit Hamo. Il y a un champ de tir, sur la côte. Ils entraînent des canonniers. Comment va la jambe ?

– Mieux. La douleur a disparu, mais j'en ai encore conscience, si tu vois ce que je veux dire. »

Ils reprirent leur marche en silence. Une certaine fraîcheur menaçait l'air.

« Ça te dit quelque chose, Bonham Johnson ? demanda Hamo.

– Le romancier ?

– Oui. Il n'habite pas loin. Du côté de Romney. Il se trouve qu'il adore mon livre sur l'Afrique. Il m'a invité au déjeuner-anniversaire de ses soixante ans.

– Tu pourras y aller en voiture.

– Il veut que j'amène un invité. En fait, il a parlé de toi, plus particulièrement, le neveu-acteur. Je crois qu'il t'a vu sur scène. Tu te sens d'attaque ? Demain en huit. »

Lysander réfléchit – c'était la dernière chose dont il avait envie, mais il sentait que cette invitation était plus pressante que Hamo ne voulait bien le laisser paraître. « En supposant que je sois libre ce week-end, oui. Ça peut être intéressant. »

Hamo se montra ravi : « Du genre littérateurs... horrible. Je sens que j'aurai besoin d'un soutien moral.

– C'est toi qui as écrit un livre, Hamo.

– Ah, mais c'est toi l'acteur célèbre. Ils ne feront même pas attention à moi. »

Lysander regagna Londres le dimanche soir. L'appartement de Chandos Place étant encore sous-loué, il descendit dans une petite pension de Pimlico, non loin de la Tamise – et affublée du nom grandiloquent de le White Palace Hotel. De là, il pouvait aller à pied à Parliament Square en trente minutes maximum. Munro lui avait donné rendez-vous le lundi au matin dans un endroit appelé Whitehall Court, sans préciser qui serait là et sur quoi porterait la discussion.

Le lundi matin, Lysander découvrit que Whitehall Court était un de ces immeubles londoniens qu'il avait vus de loin à d'innombrables reprises mais qu'il ne s'était jamais soucié d'identifier. Cela ressemblait à un vaste château du XIXe siècle, des milliers de pièces avec tourelles et toits mansardés, contenant un club, un hôtel et plusieurs étages d'appartements et de bureaux. Il était situé à l'écart du fleuve, derrière des jardins, entre le pont de Waterloo et le viaduc desservant la gare de Charing Cross.

Un portier en uniforme vérifia son nom sur une écritoire à pince et lui expliqua qu'il devait monter au dernier étage, tourner à gauche sur le palier, et franchir la porte donnant sur un couloir où quelqu'un l'attendrait. Lysander le vit prendre le téléphone sur son bureau tandis que lui-même s'avançait vers l'escalier. Le quelqu'un se révéla être Munro, en civil, qui le fit entrer dans un bureau sobrement meublé avec vue sur la Tamise. Massinger attendait là, en uniforme. Il accueillit Lysander avec raideur, comme s'il se jugeait encore coupable pour son erreur de français qui avait failli être fatale. Un grand bureau en noyer couvert de cuir était installé le long d'un mur faisant face aux fenêtres, devant un fauteuil vide. On semblait attendre un personnage de la plus haute importance.

Les trois hommes s'assirent sur les chaises libres. Munro proposa des rafraîchissements, en l'occurrence du thé, qui furent poliment refusés. Massinger demanda à Lysander comment il se sentait, à quoi Lysander répondit qu'il se sentait très près d'un retour à la normale, merci. Un train passa à grand bruit sur le pont de Charing Cross et, au moment où le sifflet retentissait, la porte s'ouvrit, comme à point nommé, et un homme âgé, cheveux gris, en uniforme de capitaine de vaisseau, entra en boitant. L'air doux, souriant, rien en lui, hormis la jambe de bois, ne paraissait exceptionnel. Il ne fut pas présenté.

« Voici le lieutenant Rief, sir, dit Munro. L'auteur de ce magnifique travail à Genève.

– Exceptionnel », ajouta Massinger, d'un ton de propriétaire. La Suisse était son territoire, se rappela Lysander.

« Félicitations, dit le capitaine. Ainsi, vous êtes l'homme qui a découvert notre pomme pourrie.

– Nous ne l'avons pas encore vraiment trouvée, sir, répliqua Lysander, mais nous pensons savoir dans quel panier elle se cache. »

Ravi des échos de la métaphore, le capitaine gloussa. « Alors, que faisons-nous maintenant ? demanda-t-il en regardant Massinger et Munro.

– Ce n'est pas vraiment mon secteur », dit Massinger, sur la défensive et, une fois de plus, Lysander s'interrogea sur la hiérarchie prévalant dans la pièce. Le capitaine était le grand chef, sans aucun doute, mais qui, de Massinger et de Munro, l'emportait ? Quel degré d'autonomie avaient-ils, si tant est qu'ils en aient le moindre ?

« À mon avis, nous devons nous débrouiller pour introduire Rief au ministère de la Guerre, déclara Munro. Son meilleur atout étant que personne ne le connaît – ce qui n'est pas notre cas. Un visage nouveau, un étranger.

– Comment faire ? » rétorqua le capitaine. Il tapotait son bureau du bout des doigts. « C'est juste un lieutenant. Il n'y a que des gros bonnets au ministère.

– On constitue une commission d'enquête, dit Munro. Quelque chose de très ennuyeux. On envoie Rief avec l'autorisation de poser des questions et d'examiner des documents.

– Sir Horace Ede a présidé l'année dernière une commission sur les transports, renchérit le capitaine. Il pourrait y avoir d'autres problèmes à partir…

– Exactement. Problèmes que le lieutenant Rief devra identifier et résoudre.

– Et il y aura prochainement une conférence interalliée, voilà pourquoi tout doit être réglé.

– On pourrait pas trouver mieux. »

Massinger paraissait de plus en plus gêné d'être ainsi mis de côté sans être invité à participer à la discussion. Il s'éclaircit bruyamment la voix, tout le monde se tut et le regarda. Il leva les deux mains comme pour s'excuser. Puis sortit son mouchoir et se moucha.

« Combien de temps vous faudra-t-il, sir ? s'enquit Munro.

– Donnez-moi deux jours, dit le capitaine. Plus cette autorisation proviendra de haut, plus ce sera facile pour Rief. » Puis, à Lysander : « Tenez-vous fin prêt, Rief. Si nous vous voulons au cœur des choses, il faut que nous vous donnions du pouvoir.

– Vous ne pensez pas que nous marchons sur les pieds du MI5, sir ? dit enfin Massinger.

– À l'origine, toute cette sale histoire vient de Genève, répliqua le capitaine avec un brin d'impatience dans la voix. C'était votre affaire, c'est donc la nôtre. Je réglerai les choses avec Kell. De toute façon, il manque d'effectifs. »

Lysander ignorait de quoi ils parlaient. Il arracha un bout de peau morte à son index.

« Bon, laissez-moi faire, reprit le capitaine. Faut que nous donnions un nom de code à notre pomme pourrie de façon à pouvoir en parler.

– Une préférence ? » demanda Munro.

Lysander réfléchit rapidement. « Que diriez-vous d'Andro-mède ? lança-t-il, les yeux fixés sur le visage de Munro. Dont pas un trait ne bougea.

« Allons-y pour Andromède, et trouvons-le vite », dit le capitaine en se levant. La réunion était terminée. Il s'avança vers Lysander et lui serra la main. « J'ai vu votre père jouer Macbeth, déclara-t-il. Il m'a fichu une trouille épouvantable. Bonne chance, Rief. Ou devrais-je dire : bienvenue à bord ?

3. L'annexe sur la rive nord

Munro lui enjoignit de profiter de ces quelques jours de liberté jusqu'à ce qu'on l'appelle. Une fois que tout serait organisé, il recevrait des instructions précises. Il retourna donc au White Palace Hotel de Pimlico et tenta de se distraire, bien qu'il sentît croître un malaise en lui. Qui était ce personnage de capitaine tout-puissant ? Quel rôle et quelle influence avait-il ? Dans quelle mesure pouvait-il, lui, Lysander, compter sur Munro et Massinger ? Pouvait-il se fier à aucun des deux ? Et pourquoi avait-il été choisi, une fois de plus, pour « faire son devoir de soldat » ? Peut-être obtiendrait-il certaines réponses dans les jours à venir, mais de n'en avoir aucune pour l'instant ne cessait de le troubler.

Il passa chez Jobling, son tailleur, et se fit faire une petite boutonnière dans les manches de veste de ses uniformes pour y accrocher son galon de blessé, une barrette verticale de cuivre de deux centimètres et demi de hauteur portée sur l'avant-bras gauche. Jobling fut visiblement ému par le récit de ses blessures. Trois de ses assistants s'étaient engagés, dont deux étaient déjà morts. « Ne retournez pas là-bas, Mr Rief, dit-il, vous avez fait

293

votre foutue part, c'est bon.» Il ajusta aussi la veste de Lysander qui avait maigri durant sa convalescence.

Lysander alla voir Blanche jouer *L'Heure du danger* à la Comedy. Dans sa loge, en coulisses, elle ne lui permit pas de l'embrasser sur les lèvres. Il l'invita à souper mais elle déclara ne pouvoir accepter parce qu'elle «fréquentait quelqu'un». Dont il demanda le nom, qu'elle refusa de lui donner, et ils se séparèrent avec froideur, voire amertume. Le lendemain, il lui envoya des fleurs afin de se faire pardonner.

Il organisa très vite un petit dîner dans un salon privé du Hyde Park Hotel pour quatre de ses amis acteurs, avec l'intention de découvrir le nom du nouveau «beau» de Blanche. Tout le monde le connaissait et, à son inquiétude, il se révéla être quelqu'un qu'il connaissait aussi un peu, un auteur dramatique assez célèbre pour lequel il avait travaillé, James Ashburnham, un veuf approchant la cinquantaine. Un bel homme d'âge mûr précédé d'une réputation, dans le monde du théâtre, de coureur de jupons. Lysander se sentit trahi, même si un moment de réflexion lui fit comprendre qu'il n'avait aucun droit de l'être – c'était lui qui avait rompu leurs fiançailles, et non Blanche. Ainsi qu'elle le lui avait rappelé, ils avaient décidé de rester amis, rien de plus, par conséquent sa vie privée ne regardait qu'elle.

Bien entendu, être rejeté pour un autre homme le blessait, et ses anciens sentiments à l'égard de Blanche n'eurent pas de mal à refaire surface. C'était une jeune femme exquise, extrêmement belle, et ce qu'ils avaient partagé ne pouvait pas être relégué aux oubliettes. À quoi pensait-elle donc, en entretenant une liaison avec un auteur dramatique assez vieux – enfin presque – pour être son père? Lysander fut surpris d'être à ce point tourmenté.

Le vendredi matin, on frappa à sa porte et Plumtree, la petite femme de chambre, lui annonça qu'un gentleman l'attendait dans le petit salon. Lysander descendit, un peu excité : enfin, ça y était, la pièce allait reprendre, orchestre et débutants, s'il vous plaît ! Fyfe-Miller était là, dans son élégant uniforme de capitaine de frégate, un dossier sous le bras. Il ferma la porte et étala les papiers sur la table. Avec Munro, ils avaient analysé tous les renseignements contenus dans les transcriptions des lettres à Glockner et ils étaient convaincus qu'ils ne pouvaient venir que d'un seul département du ministère de la Guerre, la Direction générale des transports. Ce service était pour l'instant abrité dans une annexe du ministère, sur la rive droite de la Tamise, dans un immeuble près de Waterloo Bridge. Lysander devait immédiatement aller se présenter au directeur, un certain lieutenant-colonel Osborne-Way, qui lui attribuerait un bureau pourvu d'une ligne téléphonique. On l'attendait cet après-midi même, il n'y avait pas de temps à perdre.

« Ça ne peut pas attendre lundi ? se plaignit Lysander.

– On est en guerre, Rief, au cas où vous ne l'auriez pas remarqué, répliqua Fyfe-Miller, pour une fois sans sourire. Que signifie cette attitude ? Plus vite nous découvrirons qui est cette personne, plus vite nous serons tous en sécurité. »

À 14 heures, cette même journée, Lysander se tenait devant l'immeuble de sept étages qui abritait la Direction des transports, à peu près à mi-distance entre le pont de Waterloo Bridge et celui de Charing Cross. L'aiguille de Cléopâtre était à quelques mètres sur sa gauche. L'expression « chercher une aiguille dans une botte de foin » lui revint en tête avec des sonorités pessimistes. La Tamise était derrière lui, il pouvait entendre l'eau tourbillonner autour des jetées et des bateaux à l'ancre tandis que la marée descendait. Il était très élégant dans son uniforme neuf, avec sa barrette de blessé, et, gainant ses bas de jambe, ses guêtres de cuir à boucles bien cirées. Il ôta sa casquette, lissa ses cheveux et la remit sur sa tête. La nervosité commençait à le gagner mais il savait qu'avant toute chose, il devait montrer de l'assurance. Il alluma une cigarette – inutile de se précipiter. Il entendit un battement d'ailes et se retourna sur un grand corbeau qui descendait en piqué sur le trottoir, à deux mètres de lui. De grosses bêtes, vues de près – de la taille d'un petit poulet. Bec noir, œil noir, plumes noires, pattes noires. «Ville de milans et de corbeaux», avait dit Shakespeare à propos de Londres. Lysander observa l'oiseau se frayer un chemin cahin-caha vers un morceau de pain aux raisins jeté dans le caniveau, qu'il picora un moment tout en jetant des regards soupçonneux alentour, avant d'être frôlé par une automobile et de s'envoler vers un platane dans un croassement furieux.

Lysander se rendit compte qu'il pouvait tirer trois ou quatre interprétations symboliques et sinistres de cette rencontre avec un corbeau londonien, mais il décida de n'en approfondir aucune. Il jeta son mégot dans la Tamise, ramassa sa serviette et, un œil sur la circulation, traversa l'avenue pour atteindre l'entrée de l'Annexe.

Une fois son identité contrôlée, il fut conduit au quatrième étage par une ordonnance. Ils poussèrent des portes battantes pour pénétrer dans une antichambre flanquée de deux couloirs. Sur le mur figuraient des listes de divers départements, d'acronymes sans signification et de petites flèches indicatrices : DGMR, Port et Transport Cté, Ingeniérie Fer et Route, DC (ministère de la Défense), Matériel (France), Contrôle ravitaillement (Douvres), DART (Mésopotamie), ROD (II), etc. Lysander et l'ordonnance tournèrent à droite et longèrent un large corridor revêtu de linoléum sur lequel s'ouvraient de nombreuses portes. Le bruit des machines à écrire et des sonneries de téléphone les suivit jusqu'à une porte marquée : *Directeur des Transports*. L'ordonnance frappa et Lysander put entrer.

Le directeur des Transports, le lieutenant-colonel breveté Osborne-Way (Worcester Regiment) n'était pas ravi de le voir, comprit très vite Lysander. Il se montra délibérément brusque et glacial, ne lui offrit pas de siège, refusa de lui serrer la main et ne lui retourna pas son salut. Lysander lui tendit son sésame pour le royaume de la Direction des transports : une feuille de papier à en-tête signée par le chef de l'état-major impérial lui-même, le lieutenant général Sir James Murray KCB, selon laquelle « le ci-nommé officier, le lieutenant L.U. RIEF doit se voir offrir toute assistance et facilité d'accès. Il agit sous mes ordres et me rend compte directement. »

Osborne-Way lut la missive plusieurs fois, comme s'il ne pouvait croire à ce qui y figurait noir sur blanc. C'était un petit homme avec une moustache grise taillée en brosse et de grandes poches sous les yeux. Sept téléphones étaient alignés sur son bureau et il y avait, dans un coin de la pièce, un lit de camp avec une couverture.

« Je ne comprends pas, dit-il enfin. En quoi est-ce que ça concerne le C.E.M.I. ? Pourquoi vous envoie-t-il à nous ? Ne sait-il pas à quel point nous sommes occupés ? »

Comme pour illustrer son propos, deux des téléphones se mirent à sonner en même temps. Il décrocha le premier et dit : « Oui. Oui… je répète, oui. Affirmatif. » Puis il prit le second, écouta un moment et lança « Non » avant de raccrocher.

« L'idée n'est pas de moi, sir, répliqua Lysander d'une voix posée. Il affectait un accent un peu traînant, nasal, vaguement mufle et traduisant un ennui profond, conscient que ce ton ne serait pas pour plaire à Osborne-Way. Il s'en fichait : il n'était pas candidat à un concours de popularité. « Je ne fais que suivre les ordres. Un travail à compléter, un supplément à celui de la commission d'enquête de Sir Horace Ede sur les transports.

297

Une affaire assez urgente, à cause de la prochaine réunion de la conférence interalliée.

– Qu'attendez-vous de nous, alors ? » demanda Osborne-Way en lui rendant la lettre comme si elle lui brûlait les doigts.

« J'aimerais avoir une liste de tout le personnel de la Direction et de ses attributions. Et je vous serais reconnaissant de bien vouloir faire savoir à chacun que je suis là et que j'ai un travail à faire. J'aurai un entretien avec chacun d'eux. Plus vite j'en aurai terminé, plus vite vous me verrez prendre la porte. » Il sourit. « Sir.

– Très bien.

– Je crois qu'on m'a attribué un bureau. »

Osborne-Way s'empara d'un téléphone et hurla dans le microphone : « Tremlett ! »

Dans les trente secondes, un caporal apparut à la porte. Avec un bandeau noir sur un œil.

« Tremlett, dit Osborne-Way. Voici le lieutenant Rief. Emmenez-le salle 205. » Puis, s'adressant à Lysander : « Tremlett ira vous chercher tous les dossiers et les documents dont vous aurez besoin, ainsi que toute personne que vous souhaiterez interroger, et il vous pourvoira en thé et biscuits. Bonne journée. » Il ouvrit un tiroir de son bureau et en sortit quelques papiers. À l'évidence, la réunion était close. Lysander reprit avec Tremlett le large corridor en y opérant deux virages à angle droit pour atteindre la salle 205.

« Content de vous avoir à bord, sir », dit Tremlett, en se tournant pour gratifier Lysander d'un sourire en coin, la partie de son visage couverte par le bandeau demeurant immobile. C'était un jeune homme de moins de vingt-cinq ans, qui parlait avec un accent londonien. « Je suis sur l'extension 11. Passez-moi un coup de fil si vous avez besoin de moi. Nous y voilà, sir. »

Il ouvrit la porte de la salle 205. Une boîte sans fenêtre dotée d'une lucarne crasseuse. Une table, deux chaises et un très ancien classeur. Sur la table, un téléphone. Pas le genre d'endroit où quiconque aurait envie de s'éterniser, songea Lysander. « D'où vient cette curieuse odeur ? demanda-t-il.

– Du désinfectant, sir. Le colonel Osborne-Way a pensé qu'il fallait donner un bon coup d'éponge avant votre arrivée. »

Lysander demanda à Tremlett de lui apporter la liste d'Osborne-Way dès que possible. Il s'assit et alluma une cigarette. Les yeux lui piquaient déjà à cause de la forte odeur de désinfectant. Les lignes de bataille avaient été tracées : le directeur des Transports avait procédé à une attaque préventive.

Au quatrième étage de l'Annexe, le conseil de la Direction des transports comportait vingt-sept membres avec une foule de petit personnel, clercs et secrétaires, pour les servir. La plupart étaient des officiers qui avaient été blessés et déclarés inaptes au service actif. En examinant la liste d'Osborne-Way, Lysander se surprit à se demander : lequel d'entre vous est Andromède ? Lequel d'entre vous a envoyé ces messages codés à Manfred Glockner à Genève ? Qui a accès aux étonnants renseignements que ces lettres contiennent ? Qui es-tu, Andromède ? Le capitaine (par intérim) J.C.T. Baillie (Royal Scots) ? Ou le commandant (par intérim) S.A.M.M. Goodforth (Irish Guards)… Il feuilleta les pages dactylographiées et se demanda pour quelle raison il avait choisi Andromède comme surnom pour le traître. Andromède, une superbe jeune femme sans défense, nue, enchaînée aux rochers au bord de l'océan et attendant, terrifiée, la venue du monstre Cetus : voilà qui ne correspondait pas vraiment à l'image que l'on se faisait d'un homme trahissant activement et de manière efficace son pays. « Cetus » aurait peut-être été plus approprié, mais il aimait la

299

sonorité du nom «Andromède» et l'idée de chercher une femme. Le paradoxe était plutôt intéressant.

Pour autant, en examinant la liste d'Osborne-Way, il comprit vite que l'affaire ne serait pas aussi simple que cela. Il prit un nom au hasard: Capitaine (par intérim) M.J. McCrimmon (Royal Sussex Regiment). Fonctions: 1. Envoi d'unités et de contingents en Inde et Mésopotamie. 2. Transports intercoloniaux. 3. Demandes d'indemnités pour transports amirauté et passages individuels vers et à partir de l'Inde.

Il en choisit un autre: major (par intérim) E.C. Lloyd-Russell (retraité, réserve spéciale). Fonctions: 1. Envoi d'unités et de contingents de recrues de l'Inde en France (Force «A») et en Égypte (Force «E»). 2. Recrues de l'Union sud-africaine. Main-d'œuvre de l'Afrique du sud et de l'Inde en France. 3. Supervision du service des vivres en provenance des États-Unis et du Canada à destination du Royaume-Uni.

Venait ensuite le major L.L. Eardley (Royal Engineers). Fonctions: 1. Autorisations et irrégularités voyages. 2. Délivrance de titres ferroviaires sans lien avec l'embarquement. 3. Questions générales concernant les voies ferrées et fluviales dans le Royaume-Uni.

Et la liste continuait: Lysander était au bord du malaise en découvrant l'ampleur de la tâche, et toutes ces «fonctions». Il commanda du thé et des biscuits à Tremlett. Il se voyait comme un enfant sur le toit d'une grande usine, scrutant par une lucarne les machines et les gens à l'intérieur. Qui étaient-ils? Que faisaient-ils? Pour quel résultat? Toutes ces positions et responsabilités plus étranges les unes que les autres: «Service ingénierie chemins de fer. Comptabilité travaux entretien. Occupation et location de propriétés ferroviaires. Statistiques maritimes. Main-d'œuvre en France. Navires-hôpitaux au long cours. Envoi de provisions sur théâtres de guerre autres que la

300

France. Construction de voies d'évitement…» Et il ne s'agissait là que d'un seul département du ministère de la Guerre. Or, il y avait des milliers de gens qui travaillaient au ministère de la Guerre. Et ceci ne représentait qu'un seul pays en guerre. La Direction des transports avait sans doute son équivalent en France, en Allemagne, en Russie, en Autriche-Hongrie…

Il éprouva presque un vertige, assis là, à tenter de prendre la mesure de toute cette bureaucratie industrielle installée dans le monde civilisé, dont l'objectif était de pourvoir aux besoins de ses armées au combat. Quel effort gigantesque, que de millions d'heures dépensées, jour après jour, semaine après semaine, mois après mois. En essayant d'en venir à bout, de visualiser d'une manière ou d'une autre cette prodigieuse bataille quotidienne, il se réjouit bizarrement d'être allé au front. Peut-être était-ce pour cette raison que l'on employait ici des soldats blessés plutôt que des fonctionnaires ou d'autres professionnels de l'administration. À la Direction des transports, tous ces capitaines et majors par intérim savaient au moins les conséquences physiques, intimes, des «transports de munitions» qu'ils ordonnaient.

Tout ceci prenait pour Lysander un tour personnel, sombre. La seconde où il avait jeté cette grenade Mills 5 dans la sape, sous la tombe en ruines, représentait l'instant final dans tout le parcours effectué par un petit bout de matériel – une histoire qui remontait dans l'espace et le temps comme une vague propagatrice, vampirique. À partir du morceau de minerai venu du Canada, expédié en Angleterre, fondu, moulé, tourné, rempli et emballé dans une caisse étiquetée «munitions à acheminer du Royaume-Uni en France». Peut-être de nouvelles voies d'évitement avaient-elles alors été construites dans une gare en rase campagne, au nord de la France, pour recevoir le train transportant ces munitions (et qu'impliquait, alors, la construction d'une voie d'évitement?). Et de là, le tout avait été amené dans un dépôt par transport animalier dont le fourrage était également fourni par Rouen et Le Havre. Puis les soldats avaient trimballé les caisses de bombes le long de boyaux de communication creusés par la « main-d'œuvre sud-africaine ». Après quoi, cette grenade Mills 5 s'était retrouvée dans le barda du lieutenant Lysander Rief, qui l'avait lancée dans une sape, sous une tombe, au milieu d'un no man's land, où un homme moustachu et un garçon blond s'étaient efforcés de la dénicher dans le noir, parmi les pierres éboulées, espérant et priant qu'un défaut de fabrication, ou un dysfonctionnement causé par le long trajet, l'empêcherait d'exploser... C'eût été trop beau.

Lysander se surprit à transpirer. Stop. Ne pas sombrer dans la folie. Il pensa à à la partie visible des icebergs, à des pyramides inversées, puis une image surgit, venue de nulle part, qui illustrait parfaitement ses pensées. Un feu de joie hivernal.

Il se rappela comment, par des journées de grand froid en hiver, lorsqu'on allumait un feu de camp, la fumée refusait parfois de s'élever. La moindre brise la faisait se mouvoir à ras de terre, plume basse, à l'horizontale, s'accrochant au sol sans jamais se disperser dans l'air comme la fumée d'un feu normal, par temps doux. Tout cet effort de guerre, monstrueux et gigantesque, lui parut soudain comparable à un feu d'hiver – oui, mais à l'envers. Comme si le linceul de fumée caressant la terre se condensait, se concentrait sur un seul point pour nourrir la petite conflagration rageuse du feu. Tous ces kilomètres de fumée dense, épaisse, à la dérive, rétrécissant, convergeant sur les flammèches crépitantes brûlant d'un orange vif parmi les feuilles sèches et les branches mortes.

Lysander quitta la salle 205 et erra dans les couloirs du service, croisant d'autres officiers et membres du secrétariat. Personne ne lui prêta attention, les sonneries des téléphones et le claquement sec des machines à écrire constituant un fond sonore permanent. Il jeta un œil dans une pièce et vit trois officiers assis derrière leurs bureaux, chacun pendu à son récepteur. Deux dactylos se faisaient face, tapant sur leur machine comme si elles se battaient en duel. Il descendit l'escalier et lut les indications sur les autres étages :

TRANSPORTS, CHEMINS DE FER ET ROUTES
TRANSPORT FLUVIAL (FRANCE),
INSPECTEUR GÉNÉRAL (TOUS THÉÂTRES D'OPÉRATIONS)
CHEMINS DE FER IRLANDAIS

Épuisé et un peu dépassé par les événements, il sortit sur l'Embankment et aspira plusieurs goulées de l'air crasseux de Londres. Il s'étira, fit jouer les muscles de ses épaules, fit rouler sa tête pour soulager son cou, se sentant faible et au bord des larmes devant l'ampleur de la tâche qu'on lui avait assignée. Qui, nom de Dieu, était Andromède ? Et quand il le découvrirait, que se passerait-il ?

4. Du courage à l'anglaise

« Tu vois, cria Hamo par-dessus le bruit du moteur, je ne me suis jamais senti nerveux à propos de quoi que ce soit dans la vie, mais aujourd'hui je le suis étrangement. »
À bord de la Turner décapotable, ce dimanche matin, ils faisaient route vers Romney et le déjeuner chez Bonham Johnson.
« Je vois ce que tu veux dire, répliqua Lysander en se penchant vers lui, les mains en entonnoir autour de la bouche. J'ai eu exactement le même sentiment en pénétrant dans le ministère de la Guerre : la rentrée des classes. » Il regarda autour de lui

et aperçut un poteau indicateur : Fairfield, 2 miles. «Faisons halte dans un pub ou un hôtel et prenons d'abord un verre. Histoire de se donner du courage à la hollandaise, comme on dit. D'ailleurs, pourquoi dit-on "à la hollandaise"? À l'anglaise, voilà ce qu'il nous faut !

– Excellente idée», approuva Hamo. Il arborait une casquette plate, visière en arrière, et des lunettes d'aviateur. Ils avaient baissé la capote de la Turner car la journée était belle, quoique un peu venteuse. Ils portaient tous deux des pardessus et Lysander avait attaché son trilby avec son écharpe autour de sa tête.

Ils avisèrent un petit pub dans Fairfield et commandèrent des whiskies-soda au bar.

«Je suis tout bonnement terrifié, dit Hamo, à l'idée qu'un de ces littérateurs me pose des questions sur Shakespeare ou Milton.

– Non, ils ne le feront pas. Tu es celui qu'ils veulent voir et rencontrer. Tu as écrit *Le Lac perdu*. C'est de ça qu'ils voudront parler, pas de Keats ni de Wordsworth.

– J'aimerais avoir ton assurance, mon garçon.

– Pour l'amour de Dieu, Hamo, tu as été décoré de la Victoria Cross. Ils ne sont qu'un tas d'écrivains oisifs.

– Tout de même...

– Non. Fais comme moi. Si je ne suis pas sûr de moi, j'agis comme si je l'étais.

– J'essaierai. C'est exactement ce que ton père aurait dit. Vois-tu, je pense qu'un autre whisky m'aiderait.

– Vas-y donc. Moi aussi.»

Lysander regarda son oncle aller au bar commander une autre tournée, gonflé d'amour pour cet homme. Mince et bien droit dans son costume gris foncé, la lumière du plafond se reflétant sur son crâne chauve, formait une sorte de halo. Le halo de Hamo. L'idée était jolie.

La maison de Bonham Johnson, Ponshill Place, était vaste et imposante. Une ferme victorienne de brique rouge, et des hautes souches de cheminée. À une extrémité, un large bow-window donnait sur un jardin en terrasse qui descendait en pente douce vers une piscine entourée de buis taillés en obélisques. Une grange et des étables se dressaient sur le côté, c'était là que les invités devaient garer leur automobile. Un garçon de ferme leur fit signe d'entrer dans la cour où se trouvaient déjà une douzaine de voitures alignées sur deux rangs.

« Oh, parfait, s'écria Hamo. On dirait qu'il y a foule. Je pourrai me cacher. »

L'entrée principale leur fut ouverte par un maître d'hôtel qui les invita à « passer au salon ». C'est-à-dire dans la grande salle de réception avec la vaste baie arrondie et déjà occupée par plus de vingt personnes, toutes habillées sans chichis, remarqua Lysander, content d'avoir opté pour un costume de tweed léger. Il aperçut des hommes sans cravate et des femmes en robes à imprimés de couleurs vives. « Détends-toi ! » chuchota-t-il à Hamo, et ils attrapèrent un verre de sherry sur un plateau offert par une jeune soubrette extrêmement jolie. Bonham Johnson était très corpulent avec des cheveux longs et clairsemés et une barbichette pointue qui lui donnait un air dix-septième siècle. Il se présenta et se lança dans un éloge éloquent ininterrompu du *Lac perdu d'Afrique*. « Extraordinaire, incomparable. » Même Hamo céda à ce panégyrique et Lysander fut ravi de se laisser emmener par Johnson lequel lui demanda : « Connaissez-vous Joseph Conrad ? Non ? Vous vous découvrirez beaucoup de choses en commun. »

Lysander revint vers la soubrette au sherry et s'empara d'un second verre. « À quelle heure sert-on le déjeuner ? » s'enquit-il, en la regardant droit dans les yeux. Elle était remarquablement jolie. Que faisait-elle là, à servir les invités de Bonham Johnson ?

«Vers une heure et demie, sir. On attend encore quelques convives.

– Vous allez peut-être trouver ma question étrange, mais avez-vous jamais songé à...»

«Lysander?»

Il se retourna et une demi seconde ne la reconnut pas. Les cheveux étaient plus bruns, coupés court avec une frange sévère lui mangeant les yeux. Elle portait une robe en jersey avec de grands losanges de couleur – orange, bouton-d'or, cannelle. Il se mit à trembler. Un choc manifeste, impossible à ignorer.

«Hettie...

– Je suis si contente que tu aies pu venir. J'ai dit à Bonham que la meilleure façon de t'attirer ici, ce serait par ton oncle.» Elle se hissa vers lui pour lui embrasser la joue et, pour la première fois depuis dix-huit mois, il put humer son odeur. Et voilà qu'il avait les larmes aux yeux. Il les ferma.

«C'est donc toi qui as tout manigancé...

– Oui. Il fallait que je trouve un moyen de te voir. Tu ne vas pas être horrible avec moi, non?

– Non. Non, je ne le serai pas.

– Tu vas bien? Tu es tout pâle.

– Lothar est ici?

– Bien sûr que non. Il est en Autriche.»

C'était impossible. Il avait l'impression d'être entraîné dans une sorte de course à l'émotion, sentiments et sensations s'enchaînant et tourbillonnant avec frénésie.

«Peut-on sortir d'ici? réussit-il à dire.

– Non. Jago serait horriblement soupçonneux. En fait, il n'appréciera pas que je te parle trop longtemps.

– Qui est Jago?

– Mon mari. Jago Lasry.»

Lysander devina qu'il aurait dû réagir au nom, mais il n'avait jamais entendu parler de l'homme.

Hettie le regarda d'un air ironique.

« Allons, ne joue pas à ces petits jeux avec moi ! Jago Lasry, l'auteur de *Crépuscules*. Hein ? Ça ne te dit rien ? *Le Renard bleu vif et autres histoires*. Non ?

– Je suis dans l'armée depuis le début de la guerre… Je ne suis plus du tout dans le coup. »

Elle se rapprocha de lui et il se rappela combien elle était menue, petite – le haut de sa tête lui arrivait à la poitrine. Elle baissa la voix.

« Je suis assise à côté de toi à table, mais nous devons prétendre que nous ne nous connaissons pas, enfin presque pas. Et je ne m'appelle plus Hettie. Je suis Vanora.

– Vanora ?

– Un prénom celtique. J'ai toujours détesté m'appeler Hettie. À Vienne, passe encore, mais ici c'est trop moche. Imagine : Hettie Lasry ! À tout à l'heure, au déjeuner. »

Elle s'éloigna et Lysander, toujours en proie à un affreux désarroi, la regarda partir à travers un brouillard et affronter une foule d'invités pour rejoindre un des jeunes gens sans cravate. Un type petit et nerveux, approchant la trentaine, avec une barbe noire clairsemée et un costume de velours côtelé marron. Jago Lasry, l'auteur de *Crépuscules*. Lysander vit l'homme le chercher du regard. Ainsi Hettie-Vanora était derrière cette invitation… que pouvait-elle bien vouloir de lui ? Il but son sherry d'un trait et se mit en quête d'un autre verre.

Durant le déjeuner, il insista pour entendre le reste de l'histoire de Hettie – par petits bouts décousus, émaillé de retours en arrière, de nouvelles explications. Il fut scandalisé d'apprendre qu'elle vivait en Angleterre depuis le début de l'année. Elle avait quitté Vienne en novembre 1914, était passée en Suisse et arrivée en Angleterre via l'Italie et l'Espagne.

«Pourquoi n'as-tu pas amené Lothar avec toi ?

– Il est beaucoup plus heureux en Autriche. Il vit à Salzbourg chez une tante d'Udo. Heureux comme tout.

– As-tu une photo de lui ?

– Oui, mais… pas ici. Jago ne sait pas, pour Lothar. Gardons ça pour nous, si ça ne te fait rien.»

Elle avait rencontré Jago Lasry peu après son retour, lui raconta-t-elle, et ils s'étaient mariés en mai («le coup de foudre», selon elle). Ils vivaient pour l'instant en Cornouailles, dans un cottage appartenant à Bonham Johnson. Lasry était un protégé dudit Johnson, qui avait été fort prodigue d'introductions aux éditeurs et, dès que sollicité, le pourvoyeur de petits prêts. Lysander observa Lasry, de l'autre côté de la table, un maigrichon nerveux qui semblait parler avec les mêmes concentration et urgence qu'il apportait à dévorer sa nourriture. Lysander soupçonnait Bonham Johnson d'être plus qu'un peu amoureux de son protégé.

«J'ai dit à Jago que toi et moi nous étions brièvement connus à Vienne, expliqua Hettie. Que nous y consultions le même médecin. Au cas où il se méfierait.

– Bensimon est rentré à Londres, tu sais. J'ai eu de ses nouvelles.»

Hettie lui jeta son regard si particulier. Un étrange mélange d'intérêt soudain et de ce qui ressemblait à une menace.

«Comme à la bonne époque, hein ? lança-t-elle.

– Que veux-tu dire ?»

Elle détourna la tête et demanda à son voisin de lui passer le sel. Lysander sentit alors sous la table sa main sur sa cuisse et ses doigts cherchant vivement – et trouvant – le bombement de son pénis. Qu'elle agrippa à travers le tissu du pantalon avant d'y faire courir ses ongles tout du long. Il prit son verre de vin, comme s'il en espérait un soutien : il crut qu'il allait s'évanouir ou hurler. Elle ôta sa main.

« Il faut que je te voie », dit-il calmement, la voix rauque. Il parlait le nez dans son assiette, évitant le regard de Hettie, et découpait son agneau en petits morceaux pour se donner une contenance. « J'habite à Londres. Un petit hôtel, dans Pimlico. The White Palace. Ils ont le téléphone.

– Je ne sais pas si je pourrai aller à Londres. Difficile, mais je peux essayer.

– Envoie-moi une carte postale. The White Palace Hotel, Pimlico, Londres, South West. »

Elle s'était de nouveau tournée vers lui et il plongea dans ces yeux noisette très pâle un peu trop écartés. Il comprit que la revoir ici était un moment décisif. Une fois de plus, il se reconnaissait, comprenait la sorte de personne qu'il était, ce dont il avait besoin, ce qu'il demandait à la vie.

« Je te promets de faire de mon mieux, dit-elle. Écoute, tu ne pourrais pas me prêter un peu d'argent, par hasard ? »

« Un type étonnamment gentil, ce Bonham Johnson, déclara Hamo. M'a mis complètement à l'aise. Quel tintouin j'ai fait pour rien… j'ai tout de suite vu que c'était un musicien.

– Musicien ?

– Un des nôtres.

– Ah. Bon.

– Pour quoi avais-tu besoin de ces dix livres ? s'enquit Hamo en se baissant pour tourner la manivelle de la Turner. Tu as de la veine que j'ai eu un peu de liquide sur moi.

– Il fallait que je les prête à cette femme que je t'ai présentée. Vanora Lasry.

– Très généreux de ta part, remarqua Hamo en grimpant à

bord de l'automobile qui commençait à trembler. Prêter autant d'argent à une parfaite étrangère !

– C'était elle, Hamo, confessa Lysander avec soulagement. C'était Hettie Bull, la mère de mon fils.

– Nom de Dieu ! »

Ils quittèrent la cour des écuries et reprirent la route de Rye, à travers les étendues plates du marais. Lysander se pencha à l'oreille de son oncle pour lui résumer ce qui s'était passé. Tout en écoutant, étonné et compatissant, Hamo secouait la tête.

« Je n'ai rien à ajouter, mon garçon. Je ne te ferai aucun reproche. Je sais exactement ce que tu ressens. *Le cœur a ses raisons**. Oh, oui ! »

Ils roulèrent à bonne allure, le jour tombant, et, à mesure que la route les rapprochait de la côte, ils aperçurent la Manche et virent le soleil couchant polir la mer, comme de l'argent martelé. Lysander était tout à la fois excité et désorienté. Revoir Hettie l'avait rendu douloureusement conscient, une fois de plus, de la nature irréfutable de son obsession pour elle. Obsession ou amour ? Ou s'agissait-il de quelque chose de plus malsain, une sorte de besoin, une addiction ?

Hamo et lui veillèrent tard et bavardèrent autour d'un verre de whisky, Lysander profitant de l'occasion pour raconter l'histoire de Hettie plus en détail.

« As-tu l'intention de la revoir ? demanda Hamo.

– Oui. Il le faut.

– Es-tu sûr que ce soit sage, maintenant qu'elle est mariée ?

– Très peu sage, je dirais. Mais je ne vois pas d'alternative, Hamo. Elle m'a réduit à l'état d'esclave.

– Je comprends. Oh, oui, comme je comprends ! »

Hettie avait présenté Lysander à Jago Lasry après le déjeuner, et Lysander avait eu la sensation d'être scruté par un regard soupçonneux et sceptique. Pendue au bras de son mari, Hettie s'efforçait de donner l'image du bonheur conjugal.

« Nous avions tous deux le même médecin à Vienne, avait expliqué Lysander, cherchant quelque chose de banalement conventionnel à raconter à ce petit homme en colère, très remonté.

– Le même charlatan, vous voulez dire.

– Je n'irais pas aussi loin.

– Jusqu'où iriez-vous donc, Mr Rief?

– Disons que le Dr Bensimon m'a été d'un grand secours, du point de vue thérapeutique. Cela a été décisif.

– Il a abreuvé Vanora de drogues, ni plus ni moins.

– Freud lui-même a utilisé la cocaïne. Il a écrit un livre là-dessus. »

Ils avaient alors eu une discussion courte et vive au sujet des erreurs de Sigmund Freud et du freudisme, Lysander de plus en plus largué tandis que Lasry parlait de Karl Jung et de la 4ᵉ Conférence internationale psychanalytique de Munich de 1913, dont Lysander ignorait tout. Ses pensées dérivèrent sur l'accent de Lasry : Midlands, jugea-t-il, les mines de charbon de Nottingham – mais, avant qu'il ait pu le situer avec davantage de précision, Johnson prit Lasry à part pour le présenter à « l'éditeur de l'*English Review* », laissant Lysander sur place, titubant, épuisé.

« Il vaut mieux que je le rejoigne, dit Hettie. Je vois que tu l'as déjà mis de mauvaise humeur.

– Pourquoi n'es-tu pas revenue vers moi dès ton retour? demanda Lysander, soudain furieux et blessé.

– J'ai pensé que c'était inutile, que tu ne me pardonnerais jamais, pour Lothar. Et la police. Et tout le reste. »

Lysander se rappela combien il avait souffert à cause de Hettie à Vienne, et retrouva toute sa colère et sa frustration. Il se demanda

311

pourquoi il ne pouvait maintenir très longtemps ces accès de rage intenses que Hettie déclenchait toujours chez lui. Qu'avait-elle donc de si particulier ? Comment faisait-elle pour les déminer si facilement ?

« Je te pardonne, lâcha-t-il faiblement. Viens me voir à Londres. S'il te plaît. On réglera tout. »

Qu'entendait-il par là ? songea-t-il en montant le soir dans sa chambre, la tête lourde et l'esprit embrouillé par tout ce whisky et la foule d'émotions qui l'avaient assailli toute la journée. En se déshabillant, il se rappela que la chasse à Andromède était censée débuter sérieusement le lendemain matin. Dans son état de semi-ivresse, il pensa qu'il venait de revoir, dans une maison au cœur du Romney Marsh, la véritable Andromède, dans toute son importune beauté.

Coïncidence ? Quelle était la connexion viennoise dans l'affaire Andromède, se demanda-t-il, à moitié endormi. Si Hettie ne l'avait pas accusé de viol, s'il n'était pas allé voir Munro à l'ambassade, s'il n'avait pas ingénieusement organisé sa propre évasion, sa vie actuelle aurait été totalement différente. Mais à quoi tout cela rimait-il ? Le retour sur le passé vous montrait tous les tours et détours qu'avait pris votre vie, les hasards et contingences, les coups de chance et de malchance, les aléas dont était faite toute existence. Il n'empêche, les questions bourdonnèrent toute la nuit dans son cerveau tandis qu'il s'agitait, boxait et secouait ses oreillers, ouvrait et fermait les fenêtres de sa chambre en attendant le lever du jour. Il réussit à dormir une heure et se retrouva debout et habillé à l'aube, prêt à partir pour l'Auberge de Winchelsea où il devait prendre une carriole qui l'emmènerait à Rye. Lundi 27 septembre 1915. La chasse commençait.

5. Investigations autobiographiques

Ce matin, j'ai acheté un journal en allant à l'Annexe. «Grosse offensive à Loos»; «L'ennemi recule devant notre arme secrète»; «Avances importantes sur tout le front en dépit de lourdes pertes». Le vocabulaire insipide du journalisme militaire et chauvin. Tout a commencé ce week-end, à Winchelsea, lors du déjeuner de Bonham Johnson, alors que je buvais du sherry, sentant Hettie m'agripper sous la table, et que je discutais de Freud avec son détestable époux. Mais à l'Annexe, on fait la gueule. Ici, on sait vite quand les ambulances sont pleines. Les dispositions qui ont été prises pour quarante mille blessés paraissent déjà insuffisantes. Pas assez d'artillerie lourde, manque de ravitaillement dans les dépôts de munitions. Notre nuage de gaz toxique semble n'avoir eu qu'un effet très partiel – des rapports nous parviennent, dans lesquels on se plaint qu'il soit resté suspendu dans l'air au-dessus du no man's land, ou qu'il soit revenu sur nos tranchées, aveugler et semer la confusion parmi nos propres troupes prêtes à attaquer. À la Direction des transports, la seule chose que nous ne puissions pas fournir, hélas, c'est une bonne brise d'ouest. En parcourant la liste d'Osborne-Way, il m'est apparu qu'il était impossible pour bon nombre d'officiers de la maison d'avoir accès aux informations des lettres à Glockner. J'ai néanmoins décidé, en manière de politique et de subterfuge, de les interroger un par un – je ne veux pas me concentrer sur un groupe particulier et éveiller ainsi des soupçons. Andromède, qui que ce soit, ne doit pas concevoir la moindre inquiétude à propos de cette enquête supplémentaire sur la Commission des Transports menée par Sir Horace Ede. J'ai donc convoqué Tremlett pour lui donner la liste complète des gens que j'interrogerai. Je commencerai par un certain major H.B. O'Terence, responsable des « notes de frais de transports par voie de terre. Visites de parents aux blessés dans les hôpitaux français ». Il aura de quoi faire dans les jours et les semaines à venir, autant en finir d'abord avec lui.

Revoir Hettie s'est révélé à la fois inattendu et très déstabilisant. Toute mon attirance sexuelle pour elle s'est aussitôt ravivée. Un désir incroyable. Visions de son corps nu et de ce que nous fîmes l'un avec l'autre. Accompagnées de toutes mes contradictions et doutes à son égard. Vanora Lasry… je ne peux pas y croire. Et *quid* de Lothar ? Mon fils, mon petit garçon. De nouveau, les sentiments ondulent. Un instant, cet enfant me semble irréel, le produit de mon imagination, un rêve, et la minute suivante, je me surprends à penser à cet enfant, ce bébé, vivant dans un faubourg de Salzbourg avec la tante d'Udo Hoff. Hettie s'en soucie-t-elle ? Pourquoi refuse-t-elle de dire à son nouvel époux qu'il a un beau-fils ? J'ai acheté *Crépuscules*, le recueil de poèmes de Lasry. Des inepties modernes, pour l'essentiel. Le vers libre est à la fois séduisant et dangereux, mais il laisse libre cours à la prétention et à l'hermétisme. Lasry en abuse, à mon avis. Je prends plus de soin.

SEPTIÈME CAPRICE DANS PIMLICO
L'aube d'elle-même s'est créée
Et puis s'est retournée
Pour voir
Ce qu'elle avait illuminé.

Débris, déchets, verre brisé et un morceau
De la verte Angleterre, en écho,
Un éclair de beauté. Regardez la danse :
Les filles s'avancent,

Les garçons balancent.
Émergeant du métro de Piccadilly
Je trouve hypnotiques
Les odeurs tropiques
De Leicester Square à minuit.
La lueur des réverbères, un lever de soleil
Artificiel.

«*Les colombes de ma cousine
Pleurent comme un enfant*.»

J'ai demandé à Tremlett de bien vouloir consulter pour moi la liste des pertes des Manchester Fusiliers afin de vérifier si un certain lieutenant Gorlice-Law ou un sergent Foley y figuraient. Il m'a appris que le lieutenant Gorlice-Law avait succombé à ses blessures le 27 juin et qu'un sergent Foley était hospitalisé à Stoke Newington. «Il doit être aveugle, sir, m'a dit Tremlett en désignant son bandeau. C'est là qu'on m'a ôté ma mirette.» Ainsi, Gorlice-Law est mort le lendemain de notre raid dans le no man's land. Il faut que je rende visite à Foley et que je découvre ce qui s'est exactement passé le soir où je les ai abandonnés en rampant. Inexorablement, des vagues de culpabilité m'envahissent. Était-ce ma faute? Non, espèce d'idiot. On t'avait ordonné de bombarder cette sape pour créer une diversion. Après quoi, les dieux de la guerre, et le sort, ont pris les choses en main et tu as alors été soumis à leur caprice, de la même façon que ces milliers de soldats se faisant face de chaque côté du front.

6. Invraisemblables suspects

Pendant les trois jours suivants, Lysander interrogea les officiers de la Direction des transports dans l'espace exigu et aseptisé de la salle 205. Lesdits interrogatoires furent tous menés sur le même ton d'ennui contrit et de routine polie, Lysander ayant le souci de n'éveiller aucun soupçon ou inquiétude. Il demanda à chacun de se montrer compréhensif – il savait qu'il gaspillait un temps qui leur était précieux – et s'efforça d'être aussi aimable que possible, mais les hommes qu'il interrogea se montrèrent tous las et rancuniers, voire méprisants. Osborne-Way avait été manifestement à la manœuvre pour préparer le terrain.

Il ne lui restait plus qu'une liste de six noms-clés, incluant le directeur, Osborne-Way lui-même. Tous ces hommes étaient capables, en théorie, de fournir le type de renseignements qui figuraient dans les lettres à Glockner. Quatre d'entre eux étaient responsables du « transport et contrôle du matériel de guerre et approvisionnements en France ». L'un s'occupait du contrôle des ports, un autre du matériel ferroviaire – « citernes, empierrement, bois, scories et charbon ». Un troisième, un des rares civils du service, se chargeait plus particulièrement de compiler les statistiques maritimes, et par conséquent, tous les chiffres atterrissaient sur son bureau. Hormis Osborne-Way (un suspect peu probable, quoique Lysander se refusât à l'écarter, les suspects les moins probables étant à son avis les plus suspects), les deux hommes qui l'intéressaient surtout étaient le major Mansfield Keogh (Royal Irish Regiment), le directeur adjoint des Transports, le numéro deux d'Osborne-Way, et un certain capitaine Christian Vandenbrook (King's Royal Rifle Corps), qui supervisait « l'envoi en France de munitions, pièces d'artillerie, fournitures et ravitaillement des Royal Engineers ».

316

En principe, la Direction des transports n'avait plus de responsabilité une fois débarqués au Havre, à Rouen ou Calais, les approvisionnements pris alors en charge par les services de l'intendance au quartier général de Saint-Omer. Néanmoins, en pratique, de nombreux problèmes surgissaient : des trains disparaissaient, des munitions se retrouvaient dans le mauvais dépôt, des bateaux étaient coulés dans la Manche. Fait significatif, pensait Lysander, Keogh et Vandenbrook s'étaient tous deux rendus en France indépendamment à trois reprises en 1915 (Osborne-Way deux fois seulement) pour assurer la liaison avec le directeur des Transports ferroviaires et son personnel, et superviser la construction de gares de triage et de voies d'évitement derrière les lignes de front. Occasions idéales pour découvrir tout ce que les lettres à Glockner contenaient.

Calme, sérieux, efficace, Keogh semblait consumé par une tristesse intime. Il fut poli et prompt à répondre, mais Lysander devina, à travers son regard vide, que l'homme le considérait comme un moins que rien, une mouche du coche, un bout de papier froissé, une feuille sur le trottoir. Vandenbrook, en revanche, se montra le plus ouvert et le plus charmant des interlocuteurs. Petit, mince, beau, des traits réguliers, une moustache blonde aux extrémités élégamment retroussées, des dents – il souriait tout le temps – d'une blancheur presque artificielle, Vandenbrook fut le seul, parmi ceux que Lysander interrogea, à lui poser des questions sur lui-même et à être heureux de se souvenir l'avoir vu sur scène avant la guerre. Lysander savait que tout le monde, dans le service, était au courant de son passé (il avait entendu plus d'une fois Osborne-Way parler de lui comme de ce « foutu petit théâtreux »), mais seul Vandenbrook avait fait des allusions ouvertes et sans arrière-pensée à sa carrière théâtrale, et, du coup, Lysander l'aimait bien.

Le journal de bord de la Direction des transports avait révélé certains faits au sujet des voyages en France de Keogh et de Vandenbrook. Tremlett procura à Lysander le registre détaillant toutes les «demandes de remboursement de frais de transport par voie de terre». Keogh ayant la responsabilité du port de Douvres; Vandenbrook celle de Folkestone, les deux hommes visitaient régulièrement ces ports dans lesquels la Direction des transports possédait des bureaux, et leurs frais – train, hôtels, taxis, porteurs, repas et boissons – étaient identifiés, copiés, et classés. Lysander décida d'enquêter d'abord sur Keogh, puis Vandenbrook, et de garder Osborne-Way, le plus gros morceau, pour la fin.

Lysander vit Keogh sortir de l'Annexe et partir à pied vers Charing Cross. Il le suivit à bonne distance, bien qu'il pensât être difficilement reconnaissable. Il portait une fausse moustache, un chapeau melon et trimballait une mallette. Il avait choisi un vieux costume sombre et en avait raccourci les manches pour dégager les manchettes cartonnées effrangées de sa chemise, se donnant ainsi l'allure, espérait-il, d'un de ces milliers d'employés de bureau qui se déversaient des grands ministères de Whitehall à la fin de leur journée de travail et entamaient leur trajet de retour chez eux par les divers moyens de transports publics, omnibus, tram et métro. Il suivit Keogh dans la station de métro Charing Cross et s'assit à l'autre bout du compartiment tandis qu'ils progressaient le long de la District Line sous la Tamise jusqu'à East Putney. Il regarda Keogh remonter Upper Richmond Road, puis tourner dans une rue de maisons mitoyennes en brique, et entrer au numéro 26. Lysander perçut les faibles aboiements d'un chien, vite tus. Tous les volets étaient baissés bien qu'il fît encore jour – peut-être Keogh était-il l'un de ces rares Londoniens à observer le black-out contre les raids des zeppelins, ce qui ne servait pas à grand-chose si les voisins se montraient négligents. Un décès dans la famille?...

Il avisa une femme qui poussait un landau sur le trottoir, de l'autre côté de la rue, et traversa la chaussée pour la rejoindre. Adoptant un vague accent cockney, il lui demanda si elle savait dans quelle maison Mr et Mrs Keogh habitaient.

« J'ai frappé à la mauvaise porte, on dirait, même.

– C'est le numéro 26 que vous cherchez, monsieur, dit-elle. Mais n'allez pas demander Mrs Keogh.

– Pourquoi donc ?

– Parce qu'elle est morte il y a deux mois. Diphtérie. Très triste, affreusement dommage. Très jolie jeune femme. Superbe. »

Lysander la remercia et s'éloigna. Un veuf récent, donc – ce qui expliquait le regard absent, indifférent. Cela l'excluait-il ? Ou bien la mort absurde d'une ravissante jeune épouse provoquait-elle des sentiments de nihilisme et de rage contre l'univers ? Il lui faudrait en découvrir plus sur le major Keogh. Entre-temps, il allait reporter son attention sur le capitaine Christian Vandenbrook.

Vandenbrook était assez riche pour rentrer chez lui en taxi. Assis lui-même à l'arrière d'un cab devant l'Annexe, à la fin de la journée, Lysander l'observa héler une voiture et le suivit jusqu'à son club, dans Saint James. Deux heures plus tard, l'homme en ressortit, arrêta un autre taxi et se fit conduire à Knightsbridge dans une grande maison de stuc blanc au milieu d'une gracieuse suite de demeures attenantes, à deux pas de Brompton Road. Décidément, pour un capitaine du King's Royal Rifle Corps, Vandenbrook semblait fort à l'aise.

Lysander renvoya son propre taxi et parcourut l'élégant croissant formé par l'ensemble des vastes demeures. À travers une fenêtre, il aperçut Vandenbrook prenant un verre en cristal sur un plateau d'argent tendu par un maître d'hôtel. Du personnel, aussi. Vingt minutes plus tard, un autre taxi s'arrêtait devant la maison. Un couple, en tenue de soirée, en descendit et sonna. Lysander regagna son petit hôtel de Pimlico, conscient qu'un individu aussi privilégié, manifestement, que Vandenbrook n'avait pas vraiment besoin de verser dans la trahison. Osborne-Way était le candidat suivant.

À l'hôtel, Lysander trouva une carte postale en provenance de Saint Austell, en Cornouailles. Qui annonçait : « Arriverai vendredi soir. Ai retenu une chambre au White Palace, Pimlico. Vanora. »

Tremlett lui apporta le registre des « notes de frais de voyages par voie de terre » et attendit d'autres ordres tandis que Lysander feuilletait les pages.

« Le colonel Osborne-Way n'a pas fait de notes de frais ?

– Non, sir. Il envoie les siennes directement au ministère de la Guerre. Il était à l'état-major. On l'a délégué ici, pour ainsi dire.

– C'est curieux. Peut-on se les procurer ? »

Tremlett fit un bruit de succion.

« On peut essayer, mais ça prendra du temps. Il faudra peut-être y aller de votre lettre magique.

– Merci, Tremlett, ça sera tout pour le moment. »

Il examina les frais de Keogh et nota les dates auxquelles il s'était rendu à Douvres dans les derniers mois ; puis il revint à Vandenbrook et compara les déplacements récents des deux hommes – certains jours, ils coïncidaient, d'autres non. Il remarqua toutefois que Vandenbrook ne s'arrêtait que rarement à Folkestone, ses notes de frais d'hôtel concernaient des établissements de Deal, Hastings, Sandwich, Hythe et, à une occasion, Rye. Sans doute avec l'idée d'en profiter pour jouer au golf, se dit Lysander en examinant les récépissés, ou de se tenir à l'écart de la bureaucratie de la Direction des transports – un homme sensé.

On frappa à la porte. Lysander remit la bouteille de champagne dans le seau à glace, traversa la chambre en essayant de rester calme et ouvrit la porte. Hettie était là, souriante, persuadée, semblait-il, que cette rencontre était la chose la plus normale et la plus naturelle au monde.

« Quel drôle de petit hôtel tu as choisi, s'écria-t-elle en entrant. Ma chambre est minuscule. » Lysander referma la porte derrière elle, avec l'impression d'avoir la poitrine remplie d'une laine rugueuse et brûlante – la respiration lui manquait au point qu'il ne pouvait prononcer un mot. Une sorte de faiblesse l'envahit, comme si ses genoux menaçaient de se dérober et qu'il fût à deux doigts de tomber.

« Tu ne m'embrasses pas ? » lança Hettie en ôtant son chapeau qu'elle jeta sur une chaise. « Déshabillons-nous maintenant... et buvons notre champagne.

– Hettie, pour l'amour de Dieu...

– Allez, Lysander ! On fait la course ! »

Ils s'embrassèrent. Il sentit ses lèvres sur les siennes et sa langue dans sa bouche. Ils se déshabillèrent, Lysander ouvrit le champagne et le servit. Il nota que Hettie avait gardé ses dessous, ses talons hauts et ses bijoux : des perles de jais au cou, des bracelets en ivoire.

« Pourquoi faisons-nous ça ? demanda-t-il faiblement. De cette manière ?

– Parce que je te connais, Lysander. Tu te rappelles ? » Elle le grondait presque. « Parce que je sais ce que tu aimes. » Sans le moindre complexe, elle parcourut à grandes enjambées la chambre, vérifia que les rideaux étaient bien tirés. « C'est excitant, non ? D'être nus dans une chambre d'hôtel de Pimlico, à boire du champagne... » Elle baissa les yeux sur Lysander : « Eh bien... on dirait que tu es d'accord ! »

Elle s'approcha, il lui caressa les seins et l'attira contre lui. De nouveau, bizarrement il eut envie de pleurer, comme si son destin se jouait ici, dans cette chambre quelconque, avec Hettie dans ses bras, une fois de plus. C'était le problème avec elle, reconnut-il, ou plutôt c'était *son* problème à lui, avec Hettie. Il n'avait jamais ressenti de besoin aussi fort, avec qui que ce fût d'autre.

Elle embrassa son torse et il passa ses bras autour d'elle. Elle colla son petit corps contre le sien. Elle leva la tête et murmura : « Tu m'as manqué. » Puis elle le prit par la main et il se laissa mener docilement au lit.

7. Le Dene Hotel, Hythe

La Direction des transports avait ouvert et maintenait des bureaux à Douvres et à Folkestone depuis la fin de l'année 1914, ceci afin de mieux surveiller l'embarquement et l'expédition des millions de tonnes de fournitures envoyées en France chaque semaine. Le personnel était essentiellement composé des anciennes autorités portuaires et d'employés de bureau mais, à intervalles réguliers de quelques jours, Keogh et Vandenbrook y faisaient incursion pour superviser le travail ou, plus vraisemblablement, résoudre d'éventuels problèmes.

En examinant, le lundi, les rapports de service, Lysander vit que deux cargos étaient entrés en collision dans la Manche, et que l'un d'eux avait coulé avec une perte de « (approx.) 600 ouvriers noirs noyés ». Osborne-Way avait ajouté dans la marge, de sa petite écriture d'écolier en pattes de mouche, une note : « Attn Capt. VdenB. » Lysander demanda à Tremlett où se trouvait Vandenbrook et fut informé qu'il n'était pas venu à l'Annexe ce matin-là mais avait filé directement sur Folkestone afin de « régler le fumant gâchis ».

Lysander donna l'ordre à Tremlett de lui faire préparer un

passe de chemin de fer et, un peu avant midi, il prit à la gare de Victoria un train pour la côte. À Folkestone, il négocia avec un chauffeur de taxi pour qu'il reste avec lui jusqu'à minuit en échange de cinq livres, lequel accepta à contrecœur. Lysander songea aux soldats dans les tranchées, gagnant leurs dix-huit pence par jour pour leur corvée journalière. Malgré tout, la mobilité pouvait se révéler essentielle – il avait le sentiment que Vandenbrook ne passerait pas la nuit à Folkestone.

Il fit garer le taxi à quelque distance des bureaux de la Direction des transports dans Marine Parade, un peu plus haut dans la rue, et attendit. Une attente qui se révéla longue, Vandenbrook n'émergeant des bureaux qu'à 19 heures ce soir-là. Une voiture s'avança et il y monta. Ils se dirigèrent hors de la ville, longeant la côte en direction de l'ouest, vers Hythe. Vandenbrook se fit déposer à l'entrée du Dene Hotel, une jolie bâtisse d'un étage, en brique, avec un garage à l'arrière et une extension moderne, à quelques pas de la grand-rue, au pied de la colline menant à l'église principale de Hythe, Saint Leonards. La voiture repartit pour Folkestone. Au bout de cinq minutes, Lysander entra à son tour dans l'hôtel.

Le hall de la réception était un espace bas de plafond, avec poutres, et portes donnant sur un bar-salon et une salle à manger. Un bel escalier de chêne menait aux chambres à l'étage. Beaucoup plus confortable, certainement, que le Commercial Hotel de Folkestone où, selon Tremlett, le personnel de la Direction avait l'habitude de descendre. Un bouquet de fleurs fraîchement cueillies trônait sur le comptoir de la réception et, en lisant le menu affiché près de la salle à manger, Lysander découvrit une sélection simple, mais classique, de plats anglais : un rôti, une selle d'agneau, des rognons à la diable, une sole. Il eut faim, tout à coup – pas surprenant que Vandenbrook ait préféré choisir son propre cantonnement.

Il entra dans le bar et se décida pour un siège avec vue sur le hall, à travers une porte vitrée. Il commanda un whisky-soda et attendit que Vandenbrook descende dîner pour le surprendre. Ils riraient de l'affaire et, en tout cas, il y aurait gagné un repas convenable avant de reprendre le dernier train pour Londres.

Il sirota son whisky et alluma une cigarette, ses pensées inévitablement tournées vers Hettie et la nuit qu'ils avaient passée ensemble. Elle ne pouvait rester que jusqu'au matin, avait-elle dit, car elle devait rejoindre Lasry à Brighton où ils se mettraient en quête d'un logement – les Cornouailles et leur isolement commençaient à perdre de leur charme, et Bonham Johnson les pressaient de se rapprocher de Londres. Elle avait promis à Lysander de revenir passer quelques jours avec lui dès qu'elle aurait inventé une excuse susceptible d'apaiser son soupçonneux époux. Lysander songeait à louer un petit appartement dans une résidence hôtelière du centre de la capitale où ils pourraient se retrouver en toute discrétion – il était fatigué de la vie d'hôtel, de toute façon, et Dieu seul savait combien de temps il serait coincé à la Direction des transports, à la recherche d'Andromède. La perspective d'une enquête sur Osborne-Way ne lui faisait pas particulièrement plaisir. Il lui faudrait être exceptionnellement prudent, faire très attention de ne pas…

Sa mère entra dans l'hôtel.

Son premier instinct fut de se précipiter dans le hall et de la surprendre, mais quelque chose le fit se recroqueviller sur son siège. Elle portait un manteau de fourrure et un de ces petits chapeaux à la mode. Elle parla au réceptionniste, un porteur fut appelé et sortit. Bagages ? Allait-elle passer la nuit ici ? Le maître d'hôtel émergea de la salle à manger et lui serra la main, obséquieux. Elle devait être connue, dans la place… Elle fut conduite vers la salle à manger, hors de sa ligne de mire.

Lysander aurait aimé mettre cette rencontre au nombre des

multiples coïncidences de la vie. Des coïncidences, les plus extraordinaires coïncidences, se produisaient tout le temps, il le savait, assez pour faire rougir le plus paresseux des farceurs. Mais les étranges congruences de l'existence n'étaient pas applicables ici – chacun de ses os subitement douloureux lui disait qu'il ne s'agissait pas d'une rencontre accidentelle des orbites respectives de Vandenbrook, Rief et Lady Anna Faulkner. Puis il vit Vandenbrook descendre l'escalier, cigarette à la main, et entrer dans la salle à manger. Lysander comprit aussitôt qu'il se dirigeait vers la table où était installée sa mère, et que ce rendez-vous avait été prévu, mais il décida d'attendre cinq minutes avant de s'assurer de sa «preuve oculaire». Il sortit nonchalamment du bar et fit mine de consulter un plan de Hythe accroché près de la porte de la salle à manger, qui, entrouverte, lui permettait de voir un angle de la pièce. Il y avait une cheminée et une douzaine de tables, la moitié occupées. Et là-bas, dans le coin, sa mère acceptait un verre de vin versé par le sommelier ; en face d'elle, à la même table, était assis Christian Vandenbrook. Ils levèrent leur verre et trinquèrent – ils semblaient détendus et bien se connaître, ce n'était pas là, à l'évidence, une première rencontre. Tandis qu'ils bavardaient et consultaient le menu, Lysander les vit déployer toutes les pauvres feintes, mascarades et ruses éculées dont usent les amants dans un lieu public, avec l'espoir de cacher la nature de leurs rapports.

8. La Daimler du colonel

«J'ai besoin d'une automobile, Tremlett, dit Lysander. Je dois partir dans le sud-est. Est-ce que la Direction dispose de véhicules ?

– Il y a la voiture du colonel Osborne-Way, sir. Une Daimler.

Elle reste dans le garage durant des semaines sans que personne s'en serve.

– Ça me conviendra très bien.

– Mais je pense qu'on aura besoin de votre lettre magique, sir. »

Il s'agissait d'une grosse Daimler marron et noire, flambant neuve, sept sièges, modèle 1914. Commandée et payée comptant aux usines Daimler de Coventry par le directeur d'une firme de produits chimiques de Leipzig, elle avait été saisie par les autorités dès le début de la guerre avant de pouvoir être expédiée en Allemagne ; comment elle était devenue la voiture personnelle d'Osborne-Way relevait du mystère. Mais elle était idéale pour ce que voulait faire Lysander, et Tremlett proposa avec enthousiasme de jouer les chauffeurs. Munis des copies des notes de frais pertinentes, les deux hommes entamèrent, dès le lendemain – Lysander affalé comme un pacha à l'arrière, sur les sièges en cuir jaune moutarde –, la tournée des hôtels de la côte du Kent et du Sussex que Christian Vandenbrook avait fréquentés.

Ramsgate ne donna pas de résultat mais Sandwich, Deal et Hythe confirmèrent les soupçons de Lysander. Il s'agissait, dans tous les cas, de petits hôtels relativement chers et vivement recommandés par les bons guides. Les registres révélèrent que chaque fois que le capitaine Vandenbrook y descendait, Lady Anna Faulkner s'y trouvait aussi. Cependant, elle n'était pas avec lui à Rye ni à Hastings, peut-être était-ce trop près de chez elle. En fin de compte, sur une période allant de septembre 1914 à cette dernière rencontre en octobre 1915, ils avaient passé neuf nuits dans le même hôtel. Lysander n'aurait pas été surpris de voir le cas se reproduire à Londres – ils s'y étaient sûrement rejoints, elle se rendait dans la capitale deux ou trois fois par mois –, mais Vandenbrook pouvait difficilement présenter aux services comptables une note de frais pour une nuit dans un hôtel londonien.

Une liaison de plus d'un an donc, estima Lysander, et une liaison qui avait commencé alors que Crickmay Faulkner était encore bien vivant. La pensée d'une union charnelle impliquant sa mère et Vandenbrook le mettait mal à l'aise, lui donnait une autre image d'elle, comme si sa mère était devenue soudain une autre femme que celle qu'il connaissait et aimait. Mais après tout, elle n'était pas si âgée, elle avait d'autres rôles à tenir dans la vie que celui de « mère ». C'était une femme mûre d'une séduction extrême, cultivée, vive, pleine d'assurance. Vandenbrook lui-même, raffiné, charmant, beau, amusant, riche, était exactement le type d'homme propre à l'attirer. Il le voyait, ne comprenait que trop bien. Et il faisait en sorte de ne pas la condamner.

À Hastings, au Pelham Hotel, le dernier sur la liste, le personnel s'était montré particulièrement obligeant et soucieux. Vandenbrook y était descendu à quatre reprises et devait avoir eu le pourboire généreux. La jeune réceptionniste débordait de questions inquiètes : « J'espère que tout s'est passé à la satisfaction du capitaine Vandenbrook. Nous serions vraiment contrariés s'il n'en allait pas ainsi et que nous lui ayons déplu.

– Pas du tout. Il s'agit d'une enquête de routine.

– Y a-t-il eu un problème, sir ?

– Eh bien, improvisa Lysander, quelque chose a disparu… nous retraçons simplement les déplacements du capitaine au cours des dernières semaines.

– Êtes-vous un collègue ? » voulut savoir la réceptionniste. Jeune, âgée de dix-huit ou dix-neuf ans, une mèche lui barrant le front, ce qui ne la mettait pas à son avantage et lui donnait un air de simplette, alors qu'elle ne l'était pas. Lysander la soupçonnait d'avoir été soumise au charme de Vandenbrook à plus d'une occasion.

«Oui, en effet. Nous travaillons ensemble à Londres.

– S'il vous plaît, dites-lui qu'on est passé prendre toutes ses enveloppes comme cela avait été spécifié. Jamais plus de deux jours après.

– Je n'y manquerai pas, merci.»

Il prit congé, promit de transmettre les vœux affectucux du personnel du Pelham Hotel, Hastings, au capitaine, et s'efforça de regagner la rue d'un air dégagé. À côté de la Daimler, sa casquette repoussée derrière la tête, Tremlett grillait une cigarette. Avec son bandeau sur l'œil, il faisait inhabituellement débraillé. À l'approche de Lysander, il jeta son mégot et rajusta sa casquette.

«On repart sur Londres, sir?

– Sur Hythe.

– Je pensais qu'on en avait terminé pour la journée, sir.

– Le travail du diable n'est jamais fini, Tremlett. Pressons, s'il vous plaît.»

Ils longèrent à nouveau la côte vers Hythe et revinrent au Dene Hotel. Lysander pénétra à la réception avec la curieuse sensation que sa vie se répétait. Il en était à sa troisième visite au Dene Hotel en quarante-huit heures.

«Bonsoir, sir. Contents de vous revoir.

– Je me demandais… Le capitaine Vandenbrook aurait-il laissé quelque chose, par hasard… dans sa chambre, peut-être?

– Oh, l'enveloppe? J'aurais dû vous en parler ce matin. D'habitude, un porteur de la gare passe la prendre.»

Le réceptionniste fouilla sous son comptoir et en sortit une grande enveloppe de papier kraft sur laquelle était écrit: «Capitaine C. Vandenbrook. On passera prendre.»

Lysander remercia l'employé et se rendit au bar. Le calme y régnait – dans un coin, un vieil homme lisait son journal en fumant sa pipe. Lysander sentit un frisson lui parcourir la nuque et les épaules, comme s'il se trouvait dans un courant d'air. Contre toute attente, la blessure de sa hanche se réveilla, une sorte de brûlure. Il savait ce que renfermait l'enveloppe. Il l'ouvrit d'un coup de pouce et commença à lire :

« 145 mil obus six pouces pour Béthune. 65 wagons sous chargement au Mans. Réparation des lignes télégraphiques Hazebrouck, Lille, Orchies, Valenciennes. Nouvel écartement standard ligne Gazainbourg-Albert. Embranchement pour transport pièces d'artillerie dépôts Dernancourt. 12 trains hôpitaux Troisième Armée Seconde Armée. »

Il tourna la page. Ça continuait. Il replaça avec soin les trois feuillets dans l'enveloppe qu'il plia dans le sens de la longueur et glissa dans la poche de sa vareuse. Il commanda un double cognac et tenta de faire le vide dans sa tête. Il se concentra sur un seul fait, suffisant – pour l'heure, toute autre conjecture était une perte de temps. Il avait trouvé son Andromède.

9. Investigations autobiographiques

Pour le moment, je décidai de ne rien dire à personne et de ne rien faire. Quelque chose clochait, de manière violente et pas banale, en particulier la présence de ma mère. J'avais ouvert l'enveloppe, m'attendant à voir les mêmes colonnes de chiffres que dans les six lettres précédentes, au lieu de quoi j'étais confronté à des pages serrées de prose factuelle – tous les renseignements que Vandenbrook, grâce à son poste à la Direction des transports, pouvait obtenir. Et une fois de plus, dans cette affaire, j'allais à la dérive – discernant quelques détails, mais incapable d'établir le moindre lien entre eux –, rongé par cette impression de me trouver au bout d'invisibles ficelles tirées par un ou des inconnus. J'avais besoin de temps pour digérer cette nouvelle information, pour y réfléchir, et j'allais devoir me montrer très prudent quant à mes futurs mouvements et décisions. Peut-être était-ce le moment, pour moi, de passer à l'offensive. Certains faits devaient être établis avant que je puisse revenir vers Munro et Massinger avec mes découvertes ahurissantes. Tout d'abord, je devais affronter Vandenbrook et entendre ses explications au sujet du contenu de ces enveloppes. Puis je devais avoir une conversation avec ma mère, de toute urgence.

La barbe de John Bensimon a beaucoup grisonné depuis notre dernière rencontre, à Vienne. Il a grossi aussi, et pourtant, à mon sens, il paraît un peu diminué, quoique, à y réfléchir, peut-être est-ce dû au fait que nous nous revoyons en Angleterre. Être un psychanalyste avec pignon sur rue à Vienne, votre élégant cabinet situé à quelques pas de celui du Dr Freud, voilà qui est plus spectaculaire et valorisant que de recevoir votre patient dans une chambre à coucher convertie en bureau au fin fond d'une maisonnette de Highgate.

Bensimon paraissait sincèrement content de me voir – peut-être traînais-je après moi des nuages de sa gloire passée –, et il m'a chaleureusement serré la main, bien que j'eus frappé à sa porte sans m'annoncer, en fin d'après-midi. Il m'a présenté à son épouse, Rachel – une femme modeste, timide – et à ses filles jumelles, Agatha et Elizabeth, avant de me faire entrer dans son bureau avec vue sur les arrières couverts de suie d'une rangée de maisons attenantes et les longs jardins étroits et négligés qui s'y accrochaient offrant l'habituel assortiment de cabanes déglinguées, qui hantent les confins encombrés de ces lotissements urbains, avec toit de papier goudronné et cloqué, fenêtres brisées, parois de planches créosotées, cordes à linge et barriques d'eau de pluie remplies à ras bord.

330

Il avait toujours son bureau, son divan et son fauteuil, et aussi, je fus heureux de le constater, le bas-relief africain de Wasagasse.

« Ce n'est pas tout à fait pareil, a-t-il admis, comme s'il lisait dans mes pensées. Mais il faut faire au mieux avec ce que l'on a.

– Comment vont les affaires ? ai-je demandé.

– Disons, au ralenti, a-t-il concédé avec un sourire de regret. Les gens, en Angleterre, n'ont pas encore compris à quel point ils ont besoin de nous. Ce n'est pas du tout comme à Vienne. » Il m'offrit le divan ou le fauteuil. « Est-ce une visite mondaine, ou puis-je vous aider professionnellement ? »

Je souhaitais, lui ai-je répondu, rétablir notre ancienne relation, peut-être une consultation hebdomadaire, ai-je ajouté en me dirigeant vers le fauteuil. Je me suis assis et me suis concentré sur les bêtes et monstres fantastiques, jouissant un instant de l'illusion d'être en 1913 sans que rien me soit arrivé depuis. J'eus alors cette idée troublante que, au sens strict du terme, j'avais beaucoup changé, et de façon irrévocable – j'étais un être différent.

« S'agit-il de votre ancien problème ? J'ai conservé votre dossier.

– Non. Heureusement, de ce côté, tout paraît bel et bien résolu. Mais j'ai un autre problème : je ne peux plus dormir la nuit. Ou plutôt, je ne veux pas dormir la nuit parce que je fais toujours le même rêve. »

Je lui ai donc raconté mon rêve : l'expérience récurrente et confuse de ma nuit dans le no man's land, qui se terminait invariablement par mon attaque de la sape et la vision de deux visages éclairés par ma torche et levés vers moi – l'homme à la moustache et le garçon blond.

« Que se passe-t-il, ensuite ?

– Je me réveille. En général, mon visage est trempé de larmes, bien que je ne me souvienne pas d'avoir pleuré dans le rêve. Je prends de l'hydrate de chloral, c'est la seule chose qui me permette de dormir toute une nuit.

– Depuis combien de temps prenez-vous ça ?

– Quelques mois… depuis la Suisse, ai-je dit sans réfléchir.

– Ah, vous êtes allé en Suisse. Très intéressant. Y êtes-vous resté longtemps ?

– Plusieurs jours.

– Je vois. » Silence discret. « Eh bien, il vaut mieux que l'on arrête le chloral, ses conséquences à long terme peuvent être dramatiques.

– Que voulez-vous dire ?

– Vous pourriez finir par trop en dépendre. Ses effets risquent d'être dérangeants. Vous pourriez, comment dirais-je, perdre tout contact avec la réalité.

– Quelle que soit la réalité… Parfois, je ne souhaite rien d'autre que perdre contact avec la réalité. Je veux seulement dormir la nuit.

– C'est ce que tout le monde dit. Et puis…

– Eh bien… peut-être pourrions-nous essayer de nouveau l'hypnose.

– En fait, je pense que le Parallélisme conviendrait parfaitement. Mais débarrassons-nous d'abord du chloral »

Il m'a prescrit un autre « somnifère » et m'a informé que ses honoraires, en Angleterre, s'élevaient à deux guinées de l'heure. Nous avons convenu d'un rendez-vous pour la semaine suivante. C'est bon marché, me suis-je dit, soudain immensément soulagé d'être venu le consulter. Je pensais que le Dr Bensimon pourrait me guérir de tout. Enfin, de presque tout.

À propos de quoi, je lui ai dit en partant que j'avais revu Hettie Bull, et son visage s'est assombri.

« Cela ne me regarde pas, mais à votre place je n'aurais rien à faire avec cette jeune femme, Mr Rief, a-t-il répliqué. Elle est très dangereuse, très instable.»

Ce soir-là, je quittais l'Annexe quand j'ai entendu crier : «Rief! Ça alors! Par ici!» J'ai regardé autour de moi et ai avisé un homme, de l'autre côté de l'Embankment, appuyé contre le parapet. J'ai traversé la route et reconnu Jack Fyfe-Miller, habillé en docker, coiffé d'une casquette, un mouchoir noué autour du cou, des pantalons de moleskine et de grosses bottes. Nous nous sommes salués et je l'ai examiné d'un œil professionnel.

«Presque convaincant. Mais il vous faut du noir sous les ongles… et sur les cuticules. Vous avez des mains de curé.

– Paroles d'expert.

– Du cirage noir, ai-je insisté. Ça tient toute la journée.

– Où allez-vous? a-t-il demandé, me fixant de son étrange et profond regard.

– Je rentre à l'hôtel à pied.

– Ah, la vie d'hôtel… Le rêve, pour certains.

– Ça n'a rien d'extraordinaire. Un modeste hôtel de Pimlico… très moyen.

– Avez-vous une petite amie, Rief?

– Pardon? Non, pas vraiment. Il fut une époque, autrefois, où j'ai été fiancé…

– Quand j'en trouverai une, je l'épouserai… Mais il faut que je vise juste. Difficile, ça.»

J'étais porté à en convenir mais je n'ai rien ajouté et nous avons marché en silence, Fyfe-Miller sans doute préoccupé par la pensée de sa fiancée «visée juste». De temps en temps, tel un adolescent boudeur, il envoyait des coups de pied dans les feuilles mortes sur le trottoir, éraflant le pavé de ses bottes ferrées et décochant des étincelles. Nous sommes passés sous le viaduc de Charing Cross et, devant moi, j'ai aperçu les grands toits majestueux de Whitehall Court. Je me suis demandé si c'était de là qu'il avait surgi. La vue du bâtiment et le souvenir de notre dernière rencontre là-bas l'ont peut-être secoué, car il s'est tout à coup ranimé et m'a arrêté.

« Aucun signe d'Andromède ? Pas de nouvelles ? s'est-il enquis brusquement.

– Ah, non. Mais je crois que je suis près du but.

– Près du but, hein ? » Il a souri : « À fond sur les traces d'Andromède. »

Une fois de plus, je me suis demandé si Fyfe-Miller était totalement sain d'esprit.

« Il s'agit de procéder par élimination, ai-je dit pour gagner du temps. D'analyser qui, exactement, avait accès à ces renseignements-là.

– Ne tardez pas trop, Rief, ou votre précieuse Andromède pourrait bien s'envoler. » Sur quoi il a levé sa casquette, m'a gratifié d'une courbette moqueuse, a tourné les talons et est reparti dans la direction d'où il était venu, en me criant par-dessus son épaule : « Du cirage sous les ongles, je m'en rappellerai ! »

J'ai regagné lentement le White Palace en songeant à ses paroles. C'était une bonne remarque, en fait – il ne fallait plus tarder –, Vandenbrook pouvait commencer à se méfier. Était-ce une sorte d'avertissement, qu'on me donnait là ? Munro et Massinger avaient-ils ordonné à Fyfe-Miller de me mettre sous pression ? J'ai acheté l'*Evening News* et lus que Blanche Blondel avait reçu un accueil triomphal, la veille au soir, lors de la première de *La Conscience du roi*. Blanche… Peut-être glisserais-je une note à l'entrée des artistes. Sans le vouloir, Fyfe-Miller m'avait fait repenser à elle et peut-être, me dis-je, était-ce le bon moment pour moi de la revoir.

10. L'histoire de conséquences non voulues

Lysander fit quelques rapides recherches sur la vie et les antécédents de Christian Vandenbrook. Pris dans la retraite massive de Mons dans les premières folles semaines de la guerre, Vandenbrook avait été victime d'une explosion qui l'avait laissé dans le coma pendant trois jours. Il souffrait depuis de saignements des oreilles et avait perdu le sens de l'équilibre durant des mois. Déclaré inapte au service actif, il avait été nommé au quartier général, à Londres. Lysander se demandait à quoi cette agréable promotion avait été due quand il découvrit que le beau-père de Vandenbrook était le brigadier-général Lord Walter McIvor, comte de Ballatar, héros de la bataille de Wataira, lors des guerres maories, en Nouvelle-Zélande. Vandenbrook était marié à Lady Emmeline, la plus jeune fille du comte, et deux filles étaient nées de leur union, Amabel et Cecilia. Un homme très introduit donc, ayant épousé la richesse et le prestige. Ce qui expliquait la vaste demeure de Knightsbridge et les autres petits signes somptueux de sa vie sur une solde de capitaine. Mais cela expliquait-il pourquoi il avait choisi de trahir son pays? Ou sa liaison avec Lady Anna Faulkner? À l'évidence, plus vite il verrait Vandenbrook, plus vite il obtiendrait les réponses à ces questions.

Mais, tandis qu'il s'interrogeait sur le résultat de ses futures actions et investigations, une sorte d'inertie s'empara de lui – et le besoin quasi irrésistible de tout retarder. Il le savait : dès qu'il aurait étalé ses preuves sous le nez de Vandenbrook, la situation serait différente, pas seulement pour Vandenbrook, mais aussi pour lui-même. Et, peut-être, pour sa mère. Mais, se dit-il, toute histoire est l'histoire de conséquences non voulues : on n'y peut absolument rien.

À la fin de la journée, Lysander, les nerfs à vif, emprunta les couloirs menant au bureau de Vandenbrook. Celui-ci, qui dictait une lettre à sa secrétaire, lui fit signe de s'asseoir. Il y avait une plante verte dans un pot de cuivre ciselé, un tapis persan sur le sol et, au mur, le portrait d'un dragon à favoris, la main sur le pommeau de son sabre imposant, datant du dix-neuvième siècle.

« … Sur quoi, disait Vandenbrook, nous vous serions très reconnaissants d'une réponse prompte et détaillée. J'ai l'honneur d'être… etc., votre serviteur dévoué, etc. Merci, mademoiselle Whitgift. » La secrétaire disparut.

« Méthode bottes de cuir sur cul flemmard, dit-il à Lysander avec un clin d'œil. Que puis-je faire pour vous, Rief ?

– Pourrions-nous avoir une petite conversation discrète, en privé ?

– Discrète ? En privé ? Je n'aime pas beaucoup ces mots-là, ah, non, gloussa-t-il en décrochant son pardessus derrière la porte. Je rentre à la maison, pourquoi ne venez-vous pas avec moi ? Ainsi nous pourrons nous offrir un petit verre convenable dans un cadre "privé". »

Ils prirent un taxi pour Knightsbridge, Vandenbrook expliquant que sa femme et ses filles étaient à la campagne – à Inverswaven, ajouta-t-il, comme si Lysander devait nécessairement connaître cet endroit. Lysander opina du chef et dit, sans se compromettre : « Merveilleuse époque de l'année. » Il était tendu mais parvenait à garder son calme, et il bénit une fois de plus sa profession qui lui donnait cette capacité de feindre aisance et assurance, même quand il souffrait du contraire. Il offrit une cigarette à Vandenbrook, l'alluma ainsi que la sienne avec un grand geste, jeta d'une pichenette l'allumette par la fenêtre et entretint, d'une voix haute et ferme, une conversation à bâtons rompus nourrie de banalités sur Londres, le temps, la circulation, le dernier raid des Zeppelins, la farce absurde qu'était le black-out : «À quoi bon peindre en noir l'extrémité des réverbères ? C'est leur halo de lumière que l'on voit du ciel. Grotesque. Risible.» Vandenbrook adopta le même ton et ils traversèrent Londres en devisant ainsi. Vandenbrook lui demanda ce qu'il recommandait au théâtre, à quoi Lysander répondit qu'il fallait tout bonnement voir Blanche Blondel dans *La Conscience du roi*. Vandenbrook déclara qu'il payerait cher pour entendre Blanche Blondel lire un manuel d'instruction d'infanterie – et ils bavardèrent sur le même mode, atteignant Knightsbridge en un rien de temps.

Le maître d'hôtel de Vandenbrook leur servit à tous deux des cognacs-soda, et ils s'installèrent dans le vaste salon du rez-de-chaussée. Un peu trop meublé, au goût de Lysander : un immense piano à queue envahissait tout un coin de la pièce, si bien que les autres meubles semblaient coincés les uns contre les autres. La quantité de vases remplis de fleurs aurait pu laisser croire à la présence d'un grand malade à l'étage ; aux murs, des tableaux aux lourds cadres dorés – peut-être peints dans les environs d'Inverswaven – représentaient des paysages des Highlands en diverses saisons.

«Je pense qu'il est temps d'en venir à notre petite conversation discrète, dit Vandenbrook, en abandonnant son sourire. Le suspense m'affecte le foie.

– Certes», répliqua Lysander, qui se leva, prit dans sa poche intérieure l'enveloppe, la déplia et la tendit à Vandenbrook : «Elle est à vous. "Capitaine C. Vandenbrook. On passera prendre."»

Il observa le changement d'expression chez l'homme dont les lèvres se pincèrent, les muscles du cou se tendirent, la pomme d'Adam s'agita au-dessus du nœud de cravate.

«Il y a quelques feuillets à l'intérieur», ajouta Lysander.

Vandenbrook sortit à moitié les feuillets, y jeta un coup d'œil et les remit aussitôt en place. Son regard alla se poser sur le tableau au-dessus de la cheminée – un cerf sur une colline des landes dans un tourbillon de brumes.

« Où avez-vous trouvé ça ? demanda-t-il d'une voix aiguë.

– Là où vous l'avez laissée : au Dene Hotel, à Hythe. »

Vandenbrook baissa la tête et éclata en sanglots – un son bas, intense, qui rappelait les gémissements d'un animal blessé. Puis il se mit à trembler et à se balancer d'avant en arrière. Ses larmes coulaient, tachant l'enveloppe en papier kraft. Puis il se laissa glisser de son fauteuil, lentement, tête en avant, le front pressé contre la moquette, dans des geignements grinçants, comme si une atroce douleur forçait le son entre ses dents serrées.

Lysander était sous le choc. Jamais encore il n'avait vu un homme s'effondrer de manière aussi misérable. On aurait dit que Vandenbrook s'était déshumanisé, se transformant en un condensé de souffrance atavique qui empêchait tout raisonnement, toute sensation.

Lysander l'aida à se remettre debout – tout à fait conscient de l'absurdité de la situation : deux officiers anglais en uniforme dans un salon de Knightsbridge, le chasseur d'espions, et l'espion pris au piège, en sanglots –, et pourtant, son instinct le portait à l'inquiétude et à la compassion. Vandenbrook était un homme à bout, haletant et reniflant, à peine capable de tenir sur ses pieds.

Lysander le fit asseoir, trouva une carafe de cristal dans une cave à liqueurs, sur une table à côté du piano à queue, et lui versa trois centimètres d'un liquide ambre. Vandenbrook en avala une gorgée, toussa et parut se ressaisir ; sa respiration se fit plus mesurée, ses sanglots s'interrompirent. Il s'essuya les yeux sur sa manche, se leva, et fit quelques pas vers la cheminée.

Lysander songea soudain que si Vandenbrook voulait s'en prendre à lui, il n'avait aucune arme à portée de main pour se défendre. Mais l'homme semblait docile, abattu : aucunement menaçant. Il s'assit de nouveau, lissa sa veste, ses cheveux, et s'éclaircit la gorge.

« Qu'allez-vous faire ? demanda-t-il, la voix toujours tremblante.

– Je dois vous livrer. Je suis navré.

– C'est pour cela que vous êtes venu à la Direction des transports, non ? Pour me trouver ?

– Pour trouver celui qui passait des renseignements à l'ennemi. »

Vandenbrook se remit à sangloter doucement.

« Je savais que cela arriverait, dit-il. Je savais que quelqu'un comme vous débarquerait un jour. » Il regarda Lysander droit dans les yeux : « Je ne suis pas un traître.

– Nous laisserons les tribunaux en décider…

– On me fait chanter. »

Il pria Lysander de le suivre et ils grimpèrent quelques marches pour atteindre une mezzanine. Son « bureau », expliqua Vandenbrook : quelques étagères de livres, une petite table de chêne avec de quantité de tiroirs étroits et une lampe de lecture pourvue d'un abat-jour vert. Dans un coin, un grand coffre-fort, de la taille d'une caisse à thé. Vandenbrook s'agenouilla devant et forma la combinaison. Il ouvrit la porte, prit à l'intérieur une enveloppe qu'il tendit à Lysander. L'adresse indiquait simplement : « Capitaine Vandenbrook, Knightsbridge. »

« Voilà ce qu'on glisse dans ma boîte aux lettres, expliqua Vandenbrook. Au milieu de la nuit. »

Lysander souleva le rabat et sortit de l'enveloppe une photographie et deux feuilles de papier dactylographiées maculées. La photographie était celle d'une gamine – dix ou onze ans – fixant

339

d'un regard vide l'objectif. Des cheveux épais et gras, une blouse de coton trop grande pour elle. Au cou, la présence incongrue d'un rang de perles fines.

« J'ai un problème, lâcha Vandenbrook, dans un souffle. Une faiblesse, un vice. Je fréquente les prostituées.

– Vous voulez dire que cette gamine est une prostituée ?

– Oui. Comme sa mère.

– Quel âge a cette enfant ?

– Je ne suis pas sûr. Neuf, onze ans... »

Lysander contempla Vandenbrook, debout à côté de son coffre-fort, le dos voûté, chancelant, le regard baissé.

« Bon Dieu, dit-il d'une voix éteinte, cette fille est plus jeune que les vôtres.

– Je n'en suis pas fier, répliqua Vandenbrook, recouvrant un peu de son arrogance. C'est une terrible faiblesse. Je l'avoue. »

Il ouvrit une boîte posée sur son bureau et en sortit une cigarette qu'il alluma.

« Êtes-vous déjà allé dans l'East End de notre grande ville ? reprit-il. Du côté de Bow et de Shoreditch, ce genre d'endroits ? Eh bien, si vous avez un peu d'argent à perdre, vous pouvez vous y procurer tout ce que vous voulez. Gamins et gamines, nains et géants, phénomènes de foire, animaux. Tout ce que vous pouvez imaginer.

– Parlez-moi du chantage.

– Je fréquentais cette fille, avec l'accord de sa mère, une fois ou deux par mois. Je me suis attachée à elle. Elle ne se souciait pas de ce que je lui demandais de... » Il s'interrompit. « Enfin, par affection pour elle, je lui ai donné un collier de perles. Une grosse erreur. Le collier était dans un coffret sur lequel était gravé le nom du bijoutier, et quelqu'un est remonté jusqu'à moi. La mère, une personne malhonnête, diabolique – c'est elle qui a fait la déposition – connaissait désormais mon identité. »

Il s'assit sur le bord de son bureau, l'air soudain épuisé. «Il y a à peu près un an, fin 1914, cette enveloppe est arrivée, avec des instructions précises. Je devais transmettre tous les renseignements auxquels j'avais accès. Tout ce que je savais : transports de ravitaillement, de munitions, construction de lignes de chemins de fer annexes, et ainsi de suite. Si je n'obtempérais pas, cette photo et le témoignage écrit de cette gamine seraient envoyés au secrétaire d'État à la Guerre, à mon supérieur, ma femme et mon beau-père.» Il eut un faible sourire. «Je pense que vous savez qui est mon beau-père.

– Oui, en effet.

– Alors vous comprendrez. Un peu. J'ai donc pris note de ce que j'ai pu découvrir et, selon les ordres reçus, j'ai laissé l'enveloppe dans un hôtel où quelqu'un devait passer la prendre.

– Toujours le même hôtel?

– Divers établissements, sur la côte sud. Nul doute que vous les avez tous déjà visités.»

Lysander regarda le visage sans expression de la fillette et lut quelques lignes de sa déposition. «Le capitène venai me demandé de m'assoir sur son jenou... Il enlevé mes abits et puis y me disé d'ouvrir mes jambes tent que je pouvé... Pui y me lavé avec un chifon et de l'eau chaude et me disé de...»

Vandenbrook le regarda parcourir la page, le regard éteint, l'élégante moustache blonde réduite au rôle de piètre accessoire : un tout autre homme.

«Avez-vous tenté de retrouver cette femme et sa fille?

– Oui, bien entendu. Je me suis adressé à un détective privé. Mais elles avaient quitté le quartier depuis longtemps. Elles m'ont vendu. À quelqu'un. Qui pourrait m'avoir vendu à son tour. Beaucoup d'hommes sont piégés ainsi. Vous ne le croiriez pas. Il existe un vrai trafic, dans ce genre de chantage, on se passe les gens d'une personne à l'autre...

– Beaucoup ?

– Nous sommes tous capables de tout. Dans la mesure où on en a les moyens et l'occasion.

– L'excuse prompte et facile des pervers, répliqua Lysander froidement. Depuis la nuit des temps.

– Justement, je ne me cherche pas d'excuses, Rief. Je me hais, je déteste mes… mes penchants sexuels… Épargnez-moi simplement vos jugements moralisateurs.

– Poursuivez votre histoire.

– Dès qu'une copie de cette photo et du témoignage arrivait, il fallait que je fournisse d'autres renseignements. On m'indiquait aussi l'hôtel où je devais laisser l'enveloppe. Il en est arrivé une, il y a quinze jours. Au Dene Hotel, Hythe : c'est celle-ci.

– Comment les codiez-vous ?

– De quoi parlez-vous ?

– Vos lettres précédentes étaient toutes codées. Celle-ci ne l'était pas.

– Quel code ? Je note juste les faits et les chiffres, et je les laisse à l'hôtel. »

Lysander le regarda, saisi d'une nouvelle panique. Il eut tout de suite l'intuition que Vandenbrook ne mentait pas. Puis il se ressaisit. Cet homme était un menteur, c'était sa *raison d'être**. Pour autant, se dit-il, réfléchissant intensément aux ramifications de cette information, si Vandenbrook ne transcrivait pas ses renseignements en langage codé, qui donc le faisait ? Et si Vandenbrook mentait, pourquoi, dans ce cas, n'avait-il pas codé la dernière lettre ? Il devait y avoir une autre Andromède, à moins que Vandenbrook joue un autre jeu avec lui. Il sentit son cerveau s'embrumer.

« Que dois-je faire, Rief ?

– Rien… allez au bureau, agissez normalement », répliqua

Lysander, songeant qu'il gagnerait ainsi un peu de temps. Du temps, il en avait besoin, absolument, car les complications se multipliaient.

« Que va-t-il m'arriver ? demanda Vandenbrook.

– S'il y a une justice, vous devriez être pendu, comme tout traître… mais peut-être pouvez-vous vous en sortir.

– N'importe quoi ! s'écria Vandenbrook avec rage. Je ferai n'importe quoi. Je suis une victime, Rief. Je ne voulais pas faire ça, mais si ma… ma peccadille venait à être connue… je ne pourrais pas faire face, voyez-vous. La honte, le déshonneur. Il faut que vous m'aidiez. Il faut que vous trouviez qui me fait ça. »

Lysander replia le témoignage et le glissa dans la poche de sa veste.

« Vous ne pouvez pas garder ce papier ! s'indigna Vandenbrook, outragé.

– Ne soyez pas stupide. Je peux faire ce que je veux en ce qui vous concerne.

– Pardon, pardon. Oui, bien sûr.

– Je le répète : allez au bureau, comme d'habitude. Essayez d'agir normalement, avec naturel. Je vous contacterai quand j'aurai besoin de vous. »

11. L'impression que rien n'avait changé

C'était étrange de se retrouver dans le salon vert, se dit Lysander, qui le parcourait, passant les doigts sur les surfaces vernies des tables d'appoint, ramassant une partition et la déposant sur une banquette, sous une fenêtre. De nouveau, il eut cette impression que rien n'avait changé et s'y complut, la laissant s'attarder un peu en lui. Il était encore un adolescent, le siècle était tout neuf, ils venaient de déménager à

Claverleigh et, dans quelques minutes, il verrait sa mère entrer dans la pièce, plus jeune, jolie, figée dans le temps, des années auparavant. Mais il savait à quelle allure le monde tournait, plus vite que jamais. Le temps était en marche dans ce monde moderne, aussi rapide qu'un cheval de course, galopant sans se soucier de cette guerre – cette guerre n'était qu'une conséquence de cette accélération –, et le résultat était que tout changeait, pas simplement dans le monde autour de lui, mais aussi dans la conscience humaine. Quelque chose d'ancien s'en allait, à toute vitesse, disparaissait, et quelque chose de différent, quelque chose de nouveau prenait inévitablement sa place. C'était l'idée à laquelle il devait se tenir, même si elle le dérangeait et qu'il voulût y résister. Peut-être devrait-il en parler à Bensimon – cette nouvelle obsession qu'il avait du changement et de la résistance qu'il lui opposait –, peut-être trouverait-il une explication à son trouble.

Sa mère fit son entrée et l'embrassa trois fois sur les deux joues, à la manière continentale. Elle portait une robe d'intérieur vert pistache et sa coiffure était différente, ses cheveux ramassés en un chignon lâche sur la nuque, souple et naturel.

« J'aime vos cheveux coiffés ainsi, dit-il.

– J'aime que tu remarques ces choses, mon chéri. »

Elle s'approcha du mur et tira sur le cordon de la sonnette.

« J'ai besoin de thé, déclara-t-elle. De thé bien fort. Du carburant anglais. »

Il eut une de ses révélations et comprit tout à coup ce qui, chez elle, attirait les hommes – cette beauté naturelle, pleine d'assurance, et sa vivacité. Il comprenait pourquoi un Christian Vandenbrook pouvait être piégé.

Le thé fut servi par une soubrette, et ils s'assirent. Elle le contempla par-dessus le rebord de sa tasse, ses grands yeux le fixant avec attention.

« Sais-tu que je ne t'ai pas vu depuis un temps fou, dit-elle. Comment vas-tu ? Es-tu rétabli ? Je dois dire que je t'aime beaucoup, en uniforme. » Elle tendit le doigt : « Qu'est-ce que c'est, ça ?

– Des guêtres. Mère… j'ai à vous poser un certain nombre de questions personnelles.

– À moi ? *Personnelles ?* Bonté divine. Vas-y. »

Il se tut, se sentant à nouveau sur le point de basculer, de déclencher, peut-être, un enchaînement causal pouvant mener n'importe où.

« Connaissez-vous un officier du nom de capitaine Christian Vandenbrook ?

– Oui. Très bien. Je suis en rapport avec lui à propos du Fonds. »

Le Fonds, pensa Lysander. Bien sûr. Le Fonds de guerre de Claverleigh Hall. Il se détendit : peut-être, en fin de compte, n'y avait-il rien de plus que cela.

« L'avez-vous rencontré au Dene Hotel, à Hythe, il y a trois jours ?

– Oui. Nous avions rendez-vous pour dîner. Lysander, qu'est-ce que…

– Pardonnez-moi d'être si brutal, obtus et impoli mais… », il s'arrêta, pris de nausée. « Mais… avez-vous une liaison avec le capitaine Vandenbrook ? »

Elle éclata d'un rire franc, mais il s'éteignit vite.

« Bien sûr que non. Comment oses-tu suggérer pareille chose ? »

Il lut une vraie colère dans ses yeux et ferma les siens avant d'insister.

« L'année dernière, vous êtes descendue à neuf reprises dans le même hôtel que le capitaine Vandenbrook. »

Il l'entendit se lever et rouvrit les yeux. Elle contemplait le parc à travers la haute fenêtre à carreaux. Il bruinait, le jour tombait – argenté, terni.

« Est-ce que tu m'espionnes ?

– C'est *lui* que j'espionne. Je le suivais et je vous ai vus ensemble.

– Pourquoi, dieux du ciel, espionnes-tu le capitaine Vandenbrook ?

– Parce que c'est un traître. Parce qu'il transmet des secrets militaires à l'Allemagne. »

Il vit qu'elle était choquée. Elle se retourna et, alarmée, regarda Lysander.

« Le capitaine Vandenbrook... Je n'y crois pas... Es-tu certain ?

– J'ai assez de preuves pour le faire pendre.

– Je ne peux pas... Comment... » Sa voix s'estompa puis elle reprit, incrédule : « Nous ne parlons que de couvertures, ambulances, pots de miel, fêtes de village, infirmières, comment dépenser l'argent que je récolte. Je ne peux pas y croire.

– Savez-vous qu'à chacune de vos rencontres, il laisse à l'hôtel une enveloppe que quelqu'un doit passer prendre ?

– Non, bien sûr que non.

– Il ne vous a jamais demandé de livrer une de ces enveloppes ?

– Jamais. Absolument jamais. Écoute, je l'ai rencontré parce que, lorsque j'ai lancé le Fonds, le ministère de la Guerre l'a désigné comme officier de liaison. Il m'a été incroyablement utile.

– C'est un homme charmant.

– Il est même venu ici. Deux, non, trois fois. Pour des réunions. Crickmay l'a rencontré. Il a dîné avec nous.

– Ici ? Il ne m'a jamais mentionné ça.

– Pourquoi l'aurait-il fait ? Je ne lui ai jamais parlé de toi. Je

346

pense qu'il ignore que tu es mon fils. Que l'homme qui détient assez de preuves pour le faire pendre est mon fils, ajouta-t-elle, un peu amère. Ou même que j'ai un fils. Pour l'amour du ciel, tout ce dont nous parlions, c'est du Fonds. »

En effet, se dit Lysander, si vous êtes une jolie femme à l'orée de la cinquantaine, vous ne clamez pas sur les toits que vous avez un fils de près de trente ans. Et, vrai : rien dans le comportement de Vandenbrook, aucun sous-entendu ni allusion, n'avait pu laisser entendre qu'il savait que sa mère était Lady Anna Faulkner.

« Puis-je avoir un verre ? demanda-t-il.

– Excellente idée », répliqua-t-elle. Elle sonna le valet de pied qui leur apporta une bouteille de cognac et un siphon. Lysander prépara deux verres et en tendit un à sa mère. Il avala de grandes gorgées du sien. En dépit des multiples dénégations et de plausibles explications, ce lien avec Vandenbrook ne lui disait rien qui vaille. Il ne s'agissait pas d'une coïncidence, il le savait – il y aurait des conséquences. De foutues conséquences, une fois de plus.

« Je peux fumer ?

– Je vais me joindre à toi », dit-elle.

Lysander sortit son étui, alluma la cigarette de sa mère, puis la sienne.

« Pourquoi espionnes-tu Vandenbrook ? reprit-elle. Enfin, pourquoi toi ? » Elle écrasa sa cigarette – elle n'avait jamais été une grande fumeuse. « Tu es un soldat, n'est-ce pas ?

– Je suis détaché dans un service du ministère de la Guerre. Nous essayons de démasquer ce traître. Il provoque de terribles dégâts.

– Eh bien, tu l'as trouvé, non ?

– Vandenbrook ne transmet ces renseignements que parce qu'on le fait chanter, semble-t-il. D'après ce qu'il prétend.

347

– On le fait chanter pour quelle raison ?

– C'est très déplaisant. Tout à fait honteux. » Lysander se demanda ce qu'il pouvait lui dire. « Il serait fichu, si ses actes sortaient au grand jour – mariage, carrière, famille. Il irait en prison.

– Bonté divine. » Il constata que le flou de ses explications était plus troublant que n'importe quel fait explicite. Elle le regarda de nouveau. « Alors, qui donc le fait chanter ?

– C'est là le problème… il semblerait que ce soit vous. »

12. Investigations autobiographiques

Peut-être ai-je parlé trop vite, peut-être ai-je été trop direct. Elle a paru tout à coup très secouée – et non plus incrédule –, comme si la logique terrible mais irréfutable de la machination l'avait frappée comme elle m'avait frappé moi. Je lui ai préparé un autre cognac-soda et lui ai demandé de reprendre une fois de plus toute l'affaire en détail pour moi. En commençant par la première rencontre avec Vandenbrook au ministère de la Guerre, en septembre 1914. Des contacts réguliers avaient suivi tandis que le Fonds de guerre de Claverleigh Hall se mettait à générer d'importantes sommes d'argent. Vandenbrook était venu pour la première fois au début de l'année 1915, peu après son transfert à la Direction des transports.

« Pourquoi n'a-t-il pas confié le Fonds à quelqu'un d'autre ? Il y a énormément de travail, à la Direction.

– Il a demandé à rester, si c'était possible. Il s'est déclaré très impressionné par ce que nous faisions, et inquiet à l'idée qu'un transfert de dossier nous soit néfaste. J'ai donc accepté sans hésitation. J'étais ravie, nous nous entendions très bien, il était extrêmement efficace. En fait, je crois même avoir suggéré un rendez-vous, quand il est venu pour affaires à Folkestone – juste pour lui faciliter les choses. Le premier hôtel où je suis descendue se situait à Sandwich. J'ai proposé d'y aller en voiture.

– L'avez-vous rencontré à Londres ?

– Oui. Une demi-douzaine de fois, quand je montais en ville.» Elle a marqué une pause, puis a repris : «Je ne nierai pas que j'ai tiré beaucoup de plaisir de ces rencontres… Crickmay n'était pas en bonne forme et pour moi, tu comprends, ces soirées représentaient une petite escapade. C'est certes un homme séduisant, le capitaine Vandenbrook. Et je crois que nous avons beaucoup apprécié tous deux le… le léger flirt. Très léger. Mais il ne s'est rien passé. Jamais. Pas même après la mort de Crickmay.

– Je comprends tout à fait. Je vous crois. J'essaye simplement de voir les choses de son point de vue à lui.

– C'est parce que je suis autrichienne, bien sûr, a-t-elle dit, d'une voix éteinte, presque boudeuse. C'est là la clé. C'est pour cette raison que l'on me soupçonnera. Tout de suite.» Je l'ai vue soudain très abattue, presque physiquement, les épaules rentrées. «Quand ils feront le lien entre lui et moi… l'Autrichienne.

– Je suis à moitié autrichien aussi, rappelez-vous, ai-je dit, l'air inquiet. Tout est trop évident, trop…

– Que vas-tu faire ?

– Pour le moment, rien. Il me faut creuser un peu plus.

– Et moi ?

– Continuez comme si de rien n'était.»

Elle s'est levée, une angoisse nouvelle écrite sur son visage. Jamais elle ne m'avait paru aussi troublée.

«As-tu parlé à quiconque de Vandenbrook et de ce que tu avais découvert ?

– Non. Pas encore. Je ne veux pas que le reste de la meute vienne tout embrouiller. Il me faut être très prudent dans mes propos. »

Elle s'est approchée de la fenêtre – il faisait maintenant très sombre et j'entendais le tapotement régulier de la pluie sur les vitres.

« Tu aggraves ta situation en ne disant rien à personne, a-t-elle dit d'une voix posée. Non ?

– C'est très compliqué. Très. Je ne veux pas vous impliquer dans cette sale affaire. C'est pourquoi j'ai besoin d'un peu plus de temps. »

Elle s'est retournée et a tendu les bras comme si elle voulait être embrassée. Je suis donc allée vers elle. Elle s'est pressée contre moi.

« Je ne laisserai pas cette histoire entraîner ta perte, a-t-elle dit doucement. Pas question.

– Mère, je vous en prie, ne prenez pas un ton si dramatique. Personne ne sera "entraîné à sa perte". Vous n'avez rien fait, alors n'y pensez même plus. La personne qui fait chanter Vandenbrook est très maligne. Très. Mais je trouverai un moyen, ne vous inquiétez pas. On peut se montrer plus malins que lui.

– Je l'espère. » Elle m'a serré les épaules. J'aimais la tenir dans mes bras. Nous ne nous étions pas enlacés ainsi depuis la mort de mon père. J'ai embrassé son front.

« Ne vous en faites pas. Je l'aurai. »

Je souhaitais paraître confiant car je ne l'étais pas particulièrement. Je savais que, dès que j'aurais raconté l'histoire Vandenbrook à Munro et à Massinger, tout sortirait très vite et ferait de gros dégâts : le Fonds, les rencontres, les hôtels, les dîners. Puis non sans frayeur, je crus voir comment moi aussi je pouvais être impliqué. Ce qui me rappela quelque chose.

« Il faut que je parte, ai-je dit en la libérant. Mais d'abord, puis-je vous demander : vous vous souvenez que je vous ai donné un livret, celui avec l'illustration de la fille en couverture ? *Andromeda und Perseus*. J'en ai besoin.

– Oh, oui ! » Elle avait retrouvé un peu de son cynisme désabusé. « Comment aurais-je pu oublier ? La mère de mon petit-fils toute nue. » Elle est allée à la porte : « Il est dans mon bureau. » Elle a marqué une pause, puis : « Des nouvelles de l'enfant ?

– Lothar ? Il va bien, me dit-on... il vit dans une famille de Salzbourg.

– Lothar à Salzbourg... Et sa mère ?

– Je crois qu'elle est rentrée en Angleterre », ai-je fait, évasif.

Elle m'a gratifié d'un regard entendu et s'en est allée quérir le livret. J'ai consulté rapidement ma montre : j'avais encore tout le temps d'attraper le dernier train de Lewes pour Londres. Mais ma mère est revenue et je l'ai devinée en proie à une agitation inhabituelle.

« Qu'y a-t-il ? Que se passe-t-il ?

– La chose la plus étrange. Ton livret... il n'est plus là... il a disparu. »

Assis dans le train entre Lewes et Londres. Tourbillon de pensées. Le bureau où elle s'occupe de l'administration de son organisation caritative est au dernier étage. Deux tables pour les secrétaires, deux étagères de bois blanc avec quelques livres et beaucoup de classeurs. Elle est convaincue, dit-elle, d'avoir mis là le livret. Nous avons cherché : rien. Les livres disparaissent, ai-je dit, ce n'est pas important. Après tout, je le lui ai confié il y a presque dix-huit mois. Il a pu lui arriver n'importe quoi.

Tandis que j'écris ceci, un homme, en face de moi, lit un roman et, de temps en temps, se cure le nez, examine ce qu'il a retiré de ses cavités nasales et l'expédie dans sa bouche. Étonnant, les secrets que nous révélons quand nous pensons ne pas être observés. Étonnant, les secrets que nous pouvons révéler quand nous savons que nous le sommes.

De retour dans ma chambre du White Palace, je trouve une pile de courrier. Dont une enveloppe venue d'une agence immobilière et contenant la liste de quatre appartements meublés à louer pour un bail limité dans la zone Strand et Charing Cross. La perspective d'avoir à nouveau mon propre logis – et de permettre à Hettie d'y séjourner avec moi, incognito – m'excite beaucoup. Un autre télégramme, signé, à ma grande surprise, de Massinger, suggère un rendez-vous demain à 16 heures dans un salon de thé de Mayfair. The Skeffington Tea Room, Mount Street.

Plus tard. J'ai passé la dernière heure à siroter le whisky de ma flasque, et à écrire des listes de noms dans des configurations et emplacements divers, les joignant par des lignes en pointillés et des doubles flèches, en mettant certains entre parenthèses et en soulignant d'autres de trois traits. À la fin de cet exercice stérile, j'en suis encore à me demander pourquoi Massinger tient à me parler.

13. 3/12 Trevelyan House, Surrey Street

Lysander se décida pour le deuxième des quatre appartements meublés qui lui furent présentés par le représentant corpulent et essoufflé de l'agence immobilière. Un meublé situé au troisième étage d'une résidence de standing dans Surrey Street, près du Strand, portant le nom de Trevelyan House : une chambre à coucher, un petit salon, une salle de bains moderne et une cuisine – encore que la cuisine ne fût guère plus qu'un placard avec un évier, un réchaud électrique à deux plaques et la vue morne des carreaux de faïence blanche du puits d'aération central. À dire vrai, n'importe lequel de ces appartements aurait parfaitement répondu à ses exigences élémentaires, mais le numéro 3/12 était doté de rideaux, de tapis et de meubles moins usés, ce qui le rendait d'emblée plus séduisant – pas de tentures aux bords graisseux, pas de tapis élimés devant la cheminée ni de brûlures de cigarettes. Tout ce dont il avait besoin, maintenant, c'était d'un peu de brillant, de couleurs vives – un tableau, des abat-jour neufs, des coussins sur le divan – afin de donner une touche personnelle à l'ensemble, de le faire sien et de le rendre moins anonyme.

Il signa le contrat, paya un mois de caution et reçut deux jeux de clés. Il engagerait un déménageur pour qu'il lui rapporte au plus vite à Trevelyan House son linge et ses affaires, restées à Chandos Place dans un garde-meuble. Il estimait pouvoir se rendre à pied à l'Annexe en moins de dix minutes – autre avantage inattendu qu'offrait ce « nid d'amour » pour Hettie et lui. Il sentait monter en lui cette ancienne excitation à la perspective de la revoir – à la perspective d'être allongé nu, dans un lit, à ses côtés –, et il remarqua comment la promesse d'un plaisir sensuel incommensurable effaçait toute considération de raison et de prudence. Hettie – Vanora – était une femme mariée, désormais ; de plus, son nouvel époux était un homme jaloux et coléreux. Hoff et Lasry : deux hommes violents, au caractère irrationnel, prompts à s'offenser à la première occasion. Qu'est-ce qui, en eux, pouvait bien attirer Hettie ? De plus, les complications actuelles de sa propre vie auraient dû plaider contre l'introduction de nouvelles circonstances qui en apporteraient de nouvelles. « Cueille les roses tant que tu le peux… », se dit-il, comme si le vieil adage résolvait tous les problèmes délicats. Il avait un nouveau logis et, plus important peut-être, lui seul en connaissait l'adresse.

Le Skeffington Tea Room dans Mount Street, Lysander le découvrit en arrivant, débordait d'efforts pour faire preuve de distinction. Des rideaux d'une dentelle ouvragée protégeaient les buveurs de thé du regard curieux des passants ; le nom de l'établissement s'étalait sur du verre noir en une écriture moulée et blanche, toute en fioritures et spirales se terminant en fleurettes ou trèfles à quatre feuilles dorés. Une serveuse portant un minuscule bonnet et un tablier blanc balayait le trottoir. L'endroit ne ressemblait guère à Massinger.

À l'intérieur, une unique et vaste salle toute en longueur était éclairée par des chandeliers de cristal et bordée sur trois côtés d'alcôves semi-circulaires de style Chesterfield en velours marron. Deux rangées de tables vernies avec des napperons impeccables et un arrangement floral central occupaient le reste de la pièce. Le tintement assourdi de l'argenterie sur la porcelaine et un discret murmure de conversations accueillirent Lysander. Il eut l'impression de pénétrer dans une bibliothèque, où tout bruit inutile était implicitement interdit – on avance sur la pointe des pieds, s'il vous plaît, toux et reniflements étouffés, pas de rires.

Une femme austère portant pince-nez vérifia que le nom de Massinger figurait bien dans le registre, et une serveuse le conduisit dans un coin éloigné de la salle, vers une alcôve où Massinger – en queue-de-pie ! – lisait un journal tout en fumant. Il leva la tête vers Lysander et, sans le moindre sourire, brandit simplement le journal en pointant du doigt un titre : « Les grands matchs de cricket régionaux seront abandonnés en 1916 ».

« Terrible affaire, non ? dit-il. Où allons-nous ? Consternant. »

Lysander en convint, s'assit et commanda un café – il n'avait pas envie de thé ; on ne buvait pas de thé en compagnie d'une personne telle que Massinger.

354

«À quel sujet vouliez-vous me voir?» demanda-t-il tandis que Massinger écrasait sa cigarette dans le cendrier – avec une force ostentatoire –, de la fumée lui sortant encore des narines.

« Ce n'est pas moi qui veux vous voir, Rief », dit-il en levant les yeux. Puis, avec un geste : «C'est elle.»

Florence Duchesne se matérialisa soudain près de la table.

Parcouru d'un instinctif frisson d'inquiétude, Lysander eut l'intime conviction que la femme allait sortir un revolver de son sac et lui tirer dessus. Il la contempla, ahuri : c'était bien Florence Duchesne, mais une Florence différente de celle qu'il avait vue pour la dernière fois sur le bateau du lac Léman. Voiles et vêtements de deuil avaient disparu. Elle avait le visage poudré et du rouge aux lèvres, un tailleur magenta avec une veste de coupe masculine, une jupe entravée et un petit foulard noué autour du cou, sur un chemisier en soie. Et, sur la tête, posé de biais, un béret écossais d'un pourpre plus foncé que le tailleur. On aurait dit son élégante sœur jumelle, et non la mélancolique veuve qui vivait avec le directeur des Postes de Genève.

Elle se glissa dans l'alcôve à ses côtés et, malgré lui, Lysander eut un mouvement de recul.

« Il fallait que je vous voie, Mr Rief, dit-elle en français. Pour m'expliquer et, bien entendu, m'excuser. »

Dérouté, incapable de proférer la moindre parole, Lysander les dévisagea tour à tour, elle et Massinger, puis son regard revint vers elle. Massinger se leva alors, leur offrant ainsi une distraction momentanée.

« Je vous laisse bavarder ensemble. Je vous verrai plus tard, madame. Au revoir, Rief. »

Lysander l'observa traverser la salle d'un pas ferme pour aller récupérer son haut-de-forme – il avait l'allure du chef de rayon d'un grand magasin. Puis il se tourna vers Florence Duchesne.

« Tout ceci est très, très étrange pour moi, dit-il lentement.

Être assis, ici, en compagnie de quelqu'un qui m'a tiré dessus trois fois... Très étrange... Vous tentiez de me tuer, je suppose.

– Oh oui. Mais il vous faut comprendre que j'étais convaincue que vous travailliez avec Glockner. J'étais convaincue, aussi, que vous l'aviez tué. Et quand vous m'avez menti au sujet du texte-source, cela m'est apparu comme la preuve définitive. De plus, Massinger m'avait ordonné de ne prendre aucun risque, il avait même précisé que vous pouviez être un traître. Devais-je vous laisser débarquer à Évian et vous laisser filer ? Non. Pas avec tous les soupçons que j'avais – c'était mon devoir.

– Certes. Vous aviez absolument raison. » L'ironie durcissait son ton, sa voix était presque aussi rauque que celle de Massinger. Il évoqua l'erreur de débutant de ce dernier, son français de collégien. Elle baissa la tête.

« Et pourtant... » Elle n'acheva pas sa phrase.

« Je me demande si on sert de l'alcool, dans cet endroit, dit-il sans vraiment attendre de réponse. Probablement pas, ce serait beaucoup trop plébéien. J'ai besoin d'un bon verre, madame. Je suis sûr que vous comprendrez.

– Nous pouvons aller dans un hôtel, si vous voulez. J'ai quelque chose d'important à vous dire. »

Ils réglèrent les consommations et sortirent. Au vestiaire, Florence Duchesne prit son manteau de rat musqué noir avec un seul bouton sur la hanche. Lysander le lui tint tandis qu'elle glissait ses bras dans les manches, et il sentit son puissant parfum. Il repensa à leur souper, sur la terrasse de la Brasserie des Nations, à Genève, et combien il l'avait remarqué alors, le jugeant un peu déplacé, mais à présent il se rendait compte que c'était là l'empreinte d'une vraie femme. Un petit indice. Il lui jeta un coup d'œil tandis qu'ils se dirigeaient en silence vers le Connaught Hotel. Était-ce là la vraie Florence Duchesne ?

Ils trouvèrent un siège dans le salon, et Lysander commanda

un grand whisky-soda pour lui et un Dubonnet pour elle. L'alcool le calma et il sentit sa nervosité s'apaiser. La vitesse à laquelle on se plie aux circonstances les plus étranges l'étonnait toujours – voilà que je prends un verre avec une femme qui a tenté de m'assassiner, songea-t-il. Il la dévisagea à travers la table et enregistra son absence de colère, d'indignation. Tout ce qu'il voyait, c'était une femme très séduisante, vêtue avec élégance.

« Que faites-vous à Londres ?

– Massinger m'a ramenée de Genève. Ça devenait trop dangereux pour moi. »

Elle s'expliqua. Son contact, au consulat allemand, « l'homme aux lettres compromettantes », avait été arrêté et déporté en Allemagne. Il la livrerait sous peu, sans aucun doute. « Massinger m'a donc fait sortir très vite.

– Je suppose que vous n'êtes pas veuve.

– Non, mais c'est un déguisement des plus efficaces, je vous assure. En réalité, je n'ai jamais été mariée.

– Et qu'en est-il de votre frère ?

– C'est vraiment mon frère, et il est vraiment le directeur des Postes de Genève. » Elle lui sourit : « Tout n'est pas que mensonge. »

Le sourire le désarma et il se surprit à examiner machinalement ses traits – son nez busqué, ses yeux bleu clair, le creux ombré de sa gorge entre les clavicules. Il pouvait lui pardonner, sans doute. De fait, c'était très facile – si absurde.

« Comment allez-vous ? s'enquit-elle. Je veux dire, depuis la séance de tir ?

– J'ai sept cicatrices en souvenir de vous, répliqua-t-il en lui montrant le stigmate dans sa paume gauche. Et ma jambe est parfois un peu raide, ajouta-t-il en se tapotant la cuisse gauche. Hormis cela, je vais plutôt bien. Étonnamment.

– Une chance que je vise mal !» Elle sourit d'un air contrit : «Je ne peux que vous répéter que je suis désolée. Imaginez que je vous le répète sans cesse. Désolée, désolée, désolée.»

Lysander haussa les épaules : «C'est fini. Je suis vivant. Et vous êtes à Londres.» Il leva son verre : «Je ne plaisante pas, malgré tout. Je suis très heureux de vous revoir.»

Elle parut enfin se détendre – l'expiation avait eu lieu.

«Et vous vous êtes rappelé que j'aimais le Dubonnet», dit-elle.

Ils échangèrent un regard éloquent.

«Vous aimez le Dubonnet et vous ne buvez pas de champagne.

– Et vous étiez un acteur célèbre.

– Un acteur, tout à fait… Vous aviez quelque chose à me dire ?»

Elle devint sérieuse, tout à coup : «Avant d'être arrêté et emmené, mon contact au consulat m'a fait part d'un détail intéressant – je l'ai obligé à me faire part d'un détail intéressant. Des fonds étaient versés à la personne qui envoyait les lettres à Glockner. De grosses sommes passant par la Suisse.

– J'imaginais bien que l'argent était le motif. Y avait-il un nom ?

– Non.

– Vous êtes sûre ?

– C'est tout ce qu'il a dit. Mais il s'agissait de grosses sommes. Plus de deux mille livres, déjà. Ça paraît beaucoup pour un seul homme. J'ai réfléchi… peut-être existe-t-il une cellule. Peut-être y a-t-il deux ou trois…»

Lysander ne fut pas surpris d'en avoir confirmation, mais il feignit la perplexité – plissement du front, tapotement des doigts.

«Avez-vous raconté ceci à quelqu'un d'autre ?

– Pas encore. Je voulais d'abord vous en informer.

– Et Massinger?

– Je pense qu'avec la mort de Glockner, il a le sentiment que l'affaire est close.

– Pouvez-vous garder tout ceci pour vous, pour le moment? Cela m'aiderait.

– Bien sûr.» Elle sourit. «Très heureuse de vous obliger, comme on dit.»

Il s'enfonça dans son siège et croisa les jambes.

«Allez-vous rester à Londres?

– Non. Massinger veut m'envoyer au Luxembourg, pour compter les transports de troupes. Il veut que je devienne l'amie intime d'un vieux chef de gare solitaire.

– *La veuve Duchesne**, une fois de plus.

– C'est très efficace – respect instantané. Les gens gardent leurs distances. Personne ne veut vous importuner dans votre terrible chagrin.

– Pourquoi faites-vous cela?

– Et *vous*, pourquoi le faites-vous?» Elle ne lui donna pas le temps de répondre. «Massinger me paye très bien, dit-elle simplement. J'apprécie l'argent parce qu'il m'est arrivé d'en manquer. Vraiment. Et la vie n'était pas facile...» Elle reposa son verre et le fit lentement tourner dans un sens puis dans l'autre. Ils demeurèrent silencieux quelques instants.

«Que pensez-vous de Massinger? reprit-elle, le regard toujours baissé.

– Difficile. C'est quelqu'un de difficile.»

Elle le fixa droit dans les yeux: «Il m'est difficile, à moi, de lui faire pleinement confiance. Il change souvent d'avis.»

Était-ce un avertissement subtil? Lysander décida de rester neutre.

«Massinger s'inquiète pour son boulot, son rôle. Ils veulent fermer Genève et la Suisse, se concentrer sur la Hollande.

359

– Je vais me rendre au Luxembourg via la Hollande. Je dois y rencontrer un dénommé Munro.

– Munro dirige la Hollande, je crois. Il y a des rivalités, c'est inévitable.

– J'aurais pu aller très facilement de Suisse au Luxembourg. Pensez-vous que ce soit significatif ?

– Je ne sais pas », répliqua-t-il en toute sincérité. Il se fit la réflexion qu'ils n'auraient pas dû se parler, mais il devinait qu'ils partageaient les mêmes doutes, les mêmes soupçons. Vous pensez être en possession de faits essentiels, avoir des certitudes, mais ils disparaissent et ne sont plus ni faits ni certitudes.

« Je suis comme vous, reprit-il. Je suis les ordres. J'essaye de prévoir. De prendre conscience des éventuels problèmes. D'éviter le faux pas. » Il sourit. « En tout cas, je vous souhaite bonne chance. Il faut que j'y aille. » Il se leva et elle l'imita. Elle prit une carte de visite dans son sac et la lui tendit.

« Je pense rester quelques jours à Londres, dit-elle. J'aimerais vous revoir. Je me souviens de notre dîner à Genève – *un agréable moment.* »

Il regarda la carte – la carte de l'hôtel où elle résidait, Bailey's Hotel, Gloucester Road. Un numéro de téléphone y était inscrit.

« Je vous appellerai », dit-il, ne sachant réellement pas pourquoi – ou même si – il devrait tenter de revoir Florence Duchesne. Mais il ne souhaitait pas que cet instant ressemble à un adieu, et il offrit donc au moins la perspective d'une prochaine rencontre.

Ils se dirent au revoir dehors, sur le trottoir devant l'entrée. C'était sa première visite à Londres, dit-elle, elle allait explorer la ville. Ils se serrèrent la main et Lysander sentit la pression appuyée de ses doigts sur les siens tandis qu'elle le regardait de nouveau droit dans les yeux. Était-ce un avertissement – devait-il se montrer prudent ? Ou était-ce une manière détournée de lui rappeler qu'elle espérait un appel téléphonique de sa part et qu'elle aimerait le revoir ? Lysander la regarda partir dans les balancements de son manteau en rat musqué, et il se livra à différentes suppositions sur le futur immédiat, différentes marches à suivre, repensa à la vision qu'il avait eue, un jour, de Florence Duchesne grisée de champagne, nue, riant... cela paraissait beaucoup moins virtuel à présent. Il héla un taxi en maraude et se fit conduire à l'Annexe.

Il savait qu'il aurait à travailler tard, ce soir-là. Tremlett, grâce à la lettre magique du C.I.G.S., avait réussi à se procurer toutes les notes de frais pour transports et autres dépenses qu'Osborne-Way avait présentées au ministère de la Guerre. La condition de leur prêt étant que ces documents ne devaient être sortis que la durée d'une nuit.

Tremlett posa le très lourd registre sur sa table.

« Le capitaine Vandenbrook est-il dans son bureau ? demanda Lysander.

– Le capitaine est à Folkestone, sir. Il sera de retour demain matin. »

Parfait. Vandenbrook ne changeait rien à ses habitudes. « Bien, dit-il à Tremlett. Apportez-moi le journal de bord et les fiches de notes de frais de transports par voie de terre. »

Il passa les deux heures suivantes à confronter les notes de frais d'Osborne-Way aux mouvements de Vandenbrook, mais sans constater de recoupement. En fait, Osborne-Way s'était rendu en France au moins à deux reprises, au moment où, selon Lysander, les lettres à Glockner avaient été laissées dans des hôtels de Sandwich et de Deal. En tout cas, une chose était claire : Osborne-Way avait pris du bon temps en France. Soirées dans de coûteux restaurants amiénois ; un week-end à Paris à l'Hôtel Meurice – sous quel prétexte ? – le tout aux frais du ministère et du contribuable anglais. Frustré, Lysander envisagea de prendre sa revanche et de porter l'extravagance d'Osborne-Way à l'attention d'une autorité supérieure, un petit mot qui pourrait avoir pour effet...

Il entendit des voix fortes et des pas précipités dans le corridor, qui s'approchaient de la salle 205.

Tremlett frappa à la porte et passa la tête, son bandeau légèrement de travers.

« On monte, sir. Y a un zeppelin qui débarque ! »

Lysander décrocha son pardessus pendu derrière la porte et suivit Tremlett dans l'escalier menant au toit de l'Annexe. Une demi-douzaine de gens étaient réunis sur la plateforme près de l'ascenseur, le regard tourné vers les longs doigts translucides et raides des projecteurs fouillant le ciel à la recherche du dirigeable. On entendait au loin les explosions saccadées des tirs antiaériens et, de temps à autre, un éclat d'obus éclairant traversait le firmament.

Sept étages au-dessus du niveau de la rue, Lysander contempla la cité plongée dans la nuit. À ses yeux, on aurait pu être en temps de paix : automobiles et omnibus aux phares allumés, devantures des magasins illuminées sous leurs auvents, rubans de réverbères projetant une lueur nacrée. Ici et là, il y avait bien des zones d'une relative obscurité, mais elles semblaient presque inviter le capitaine de ce dirigeable, là-haut dans le ciel. Où lâcherais-je mes bombes ? Ici ? Là-bas ? Et comme si on avait lu dans ses pensées, un premier projecteur découvrit le Zeppelin, bientôt rejoint par deux autres. Nom de Dieu, si énorme, si gigantesque, et d'une beauté si sereine, pensa aussitôt Lysander. Le dirigeable, à bonne altitude, avançait régulièrement, mais à quelle allure, Lysander n'aurait su le dire. Le bruit croissant des tirs d'artillerie couvrait celui de ses moteurs, donnant l'impression qu'il flottait sans aide, seulement emporté par la brise nocturne.

Un autre canon, plus proche, se mit à tirer : *Pop ! Pop ! Pop !*
« Ça, c'est le canon de Green Park », lui cria Tremlett à
l'oreille avant de hurler dans le noir : « Donnez-lui-en pour
son grade, les gars ! » D'autres encouragements s'élevèrent du
toit tandis que Lysander fixait du regard le Zeppelin, stupéfait
par l'immense et mortelle beauté de la colossale machine volante
argentée, prise maintenant dans les faisceaux croisés de trois
projecteurs, presque au-dessus d'eux semblait-il.

« Il est à huit mille pieds d'altitude, dit Tremlett. Au moins.

– Où sont nos avions ? Pourquoi ne peut-on pas l'abattre ?

– Savez-vous combien de temps il faut à un de nos avions
pour monter à huit mille pieds, sir ?

– Non. Pas la moindre idée.

– Quarante minutes, environ. D'ici là, il aura filé depuis longtemps. Ou il aura jeté du lest et grimpé à mille pieds de plus.
Simple comme bonjour.

– Comment savez-vous tout ça, Tremlett ?

– Mon petit frère est dans le Royal Flying Corps. Il est en
garnison au Hainaut. Il est toujours... OUAHOU ! MERDE
ALORS ! »

La première bombe avait explosé. Non loin de l'Embankment – une vague soudaine et violente de flammes, puis l'onde
de choc et le craquement sourd de l'explosion.

« Ça, c'est le Strand ! hurla Tremlett. Bordel de Dieu ! »

Suivit une courte série d'explosions – *Blat ! Blat ! Blat !* – tandis
que les bombes tombaient les unes après les autres, accompagnées par les commentaires rugissants de Tremlett.

« Ils visent les théâtres ! Putain de merde ! Ça, c'est Drury
Lane ! Ça, c'est Aldwych ! »

Lysander eut un haut-le-cœur. Blanche donnait une représentation au Lyceum. Nom de Dieu ! Wellington Street, au coin
d'Aldwych. Il consulta sa montre – ce devait être l'entracte. Il

regarda le Zeppelin tourner lentement et prendre la direction du nord, vers le Lincoln's Inn. On entendit d'autres bruits sourds, des obus qui tombaient hors de vue.

« Un énorme incendie, là-bas ! glapit Tremlett. Regardez, ils ont eu le Lyceum ! »

Lysander tourna les talons, franchit en trombe la porte d'accès au toit et dégringola l'escalier. Il déboula à toute allure sur l'Embankment – les sirènes de la police et des voitures de pompiers, les sifflets, les hurlements provenant du Strand et, au loin, l'écho des bombes. Il remonta Carting Lane en courant, laissant derrière lui le Cecil Hotel pour atteindre le Strand. Là, il vit des flammes aussi hautes que les immeubles, un orange vif artificiel illuminant les façades d'Aldwych et de Wellington Street. Le gaz, se dit-il, une conduite de gaz venait d'exploser. Les gens se précipitaient sur le Strand vers la source de l'incendie. Il se fraya un chemin à travers la foule et grimpa la pente d'Exeter Street dans un épais nuage de poussière. Tous les réverbères avaient été soufflés. Il tourna au coin et vit des bris de verre et des morceaux de briques éparpillés sur la route, et le premier cratère fumant. La terre elle-même semblait se consumer en son centre et ses franges. Trois corps gisaient, recroquevillés dans le caniveau, tels des vagabonds endormis. Il se rua vers le feu aveuglant, au bout de la rue à côté du Lyceum, où la conduite de gaz vomissait des flammes de vingt mètres de haut. Des sons de cloches, des hurlements, des cris. Titubant dans sa longue robe à paillettes, une femme surgit de l'obscurité en gémissant, le bras sectionné, le moignon secoué de spasmes. Un homme en tenue de soirée était étendu de tout son long, sur le dos, les bras en croix, sans aucune marque visible sur le corps.

La moitié d'un pignon s'était écroulée et le passage était bloqué par un monceau de briques de deux mètres. Lysander entendait les cris des femmes et les vociférations des policiers

dans Wellington Street : « Reculez ! Reculez ! » Il escalada le tas
de briques, glissa et s'entailla le coude. Il fit une autre tentative
sur le côté nord d'Exeter Street où il put au moins s'accrocher
aux façades opposées. Le verre brillait ici, échardes étincelantes de bijoux diamantés orange – toutes les fenêtres de la rue
avaient explosé. Il pensait au Lyceum, tentant de localiser les
loges – son père y avait beaucoup joué dans les années 1880.
Peut-être n'était-ce pas l'entracte – sur scène, Blanche était plus
en sécurité –, mais, faute d'avoir déjà vu cette fichue pièce,
il n'avait aucune idée de l'endroit où elle avait pu se trouver.

Il se hissa le long du mur de brique glissant. Au sommet,
la flamme du gaz étira son ombre de façon monstrueuse sur
la façade de l'immeuble, sa silhouette tremblant, ondulant. Le
cratère était énorme, trois mètres de profondeur. D'autres corps
et lambeaux de chair humaine étaient éparpillés autour – le pub
au coin, The Bell, était en feu. Les spectateurs du Lyceum se
rendaient toujours au pub durant l'entracte – la bombe l'avait
frappé alors qu'il était bondé. Au-delà de l'incendie, Lysander
voyait la police former un cordon pour empêcher les badauds,
atterrés mais curieux, de s'approcher des flammes qui s'élevaient
de la conduite de gaz.

Il entendit des briques dégringoler dans la rue, un craquement
de coquille d'œuf, et leva la tête juste à temps pour voir l'en-
cadrement d'une fenêtre s'effondrer, emportant avec elle la
moitié du mur. Il s'écarta vivement de sa route et s'affala sur
le trottoir, le souffle coupé. Des lumières clignotaient devant
ses yeux tandis qu'il essayait de reprendre sa respiration. Il se
hissa à genoux et aperçut une silhouette, à quelques mètres de
là, immobile dans l'ombre, et qui semblait le regarder fixement.

« Aidez-moi, voulez-vous ? » hurla Lysander, d'une voix rauque.

La silhouette ne bougea pas d'un pouce. Un homme cha-
peauté, le col de son manteau relevé – impossible d'en distinguer

davantage sans éclairage dans la rue. L'homme se tenait à l'angle d'Exeter Street et du Strand, là où Lysander avait vu les premiers cadavres.

Troublé, il se releva tant bien que mal et la silhouette demeura à sa place, semblant toujours le fixer des yeux. Que se passait-il ? Pourquoi restait-il là, à le regarder sans rien faire ? La conduite de gaz s'embrasa de nouveau, illuminant les lieux, et l'homme leva la main pour se protéger le visage.

« Je vous vois ! hurla Lysander, sans distinguer l'homme mais pour le provoquer. Je sais qui vous êtes ! Je vous vois ! »

La silhouette tourna aussitôt les talons et disparut au coin.

Inutile de lui courir après, se dit Lysander. De toute façon, il devait retrouver Blanche. Il escalada le tas de briques puis se laissa glisser de l'autre côté et courut vers l'entrée des artistes. Un policier s'abritait à l'intérieur du Lyceum.

« Les acteurs ! J'ai une amie...

– Impossible d'entrer, sir. Tout le monde est sur le Strand. »

Comme il était impossible de passer par Wellington Street, Lysander devait rebrousser chemin. Il remonta avec précaution le mur de briques et vit des policiers et des ambulanciers ramasser les cadavres. Sauvé. Il passa devant eux et dévala le Strand en direction d'Aldwych. Une grande foule s'y pressait. Le Novello Theatre s'était vidé et les spectateurs en tenue de soirée – nœuds papillon, plumes, soieries, bijoux – avaient envahi la rue, fumant et bavardant avec excitation. Il regarda autour de lui. Où étaient les acteurs ?

« Lysander ! C'est incroyable ! »

C'était Blanche, une tasse de café dans une main, une cigarette dans l'autre. Un pardessus jeté sur ses épaules, telle une cape.

Il perdit ses moyens, tout à coup. Il s'approcha d'elle et embrassa sa joue enduite de fard. À la lueur oscillante de la

conduite de gaz, elle paraissait presque grotesque avec sa per-
ruque blanche Régence – une folle maquillée, des sourcils noirs
arqués, un grain de beauté et des lèvres rouges.

« As-tu été pris dans l'explosion ? »

Il se regarda. Il était couvert de poussière de brique, le genou
gauche de son pantalon en lambeaux, il était tête nue, du sang
coulait d'un doigt écorché.

« Non, je travaillais. J'ai vu les bombes et je suis venu à ta
recherche. J'étais inquiet…

– Ah, mon Lysander… »

Ils s'étreignirent. Blanche tremblait de tout son corps.

« Tu ne peux pas rentrer chez toi dans cet état, dit-il d'une voix
tendre en lui prenant les mains. Viens dans mon appartement
t'arranger un peu. Boire un verre. C'est à deux minutes d'ici. »

14. Investigations autobiographiques

Blanche est partie. Il est 9 heures. Elle a envoyé chercher ses
vêtements au Lyceum. D'après les journaux, dix-sept personnes
sont mortes au cours de l'attaque – « Le grand bombardement du
quartier des théâtres ». Bizarrement, je dois tout au pilote de ce
Zeppelin : j'ai passé ma première nuit au 3/12 Trevelyan House
avec Blanche. Blanche. Blanche nue, ses seins lourds et bas,
ses hanches saillantes, ses longues et minces cuisses pareilles à
celles d'un adolescent, son visage poudré de blanc, le grain de
beauté, le rouge à lèvres effacé par les baisers. Sa manière de
passer ses doigts dans mes cheveux, de s'y accrocher, de tenir
mon visage au-dessus du sien, les yeux dans les yeux tandis que
je jouissais. Délivrance. Soulagement. La regarder traverser la
chambre, nue, pour aller chercher mes cigarettes, debout là-bas,
pâle odalisque, en allumant une pour elle, une autre pour moi.

Question : qui était cet homme qui m'observait dans l'ombre ? Ce n'est que maintenant que je sens le contrecoup, que j'ai les nerfs à vif. Le Zeppelin, les bombes, les cadavres, les hurlements. Revoir Blanche, être avec elle, a relégué tout le reste au second plan, y compris cette étrange rencontre dans Exeter Street – dans la folie et l'horreur de la nuit. Quelqu'un essayait-il de me faire peur ? Un avertissement ? Vandenbrook se trouvait à Folkestone, en théorie – mais je ne peux pas croire qu'il tenterait quelque chose d'aussi autodestructeur, d'aussi contraire à son intérêt. Je représente son seul espoir.

Assis là, je repense aux quelques secondes où je l'ai entrevu alors qu'il prenait la fuite. Pourquoi est-ce que je songe à Jack Fyfe-Miller ? Qu'est-ce qui me fait penser à cela ? Non… une erreur d'identité à coup sûr. Ce qui est clair, en revanche, c'est que quelqu'un m'attendait à la sortie de l'Annexe et m'a suivi tandis que je me précipitais vers les bombes…

Hier soir, étendus et enlacés, nous avons parlé.

MOI : J'ai toujours la bague… notre bague…
BLANCHE : Qu'essayes-tu de me dire, mon chéri ?
MOI : Que, peut-être, nous n'aurions jamais dû rompre nos fiançailles.
BLANCHE : Dois-je prendre cela comme une nouvelle demande en mariage ?
MOI : Oui. S'il te plaît, dis oui. Je suis un parfait idiot. Tu m'as manqué, mon amour… j'ai vécu dans un brouillard, j'étais dans le coma.

Nous nous sommes embrassés. Et je suis allé prendre la bague dans la poche intérieure de ma veste.

MOI : Je la gardais sur moi. Un porte-bonheur.

BLANCHE : En as-tu eu besoin depuis que nous avons rompu ?

MOI : Tu n'en as aucune idée. Je te raconterai tout, un jour. Oh. Peut-être devrais-je demander : Et Ashburnham ?

BLANCHE : Ashburnham est une nullité. Je l'ai banni de ma présence.

MOI : Ravi de l'apprendre. Je me devais de poser la question.

BLANCHE : (Mettant la bague.) Regarde, elle me va toujours. Bon présage.

MOI : Ça t'est égal de devenir Mrs Lysander Rief ? De cesser d'être Miss Blanche Blondel ?

BLANCHE : C'est mieux que mon vrai nom. Je suis née (accent du Yorkshire) Agnes Bleathby.

MOI : (Accent du Yorkshire.) T'apprends quekchose tous les jours, Agnes, ma fleur. Ça arrive, tu sais.

BLANCHE : On joue tous la comédie, n'est-ce pas ? Presque toujours. Chacun d'entre nous.

MOI : Mais pas maintenant. Je ne joue pas.

BLANCHE : Moi non plus. (Elle embrasse son fiancé retrouvé.) Pour autant, c'est tout aussi bien que certains d'entre nous puissent gagner leur vie ainsi. Viens ici, toi.

J'ai rédigé un télégramme. Je m'arrêterai dans un bureau du Télégraphe en allant à l'Annexe. Tout a changé maintenant.

CHÈRE VANORA TRISTE NOUVELLE STOP VOTRE TANTE SOUFFRANTE SUGGÈRE REMETTIEZ VOYAGE LONDRES STOP ANDROMÈDE.

À un demi-penny le mot, c'est probablement les sept pence les plus sagement dépensés de ma vie.

15. Une douzaine d'huîtres et un verre de hock

Lysander calcula son temps de trajet à pied entre Trevelyan House et l'Annexe et découvrit qu'il lui fallait à peine plus de cinq minutes à bonne allure. Il se réjouit brièvement devant l'économie de temps et d'argent qu'une telle proximité lui vaudrait, mais se rappela tout à coup que ses jours à l'Annexe étaient comptés, à coup sûr. Son travail n'allait pas tarder à toucher à sa fin – pourtant, il lui restait encore un tour à jouer.

Alors qu'il avançait nonchalamment le long de l'Embankment, et que, venant de dépasser l'Aiguille de Cléopâtre, il s'apprêtait à traverser la route menant à l'Annexe, il vit Munro venir vers lui. Que de rencontres inattendues, se dit-il – d'abord Fyfe-Miller, maintenant Munro. L'angoisse devait être palpable, à Whitehall Court.

« Eh bien, quelle coïncidence !

– Le cynisme ne sied pas à votre nature franche et amicale, Rief. Prendrons-nous un café avant que ne commence notre labeur journalier ? »

Il y avait une petite échoppe, sous le pont de Charing Cross. Munro commanda deux grands cafés et Lysander alluma une cigarette.

« Un sacré raid, la nuit dernière, dit Munro.

– Pourquoi est-il impossible de descendre un engin de cette taille ? Je ne comprends pas. Un truc énorme. Immobile, là-haut dans le ciel, tout illuminé.

– Il n'y a dans Londres qu'un seul canon antiaérien avec une portée de dix mille pieds. Et il est français.

– Ne pourrait-on pas leur en emprunter quelques-uns de plus ? Les Zeppelins vont revenir, vous ne croyez pas ?

– Laissons d'autres personnes s'en inquiéter, Rief. Nous

370

avons assez à faire. Tiens, je vais essayer une de vos "sèches", merci. »

Lysander lui donna une cigarette, Munro l'alluma, puis passa une bonne minute à ôter des bouts de tabac sur sa langue. Ce n'était pas un vrai fumeur, Munro, c'était chez lui plus une affectation qu'un plaisir.

« Comment vous en sortez-vous ? finit-il par demander.

– Rien ne sert…

– … de courir, hein ? N'allez pas trop lentement. Des suspects ?

– Quelques-uns. Je préfère ne pas me prononcer tout de suite. Au cas où je me tromperais. »

La mâchoire de Munro se raidit.

« Ne vous attendez pas à ce que nous tolérions votre prudence indéfiniment, Lysander. Vous êtes là pour faire un boulot, pas pour rester le cul vissé sur votre chaise à tailler des crayons. Alors faites-le. »

Dieu sait pourquoi, il s'était soudain emporté, et Lysander constata qu'il avait prononcé son prénom d'un ton protecteur.

« Je ne vous demande aucune tolérance, fit-il en s'efforçant de paraître calme. Je dois faire en sorte que cette enquête ait l'air aussi assommante et routinière que possible. Vous ne me remercieriez pas si j'effrayais quelqu'un ou si je vous amenais le mauvais coupable, tout ça pour gagner un jour ou deux. »

En entendant cela, Munro sembla recouvrer son air habituel de condescendance mal déguisée.

« Oui… Enfin… Je crois savoir que vous avez demandé les notes de frais d'Osborne-Way au ministère de la Guerre.

– Oui, en effet. » Lysander dissimula sa surprise. Comment Munro savait-il cela ? La réponse lui vint aussitôt : Tremlett, naturellement. Les yeux et les oreilles de Munro à la Direction des transports. Ou plutôt, l'œil et les oreilles. Dorénavant, il garderait à l'esprit les loyautés multiples de Tremlett. « Osborne-Way est potentiellement au courant de tout ce qui figure dans les lettres à Glockner, il est…

– Vous n'aviez pas le droit.

– J'avais tous les droits.

– Osborne-Way n'est pas Andromède.

– Nous ne pouvons pas être complaisants ; nous ne pouvons pas prendre le risque de nous reposer sur des suppositions aussi faciles. »

Il vit renaître la colère de Munro – pourquoi était-il si nerveux, si prompt à s'emporter ? Il décida de changer de sujet.

« J'ai vu Florence Duchesne, l'autre jour.

– Je sais.

– Est-elle encore à Londres ?

– Elle est partie, j'en ai peur.

– Ah, bon. J'espérais la revoir », dit Lysander, saisi d'un bref mais vif sentiment de tristesse à cette nouvelle – peut-être avait-il manqué quelque chose, là. Pour une raison quelconque, il voyait en elle son seul véritable allié – ils semblaient se comprendre ; tous deux étaient des fonctionnaires obéissant aux ordres d'une personne qu'ils ne connaissaient pas, pas plus qu'ils ne pouvaient l'identifier. Quelqu'un tirait sur leurs ficelles, et cela les reliait… Il regarda Munro qui, lui, tirait sur sa cigarette comme une gamine. Il décida que l'attaque était la meilleure défense.

« Est-ce que vous me dites tout, Munro ? Parfois je me pose cette question : que se passe-t-il ici, en réalité ?

– Contentez-vous de trouver Andromède… et vite », répliqua Munro. Qui jeta quelques pièces sur le comptoir, gratifia Lysander d'un sourire sévère et partit.

Lysander revint à l'Annexe, un plan prenant lentement forme dans son esprit. Si Munro voulait de l'action, eh bien il allait en avoir.

Tremlett, qui l'attendait devant la salle 205, paraissait d'humeur joyeuse, ce qui était inhabituel chez lui : « Un petit thé, sir ? Pour vous réchauffer les os ? » Mais Lysander le regardait avec suspicion désormais, s'interrogeant sur ce que son ordonnance avait bien pu récolter de leur tournée des hôtels de la côte sud. À bien y réfléchir, il paraissait invraisemblable qu'il ait établi le lien avec Vandenbrook. Lysander ne lui avait jamais dit ce qu'il faisait, l'obligeant à attendre chaque fois dehors. Mais Tremlett n'était pas idiot. Aurait-il transmis à Munro les détails de leur voyage ? Probablement – même s'il ne pouvait pas l'expliquer. Était-ce ce qui rendait Munro et Fyfe-Miller si nerveux ? Avaient-ils le sentiment que lui, Lysander, avait pris de l'avance sur eux, qu'il avait découvert des faits qu'ils ignoraient ? Les questions sans réponse s'accumulaient et, de nouveau, il avait l'impression de sombrer dans un marécage d'incertitudes. Il ouvrit un tiroir de son bureau et en sortit un carnet de formulaires télégraphiques. Il allait leur donner quelque chose qui les forcerait à réfléchir deux fois.

Il prit le téléphone et fit le numéro de l'extension de Tremlett.
« Oui, sir.
– Le capitaine Vandenbrook est-il de retour de Folkestone ?
– Je crois bien, sir.
– Voulez-vous lui dire de venir dans mon bureau ? »

Lysander s'offrit un déjeuner au bar à huîtres de Max dans Dean Street. Il commanda une douzaine d'huîtres et un verre de hock, et laissa ses pensées revenir agréablement vers Blanche et la nuit qu'ils avaient passée ensemble. Elle était grande, presque dégingandée sous les draps – des draps qu'ils avaient étendus et bordés dans une sorte d'affolement après les avoir arrachés à ses malles arrivées par porteur ce matin-là –, elle était toute en genoux et coudes, muscles et os. De larges seins plats aux tétons fauves. Elle avait manifestement eu beaucoup d'amants avant lui. Cette manière de lui saisir la tête, ses cheveux ramassés dans ses poings pour le maintenir immobile. D'où, et de qui tenait-elle cela ? Il ne regrettait pas de lui avoir spontanément demandé de reprendre sa bague, bien qu'il se demandât maintenant, en avalant ses huîtres, s'il ne s'était pas un peu précipité, trop content, trop soulagé que son « ancien problème » n'ait pas ressurgi avec elle. Non... ça avait été aussi bon qu'avec Hettie. Hettie, si différente. Il n'y avait, cependant, aucune sensation de danger avec Blanche, il s'agissait plus d'une sorte de rigueur. Rafraîchissante, efficace Agnes Bleathy. Avec Hettie, c'était fini, bien entendu. Mais ce n'était que justice, dans la mesure où Hettie l'avait laissé tomber de manière choquante, l'avait trahi sans la moindre hésitation pour se sauver elle-même en dépit du fait qu'elle fût la mère de leur fils. Lothar n'avait que peu d'importance, voire même aucune, pour Hettie Bull, il s'en rendait compte. De plus, lui, le père naturel, ne jouait, de toute évidence, aucun rôle dans sa vie, à moins qu'elle puisse l'utiliser à des fins personnelles. Le mariage avec Jago Lasry en était le parfait exemple. Non, Blanche avait toujours été la femme qu'il lui fallait. Elle l'avait invité à venir souper dans sa petite maison de Knightsbridge – son spectacle était annulé jusqu'à ce que les dégâts causés au théâtre soient réparés. Il sourit à l'idée de Blanche lui préparant à dîner à son retour du bureau – un petit avant-goût de leur bonheur domestique ? Pour la première fois, depuis de longs mois, il se sentit gagné par une sensation de sécurité. Du contentement – sentiment ô combien rare, et il n'était que juste qu'il fût chéri. Il commanda une autre platée d'huîtres et un second verre de vin du Rhin.

Il regagna l'Annexe de fort bonne humeur. Il avait un plan à mettre en musique et Munro aurait bientôt sa réponse, aussi malvenue soit-elle. Vandenbrook était fin prêt. Mais, une fois de plus, Tremlett l'attendait devant sa porte, cette fois très agité.

« Ah, vous voilà, sir ! Je commençais à penser que vous étiez parti pour la journée.

– Non, Tremlett. Que se passe-t-il ?

– Il y a un homme en bas, qui insiste pour vous voir. Il prétend qu'il est votre oncle, sir... un certain major Rief.

– Parce qu'il est vraiment mon oncle. Faites-le monter tout de suite. Et apportez-nous du café. »

Lysander s'assit lourdement, la tête un peu embrumée par le vin du Rhin, mais ravi à la perspective de voir Hamo. Celui-ci ne venait pas souvent en ville. « Londres me terrifie », répétait-il. C'était donc une très bonne surprise.

Quand Tremlett fit entrer Hamo, Lysander comprit aussitôt que quelque chose n'allait pas.

« De quoi s'agit-il, Hamo ? Des problèmes avec Femi ? » Les combats en Afrique occidentale avaient cessé et, d'après ce qu'il savait, s'étaient déplacés vers l'est.

Hamo avait les traits figés. « Prépare-toi à la pire des nouvelles, mon garçon...

– Que se passe-t-il ?

– Ta mère est morte. »

16. Investigations autobiographiques

Un mythe existe selon lequel la mort par noyade est la plus douce des morts parmi les dizaines ou centaines dont nous disposons, nous, les êtres humains – et qu'avec la noyade, votre fin s'accompagne d'un moment de pure exaltation. Je m'accrocherai à cette idée mais le côté rationnel de mon cerveau demande : Qui a apporté ce témoignage ? Où est la preuve ?

Lorsque j'ai vu son corps chez l'entrepreneur des pompes funèbres d'Eastbourne, ma mère paraissait pourtant calme et sereine. Plus pâle qu'à l'accoutumée, une légère nuance bleuâtre aux lèvres, les yeux clos comme si elle dormait. J'ai embrassé son front glacial et j'ai ressenti une vive douleur dans le ventre en me rappelant la dernière fois où j'avais accompli ce geste alors que je la tenais dans mes bras. « Je ne laisserai pas cela entraîner ta perte, mon chéri. »

Hamo m'annonce qu'une lettre cachetée m'attend à Claverleigh, mais je n'ai pas besoin de la lire pour savoir qu'il s'agit de sa confession. Hamo, dans sa bonté, Dieu le bénisse, avance la théorie que ça pourrait avoir été un affreux accident – un faux pas, une chute, l'évanouissement. Mais je lui ai confié être persuadé que c'était un suicide, et que la lettre ne ferait que le confirmer. Son corps a été retrouvé à l'aube sur la plage de galets d'Eastbourne, déposé par la marée basse – le passant classique promenant son chien au lever du soleil –, elle était tout habillée, ne portait aucun bijou et avait un seul pied chaussé.

Je me suis surpris, tout à coup, à me souvenir des propos que Wolfram Rozman m'avait tenus – il y avait des siècles, semblait-il, dans ce monde impossible, inimaginable, qui avait précédé la guerre, avant que nos vies changent à jamais – quand, interrogé sur ce qu'il aurait fait si le tribunal l'avait jugé coupable, il avait répondu gaiement, avec insouciance, qu'il se serait donné la mort, bien entendu. Je revoyais encore sans peine la scène : Wolfram dans son costume caramel, un peu titubant sous l'effet du champagne, disant le plus sérieusement du monde : « Dans cet empire en ruines qui est le nôtre, le suicide est un acte parfaitement raisonnable. » Wolfram – était-ce là pure bravade, la vantardise d'un hussard-né ? Non, je m'en souvenais, c'était dit avec le sourire mais aussi avec une logique implacable : une fois que vous comprenez ça, vous nous comprendrez. C'est ancré en nous. *Selbstmord*, la mort du soi : c'est un honorable adieu à ce monde. Ma mère avait fait ses honorables adieux. Assez. Hugh et la famille Faulkner sont profondément choqués. Mon chagrin brûle en moi et s'accompagne d'une colère plus froide, plus calme. Ma mère est tout autant une innocente victime de cette affaire Andromède que ces deux hommes que j'ai tués dans une sape, une nuit de juin, dans un no man's land du nord de la France. L'enchaînement causal s'est étendu jusqu'à eux pour les revendiquer, comme avec Anna Faulkner.

Mon Lysander chéri,

Je ne permettrai ni à moi ni à ma stupidité de te faire du mal ou de te mettre en danger de quelque manière que ce soit. Tu dois comprendre que ce que je m'apprête à faire me paraît une action entièrement raisonnable. J'ai peu de regrets de quitter ce monde, et ils sont entièrement dépassés par les bénéfices dont résultera mon imminente non-existence. Penses-y ainsi, mon chéri – je ne suis plus ici, c'est tout. Ce fait, cet état, devait se produire un jour, par conséquent il m'a toujours semblé que n'importe quel jour en valait un autre. J'éprouve déjà un sentiment de soulagement à l'idée d'avoir pris cette décision. Tu es désormais libre d'aller de l'avant avec force, assurance, et sans inquiétude à propos de ton idiote de mère. Je ne peux te dire combien j'étais bouleversée après notre dernière conversation, devant ton intention de te mettre en danger en prenant une décision tout bonnement mauvaise, et ceci juste pour m'épargner. Tu étais prêt à te sacrifier pour moi, ce que je ne pouvais permettre. Je ne pourrais pas vivre avec cette responsabilité. Ce que je vais faire n'est pas un sacrifice – tu dois comprendre que, pour quelqu'un comme moi, c'est l'acte le plus normal qui soit dans un monde sain et rationnel.

Au revoir, mon chéri. Garde-moi vivante dans tes pensées chaque jour.

Ta mère qui t'aime.

Images. Ma mère. Mon père. Ses sanglots à l'enterrement, des larmes sans fin. L'appartement sinistre de Paddington. Claverleigh. Sa beauté. Sa manière de chanter – sa voix riche et mélodieuse. Ce terrible après-midi ensoleillé dans le bois de Claverleigh. Pendant les repas, sa manie qu'elle avait de tapoter inconsciemment son assiette du bout de sa fourchette pour souligner ses propos. Le soir où j'ai vu mon père l'embrasser dans le salon alors qu'ils me croyaient au lit. Leurs rires quand je suis entré, indigné. Le camée qu'elle portait, avec la lettre « H » gravée dans l'onyx noir. Sa manière de fumer, dégageant son cou pâle tandis qu'elle levait le menton pour souffler la fumée. L'assurance avec laquelle elle pénétrait dans une pièce comme si elle entrait en scène. Qu'aurais-je pu être d'autre, avec ces deux-là pour parents ? Comment puis-je la venger le mieux ?

Le Dr Bensimon m'a reçu il y a deux heures de cela. Je lui ai téléphoné dès mon retour d'Eastbourne.

« J'aimerais vous dire qu'il m'a été très difficile de vous prendre si rapidement. Mais vous êtes mon seul patient aujourd'hui. »

Étendu sur le divan, je lui ai annoncé sans préambule le suicide de ma mère.

« Mon Dieu. Je suis tout à fait désolé d'apprendre cela ! » s'est-il écrié. Puis, après un silence : « Que ressentez-vous ? Un sentiment de culpabilité ?

– Non, ai-je répliqué aussitôt. Dans un sens, j'aimerais me sentir coupable, mais je la respecte trop pour cela. Est-ce que cela vous semble tenir debout ? C'est un acte auquel elle a réfléchi, et qu'elle a décidé d'accomplir. En toute logique. Et je suppose qu'elle en avait parfaitement le droit.

– C'est très viennois, a dit Bensimon avant de s'excuser : je

378

ne voudrais pas vous paraître désinvolte. Je parle de choisir cette option. Vous n'avez aucune idée du nombre de mes patients qui ont fait ce geste – non pas spontanément, mais après une longue réflexion. Une réflexion posée, rationnelle. Avez-vous une idée de ce qui l'a amenée à agir ainsi ?

– Oui, je pense. C'est lié à mes activités… » Je me suis repris : « C'est lié à cette guerre et au travail que je fais. Croyez-le ou pas, elle essayait de me protéger, en réalité.

– Désirez-vous parler d'elle ?

– Non, en fait je voudrais vous demander quelque chose, au sujet d'une autre personne. Vous rappelez-vous le jour de notre rencontre, à Vienne, dans votre cabinet de consultation ?

– Le jour où Miss Bull s'est montrée si insistante. Oui… pas facile à oublier.

– Il y avait là un autre Anglais, de l'ambassade, un attaché militaire, Alwyn Munro.

– Oui, Munro. Je le connaissais bien. Nous étions ensemble à l'université.

– Vraiment ? Vous a-t-il jamais parlé de moi ?

– Je ne peux pas répondre à cela, a-t-il dit sur un ton d'excuse. Tout à fait désolé. »

J'ai tourné la tête pour regarder Bensimon, assis derrière son bureau, les doigts joints en flèche devant son visage.

« Parce que vous ne vous en souvenez pas ?

– Non. Parce qu'il était mon patient.

– Patient ? » ai-je dit, étonné par cette nouvelle. Je me suis redressé et j'ai fait un demi-tour sur mon fauteuil : « De quoi souffrait-il ?

– De toute évidence, je ne peux pas répondre à cela non plus. Disons que le capitaine Munro avait de sérieux problèmes de nature personnelle. Je ne peux pas m'avancer davantage. »

Je suis au 3/12 Trevelyan House, devant une bouteille de whisky et un sandwich fromage-cornichons que j'ai acheté au pub au coin de Surrey Street. J'ai téléphoné à Blanche pour lui annoncer les derniers événements et elle a été toute compassion, chaleur et inquiétude à mon égard, m'invitant à m'installer chez elle. Je lui ai répondu que ce jour viendrait bientôt mais que, pour l'instant, j'avais besoin d'être seul. Il y aurait une enquête, bien entendu, elle ne serait pas inhumée tout de suite – ma mère, Annaliese. Je voudrais que les larmes coulent, mais tout ce que je sens, c'est cette lourdeur en moi, le poids du ressentiment, une colère accablante à l'idée qu'elle ait été convaincue de ne pas avoir d'autre choix que celui qu'elle a fait. Ôter ses bijoux et s'avancer dans la mer jusqu'à ce que les eaux se referment sur elle.

17. Une tasse de thé et un cognac curatif

Le lendemain s'écoula lentement, très lentement pour Lysander, comme si le temps réagissait à sa propre humeur décousue. Il se tint à l'écart le plus possible, s'enfermant à clé dans la salle 205. À midi, il envoya Tremlett dans une boutique du Strand lui acheter des petits pâtés. Il récapitula plusieurs fois le plan qu'il avait concocté pour la soirée. Il essayait de se convaincre que cette opération serait importante, voire révélatrice. En tout cas, il en saurait davantage – un pas en avant, peut-être.

Au milieu de l'après-midi, Tremlett l'appela au téléphone.

« Le White Palace Hotel au bout du fil, sir.

– Je n'y réside plus.

– Ils disent que votre femme est tombée malade.

– Je ne suis pas marié, Tremlett, c'est manifestement une erreur.

– Ils insistent. Elle s'est évanouie, semble-t-il.

– Très bien. Passez-les-moi. »

Il attendit, écoutant les cliquetis et les bourdonnements tandis que s'établissait la connexion. Puis le directeur prit la ligne.

« Mrs Rief est dans un état très… heu, très agité.

– Il se trouve qu'il n'existe pas de "Mrs Rief", dit Lysander. » Puis il comprit : « Je vais lui parler. »

Il entendit que l'on écartait le récepteur et que des pas approchaient.

« Hello, Hettie, dit-il.

– Tu as déménagé, l'accusa-t-elle, furibarde. Je ne savais pas où t'appeler.

– J'arrive dans dix minutes. »

Il sauta dans un taxi pour Pimlico et la retrouva dans le salon du White Palace, devant une tasse de thé et un cognac curatif. Il ferma la porte pour éviter toute irruption mais Hettie prit cela pour une invitation à l'intimité et tenta de l'embrasser. Il la repoussa gentiment et elle se rassit, boudeuse, sur le canapé.

« J'ai trois jours entiers, annonça-t-elle. Jago croit que je suis en vacances sur l'île de Wight, à faire du dessin. J'ai pensé qu'une île le convaincrait davantage.

– Je n'ai pas le temps de te voir, Hettie. C'est la panique au bureau… je travaille jour et nuit. C'est pourquoi je t'ai télégraphié. »

Elle fronça les sourcils, plia ses genoux sous elle, fit la moue et tapota sa joue du bout de son index – un, deux, trois –, comme si elle comptait mentalement. Puis elle pointa le doigt sur lui.

« Il y a quelqu'un d'autre, dit-elle finalement. J'ai raison, n'est-ce pas ?

– Non… Oui.

– Tu es un salaud, Lysander. Un sacré salaud.

– Hettie. Tu es partie te marier. Nous avons un enfant mais tu ne t'es même pas souciée de me le dire.

– C'est différent.

– Explique-moi en quoi, s'il te plaît ?

– Que m'as-tu fait, Lysander ?

– Attends une minute. Puis-je te rappeler certains événements à Vienne en 1913 ? Tu m'as fait jeter en prison avec tes foutus mensonges. Comment oses-tu ?

– Je t'aidais. Enfin, pas au début peut-être, mais plus tard.

– De quoi parles-tu ?

– De ces hommes qui m'ont persuadée de retirer mon accusation de viol pour que tu puisses être libéré sous caution. Udo était furieux, il m'a pratiquement fichue dehors…

– Quels hommes ?

– Ces deux types de l'ambassade. Les attachés… j'ai oublié leurs noms.

– Munro et Fyfe-Miller.

– Si tu le dis. »

Lysander réfléchit très vite.

« Tu as vu Munro et Fyfe-Miller ? demanda-t-il. Pendant que j'étais sous les verrous ?

– Nous nous sommes rencontrés plusieurs fois. Ils m'ont indiqué quoi faire. Modifier le motif d'accusation. Et ils m'ont donné de l'argent quand je leur en ai demandé. Après ton évasion, ils m'ont beaucoup aidée, ils ont offert de m'emmener en Suisse. Mais j'ai décidé de rester – à cause de Lothar. » Elle le regarda d'un air agressif, comme s'il était responsable de tout ce gâchis. « Ils m'ont posé des tas de questions sur toi. Très curieux. Et je les ai beaucoup aidés, je peux te le dire. Je leur ai raconté toutes sortes de petits trucs intéressants sur Mr Lysander Rief. »

Mentait-elle encore ? se demanda Lysander. S'agissait-il de

pure vantardise ? Il sentit le trouble s'emparer de lui et il tendit la main pour prendre le cognac de Hettie et le vider d'un trait. D'abord, Munro se révélait avoir été le patient de Bensimon et à présent, il semblait que Munro, Fyfe-Miller et Hettie aient été de connivence. Il tenta de comprendre quelles avaient été leurs relations, leurs conséquences, mais cela restait inexplicable. Que s'était-il vraiment passé à Vienne, en 1914 ? Tout ceci le mettait fort mal à l'aise.

Hettie se leva du canapé et se précipita vers lui, se glissa sur ses genoux, passa ses bras autour de son cou et l'embrassa – des tas de petits baisers sur le visage –, les seins pressés contre son bras.

« Je sais ce que tu aimes, Lysander. Pense à combien on pourra s'amuser – trois jours entiers. Achetons plein de choses à manger et à boire, et restons enfermés. On pourra se mettre tout nus… » Elle lui mit la main sur le bas-ventre.

« Non, Hettie. S'il te plaît. » Il se leva, lui échappant sans mal ; elle était si petite, si légère. « Je suis fiancé, je vais me marier. C'est fini. Tu n'aurais pas dû venir. Je t'avais dit clairement de ne pas le faire. Tu n'as que toi à blâmer : tu ne peux t'en prendre qu'à toi-même.

– Tu es une ordure ! s'écria-t-elle, les larmes aux yeux. Une minable ordure ! » Elle continua à l'injurier, de plus en plus fort tandis qu'il mettait sa capote et ramassait sa casquette. Il quitta la pièce sans se retourner. Peu lui importaient les insultes. « Et tu ne verras jamais Lothar de toute ta vie ! » fut la dernière phrase qu'elle lui hurla.

Le New London Theater of Varieties, juste à côté de Cambridge Circus, était certainement nouveau pour Lysander. Il n'y aurait d'ailleurs jamais joué puisque cette salle était surtout consacrée aux variétés et au music-hall, encore que spécialisée en «ballets, pièces françaises et divertissements mondains.» Dans le guide du théâtre qu'il avait consulté (il ne s'intéressait pas au programme mais au lieu lui-même) il avait lu que «le touriste découvrira que le public fait partie du divertissement». Ce qu'il fallait traduire par : «les prostituées fréquentent les bars du foyer». Le New London était un théâtre victorien désuet où le public pouvait consommer au bar sans avoir à payer pour le spectacle. Une manière, à l'origine, d'augmenter les recettes de la soirée, mais qui avait inévitablement apporté un autre genre de commerce. Lysander se souvenait de quelques vieux acteurs de sa connaissance évoquant avec tendresse les prix et la qualité des putains à disposition – plus haut vous étiez placé, de l'orchestre au premier puis au deuxième balcon, et enfin au poulailler, meilleur marché étaient les filles. Des gentlemen plus distingués fréquentaient aussi ces bars de théâtre publics parce qu'ils offraient un parfait camouflage : on disposait de tout le temps voulu pour examiner et choisir, tout en faisant ostensiblement quelque chose d'entièrement innocent : aller au théâtre, une activité si culturelle et éducative.

Quand Lysander se faufila à sa place, le spectacle avait déjà commencé : un «ballet» mêlant des soubrettes françaises et un coiffeur, dans la mesure où il pût en juger.

«Désolé d'être en retard», dit-il à Vandenbrook en se tournant pour mieux le voir. En costume civil, les cheveux gominés séparés par une raie au milieu, les pointes de sa moustache abaissées, Vandenbrook n'était plus le même homme. Plus faible et beaucoup moins séduisant.

«Vous avez les lunettes ?»

Vandenbrook les sortit de sa poche et les chaussa.

«Parfait. Gardez-les.»

C'étaient des lunettes en verre ordinaire avec une monture de métal, empruntées à une agence d'accessoires de théâtre de

Drury Lane. Pendant que le ballet continuait, Lysander répéta une fois de plus les détails du plan, s'assurant que Vandenbrook avait bien compris son rôle. Il n'eut pas besoin de chuchoter ni même de baisser la voix tant l'auditorium retentissait d'un grondement soutenu de conversations et des allées et venues des gens quittant leur siège pour aller aux bars et aux distributeurs de boissons autour des loges d'orchestre. La plupart, remarqua Lysander, étaient des soldats et des marins en uniforme. Presque tout le monde fumait, il offrit donc à Vandenbrook une cigarette, et chacun alluma la sienne tandis que le ballet s'achevait, laissant la place à un sketch comique.

Au tomber du rideau, le maître des cérémonies vint leur rappeler que la première vedette de la seconde partie du spectacle était « le célèbre acteur du West End », Mr Trelawny Melhuish, qui réciterait les monologues de *Hamlet, prince de Danemark*. Lysander et Vandenbrook se glissèrent dans l'allée et se dirigèrent vers le bar de l'orchestre. Être ou ne pas être, songea Lysander.

« On se sépare ici », dit-il alors qu'ils atteignaient le rideau cachant l'entrée du foyer.

Le foyer de l'orchestre était un large couloir en demi-cercle au plafond bas, chichement éclairé par des lumières au gaz vacillantes, et envahi de gens venus de la rue, sans compter ceux que déversait maintenant l'auditorium. Lysander se fraya un chemin jusqu'au bar central face à l'escalier de l'entrée. À quelques pas de là, formant un trio silencieux, en civil ainsi qu'il l'avait spécifié dans les télégrammes qu'il leur avait envoyés, se tenaient Munro, Fyfe-Miller et Massinger. Il jeta un coup d'œil par-dessus son épaule pour s'assurer que Vandenbrook n'était pas dans les parages, et ne l'aperçut pas dans la cohue. Bien.

Il s'approcha des trois hommes et leur tourna un peu autour. Ils avaient l'air tous trois mal à l'aise, gênés, au milieu de cette foule de poivrots empourprés et bruyants. Encore mieux, pensa Lysander.

« Messieurs, dit-il en surgissant devant eux. Merci d'être venus.

– Que fait-on ici, Rief ? Quelle est cette mascarade ? lança Massinger d'un ton rageur.

– Je devais m'assurer que je n'étais pas suivi. Je n'ai confiance en aucun membre de la Direction des transports.

– Que se passe-t-il ? » demanda Munro en jetant un regard circulaire sur la foule. « À quoi jouez-vous, Rief ? Qu'y avait-il de si foutûment urgent pour nous amener tous ici ?

– J'ai trouvé Andromède, répondit Lysander, regagnant aussitôt leur pleine attention.

– Ah, vraiment ? » fit Fyfe-Miller avec un scepticisme excessif, jugea Lysander. Par-dessus l'épaule gauche de Fyfe-Miller, il voyait Vandenbrook tourner autour d'eux. Son déguisement était excellent – on aurait cru un timide aide-comptable en goguette, à la recherche du péché.

« Oui, vraiment », répéta-t-il. Il lui fallait faire durer la conversation afin de donner à Vandenbrook tout loisir de les observer. « C'est quelqu'un de haut placé.

– Ce n'est pas Osborne-Way… ne nous faites pas perdre notre temps !

– C'est son numéro deux, annonça Lysander. Mansfield Keogh. »

Les trois hommes échangèrent un regard. Ils savaient visiblement qui était Keogh.

« Mansfield Keogh, s'écria Massinger. Dieu tout-puissant !

– Oui, Keogh », insista Lysander à moitié conscient d'un Vandenbrook se mouvant autour de leur groupe. « Tout concorde. Les voyages en France aussi. Lui seul connaissait les informations figurant dans les lettres à Glockner.

– Mais pourquoi ferait-il ça ? dit Munro, pas convaincu.

– Pourquoi quiconque le ferait-il ? rétorqua Lysander, les gratifiant tous les trois d'un regard qui en disait long. Il y a trois raisons pour lesquelles quelqu'un trahit son pays : la vengeance, l'argent, et… » après un temps d'arrêt « … le chantage.

– Foutaises », affirma Massinger. Munro et Fyfe-Miller demeurèrent silencieux.

« Réfléchissez-y, dit Lysander.

– Comment Keogh entre-t-il dans l'une de ces catégories ? demanda Fyfe-Miller, le sourcil froncé.

– Sa femme est morte récemment, très jeune – peut-être cela lui a-t-il fait perdre la tête, dit Lysander, mais en fin de compte, je ne sais pas. J'étais à la recherche de preuves, pas de motifs.

– Eh bien, nous pourrons lui poser la question quand on l'arrêtera, dit Munro avec un mince sourire. Demain… ou peut-être ce soir. »

Confronté à la réalité de la situation, chacun se tut un instant.

« Ainsi, Keogh est Andromède, finit par murmurer Massinger, presque dans sa barbe.

– Bravo, Rief, lança Munro. Vous avez pris votre temps mais vous y êtes arrivé. Je vous contacterai. Ne changez rien à vos habitudes, continuez à aller travailler à l'Annexe.

– Oui, bonne prise, Rief, renchérit Fyfe-Miller, se permettant un large sourire. Nous pensions bien que vous seriez homme à le débusquer. Bravo. »

Une clochette se fit entendre, annonçant la deuxième partie du programme. La foule commença à regagner l'auditorium et, pour la première fois, Lysander s'aperçut de la présence de femmes très fardées autour de lui.

« Je vous laisse, mes amis, dit-il gaiement. Je m'en vais voir la fin du spectacle. Il vaut mieux que vous partiez un à un. »

Il tourna les talons et s'en fut, content de ne plus voir aucun signe de Vandenbrook.

« Bonsoir, milord, lui lança en souriant une putain. Vous faites quoi, après ? »

Il jeta un coup d'œil en arrière et vit Massinger s'en aller. Têtes rapprochées, Fyfe-Miller et Munro avaient une discussion animée. Je leur donne vingt-quatre heures, pensa Lysander, satisfait de la manière dont tout s'était déroulé – il se passera à coup sûr quelque chose.

Déjà installé dans son fauteuil, Vandenbrook attendait le lever du rideau en fumant une cigarette.

Lysander le rejoignit et lui tendit une chope de Lager. Lui-même en avait une.

« Bravo, dit-il. Vous aimez cette bière ? J'y ai pris goût à Vienne.

– Merci. » Vandenbrook paraissait un peu sombre. Il sirota la mousse.

« Eh bien ?

– Je n'en ai reconnu aucun. Sauf ce type au col cassé. Il avait un air plus ou moins familier.

– Massinger ?

– Je pense l'avoir déjà vu. Lorsque j'étais au ministère de la Guerre. C'est un militaire ?

– Oui. Et donc, il est concevable qu'il sache qui vous étiez.

– Possible… il m'a semblé familier. »

Lysander réfléchit – ceci n'avait rien d'une preuve. L'orchestre, dans la fosse, entama une marche militaire et le rideau se leva sur un chœur de filles en corset et culotte bouffante kaki, trimballant des fusils en bois. Bravos, cris de joie et sifflets s'élevèrent de la salle. C'était ça que les gens désiraient, et non Mr Trelawny Melhuish récitant des monologues.

« Massinger pourrait donc être Andromède, dit Lysander.

388

– Andromède ? Qu'est-ce que c'est ?

– Le nom de code que nous vous avons donné. Au début des recherches.

– Ah, bon. » Vandenbrook parut gêné à l'idée d'avoir été identifié par un code. « Pourquoi Andromède ?

– Mon choix, en fait. Tiré d'un opéra allemand. *Andromeda und Perseus*, de Gottlieb Toller.

– Ah, oui. Il est un peu coquin celui-là, n'est-ce pas ?

– Je ne l'ai jamais vu », répliqua Lysander, le regard soudain accroché par une grande danseuse toute en jambes qui lui rappela Blanche. Il mit une pièce de six pence dans la fente qui libérait le loquet des jumelles de théâtre fixées sur le dos du siège devant lui, et les leva à hauteur de ses yeux pour l'examiner de plus près. Autant profiter du spectacle, se dit-il.

18. Pas d'instant de révélation

Incapable de s'endormir, Lysander, entre 3 et 4 heures, alla dans sa cuisine se préparer une potion d'hydrate de chloral. Le « somnifère » de Bensimon ne fonctionnait pas du tout et il commençait à soupçonner qu'il s'agissait d'un placebo. Il versa une demi-cuillère à café de la poudre cristalline dans un verre d'eau, remua le tout énergiquement et l'avala. Il n'en restait pas beaucoup dans le sachet, constata-t-il – il le consommait plutôt vite. Mauvais signe.

En attendant les premiers effets familiers de la drogue, il passa en revue les événements de sa rencontre soigneusement planifiée au New London Theatre of Varieties. Dans un sens, il était déçu – il n'y avait pas eu d'instant de révélation, aucune explosion de clarté ni d'illumination, mais quelque chose avait été dit ce soir, quelque chose avait été lâché par inadvertance qu'il n'avait pas vraiment saisi. Quoique. Peut-être cela lui reviendrait-il. De plus en plus, il était convaincu que Vienne était la clé – ces derniers mois avant la guerre... Il sentit le chloral commencer à produire son effet, la pièce vacilla, il tituba. Il était temps d'aller au lit et de dormir, enfin. Il regagna prudemment sa chambre, une main sur le mur pour ne pas tomber. Bon Dieu, ce truc puissant – il se jeta sur le lit, perdant merveilleusement conscience. Vienne. C'était bien ça. Ce devait donc être...

« Vous allez bien, sir ? s'inquiéta Tremlett. Vous m'avez l'air un peu patraque.

– Je vais parfaitement bien, merci, Tremlett. J'ai juste pas mal de choses en tête.

– Vous allez en avoir un peu plus, j'en ai peur, sir. Le colonel veut vous voir. »

Lysander s'empressa de fumer une cigarette, vérifia de pied en cap sa tenue afin qu'Osborne-Way n'ait pas la satisfaction de le prétendre « habillé de façon non convenable » et parcourut d'un pas vif le couloir menant au bureau du directeur des Transports.

En le faisant entrer, la secrétaire refusa de croiser son regard. Lysander ôta sa casquette, salua et se mit au repos. Assis derrière son bureau, Osborne-Way le regardait sans lui offrir de siège.

« Le capitaine Keogh a été arrêté chez lui ce matin à 6 heures. Il est détenu à New Scotland Yard. »

Lysander garda le silence.

« Pas de réponse, Rief ?

– Vous ne m'avez pas posé de question, sir. Vous avez fait une déclaration. J'ai supposé qu'une question suivrait.

– C'est à cause de gens comme vous, que je me demande pourquoi nous faisons cette guerre, Rief. Vous me donnez envie de vomir.

– Désolé d'entendre cela, sir.

– Qu'un freluquet d'acteur de votre espèce puisse devenir un officier est une honte pour l'armée britannique.

– Je n'essaye que de remplir mon petit rôle, sir. Tout comme vous. » Lysander indiqua sa barrette de « blessé au combat » sur sa manche : « J'ai fait mon temps au front et j'ai des cicatrices pour le prouver. » Il s'amusa de l'air gêné qu'afficha, un court instant, Osborne-Way – l'officier d'état-major de carrière dans son confortable cantonnement, avec ses week-ends tous frais payés à Paris.

« Mansfield Keogh est l'un des meilleurs hommes que je connaisse. Vous n'êtes pas digne de lui lacer ses bottes.

– Si vous le dites, sir.

– Quelles preuves avez-vous contre lui ? Qu'est-ce que votre sale petite enquête a déterré ?

– Je ne suis pas libre de vous le dire, sir.

– Eh bien, moi, je vous ordonne foutrement de me le dire ! Espèce d'ordure ! Pourriture ! »

Lysander attendit quelques instants avant de répondre – en faisant volontairement traîner sa voix.

« Je crains que vous n'ayez à parler au chef de l'état-major impérial à ce sujet, sir.

– Foutez-moi le camp d'ici ! »

Lysander coiffa sa casquette, salua et sortit.

À son retour salle 205, un télégramme l'attendait :

ANDROMÈDE. SPANIARDS INN. SEPT HEURES DEMAIN MATIN.

Moins de vingt-quatre heures, songea-t-il, impressionné. Quelque chose s'était bien passé hier soir, finalement. Il lui restait juste assez de temps pour s'assurer que tout serait prêt.

19. L'attente de l'aube

Préférant arriver au Spaniards Inn à pied, Lysander se fit déposer par le taxi en haut de Heath Street, dans Hampstead, aux abords de l'étang et du mât. Il était 5 h 30 et il faisait encore nuit noire, comme diraient les Français. Lysander portait un pardessus, une écharpe et un feutre noirs. Il faisait froid, et son haleine se condensait devant lui tandis qu'il entamait le trajet de huit cents mètres menant du mât à l'auberge, le long de Spaniards Road et de la lande. Il n'y voyait que très peu – les réverbères étaient très espacés sur Spaniards Road, mais il savait que Londres se trouvait au sud et il entendait le bruit du vent dans les grands chênes de Caen Wood à sa droite – le craquement et le frottement des énormes branches, pareils à ceux de la mâture d'un voilier en haute mer, le bois en souffrance. Le vent fraîchissait, violent, en rafales, et Lysander enfonça son chapeau, songeant, tout en avançant, que l'élément clé, pour l'instant, c'était le calme – rester calme à tout prix, quoi qu'il arrive. Tout était planifié, tout était en place.

Il s'arrêta bientôt au petit bureau de péage, face au Spaniards Inn, là où la route se rétrécissait, et il fuma une cigarette, en attendant l'aube. L'aube et la clarté, enfin. Dans les dernières minutes d'obscurité, il se sentit, étrangement, plus en sécurité, le dos contre le mur, le regard sur l'auberge en face – il y avait de la lumière, maintenant, à une lucarne – où Charles Dickens en personne avait pris un verre ou deux. Il avait mis dans ses poches une lampe électrique et une flasque de rhum à l'eau. Un petit tribut à sa vie de soldat – le coup de rhum avant la sonnerie du réveil dans les tranchées –, une vie qu'il était sur le point d'abandonner pour toujours, espérait-il.

Il éclaira de sa torche le cadran de sa montre : 5 h 55, encore une heure. Il perçut une très légère lueur – des troncs d'arbres, dans le bois touffu, derrière lui, commençaient à émerger et à se matérialiser dans la nuit diluée et, en levant la tête, il pensa distinguer, à travers leurs branches et les dernières feuilles automnales, le ciel au-dessus, un ciel très pâle, gris-citron, traversé de paquets de nuages filant précipitamment, bousculés par la vive brise d'ouest.

Il but une goutte de rhum, appréciant sa douceur, la brûlure dans sa gorge et sa poitrine. Une charrette tirée par un cheval passa en clopinant tout près de là, un marchand de charbon. Puis un petit télégraphiste sur sa motocyclette vrombissante. La naissance du jour. Il n'avait même pas tenté de dormir la nuit précédente, plus de chloral, au lieu de quoi il avait rédigé un long récit de son enquête sur l'affaire Andromède, son histoire, ses propres suppositions et sa conclusion. Ce qui l'avait occupé et lui avait gardé l'esprit en alerte, bien qu'il fût pleinement conscient que ce document ne servirait qu'à parer à une éventualité – celle où il ne survivrait pas aux prochaines heures.

Il décida de ne plus penser à cela – tout était organisé pour conduire à un succès triomphant et vengeur –, il n'avait aucune intention de risquer sa vie. Le jour s'était définitivement levé. Lysander s'éloigna du bureau de péage et fit quelques pas dans les bois. À travers les nuages qui continuaient de se hâter, les rayons du soleil s'apprêtaient à percer sur Alexandra Palace et à illuminer lentement les villages de Hornsey et Highgate, Finchley et Barnet à l'est. À présent, il pouvait vraiment voir les branches se soulever et se balancer au-dessus de sa tête, sentir les rafales de vent tirer capricieusement sur les bouts de son écharpe. L'auberge, en face, se révélait à lui, sa façade de stuc blanc luisant de manière inquiétante ; la plupart des fenêtres étaient illuminées, et il entendait un bruit métallique en provenance de la cour à l'arrière. Il s'enfonça un peu plus parmi les arbres : il ne voulait pas être repéré. Il fallait que celui ou celle qui viendrait pense être arrivé tôt, et le premier.

Il fuma une autre cigarette et but une autre gorgée de rhum. Désormais, il pouvait lire l'heure sur sa montre sans l'aide de sa lampe électrique : encore vingt minutes à attendre. De nouveau, il fut saisi d'un doute : et s'il se trompait ? – et de nouveau, il passa en revue ses déductions, de manière obsessionnelle. Tout lui paraissait concluant, son seul regret étant de ne pas avoir eu le temps ni l'occasion d'essayer sa théorie sur quiconque. Logique et jugement devaient se fonder sur ses propres termes, son inhérente crédibilité se suffire à elle-même.

Un taxi, qui venait de Highgate, monta en pétaradant et poursuivit sa route. Il y avait un peu plus de circulation sur Spaniards Road – un homme poussant une brouette, un *dogcart* conduit par deux gamins –, hormis cela tout était calme. Soudain pris d'une envie pressante d'uriner, Lysander défit rapidement sa braguette et s'exécuta. C'était comme la vie dans les tranchées, songea-t-il, un petit coup de rhum et pisser avant de monter à l'assaut. Pense aux grandes offensives, des dizaines de milliers de soldats se vidant la vessie. Il sourit à cette image et...

Un taxi s'arrêta dans la cour, près de l'auberge.

À l'intérieur, un homme en chapeau mou se pencha pour régler le chauffeur.

Christian Vandenbrook descendit du taxi qui repartit.

« Vandenbrook ! Que fichez-vous ici ? Foutez-moi le camp ! » cria rageusement Lysander depuis son abri sous les arbres.

Vandenbrook traversa la route en hâte. Il portait un long pardessus de tweed qui lui battait les chevilles.

« C'est moi qui vous ai envoyé le télégramme ! » hurla-t-il à son tour, scrutant les bois sans parvenir à localiser Lysander. « Rief ? Je sais qui est Andromède ! Où êtes-vous ? » Il aperçut enfin Lysander et se précipita vers lui, le souffle court. « Ça m'est revenu après le théâtre, j'avais quelques éléments à vérifier avant de vous parler.» Il se mit derrière un arbre et examina Spaniards Road, du côté où la route descendait vers Highgate : «Quelqu'un me suit, j'en suis sûr. Partons d'ici.

– D'accord, d'accord, calmez-vous», dit Lysander, et ils prirent un sentier de terre battue qui s'enfonçait dans Caen Wood. Vandenbrook paraissait tendu et méfiant. À un moment donné, il tira Lysander hors du chemin et ils attendirent derrière un arbre. Rien. Personne.

«Que se passe-t-il? demanda Lysander.

– Je suis certain d'avoir été suivi. Il y avait un homme, ce matin, devant chez moi. Je suis sûr qu'il est monté dans une voiture et a pris mon taxi en chasse.

– Pourquoi vous suivrait-on? Vous imaginez des choses… Alors, dites-moi ce que vous savez.»

Ils étaient dans le bois, à présent. Dans la lumière gris perlé de l'aube, Lysander découvrit des arbres vieux et hauts – frênes, hêtres, chênes. Des massifs de houx poussaient à leurs pieds, et le sous-bois, de chaque côté du sentier, était touffu. Ils auraient aussi bien pu se trouver dans la forêt vierge – difficile de croire qu'ils étaient dans un faubourg du nord de Londres. Le vent ne cessait de fraîchir, et les arbres au-dessus de leurs têtes sifflaient et grondaient tandis que les branches se courbaient et cédaient. Lysander noua les bouts virevoltants de son écharpe et les enfonça dans son manteau.

«Vous en voulez?» Il tendit sa flasque. «C'est du rhum.»

Vandenbrook avala deux grandes gorgées et rendit le flacon.

«Dites-moi, reprit Lysander. Qui donc est Andromède?

– Ce n'est pas un homme, c'est une femme. C'est ce qui vous a désorienté.

– Et…?

– La personne qui me fait chanter est une femme – une femme

du nom d'Anna Faulkner. Ne vous méprenez pas sur ce nom : elle est autrichienne. L'ennemie.

– Elle est morte. Elle s'est suicidée.

– Je sais, mais…» Vandenbrook se tut, l'air soudain très choqué. «Comment le savez-vous ?

– Parce que c'est… que c'était… ma mère.»

Vandenbrook le regarda fixement et Lysander le vit passer d'une excitation proche de l'affolement à une expression glaciale. Tout faux-semblant disparut. Deux hommes dans un bois, à l'aube, au milieu d'une tempête ravageuse.

Vandenbrook mit la main dans la poche de son manteau et en sortit un revolver qu'il braqua sur le visage de Lysander.

«Vous êtes en état d'arrestation, dit-il.

– En état d'arrestation ? Vous êtes fou ?

– Vous et votre mère, vous étiez de connivence. Deux espions autrichiens. Vous me faisiez chanter tous les deux.»

Lysander n'avait pas envie de rire mais il ne put s'empêcher de lâcher un ricanement.

«Je dois vous reconnaître ça, Vandenbrook : vous êtes exceptionnel. Vous êtes le meilleur acteur que j'aie jamais rencontré. Meilleur que n'importe lequel d'entre nous. Le meilleur de tous les temps. Vous avez raté votre vocation.»

Vandenbrook se permit un petit sourire.

«Eh bien, nous sommes tous des acteurs, non ? dit-il. En tout cas, la plus grande partie de notre vie éveillée. Vous, moi, votre mère, Munro et les autres. Certains sont bons, d'autres quelconques. Mais personne ne sait vraiment ce qui est réel, ce qui est vrai. Impossible de le dire avec certitude.

– Pourquoi avez-vous fait cela, Vandenbrook ? L'argent ? Êtes-vous complètement fauché ? Vouliez-vous vous venger de votre beau-père ? Le détestez-vous à ce point ? Ou était-ce juste pour vous sentir important, puissant ?

– Vous savez pourquoi, répliqua calmement Vandenbrook d'un ton égal. Parce qu'on me faisait chanter... cette salope d'Andromède me faisait chanter...»

Une bourrasque emporta le chapeau de Lysander et, un instant plus tard, la tête de Vandenbrook parut exploser dans une brume de sang rose, son corps projeté violemment au sol par une force invisible.

Lysander ferma les yeux, compta jusqu'à trois, et les rouvrit. Vandenbrook gisait toujours là, la moitié gauche de son crâne envolée, touffes de cheveux et bouts de cervelle épars, et du sang épais comme de l'huile. Lysander ramassa son chapeau, le mit et recula pour ne plus rien voir. Il se retourna et découvrit Hamo avançant à grands pas entre les arbres, sa Martini-Henri à l'épaule.

«Tu vas bien ? s'enquit Hamo.

– À peu près.

– Je l'aurais flingué plus tôt, dès qu'il a sorti son revolver en fait, mais j'attendais ton signal. Pourquoi t'a-t-il fallu autant de temps ?»

Lysander ne l'écoutait pas vraiment. Il regardait Vandenbrook. Sous cet angle-là, il ne voyait qu'un petit trou rouge au-dessous de l'oreille droite.

«Pardon, Hamo. Que disais-tu ?

– Pourquoi t'a-t-il fallu autant de temps pour ôter ton chapeau ?

– J'essayais de lui soutirer d'autres informations, je suppose. D'obtenir quelques réponses supplémentaires.

– Un peu risqué, quand un homme vous pointe un revolver sous le nez. Frapper fort, Lysander, et dur. C'est ma devise. C'est pourquoi j'ai utilisé une dum-dum. Un seul coup pour tuer, pas de bricolage.»

Hamo alla vérifier sur le cadavre les effets de sa balle à expansion. Lysander sortit un bloc-notes de sa poche et en déchira une page.

«Ainsi, c'est le type responsable de la mort de ta mère, dit Hamo en contemplant Vandenbrook.

– Oui. Et il a réussi à la tuer sans même la toucher. Il s'apprêtait à l'utiliser – elle autant que moi – comme monnaie d'échange contre sa liberté.

– Alors qu'il pourrisse en enfer à tout jamais, déclara Hamo. Du bon boulot, je dirais. »

Lysander griffonna un mot sur la feuille de papier et décrocha une épingle à nourrice au revers de son manteau. Il s'accroupit et épingla la note sur la poitrine de Vandenbrook. On y lisait : ANDROMÈDE.

«J'imagine que tu sais ce que tu fais, dit Hamo.

– Oh que oui. »

Lysander dégagea le revolver des doigts de Vandenbrook et s'éloigna de quelques mètres avant de tirer un coup dans le sol. Puis il remit l'arme dans la main du cadavre, en plaçant l'index sur la gâchette.

«Ce petit pistolet à bouchon n'aurait pas pu faire ce genre de dégâts, s'écria Hamo, presque offensé.

– Ils s'en ficheront. Andromède s'est tué – c'est tout ce dont ils ont besoin, tout ce qu'ils veulent. On n'en entendra plus parler. Où est ta voiture ?

– Pas loin, dans Hampstead Lane. Je crois qu'il pensait être suivi, il a fait faire à son taxi des tas de détours. Je ne voulais pas risquer qu'il me repère. »

Lysander passa son bras autour des épaules de son oncle et le serra contre lui. Il avait les larmes aux yeux.

«C'était exactement ce qu'il fallait faire, Hamo. Je ne te remercierai jamais assez.

– Je t'avais dit de m'appeler en renfort, mon garçon. N'importe quand.

– Je sais. Maintenant, nous partageons un secret.

– Jusqu'à la tombe. »

Ils s'éloignèrent du corps de Vandenbrook et repartirent à travers le bois en direction de Hampstead Lane, alors qu'un faible soleil réussissait à percer entre les nuages galopants, donnant à la lumière, durant quelques secondes, un ton d'or pâle.

20. Investigations autobiographiques

La tombe de ma mère se trouve dans la partie nord du cimetière de Saint Botolph, l'église paroissiale de Claverleigh. C'est un coin dénudé et froid, mais loin des grands ifs épais qui bordent le sentier menant au porche et confèrent à l'endroit un aspect sombre et sinistre. Je voulais qu'un peu de lumière brille sur elle. Hugh Faulkner a planté deux cerisiers de chaque côté de la pierre tombale. Je reviendrai au printemps, quand ils seront en fleur, penser à elle en des temps plus paisibles. Sur la pierre, on lit :

LADY ANNA FAULKNER
1864 – 1915

Épouse de Lord Crickmay Faulkner
1838 – 1915

Précédemment épouse de
Halifax Rief
1840 – 1899

Mère de
Lysander Rief

« Souvenir éternel, amour éternel »

Ainsi, notre histoire personnelle et complexe se résume-t-elle à ces quelques mots et chiffres.

Je ne suis jamais retourné à l'Annexe – je n'avais rien à moi dans la salle 205 – et j'ai été ravi d'être débarrassé de cet endroit et de son odeur persistante d'antiseptique. Je suis passé au White Palace Hotel, à Pimlico, pour y prendre mon courrier et donner à la direction ma nouvelle adresse. Je m'étais étrangement attaché au 3/12 Trevelyan House et j'ai résilié le bail de Chandos Place quand m'est parvenue la nouvelle de la mort, à Kut-al-Amara, en Mésopotamie, de ce pauvre Greville Varley, victime de dysenterie. Dans mon courrier – surtout des prospectus et autres sollicitations commerciales (la malédiction de la vie postale de tout officier en activité) se trouvait une lettre de Hettie :

> Lysander chéri,
> Peux-tu me pardonner ? Si j'ai été aussi horrible avec toi, c'est que j'étais trop bouleversée. Cependant, je n'aurais jamais dû dire ce que je t'ai dit (surtout au sujet de Lothar – photographie ci-jointe). Je me sens honteuse et je m'en remets à ta nature tolérante et compréhensive. J'ai décidé de divorcer de Jago et d'aller aux États-Unis. Je veux vivre dans un pays neutre et pacifique, je n'en peux plus de cette horrible guerre interminable. Un de mes amis dirige une « colonie d'artistes » au Nouveau-Mexique, où que ça puisse se trouver, je vais donc l'y rejoindre et enseigner.
> Il faut que je te dise que Jago prend tout ceci très mal et s'entête à t'en rendre responsable. Apparemment, il s'est rendu à Londres pour te suivre. Quand tu l'as vu, le soir de l'attaque du Zeppelin, il s'est affolé et m'a tout avoué.
> Je sais que nous serons toujours amis et je te souhaite bonne chance pour ton mariage (veinarde de fille !).

Avec toute ma tendresse,
Hettie (plus jamais Vanora)

PS. Si tu pouvais trouver le moyen de m'envoyer cinquante
livres, poste restante, à Liverpool, je t'en serais éternellement
reconnaissante. J'embarque pour l'*Americay* dans quinze jours.

VERS ÉCRITS
SOUS L'INFLUENCE DE L'HYDRATE DE CHLORAL

La chaleur, cet été-là à Vienne, était intense.
Elle tombait d'un ciel blanc, aussi lourd que du verre.

Je n'espère pas
Je n'espère pas voir
Je n'espère ni ne vois.

Pourquoi ces fanfares jouaient-elles dans le Prater?
Personne ne m'a dit ce qui se passait.

Elle était *schön*
Elle était *sympatisch*
Impossible de rester seul sous les colonnes
De l'Hôtel du Sport et Riche.

Je ne vois pas l'espoir
L'espoir ne me voit pas.

Noirnoirnoirnoirblancnoirnoirnoir

Nous nous sommes retournés dans le lin
Nous avons marché à l'ombre des pommiers
Nous avons trouvé le bonheur sous la treille de clématites
Roule sur moi, allonge-moi et fais-le encore.

401

Il fait noir, hélas – je ne vois rien.

Ciao-loo, madame, ciaoli, ciaoloo-di-doo
Je rêve d'une femme.

Blanche et moi avons fixé la date du mariage au printemps :
mai 1916. Hamo sera mon témoin. Blanche et moi passons
beaucoup de nuits ensemble mais j'ai encore besoin d'hydrate
de chloral pour dormir. J'ai rendez-vous chez le Dr Bensimon
à Highgate une fois par semaine, et nous revoyons en détail
l'histoire de ces deux dernières années. Le Parallélisme fonctionne, peu à peu – je commence à vivre avec une version des
événements dans laquelle l'homme à la moustache et le blondinet s'enfuient de la sape avant que ma grenade explose. Tous
deux sont légèrement blessés mais ils parviennent à regagner
les lignes allemandes. Plus je me concentre sur cette histoire
et en fabrique tous les détails, plus sa plausibilité me séduit.
Peut-être un soir m'endormirai-je paisiblement, sans l'aide de
mes produits chimiques.

J'ai écrit au sergent Foley, à l'hôpital pour aveugles de Stoke
Newington, mais je n'ai reçu aucune réponse. Peut-être vau-
drait-il mieux que je n'apprenne pas plus de faits au sujet de
cette nuit-là – il a été assez difficile de déloger ceux qui me
hantent –, mais je sens que j'ai besoin de voir Foley et de lui
expliquer une partie de ce qui s'est vraiment passé.

J'ai une audition demain : retour à mon ancienne vie. Une
reprise de *L'Homme et le Surhomme* de George Bernard Shaw.

Je regarde la photographie de Lothar que Hettie m'a envoyée.
Le portrait d'un petit garçon morose – sur le point de pleurer,
semble-t-il –, vêtu comme une fille d'une barboteuse brodée

de style paysan. De longs cheveux noirs bouclés. Tient-il de moi ? Une minute je pense : oui, il me ressemble. Et l'instant d'après, je me dis : non, pas du tout. Est-il réellement de moi, en fait ? Hettie a trompé Udo Hoff avec moi – ne pourrait-elle pas m'avoir trompé avec quelqu'un d'autre ? Pourrai-je jamais être certain ?

Et je repense, comme souvent, à cette aube d'octobre sur Hampstead Heath, alors que j'attendais le lever du soleil, et l'arrivée de Vandenbrook. Je savais que ce serait lui et j'espérais que l'aurore apporterait ce jour-là compréhension et lumière, ou du moins une vision plus claire. Et je crus l'avoir obtenue en épinglant «Andromède» sur le manteau de Vandenbrook. Tout était résolu, expliqué. Mais, au fil de la journée, d'autres questions vinrent me tracasser, me troubler, m'obligeant à revoir mon jugement jusqu'à ce que, au crépuscule, tout retourne à la confusion. Peut-être la vie est-elle ainsi – on essaye d'y voir clair, mais ce que l'on voit n'est jamais plus clair et ne le sera jamais. Plus nous faisons d'efforts, plus le trouble s'aggrave. Tout ce qui nous est laissé, ce sont des approximations, des nuances, des multitudes d'explications plausibles. Faites votre choix.

Il me semble, après ce que j'ai traversé, qu'à présent je comprends mieux notre monde moderne, tel qu'il est aujourd'hui. Et peut-être ai-je eu, en cadeau, un aperçu de son avenir. La chance m'a été donnée de connaître les puissantes technologies industrielles de la machine de guerre du XXe siècle, à la fois à leur énorme source bureaucratique et à leur étroite et vulnérable cible humaine. Et pourtant, malgré ce regard privilégié et les précieuses connaissances ainsi glanées, j'ai eu l'impression que, plus je semblais en savoir, plus clarté et certitudes diminuaient et s'effaçaient. À mesure que nous avançons dans l'avenir, le paradoxe deviendra plus clair – clair et obscur, obscurément clair. Plus nous savons, moins nous savons. C'est drôle, mais je peux vivre très heureux avec cette idée. Si ceci est notre monde moderne, alors je me sens un homme très moderne.

Ce midi, j'ai retrouvé Munro près du lion nord-est, au pied de la colonne de Nelson dans Trafalgar Square. C'était une journée de grisaille, de froid, de pluie et de bruine intermittentes, et, tels des touristes, nous portions tous deux des imperméables. Il y avait eu une grosse averse dix minutes plus tôt, laissant les pavés brillants, laqués, et les façades enfumées des bâtiments environnants – le Royal College of Physicians, la National Gallery, Saint Martins –, d'un noir presque velouté. Le pauvre soleil tentait vainement de percer les épais nuages gris, ne réussissant qu'à illuminer quelques interstices ménagés par la brise, et ceci, ajouté à l'effet lugubre de la lourde masse pourpre annonciatrice d'autres pluies venant de l'estuaire de la Tamise, jetait une curieuse lumière d'or plombé, sur Pall Mall, Whitehall et Northumberland Avenue donnant l'impression qu'elles étaient éclairées par des lampes à arc, artificielles et étranges, comme si les quartiers de la ville pouvaient être découpés à la manière d'un décor de théâtre et rassemblés ailleurs. J'étais mal à l'aise et nerveux, troublé par le temps et la curieuse lumière, avec le sentiment, ou presque, d'être sur scène, en train de jouer.

MUNRO : Pourquoi nous retrouvons-nous ainsi, Rief ? Tout ça est très mélodramatique.
LYSANDER : Pardonnez-moi. J'aime les espaces publics, en ce moment.
MUNRO : Nous avons bien entendu découvert «Andromède», là-haut sur la lande, avec votre note. La police nous a appelés… Tout collait parfaitement. Nous vous en sommes très reconnaissants, je dois dire.

LYSANDER : Il était très intelligent, Vandenbrook. Très.

MUNRO : Pas assez. Vous l'avez eu et vous lui avez réglé son compte. J'ai lu votre déposition – très complète.

LYSANDER : Bien. On ne l'a jamais fait chanter, voyez-vous. Cela, c'était la première de ses excellentes idées. Il avait tout préparé au cas où il aurait été découvert. Il n'y avait pas de gamine de dix ans, aucun témoignage authentique, pas de perles. Ça lui fournissait une excuse – et ça aurait pu le sauver de la pendaison s'il ne s'était pas tiré une balle lui-même.

MUNRO : Oui… Comment avez-vous fini par savoir que c'était lui ?

LYSANDER : Je l'avoue, j'avais été complètement convaincu par son histoire de chantage. Puis il s'est trahi lui-même – une simple bévue. Moi-même je ne l'ai pas remarquée quand il l'a faite – c'est quelque chose dont je me suis souvenu quelques heures plus tard, alors que j'essayais de m'endormir.

MUNRO : Vous allez me dire ce que c'était, j'en suis sûr.

LYSANDER : Le soir où nous nous sommes tous retrouvés au théâtre, Vandenbrook a fait allusion à la couverture d'*Andromeda und Perseus*.

MUNRO : Le texte-source de Glockner…

LYSANDER : Exactement. Je l'ai mentionné – l'opéra – et il a répliqué qu'il avait entendu dire qu'il s'agissait d'un opéra « coquin ». Comment pouvait-il savoir ? Il ne l'avait jamais vu. Mais il avait vu le livret avec sa couverture provocante parce qu'il l'avait volé dans le bureau de ma mère et l'avait utilisé comme texte-source pour le code de Glockner.

MUNRO : (Réfléchissant.) Oui… Et quelle était la raison de cette réunion dans ce théâtre de variétés ?

LYSANDER : Je voulais que Vandenbrook puisse bien vous dévisager – vous, Fyfe-Miller et Massinger. Voir s'il pouvait vous identifier. Je croyais encore, à ce moment-là, qu'on le faisait chanter.

MUNRO : Vous voulez dire que vous soupçonniez l'un de nous ?

LYSANDER : J'en ai peur. Ça paraissait l'évidente conclusion à l'époque. J'étais persuadé qu'il s'agissait d'un de vous trois – qu'un d'entre vous était la véritable Andromède. Jusqu'à ce qu'il commette sa gaffe.

MUNRO : Je ne comprends pas…

LYSANDER : Lors de mon séjour à Vienne, j'ai connu un officier autrichien qui avait été accusé d'avoir tapé dans la caisse du mess. Je suis certain aujourd'hui qu'il était coupable, mais il y avait onze autres suspects. Il s'est donc caché derrière un écran d'autres coupables potentiels et il les a manipulés très adroitement – exactement comme Vandenbrook. Et il s'en est sorti. Quand il y a plusieurs suspects, la tendance est de soupçonner tout le monde et n'importe qui – ce qui veut dire qu'on ne trouvera sans doute jamais le vrai coupable. C'est une ruse très intelligente. Mais j'avais l'intime conviction que toute l'affaire était liée à Vienne, d'une certaine manière. Vous étiez allé à Vienne, Fyfe-Miller aussi – et Massinger, apparemment.

MUNRO : Oui, Massinger est allé à Vienne. Et vous y étiez aussi.

LYSANDER : Certes. Tout comme Hettie Bull. Et le Dr Bensimon. Le seul qui n'y avait pas séjourné, c'était Vandenbrook. Et c'est ce qui l'a trahi. Sans être allé là-bas, il savait pour *Andromeda und Perseus*. Et, plus important, il savait ce qu'il y avait sur la couverture du livret viennois. Le livret de Dresde appartenant à Glockner n'avait pas de couverture « coquine ». De simples lettres noires sur fond blanc. Une erreur fatale, minuscule. Mais j'étais le seul à savoir cela. Le seul.

Pensif, Munro, de son geste habituel, caressait sa jolie moustache avec son majeur. Je devinai qu'il cherchait désespérément une erreur dans mon raisonnement, un défaut dans la logique – il en faisait presque une affaire de fierté intellectuelle et personnelle, comme si, ennuyé par le cas que j'avais construit, il entendait plus ou moins le démolir.

MUNRO : Toutes les lettres à Glockner ont été postées à Londres.

LYSANDER : Oui.

MUNRO : Vous dites, donc, que Vandenbrook les emportait dans un hôtel de la côte sud. Les laissait là. Puis les faisait ramasser le lendemain par un porteur des chemins de fer qui les lui ramenait à Londres. Il les codait alors et les envoyait à Genève.

LYSANDER : Ça faisait partie de sa couverture. Il était incroyablement minutieux. Tout était pensé dans les moindres détails. Chaque élément devait renforcer son histoire de chantage : à savoir qu'une autre personne le contrôlait. Une autre Andromède, si vous voulez. Plus importante.

MUNRO : Il s'est certainement donné du mal.

LYSANDER : Et ça a failli lui réussir. À propos, comment savez-vous que les lettres à Glockner portaient le cachet de la poste de Londres ?

MUNRO : Vous me l'avez dit.

LYSANDER : Moi ? Je ne m'en souviens pas.

MUNRO : Alors, ce doit être madame Duchesne.

LYSANDER : Ce doit être…

MUNRO : Comment pouvez-vous être sûr que Vandenbrook était Andromède ?

LYSANDER : Comment peut-on être sûr de quoi que ce soit ? C'est ma meilleure supposition. Ma conclusion la mieux pesée. Mon interprétation la plus réfléchie. Vandenbrook était très malin – et, soit dit en passant, un acteur exceptionnel, bien supérieur à moi. J'aimerais avoir la moitié de son talent. Et il avait inventé une couche invisible de pouvoir, au-dessus de lui, qui faisait de lui une victime, une dupe, un pion. Ce n'est pas moi qu'il faut regarder, je ne suis que du menu fretin, proclamait-il, le vrai contrôle est ailleurs. Je l'ai cru un moment, mais c'était une invention totale.

MUNRO : Alors pourquoi a-t-il tenté de livrer la dernière lettre ?

LYSANDER : C'était là le commencement du stratagème. Il

avait constaté mon arrivée à la Direction des transports, et il savait exactement ce que je recherchais – et que je pourrais fort bien réduire la liste des suspects à sa seule personne – et il a donc mis son plan d'évasion en œuvre. Bien entendu, il codait lui-même les lettres à Glockner. Il avait le texte-source. Mais il devait se couvrir au cas où je le confondrais. Et naturellement, j'aurais fort bien pu ne pas tomber sur la dernière lettre, mais il ne pouvait pas prendre ce risque.

MUNRO : N'est-ce pas un peu trop subtil ? Hyper-subtil ? Même pour Vandenbrook ?

LYSANDER : C'est votre monde, Munro, pas le mien. Je pense que « trop subtil » ou « hyper-subtil » sont les traits qui le définissent, vous ne croyez pas ? Le triple bluff ? Le quadruple bluff ? Le coup de billard à trois bandes ? À dix ? Monnaie courante, dans mon expérience limitée. Pourquoi ne posez-vous pas la question à un expert tel que madame Duchesne ? Et à vous-même ?

Munro fronça les sourcils. Il n'avait pas l'air convaincu par l'argument.

LYSANDER : Vous n'avez pas l'air convaincu.

MUNRO : Eh bien, les offensives de l'été prochain nous apporteront une réponse définitive, je suppose, à la question de savoir si la fuite est étanchée ou non.

LYSANDER : Je suggère que vous alliez passer quelques jours au sein de la Direction des transports et de ses annexes. Tout y est. Des montagnes de faits tangibles – si faciles à déchiffrer. C'est trop vaste, Munro. La machine de guerre est trop gigantesque, trop évidente – on ne peut rien vous cacher, quand ça se passe à cette échelle et quand vous en êtes aussi proche que je l'étais. N'importe qui aurait pu être Andromède – il se trouve que c'était Vandenbrook.

Munro me regarda d'un air interrogateur, comme si j'étais un écolier turbulent passant son temps à perturber le cours.

LYSANDER : Imaginez nos armées comme des villes. Il y a une ville anglaise, une ville française, une ville allemande et une ville russe. Et puis il y a les villes autrichienne, italienne et turque. Elles ont besoin de tout ce qu'il faut à une ville : carburant, transports, électricité, nourriture, eau, système sanitaire, administration, hôpitaux, police, tribunaux, pompes funèbres et cimetières. Et ainsi de suite. Pensez à tout ce dont ces villes ont besoin, jour après jour, et à tout ce qu'elles consomment heure après heure. Ces villes abritent une population de millions de gens et il faut en assurer la marche à tout prix.
MUNRO : Je vois ce que vous voulez dire. Oui…
LYSANDER : Et puis, il y a l'élément final, unique.
MUNRO : Lequel ?
LYSANDER : L'armement. Toutes sortes d'armements. Ces villes s'efforcent de se détruire les unes les autres.
MUNRO : Oui… Ça fait réfléchir…

Il demeura silencieux et flanqua un coup de pied à un pigeon qui picorait trop près de ses chaussures reluisantes. L'oiseau s'écarta de quelques mètres dans un battement d'ailes.

MUNRO : Pourquoi avez-vous tué Vandenbrook ?
LYSANDER : Je ne l'ai pas tué. Il s'est suicidé. Quand je lui ai avancé la preuve du livret. Il a sorti un revolver et s'est tiré dessus. Fouillez sa maison : vous y trouverez l'indice fondamental. Le livret d'*Andromeda und Perseus* est la clé de toute cette affaire.
MUNRO : On ne peut pas fouiller sa maison. Ce ne serait pas convenable. Une veuve en détresse, des petites filles en pleurs qui ont perdu leur papa. Un officier distingué qui s'est suicidé, blessé au combat, souffrant des terribles pressions et du stress

de la guerre moderne… Non, non. Et son beau-père aurait son mot à dire sur le fait que nous envoyons des hommes mettre sens dessus dessous la baraque.

LYSANDER : Alors il vous faudra me croire sur parole, n'est-ce pas ?

Silence. Nous nous regardâmes sans rien trahir de nos pensées.

MUNRO : J'ai été désolé d'apprendre la mort de votre mère.

LYSANDER : C'est une vraie tragédie. Elle n'a simplement pas pu continuer, je suppose. Mais c'est quelque chose qu'elle voulait faire. Je respecte cela.

MUNRO : Bien sûr… bien sûr… Et vous, Rief ? Quels sont vos projets ?

LYSANDER : Je voudrais être rendu à la vie civile. Plus d'armée pour moi. Ma guerre est finie.

MUNRO : Je pense qu'on peut vous arranger ça. C'est le moins que vous méritiez.

Nous avons échangé une poignée de main et, sur un simple au revoir, chacun est reparti de son côté, Munro se dirigeant vers Whitehall Court par Northumberland Avenue, et moi remontant le Strand vers Surrey Street et 3/12 Trevelyan House. Je ne me suis pas retourné et Munro non plus, je suppose. C'était terminé.

21. Ombres

C'est une nuit sombre, une nuit de brouillard et de crachin, à Londres, fin 1915. Le brouillard nacré et fumeux s'enroule et reste suspendu – comme à un million de chandelles mouchées – autour et au-dessus des pâtés de maisons à la manière d'une chose grimpante, molle, insinuante, en quête des entrées et des escaliers, des ruelles et des allées, des toits devenus presque invisibles. Les réverbères projettent un cône de luminescence jaune mouillé qui semble disparaître dès que la lumière frappe son petit cercle brumeux sur le trottoir luisant, comme si l'effort de percer l'envahissante obscurité et de tomber là était tout ce dont il fût capable.

Vous êtes à l'angle de deux murs dans Archer Street, vous tremblez de froid et scrutez les alentours, tentant de voir passer le monde nocturne, votre attention à moitié retenue par la petite foule d'amateurs de théâtre enthousiastes qui, leur programme à la main, attendent un autographe, alors que la troupe de *L'Homme et le Surhomme* abandonne la scène après le spectacle. Soupirs d'extase, quelques applaudissements impromptus. Finalement, les gens s'éparpillent tandis que les acteurs sortent, signent des autographes, bavardent un peu et partent.

Les lumières sont éteintes mais on voit la porte s'ouvrir une dernière fois : un homme apparaît, vêtu d'un imperméable, un chapeau à la main. Il lève la tête vers le ciel nocturne opaque, constate la tristesse du temps, et vous reconnaîtrez sans doute Mr Lysander Rief qui joue John Tanner, le rôle principal, dans *L'Homme et le Surhomme* de Mr George Bernard Shaw. Lysander Rief semble fatigué – fatigué comme un homme qui dort mal. Pourquoi donc quitte-t-il le théâtre si discrètement, pourquoi est-il le dernier à partir ? Il coiffe son chapeau, se met en route, et – un peu curieux – vous décidez de le suivre, à gauche dans Wardour Street et puis tout de suite à droite dans Old Compton Street. Vous restez à distance, tout en l'observant se frayer un chemin à travers l'épaisse condensation de la nuit. Il s'arrête fréquemment pour regarder autour de lui, puis avance en suivant un bizarre itinéraire en zig zag : il traverse et retraverse la rue, comme soucieux d'éviter les cercles jaunes blafards projetés par les réverbères. Vous abandonnez au bout d'une minute – vous avez mieux à faire – et vous laissez Mr Lysander Rief continuer son étrange chemin pour regagner ses pénates – où qu'elles se trouvent – du mieux qu'il peut. On lui souhaite bonne chance. C'est évidemment un homme qui préfère les franges et les marges des rues de la ville, ses pourtours flous – là où il est difficile de distinguer clairement les choses, difficile de dire exactement quoi est quoi, et qui est qui. Mr Lysander Rief ressemble à quelqu'un de bien plus à son aise dans la froide sécurité de la nuit; à un homme plus heureux dans le confort douteux de l'ombre.

DU MÊME AUTEUR

AUX MÊMES ÉDITIONS

Un Anglais sous les tropiques
roman, 1984, réédition 1995
et « Points », n° P 10
et Point Deux

Comme neige au soleil
roman, 1985, réédition 2003
et « Points », n° P35

La Croix et la Bannière
roman, 1986, réédition 2001
et « Points », n° P 958

Les Nouvelles Confessions
roman, 1988
et « Points », n° P34

La Chasse au lézard
nouvelles, 1990
et « Points », n° P381

Brazzaville Plage
roman, 1991
et « Points », n° P33

L'Après-midi bleu
roman, 1994
et « Points », n° P235

Le Destin de Nathalie X
nouvelles, 1996
et « Points », n° P480

Armadillo
roman, 1998
et « Points », n° P625

Visions fugitives
nouvelles, 2000
et « Points », n° P856

RÉALISATION : PAO ÉDITIONS DU SEUIL
IMPRESSION : CPI FIRMIN DIDOT AU MESNIL-SUR-L'ESTRÉE
DÉPÔT LÉGAL : MAI 2012. N° 106500 (109976)
Imprimé en France